我和我的命

My Destiny

梁晓声 著

人民文学出版社

图书在版编目(CIP)数据

我和我的命／梁晓声著.—北京：人民文学出版社，2021（2024.2重印）
ISBN 978-7-02-016907-8

Ⅰ.①我… Ⅱ.①梁… Ⅲ.①长篇小说—中国—当代 Ⅳ.①I247.5

中国版本图书馆CIP数据核字(2020)第265585号

责任编辑　付如初
装帧设计　刘　远
责任印制　王重艺

出版发行　人民文学出版社
社　　址　北京市朝内大街166号
邮政编码　100705

印　　刷　三河市中晟雅豪印务有限公司
经　　销　全国新华书店等
字　　数　305千字
开　　本　640毫米×960毫米　1/16
印　　张　23.75　插页2
印　　数　89918—93917
版　　次　2021年1月北京第1版
印　　次　2024年2月第10次印刷

书　　号　978-7-02-016907-8
定　　价　49.00元

如有印装质量问题，请与本社图书销售中心调换。电话：010-65233595

一

　　一九八二年九月十三日,这一天我还没出生。然而我对此日保留着特别鲜活的记忆——因为关于我,我的大姐、二姐都是从这一天讲起的;我父亲也是。仿佛两天后我的出生,与这一天有着直接的关系。

　　将近中午时,阳光特好。

　　四川有首民歌的第一句是:"太阳出来吆嗬,喜洋洋来哟"。贵州山区的农民,对太阳也有同样的亲与爱。九月是我的故乡神仙顶最美好的季节。在这个季节,人们终于能够见到绿以外的另一种色彩——金黄了。说到绿,世人好感多多,但如果在一年中的大部分时间里,你的眼里除了绿很难见到别的颜色,那么绿其实足以对你形成一种色彩压迫,使人觉得自己仿佛被囚困在绿色之中了。正如生存在小小礁岛上的人会对周围茫茫大海的蓝产生绝望一样。

　　神仙顶既是地名,也是仅有几十户人家的小村的村名。究竟村名在先还是地名在先,没谁说得清楚。

　　顾名思义,神仙顶在一座山上。那山不是最高的山,它的四面八方几乎都是比它高的山。神仙顶是一处山顶平地,有足球场那么大。因为有平地,所以逐渐有了人家。人家多了以后,就叫村子。实行"公社化"以来,被叫作第二生产队了。所以,说"神仙顶"指的是那里,说"二队"指的也是那里。包围在它四面八方的山顶再无平地,也就再无人家。它是该县最接近县界的一个村,再往山里去,就无人烟了。走二十多里后,就到另一个县的地界了。

"走"只是一种说法。因为根本没路,没人那么走过,更没人登上过周围的山顶。

八月开始,那片平地,也就是坝子上的稻田由绿渐黄。九月十日以后,全坝子变成了一块平坦坦、金灿灿的地毯,神仙顶的人们望着,心情老喜悦了。人们的家全在高于坝子的周边的地方,都很小,下半截是石砌的,上半截基本是整根的竹子搭成的。以今天的眼光来看,叫"棚"似乎更恰当。不过当年的山民,对住得怎样并不在乎,也可以说没什么要求;人们更在乎的是吃饱肚子。没谁胆敢在坝子上建一个像样的家,仅有的一块农耕地是绝对不许被占用。这一点人们皆有共识,不仅仅是敢不敢的问题。

幸而有九月这个雨天较少、阳光明媚的季节,神仙顶的人们能够以感恩般的心情充分享受享受晴天朗日。确乎,整个九月,神仙顶的多数日子是好天气。也确乎,神仙顶的人们特知道感恩——感恩太阳,感恩收获,感恩一坝子金灿灿的黄色。

在神仙顶的人们看来,凡是花都具有高度的观赏性,但谁家也不种花。种花被视为不着调的行为,不论男女,种花人皆被认为是不靠谱之人。由于人多地少,各家即使在破盆破罐中栽下的也是菜苗——人们对土地的珍惜几乎到了病态的程度,而且极具传染性,一代代由大人传给孩子。人们的视野中已经看不到花树了。很早以前是有的,但是属于公家的——不属于队里也是属于公社的,属于乡里的,属于国家的。花树虽然也是树,却只有观赏价值,非可用之材,所以逐渐被砍光,锯成段,当成硬柴在冬季分配给各家各户了。有小孩儿、老人或病人的人家,照例会多分到一些,体现着生产队这个大家庭般集体的温暖。因为不种花,人们对野花便特别爱护。如果有好看的野花开放在哪儿,就会成为人们闲聊时的新闻。发现了的告诉还没看到的,没看到的往往会抽空儿去看一会儿,还往往带上大小孩子,让孩子们同时也看到稀罕。这种对野花之美的喜好,也使人们对大自然心存由衷的感恩,同时证明,对美的渴望,在人们的内心里是多么地根深蒂固。

大人们经常嘱咐自家孩子:"可不许偷偷去折啊,那会遭人骂的。大家都能看到,比弄回家来别人看不到了强。"

大人们的言传身教,使神仙顶的孩子们从小就懂得,虽然野花只不过是野花,但若折回家来,肯定是不对的。

一九八二年九月十三日,将近中午时,我大姐和我二姐在自家的地里收水稻。我大姐叫何小芹,当年十七岁多了,据说是神仙顶最漂亮的姑娘。我二姐叫何小菊,当年十五岁,长相一般般,和我大姐的颜值没法比,也不如我大姐聪明伶俐。往直了说,其实挺笨,甚至有点儿缺心眼儿似的。后来我听她自己说,她许多方面像我妈。

我二姐有点儿累了。

她放下镰刀,双手撑膝,望着眼前那片金灿灿的黄说:"真舍不得再割倒它们了,没看够。"

我大姐训她:"有什么好看的?年年不都这样吗?快割!割完眼前这一小片儿回家吃饭,我都饿了。"

我大姐的话更接近事实。

麦子也罢,水稻也罢,只有初黄的短时期里才黄得喜人,也只有在耀眼阳光的照射之下,才会给人以"金灿灿"的印象。到了该收割的时候,那种黄已经美得大打折扣,像被水泡过的旧纸板的颜色了。

我二姐没听我大姐的。

她索性双手叉腰,挺直了身子,往后仰着头望天空。

她腰酸了,脖子也僵了。

这么一来,她见到天空出现了她第一次见到的景象——一架降落伞悬着个人正缓缓降落。

"姐你快看!"她惊叫起来。

我大姐也挺直了身子,望着说:"是个伞兵。"

我二姐说:"真想将来能嫁给一个兵哥哥呀!"

我大姐怼了她一句:"别做梦!难怪别人背地里说你傻,兵哥哥能娶一个神仙顶的姑娘吗?全中国别处的姑娘都嫁人了吗?"

她俩正这么说着呢,降落伞朝我们何家的水稻田落了下来。那伞兵并不愿落在农民的水稻田里,她俩都看出来了;他努力改变方向,但降落伞分明已不受控制,偏偏落在了我们何家的稻田里。并且,降落伞将我的两个姐姐和伞兵罩在了一起。伞兵首先摆脱了降落伞的纠缠,尽管他的一只脚在着陆时严重扭伤,仍帮我的两个姐姐从伞下钻了出来。

二十六年后,我二姐对我说:"其实我愿意被降落伞多罩住一会儿。"

那是我第一次和我二姐面对面地坐在一起,第一次进行姐妹之间的聊天——关于那天,也就是一九八二年九月十三日的事,主要是我二姐告诉我的。

我问为什么?

她说:"像在轿子里。"

我问什么轿?

她说:"当然是新娘子坐的花轿啦。"

接下来的事就都是必然的了——我二姐跑去找人,伞兵,不,应该说是"伞兵哥哥",坐在地上,指导我大姐怎么样再怎么样,顺利地将降落伞收拢,卷起。

我二姐还说那伞兵哥哥很帅。

他像"天上掉下个林妹妹"似的,直接从天上掉在我两个姐姐面前,使我二姐在相当长的时期内一提起来就兴奋。用她自己的话说那就是:"这辈子再没遇到过那么开心的事"。

而对于我大姐,却是不幸之事——但那"伞兵哥哥"没有任何责任,因为他毫不知情。

我二姐带着老支书何广泰和几个男人跑回来了,他们就近将伞兵哥哥用门板抬到了我们家。

我父亲何永旺是神仙顶的农民，我母亲何花也是。神仙顶姓何的人家最多，许多人家的父母是五服之内的亲戚，婚配属于亲上加亲。孩子出生后，不论随父姓还是随母姓，反正都姓何。好处是夫妻关系都比较和睦，不好的方面是下一代都不太聪明，像我二姐。

我大姐是个例外。

据老辈人讲，清末时期，省城有一姓何的大户人家，由于家中出了"乱党"领袖，当家的唯恐遭到灭门之灾，带着家人和一批男女婢仆连夜逃入深山，落户于神仙顶。而神仙顶的杂姓人家，大抵是当年跟随主子逃到神仙顶的婢仆们的后代。

我二姐曾说："咱家姓何，证明咱们姐仨有上等人家的血统。"

我二姐这么说时，正在洗鸡肠子。当年，绝大部分中国的农村人家杀鸡后是舍不得将肠子扔掉的，会以各种方法做来吃了。但洗鸡肠子是很麻烦的事，那么细，先得一段段的先剖开，那样才能洗干净。而她的儿子，也就是我的小外甥赵凯，正在洗一块豆腐。豆腐是为了招待我，前一天从山下的集上买的。天热，怕隔夜就坏，买回来就埋在灶灰里了。灶坑里的新灰被农村人认为是绝对干净的，有防腐的作用。平时谁将自己弄出了红伤，若身边没药，也会赶紧抓一把灶灰捂在伤口上，先把血止住。

那时已经是二〇〇八年了，我二姐四十一岁，是一儿一女的母亲了。赵凯的姐姐赵俊，已经成了别人家的儿媳妇了。我二姐和赵俊已经在各地打工多年，她们是因为我从深圳回到神仙顶看望我父亲，专程从外地赶回来与我团聚的。

我没想到二姐竟会忽然说那么一句，在一旁洗菜的赵俊也没想到，抬起头像我一样愣愣地看着她妈。她盯着她妈的脸看了几秒钟，缓缓将头转向我，目光似乎在问——小姨，我妈这话是什么意思？

我哪儿知道我二姐那话是什么意思呢？不，也不是不明白，她那话说得很明白，意思无非就是我们何家的血统还是挺不错的。话里有几分自慰的成分，但也似乎有几分弦外之音。

赵俊不明白的是这话的弦外之音是什么。

而我,因为头脑中已经形成我二姐的智商从小就偏低这么一种认知,所以断定她说话的水平根本不可能达到有什么弦外之音的程度,遂觉那也就是一句聊以自慰的内心独白,忽然脱口而出罢了。

我二姐说完,继续仔仔细细地搓洗鸡肠子,仿佛自己根本没说过什么话。

二〇〇八年,二十六岁的我已经有了深圳户口,是不容置疑的城市人了。而且,我每月的工资已经七千多,是我们三姐妹中唯一有出息了的人,是唯一对我们何家三代人具有扶贫能力的人。包括我父亲在内,我的所有亲人——也包括我的两个姐夫,都对我刮目相看。如果没有这一前提,我二姐不会在我面前反复搓洗鸡肠子。在我看来,她已经将鸡肠子洗得够干净的了。

我没接二姐的话。

我因为她说出那么一句莫明其妙的话,对她的智商更加怜悯。同时,我联想到了另一个与血统近似的词,那就是"宿命"。于是我也联想到了我大姐的"宿命",联想到了我自己的"宿命",不禁悲从中来。

但我表情如常。

我已经习惯并且善于在亲人面前隐藏内心的种种忧伤和忧虑了。我必须那样,因为我在亲人们眼里是人生的拯救者。如果亲人们从我脸上看出了忧伤和忧虑,他们会惝惶起来的。

我也没对赵俊和赵凯说什么。

我能对两个晚辈说什么呢?

我只是笑了笑,什么都不说,内心里忧伤着我自己的忧伤。

赵俊的手机忽然响了。她离开洗菜的小盆,起身到屋外接手机去了……

一九八二年的神仙顶还没通电,也没通电话。1982年在中国那样的农村为数不少,多数在山区。

一名伞兵降落在神仙顶,神仙顶的人们头一次遇到这种异事。那日我们何家分外热闹,大人孩子屋里屋外地进进出出,都是为了亲眼看到伞兵是什么样的兵。

那伞兵纪律意识特强,只对老支书何广泰一个人解释了他出现在神仙顶的原因——一架载着几名侦察员的侦察机自昆明的军事机场起飞,按原计划飞临云贵两省交界之处,一声令下,侦察员们都应声跃出机舱。而地面上,准确说应该是山林中,有驻扎贵州方面的陆军组成的搜捕队对他们进行搜捕……

那是一次两省军方空陆部队进行的侦察与反侦察演习,属于一次常规演习,并没什么重要的军事针对性。当兵的嘛,不经常演习演习怎么行?侦察机在高空遇到了不利的气流和风向,不得已飞过了云贵省界,侦察员们全降到贵州这边来了。他是最后离机的,自己也不承想会降到神仙顶这么一个地方……

老支书不敢怠慢,立即派人骑上村里的公用自行车到乡里去报告。那年已分田到户,生产队不叫生产队了,重新叫村了。公社也不叫公社了,重新叫乡政府了。好在打工潮还没正式涌动,村里的小伙子不少,争着去完成报告的任务。也好在神仙顶离乡政府不是太远,也就十四五里,并且是下山路。

我二姐对我说,不仅她和我大姐觉得那"伞兵哥哥"一表人才,很帅,全村人都那么认为。

她还说:"如果你大姐与那'伞兵哥哥'成了夫妻,那才叫天设一对,地产一双,生下的娃不知该有多漂亮!"

她对我说这话时已经四十一岁了,快做年轻的姥姥了,聊起当年事,还"伞兵哥哥"长"伞兵哥哥"短的,我听着直心疼她。

两个多小时后,乡政府派来了担架队,将"伞兵哥哥"抬乡里去了。在我家那两个多小时里,老支书只许我大姐陪那伞兵说话,不许其他人进屋。他自己也不陪,坐在门槛上吧嗒他那一尺长的烟锅。连我父亲和我二姐也很自觉,与别人一样待在家门外。只有我母亲还躺在我家另一间屋里,因为我快出生了,她的行动已经非常不便。

没人知道我大姐陪那伞兵聊了些什么,但当年许多人都听到我大姐为那名伞兵唱歌了,连唱了几首贵州山歌。我大姐不仅长得漂亮,唱歌也好听。聚在屋外的人,包括我父亲、我二姐和躺在屋里的我母亲,都听到了那伞兵的鼓掌声和夸我大姐唱得好听的话。

乡政府有武工部,武工部派一个人跟到了神仙顶,还带了一套军装。或许,他们估计那伞兵的衣服肯定破损不堪了。其实他的衣服倒是好好的,但他还是换上了武工部的人带给他的军上衣,将自己脱下的空军上衣送给了我大姐——那是一件黑色的薄皮做成的上衣,连袖口上都有黄色的铜扣子。摸上去哪一个部位都非常柔软。

伞兵在担架上向人们挥手告别时,我大姐何小芹站在窗口,望着远去的担架已是泪流满面。

傍晚,老支书来到了我们家。

我父亲在做饭,我二姐在帮我父亲烧火;我大姐在我父母的屋里,替我母亲擦脸、洗手、洗脚。

我家吃饭的破方桌的桌缝,插着一排竹签子,每支签子上都穿着一串烟熏火烤过的古怪东西。

何广泰瞅着问那是什么?

我父亲说是张家贵送来的青蛙肉。张家贵是当年的一名"老高三"返乡知青,在一九八二年,仍是神仙顶文化程度最高的人。从前他曾一心考大学,他的老师和同学都认为他肯定能考上,他自己也信心满满。但"文革"使他的理想彻底破灭了,返乡后一蹶不振,也一直不谈恋爱。恢复高考后,与他相依为命的老母亲又瘫在床上了。等他尽了最后的孝心,发送走了老母亲,已经到了一九八一年了。此时我大姐何小芹,一下子出落成了亭亭玉立的大姑娘,颜值高得像一朵初放的牡丹花。老支书亲自替我大姐向他说媒,居然一说就成了。神仙顶的人普遍认为,他肯放弃高考凤愿,无非由于这么三种原因——那凤愿本身被生活磨去了光彩,如同败落了的宅院门上的一把锈锁,持有钥匙的人已懒得尝试那把锁还能不能打开；二是他刚被选为村长，人们寄托在他身上的期望很大，而他也想证明一下自己的另一种能力；最后一个原因就是，我大姐的姿色使他受到了巨大的吸引。

人们又普遍认为——最后一个原因，才是根本性的原因。据我二姐说，张家贵以前并没太注意过我大姐，等他开始被我大姐的美所吸引，又有些自卑。因为说到底，他不过是神仙顶的一个三十二岁的大龄光棍，相貌也一般般。至于曾是"老高三"，这一页已彻底被历史翻过去了，不再能成为优越于别人的资本了。而且，提亲时我大姐才十六岁多，他的年龄比我大姐大了一倍。

都三十二了，就是考上了大学又怎么样？四年后大学毕业三十六了，不论在学校里还是毕业后，他能找到何小芹那么漂亮的妻子？男人嘛，一辈子活得好不好，无非是由财运、官运、口福、艳福四桩事决定的。四桩事中，艳福是排在第一位的。哪个男人艳福不浅，当官的人有钱的阔佬也是嫉妒的。就他张家贵那么一个神仙顶的大龄光棍，能与何小芹订下婚事，他就别再做其他的梦了，一辈子知足吧！——村里的男人，特别是光棍，对我大姐与张家贵的婚事基本上如是议论。

至于我大姐心里怎么想的，对自己的婚事中意还是勉强，我从没问过我二姐，她也从没主动说。我认为那也是最不该问我父亲的话，我父亲同样没主动聊过，所以我至今一无所知。

我父亲倒是跟我说过这样的话——神仙顶的何姓人家，对于张家贵终于没能成为村里有史以来的第一名大学生，背地里是欣然相庆的，因为他不姓何，而姓张。如果第一名大学生产生在杂姓人家，将使神仙顶大多数何姓人家觉得没面子，会有集体的失落感。连何广泰也是这么想的，尽管他是支书。一方面，人们不愿看到张家贵成为神仙顶有史以来的第一名大学生；另一方面，人们又集体地拥护他成为村长，集体地对于他寄予种种厚望。

人心有时候真是古怪，像插在我家破桌子桌缝间那些竹签上的东西一样古怪。经过烟熏火烤，如果没人告诉你，你根本猜不到那是什么。

老支书走到桌前,后背双手,弯下腰细看着那排竹签子,又问:"也不全是青蛙肉吧?"

我父亲说有几支签子上穿的是蛇肉。张家贵打死了一条一米半长的草蛇,烤好了孝敬他这位未来的老岳丈。

而我二姐后来对我的说法是——张家贵是为了取悦我大姐才特地送来的。

老支书坐在桌旁的高腿凳上,说他已很久不知肉味儿了。蛇肉也是肉啊,而且是有口福的人才能偶尔吃到的肉。他一边说,一边拔下一支签子,开始吃在他看来是蛇肉的东西;还让我二姐给他点儿盐,说蘸着盐吃才别有滋味,要不好东西也吃瞎了。

我父亲说家里断盐了,本来当天要到乡里去买的,不承想天上忽然降下了一名伞兵,没顾上。他吩咐我二姐从咸菜坛子里舀出一小碟咸菜水,请老支书蘸着吃。

老支书其实并不算老,才五十三岁,当支书的年头很长了,人们称他老支书,体现着对于党的代表人物的敬重。

他是为那件空军上衣来到我们家的。

他说我家不该独占那件上衣。那么一件全皮的上衣,如果拿到县城去卖,估计五六十元都会顺利出手。我家独占了,村里不少人有意见。

我二姐一听就火了,丢下拨火棍,腾地往起一站,双手叉着腰说:"那是人家伞兵哥哥送给我姐的,怎么就成了我家独占了?谁爱有什么狗屁意见就有,犯不着你支书到我家来念这套不三不四的经!"

老支书倒也没生我二姐的气。大概他觉得,自己是支书,与我二姐那么一个半大不小半精不傻的丫头一般见识不成体统。

他望着我父亲继续说他的理——如果现在神仙顶还是个生产队,那么,一名伞兵因为队里帮了他而送给队里任何人的东西,都应该看作解放军送给大家的东西,理应归集体所有……

我父亲软言软语地怼了他一句:"可现在不是那时候了。"

老支书叹了口气,据理力争:"是啊,不是那时候了。但对那伞兵帮忙最大的,你得承认还是些跑前跑后、出力流汗的男人吧?他们起作用了,好处却一点儿没他们的份儿,他们很不满,这也是人之常情吧?"

我二姐张张嘴没话说了。

我父亲愣了会儿,憋出几句话:"难道你要把那上衣收走,让人到县里卖了,再把钱分了不成?"

这时我大姐从屋里出来了,端着水盆生气地说:"伞兵哥哥把那上衣捧给我时,明明说的是'送给你留作纪念吧'。他说的可不是'送给你们',你支书当时也听到了他的话。既然他是送给我的,谁都别想把它从我家要去!"

老支书尴尬了。

他解释说他不是来要那件上衣的,更没想把那上衣卖了,把钱分了。

他离开桌子,拿着一串烤蛇肉,走到灶前,蹲下去对我父亲说:"永旺啊,我与你家,论起来还多少沾点儿亲,我对你家咋样,你心里还不清楚?我没别的意思,只不过是来给你提个醒。谁心存不满,也是人之常情,摆平他们的情绪不就得了嘛,比如买条烟分分,这也是应该的吧?虽然现在集体不是集体了,我也没什么实权了,但使神仙顶的人们搞好团结,我还有这个责任啊……"

我大姐听了他的表白也无话可说了。

他的话不但在理,而且态度又是那么地诚恳,出发点良好。

我父亲望我大姐一眼,低头默想片刻,明确表态说:"那行。我听你支书的,买了烟由你支书代我家分吧。"

我父亲说完,又望了我大姐一眼。

我大姐就一声不响地出门泼水去了。

我父亲又小声对老支书说,他手头一时紧,没钱买烟。不过呢,他会让张家贵买条烟交给老支书。

老支书说谁买都一样嘛,家贵也不是外人。何况,春节时他和我大姐一成亲,我大姐还不把那件上衣带过门去了?那么上衣不就成了他们小两口的共有之物了?

11

他临走时，又从桌上抽出一签子蛇肉，在咸菜水里蘸了这面儿蘸那面儿。显然地，他蘸着吃出瘾头儿了。

晚饭后，我大姐穿上那件夹克式的皮上衣，在一块缺了角的镜子前左照右照。我家就两小间住屋。我父母住一间，我大姐二姐住一间。缺了角的半大不小的镜子，摆在一口旧箱子上。那口箱子是我母亲的嫁妆，那面镜子由于受潮，水银斑驳，照人已经不清楚了。我二姐说我大姐很少照那面镜子，她知道自己是个美人儿，不照也是美人儿。二姐后来说她照镜子的次数反而多些，每次照时都想把镜子砸了。二姐当年承认也有嫉妒大姐的时候，但自从大姐和张家贵的婚事定下了，二姐就再也不嫉妒大姐了。美貌如大姐又怎么样呢？还不是也得嫁在神仙顶？得嫁个比自己大一轮的平常男人？

我二姐后来说，一九八二年九月十三日那天晚上，在短短一截蜡烛的烛光里，穿上了那件夹克式的软皮上衣的我大姐，美得使她都看呆了。用今天的网语来说那就是——美得不行不行的。

我大姐似乎也对自己的美十分意外，尽管她脸上并没呈现出自我欣赏的得意表情；恰恰相反，那时我大姐的表情简直可以用"毫无表情"来形容。用我二姐的话说，"她那样子好像魂飞天外了。"

我父母临睡前关上了屋门，这是很反常的举动。他们的屋子那么小，关上门，不通风了，会使人感到憋闷的。除了冬季，父母是不常关门睡觉的。

这一反常的情况，引起了我二姐的注意。她就猫悄地走过去，偷听父母在说什么话。

我父亲何永旺是独生子；我爷爷也是，两代单传。我父母虽然都姓何，虽然已经有了两个女儿，但有再多的女儿，也抵不上一个儿子。女儿总是要嫁出门的。

这是我父亲的一块心病。

我母亲也觉得内疚。

于是，便有了我。我尚在母亲的肚子里，即将临盆。

当年农村计划生育的政策是允许二胎的,就是替农民考虑到了有子或无子、单传不单传的问题。别处如何姑且不论,反正在我们那个县是那样的。但是允许二胎了而某一人家还是没有儿子,那就只能自吞沮丧,政策是不予同情的。

我父亲求子心切,为我的出生做出了"战略性部署"。我母亲认为那不失为"英明"——我大姐订婚时才十六岁多,一年后的一九八二年九月,十七岁多了;春节时成婚,离满十八岁只差两个多月。在神仙顶,这种情况是可以先成婚,两个多月之后再办证的。

那么,我家就只有我二姐一个女儿了。我的出生,似乎也可以不算作超生,而以有两个子女来论了。

老支书何广泰确实与我家沾亲,当然会急我家之所急。"不孝有三,无后为大",在古人那儿,"后"或许并不专指儿子,但在神仙顶,"无子"即等于"无后",兹事体大。由于他从中周旋,乡里对我母亲又怀上了我这件事,基本上持的是睁只眼闭只眼的态度。

剩下的问题是,仅仅是——我是子还是女?

我父母达成了共识,认为事不宜迟,哪怕早一天知道也是完全必要的。他们看出了我大姐的状态有些不对头,唯恐我大姐婚事起变——那么我的出生,不管是子是女,都将成为棘手的情况了。

于是我父母决定第二天一早就到县城去。县里有位"半仙",据说对预测胎儿的性别特别在行,收钱也不多;只要是暗中相求,从不会拒人于门外。我父亲并不是连买条烟的钱都没有了,他有十几元钱,是要第二天带到县里去用。

如果我竟被预测是女孩,那么他们将按"既定方针"——将我送人。

预先联系过的是山下的两户人家。一户愿给我家两袋红薯作为谢礼;另一户愿给三四十片鱼鳞瓦。我家房顶已多处漏雨,不换瓦不行了。

我父母商议的结果是——将我送给以两袋红薯作为谢礼的人家更划算,因为吃两袋红薯会省下不少粮,卖了省下的粮,能买不止三四十片瓦。

几个月没再与那两户人家沟通了,我父母也担心他们变卦。

我母亲忧虑地问:"真那样咋办?"

我父亲叹口气,沉默良久才说:"那就白送给肯要的人家吧。"

我母亲说:"我怀这一胎怀得很辛苦,那不亏死了?"

我父亲说:"亏也没有别的法子啊!再为谁家养大一个儿媳妇这事,我是够够的了。难道你还没够?"

我母亲就低声哭了。

我父亲劝道:"哭什么啊,你那想法它是钻牛角尖儿的想法嘛!也许这次你怀上的真就是个儿子呢!"

二十六年后我二十六岁的时候,我二姐与我促膝相谈的那个夜晚,她当成有意思的往事,笑容满面地把我父母当年的"密谋"讲给我听。

我却没笑。

也想笑来着,就是笑不起来。

我的心连续抽搐了几下,像被低压电流击着了似的。

我又一次觉得心疼。心疼我自己。心疼我还没出生就已经被注定了的命;还心疼神仙顶的人家当年那种穷……

二

　　从神仙顶到乡政府所在地,大约有十四里山路,都是下坡路。因为是盘山路,坡度较缓。当年乡政府所在地便是原先的公社机关所在地,除了办公室,后边是几排宿舍,有的公社干部和工作人员住在那儿。办公室和宿舍都是灰砖红瓦的平房。当地人不愿用红砖砌墙,觉得不吉祥。其实也没什么民俗方面的根据,主要是没看惯。而如果灰砖灰瓦一灰到顶,看去又未免太单调,所以就一律铺上了红瓦。"文革"已经结束,某几条用白灰写在墙上的大标语不宜存在了,就粉刷了一遍,还是刷成灰色的,看上去挺新的。毕竟是乡政府所在地,便有店:理发店、公共浴池、卫生所,甚至还有一间屋子的书店。相应地,也有停车场、小花园、几处花圃。一九八二年的时候,那停车场上还没停过小轿车或卡车,但已停过带斗的手扶拖拉机了。每隔三天,乡里会有一次大集,那时停车场上就停满了自行车、三轮平板车、驴车,间或有牛车,都是各个村的农民骑来或赶来的。当地农村几乎没有马,因为都在山上,走山路马不如驴或牛。

　　比之于神仙顶,乡里是美好又热闹的地方。

　　张家贵终究曾是"老高三",他有些能力是神仙顶别的男人比不了的。他买了一辆旧自行车,攒点儿钱就换这换那的,终于自己造成了一辆三轮平板车。虽然是自己造的,却结实耐用,骑起来很轻快。

我父亲向他借车,对于他不啻一件荣幸之至的事。他高高兴兴地替我父亲将平板车的三个轮子打足了气。

我两个姐姐帮我父亲将我母亲,确切地说是将我和我母亲捆上平板车时,互相都没有话。她们当然明白我们的父母为什么刻不容缓地非去一次县里;既然都心照不宣,那还有什么说的呢?何必哪壶不开提哪壶啊。车上预先铺了床褥子,我二姐将两个枕头垫在我妈腰后,为了使她在车上舒服点儿。当然,我也间接沾了两个枕头的光。纯粹是沾光,因为我二姐那么做时,肯定并没考虑到我。

我两个姐姐站在家门口,目送平板车离开神仙顶。

我二姐自言自语:"但愿是个男孩儿。"

我大姐淡淡地说:"我就快是别人家的人了,男孩儿女孩儿都与我没关系了。"

我二姐扭头看了我大姐一眼,张了张嘴,没再说出什么话来,像看着一个完全陌生的人。

我父亲轻轻刹着车闸,任三只胎气充足的轮子不快不慢地自行滚动。那路有三米宽,一侧是石质的山体,另一侧是较深的山沟,路面由碎石铺成。是生产队的年代,公社组织各队社员义务劳动修成的。当年,算是不错的一条山路了。

平板车在离神仙顶半里左右的地方刚拐过一个小弯,山上滚下些小石块来。我父亲是自我保护意识很强而又机敏的人,及时刹住车,仰脸看去,见山顶有个人,一手搂抱一棵歪脖子树的树干,一手持钎,正往下撬什么——分明地,是他的"准女婿"张家贵。

我父亲喊:"家贵,你怎么转眼跑那儿去了?作什么妖啊?想要我的命啊?"

张家贵大声说他要撬下一块大石头,山下的村里有人愿意送给他几棵果树苗,他到处观察,寻找适于栽下果树苗的地方。如果能将那块大石头撬下去,石窝里是可以栽一棵果树苗的。还说,他要对我大姐负责,要让他俩的孩子将来有各种果子吃。他人缘好,在山下各村也交了些朋友,只要他有事相求,山上山下的朋友都乐于鼎力相助。

"你的想法好着呢,但可得当心啊!摔了自己砸着了别人,不就成了不幸的事了?我不觉得你俩的孩子将来能不能吃上水果多么要紧,你家贵能保证他们将来吃饱饭,我当姥爷的就谢天谢地了!"

"你放心,那绝对不是个问题!时代不同了,咱们农民的日子肯定也会逐渐往好了变的。只是你不要跟别人说,我刚当上村长,别人知道了我这种做法还不笑话我?"

他俩互相喊着说了一通话之后,我父亲继续骑着三轮平板车前行。

那日乡里没集,到处静悄悄的。再过半个多月就是国庆了,"文革"结束后的大集上买卖的品种一年比一年多,也一年比一年热闹了。即将到来的一九八二年的国庆,似乎凝聚了农民们比以往的国庆大得多的热忱。毕竟分田到户了,农民获得了久违的个体劳动的自由,对于农副产品的买卖卡得也不严格了,连余粮都可以公开买卖了。所以,在一九八二年的国庆前,农民们要求三天一集改为三天两集。也就是说,明天后天都有大集,而我父母当然不愿在有大集的日子经过乡里。

虽然那日乡里没集,我父亲还是将平板车停在了不易被一眼发现的地方,总之我父母的行动不敢多么地光明正大。我父亲解了次手,吸了支便宜的烟,歇了一会儿,又骑上了平板车。从乡里到县城,就是平地上的路了,不像前一多半路那么省力了。我母亲早上起来后,没喝一口水,没吃一口饭。她挺着个大肚子,行动十分不便,怕半路给我父亲添麻烦。

说到底,还不都是我给他们添的麻烦吗?他们对于我的即将诞生喜忧各半。如果我是个男孩,我和父母自然皆大欢喜。万一我是女孩呢?那我不是太对不起他们了?别说他们不知道我是男是女了,连我自己也不知道啊!

我父亲对于我大姐和张家贵的婚事是中意的。尽管神仙顶有人并不看好他俩的事（那些人主要是替我大姐感到遗憾），但我父亲确实认为自己考虑全面，是有眼光的。放眼神仙顶，何姓也罢，杂姓也罢，在所有尚未成家的小伙子中，张家贵是文化程度最高的。文化程度高，看问题就比别人全面一些，为人处世也比别的青年更成熟。至于比我大姐大一轮，我父亲认为，那会使他更疼爱我大姐，未尝不是我大姐的幸事。而张家贵被海选为村长，似乎也证明了我父亲择婿的眼光是正确的。最主要的一点是——他中意的人姓张，非姓何。普遍而言，神仙顶何姓人家联姻后，下一代的智商似乎皆逊于杂姓人家的下一代，颜值也差不多是那样。神仙顶只有两个人看出这种现象了：一个是我父亲，一个是老支书。他俩虽然都看出来了，却又都不敢公开讲，怕犯了众怒。或者也可以说，有两个半人看出来了，那半个人是我大姐。

我二姐后来告诉我，我大姐曾对她说："一辈子不嫁，也不愿与丈夫同姓。"这话，是不是也是看出来了的意思呢？像我大姐那么冰雪聪明的人儿，估计这点头脑还是有的。如此说来，她对于自己的亲事，当年大约也是比较认可的。

平地蹬车比之于下坡路，到底是要使力气的。接下来的十几里，使我父亲汗流浃背了。进了县城，他已有些气喘吁吁。毕竟是四十七八的人了，身板又不是太好。

县城的一处小广场上，正在召开公审大会。不论去往哪个方向，都得绕那处小广场。小广场上气氛煞是森严，有不少武装警察的身影。大喇叭中，传出语气威厉的数罪之言，几次提到"所谓大仙"四个字。一九八二年国庆前，全国各地都在开展"扫除封建迷信，树立社会新风"的运动。

我父亲听得不寒而栗，刹住车向人探问被公审的都是什么人。

那人一见我母亲歪在车上的样子，心里顿时明白了八九分，好心劝道："是找'马半仙'的吧？那不正在台前弯着腰呢！他这两年骗了一千多元啊，还造成了几家的悲剧，肯定得重判啊！快走吧，今后千万别信他那一套了！"

我父亲也不分方向了，赶紧蹬着车离开那森严之地，唯恐晚了一步,引火上身。

我母亲当然也听到了。她那一惊非同小可,近乎雷霆轰顶。我母亲怎样姑且不论,单说我父亲这人,真是一个矛盾的人体。既然崇尚文化,何以又信什么"半仙"呢?难道在他看来,某些江湖骗子的伎俩,也属于文化范畴吗?二十六年后我仍困惑,却从没问过他。

我父亲将车蹬过两条街,我母亲在车上叫起来。

我母亲她要当街将我生下来了。

我父亲慌了,不知所措,大声呼喊:"谁来帮帮我们啊,我女人要生娃啦!"

就有些人围住了车,其中一个女人让我爸跟着她,先将我母亲送到她家去。我父亲的身子已经软了,蹬不了车了,有个男人替我父亲蹬车。其他人竟都认得那女人,而且也都明白只有她才帮得了我母亲。

在人们的协助之下,我母亲被"弄"进了那女人的家。

在那女人经验丰富的援手之下,我母亲将我生在了她家的床上,血污弄脏了她家的床单。

她走出屋子告诉我父亲我是一个女孩时,我父亲后背贴墙上了。确切地说他的身子是贴墙滑下去了。他那双十指突出又黑又大的手,严严实实地捂住了瘦脸。他哭出了声。

在那个女人和几个关心这事的人看来,他的哭是终于放心的哭,是喜极而泣。

"老乡,母女平安,祝贺了。你们夫妇今晚就住在我这儿吧,我会请一位邻居照顾你们,有什么需要只管对她讲。我呢,今晚值班,就不能陪你们了。你们放心,如果有什么情况,邻居会立刻去找我的。"

那女人说完这话,麻利地着手煮上了一锅小米粥,还打了两个鸡蛋,加入了红糖,用香油拌了一小盘熟咸菜,并请一位邻家阿婆去买烧饼和包子。

第二天上午,那女人回到家时,已不见了我父母,只见那位邻家阿婆抱着我,而我在熟睡。

阿婆说:"没见过那两口子这种人,一大清早匆匆吃了几口饭,也不留句话,哑巴似的起身往外就走!真是两个哑巴,也会比比划划地哇啦几句,表示一下感谢啊。我倒是追出院子去了,可床上还睡着孩子呀。再说我一双小脚,怎么追得上三个轮子的车呢?"

那女人大愕,从阿婆怀里接过我,注视着我说:"可怜的孩子,你父母这是把你遗弃了呀。"

是的,我父母就那么遗弃了我。

二十六年以后,也就是二〇〇八年的时候,我终于有机会问我父亲一些问题了。

"爸,那天你们回神仙顶的路上,我妈哭没哭?"

这是我最想知道的事。

我觉得知道了这一点对我意义重大。

我父亲说,离开县城后,天阴了,要下雨了。他只顾猛劲儿地往前蹬车,一次也没回头,不晓得我妈哭没哭。

在我听来,那话的意思差不多等于是没哭。

我却要哭了。

我父亲又说:"也许你妈在车上是流过泪的吧。有时候人心里难受,是只流泪并不哭出声的。你毕竟是你妈身上掉下的肉,她怀你怀得很辛苦,连抱都没抱过你一下,心里能不难受吗?"

我又问:"那,你心里难受吗?"

我父亲毫不犹豫地回答:"不。"

我愣住。

我父亲庄严地说:"当年我们可是把你留在了一位县城人的家里。从她家的情况看,显然还是一户上等人家。这是我们认为做得很对的一件事,没什么对不起你的,是不是?"

是的。我父母确实把我留在了一户县城里的"上等人家",这绝对强过用我换两袋子红薯或三四十片鱼鳞瓦,也强过将我抱回神仙顶,使我的两个姐姐多一个妹妹,神仙顶以后又多一个姓何的农家女。

如此说来,我之被遗弃,未尝不是我的一件幸事,那么,当然也是一件我应感恩于父母的英明果断的事。

细想想,我不得不承认事实如此。

于是我不再有任何问题可问,也便再无话可说。

我父亲告诉我,他蹬着车过了乡里,果然下雨了,而且是瓢泼大雨。那时车已在山路上,回去一直是上坡路,又无处可以避雨。他和我母亲都浇成了落汤鸡,他累得都不想往前蹬了。

快到神仙顶的时候,迎头遇上了一辆警车。警车熄火了,一名也被浇得像落汤鸡的公安人员求我父亲帮着推车——车轮下的路面塌陷了,那是往年很少发生的情况。

我父亲默默无言地帮着推警车,不帮着推,平板车错不过去。那辆警车有年头了,后窗已没了玻璃。我父亲帮着推时,隔着一排铁条,正对着的是张家贵万念俱灰、绝望到极点的脸。

没等我父亲开口,张家贵就说:"叔,对不起了,做不成你女婿了,让小芹彻底忘了我,再相一门亲吧。我完了,这辈子也许就交待了……"

警车开出陷坑后,我父亲一屁股坐在水洼里。

张家贵到底还是从山顶撬下了一块大石头,石头底下的石窝,确实足以栽一棵果树苗,或来年春天撒下几颗玉米种。但他的小夙愿已实现不了啦。

从山上滚下的大石头,砸到了一头黄牛身上,将黄牛砸到山沟里摔死了——那头黄牛因为在队里分配公产时不知如何分配是好,又不敢杀了分肉分皮,便依然属于公产,由各家各户轮流饲养,也为各家各户轮流干些人干不动的重活。

它正处在最有力气的年龄段……

三

玉县曾经两易其名——明代时它叫过侑县。县志记载,历任县令以好客闻名,上行下效,百姓遂以好客为荣,于是茶酒业受益,然而世风却日渐轻佻了。其实呢,设身处地想一想,地处偏僻的山坳之间,好客是多么正常的人性表现!所谓世风怎样,也许只不过是不喜欢"侑"这个字的人的借口。清中期的时候,某任县令上奏朝廷,力陈应将"侑县"更名为"郁县"的好处。皇上认为他言之有理,批准了。改为郁县之后,茶酒业并未因而衰弱,好处却明显地产生了,便是从官到民,不仅在乎经济,也开始重视教育,重视文化,知书达理的人多了,此后出了不少举人,秀才在人口比例中一年比一年高了。郁县先人们的大遗憾是不曾出过进士。但他们当年也有一傲,便是直至清朝瓦解,总共出了三位孝廉。"孝廉"相当于全国道德模范,对于偏僻的山里的一个小小县城,那确实是殊荣。因为秀才、举人,包括进士,说到底都是一考定终生的事。孝廉却需要民选的参与,一级比一级审得严。最后一关是,皇上要亲阅事迹材料的。倘若钦定的"孝廉"名不副实,君臣面子上都不好看。

解放后某年,全国对省、市、县之名进行了一次统改,"郁县"又在那一次更名为"玉县"了。这是因为,"郁"字虽有意思甚好的一面,如"郁乎其文"、郁郁葱葱;但也有意思不好的一面,如忧郁、郁闷——而改成玉县,那就将经济、教育、文化、官风、民风,一切好的方面都容纳在内了。改为玉县以后,玉县人津津乐道的,就是玉县也出了几位开国将军和副部以上干部了。

一九八二年的玉县有六七万人口,这是专指县城内人口,不包括神仙顶这样的周边山里的农村人口。它的三面都是丘陵,一面临江。江叫镜江,常年处在流缓波平的状态。绝不是一条徒有其名的江,挺宽挺深的。江的中航线能行两层的轮船,乘轮船半日后可到达下游的一个地级市,叫临江市。从临江乘列车,十几小时后就到贵阳了。

玉县拥有风景旖旎的山光水色。

为我接生的女人姓方名静好,那年三十七岁。她丈夫叫孟子思,比她小两岁,他们当时没孩子。

方静好那一门方氏家族,在玉县不但历史悠久,而且是望族。这一家族历史上出过多位举人,秀才之多更不必说了。还出过一任玉县县令,县志上记载他政绩可嘉,遗留在民间的口碑相当之好,属于勤政亲民、两袖清风的一位县官。还出过两位孝廉——全县一百五十几年间就出过三位孝廉,方氏家族居然有两位!以上种种,使方氏家族在县志上占有重要篇章,在前几代玉县人的记忆之中也笼罩着经久不褪的光环。

近代以来,方氏家族的人主要致力于民间教育事业,方静好的祖父辈中,有人或与那时的黄炎培、陶行知、晏阳初见过面,交流过"教育救国"的心得,或书信往来频频。

他们对玉县的最大贡献,便是使玉县有了一所主要由家族出资创办的护士学校,简称玉县护校。直至一九八二年,玉县护校在全省仍颇著名。它培养出的护士不仅仅是护士,同时还具有相当专业的接生水平。方静好的祖上们创建这一所护校,当初也是因为考察到了周边山里的农村婴儿出生的存活率甚低,急苍生之所急。她的父亲多年担任护校校长,母亲则是终身教师。由她父母接生的玉县人及山里的人,夸张点儿说,几乎可用"不计其数"来形容。方静好十九岁从护校毕业后,既在学校当老师,又常年进山义诊，所接生的孩子也差不多近百了。

一九八二年，方静好已是护校校长。

孟子思是"文革"中贵州大学历史系的工农兵学员，毕业后留校，不久由于参加了反"四人帮"的活动，被打成了"现行反革命"，在一次劳改劳动中突发隐病，昏厥于地，幸亏方静好到山区义诊经过那里，及时救了他一命。后来，他俩暗中相爱；"文革"刚一结束，如愿以偿结为夫妻。一九八二年，适逢中央推行"知识化、年轻化"的提干方针，孟子思遂成为临江市最年轻的副市长。他每星期起码回玉县一次，与妻子团聚。工作一旦忙起来，十天半月才与妻子见上一面也是常事。他是副地市级干部，玉县是处级县，他如果提出调到玉县，组织上无法安排，况且临江市也不会放他。他知道组织上会感到为难，就几次打消了调到玉县的念头。与妻商议时，妻子也坚决反对。毕竟，临江市的平台大些，对他的个人前途有利无害。上世纪八十年代初，一批无任何政治背景的知识分子有幸跻身政界，被视为改革开放的重要成果，所以那也就不仅仅是个人希望怎样的事了。方静好调往临江却容易多了，只要她愿意，玉县和临江市的组织部门都乐于成全，一纸调令而已。但她不愿调往临江。她对护校的感情太深。她的祖父是玉县民盟的创建者；她父亲"文革"前一直是玉县的民盟主委，也就是"一号人物"。一九八二年的方静好，也成为玉县民盟的主委了，顺理成章地当上了县人大的一位副主任，唯一的女副主任。她对身兼什么官职并不在乎，但玉县的民盟组织在"文革"中受创严重，一九八二年时刚刚"起死回生"——玉县民盟也等于方氏家族留给玉县的宝贵遗产，她这位家族正脉的唯一"女掌门人"，不可能不心怀一份责任，使之重新在改革开放中发挥积极作用。

好在，方静好也罢，孟子思也罢，都是事业型的人，对于两地之爱，倒也极为适应。由适应而习惯，由习惯而挺享受，反而爱得美哉悦哉，其乐陶陶。一九八二年那时，中国两地分居的夫妻多了去了，对于中国人，那似乎不是什么大不幸。

方静好对于我父母将我遗弃在她家，所持的是一种不予苛责的态度,甚至也可以说是一种正中下怀、乐于接受的态度。

因为不但她已记住了我父母的脸,别人也记住了,以她的人脉和关系网,若想找到我父母,那还不是易如反掌?

但她似乎根本不打算那么做。

她对那位邻家阿婆说:"等三个月再做决定吧。如果那夫妇俩后悔了,自会来认这孩子。他们不来的话,证明他们是铁了心要遗弃这孩子的。既然那样,找到他们又有什么意义?"

三个月内,我父母没再出现。

她说:"多等三个月吧。"

又过去了三个月,我父母还没出现。

而我,由"人之初,肉一团"一晃长到了半岁。"肉一团"的我也罢,半岁的我也罢,对自己的命运将会如何是完全没有"自己意见"可言的,只能任人弃或留。但我已经开始咿呀学语了,而且喜欢笑。我被照料得特别周到——一位堪称育儿专家的护校女校长和一位尽职尽责、在我之前替别人家带大过数个小孩子的老阿婆"精诚合作",能照料不好我吗?对我的营养供给也很多样,应有尽有,别提多么全面。可以这样说,在当年,在全玉县,能受到我那种悉心照料的小孩,肯定少之又少。这显然是我爱笑的大前提。我在人世间最初熟悉的脸不是我父母的,而是方静好和那位阿婆的。虽然这两位女性的年龄不同,有一点却是相同的——脸上似乎都焕发着使我觉得被爱的光。我不骗你们,半岁的我已经能从人的脸上感受到自己是否被爱了。这两个女人的怀抱,是我觉得最温暖、最舒服,也最安全的地方。我一看着她们的脸就会笑起来,那是不由自主的,本能性的,取悦的笑。是的,那么小的我,我想我已经开始无师自通地"学会"取悦于爱我的人了。是否也有感激的成分我说不清楚。大概不会吧?谁知道呢。不论她俩谁抱起我,我都会很快就入睡了。

后来,我叫那位阿婆于姥姥,因为她姓于。

她曾对我说:"你小时候笑起来可招人爱了,你妈一看着你笑的模样,就忍不住要把你抱起来。你小时候也没怎么哭过,就哭过两三次,每次就哭几声。"

那时我还不知道我被父母遗弃的事,但已经听过一些关于天使的故事了。我就想,我多幸运啊,从小被两位天使般的女人爱着,太没理由哭了啊。

半年后,也就是一九八三年的三月,我成为了一个玉县县城里的人,我的姓名被加添在我母亲方静好的户口上了,我前边一页印着"孟子思"三个字。户口上注明我是他俩的女儿,于是,他俩成为了我的父母。母亲坚持我随她的姓,父亲为我起名方婉之。我的出生日是一九八二年九月十四日,我母亲不想改变我事实上的出生日。

二十六年后,我对我的出生相当困惑——因为,我不能确定究竟是我的生母给了我生命,还是我的养母给了我生命。当时,如果不是养母及时出现,在她家中,在她的床上凭着丰富的接生经验将我接生下来,我也许生下来的同时也就死掉了,甚或也可能要了我生母的命。后来知道,我在生母腹中的胎位不正常,专业的说法是"横胎"。接生"横胎"几乎所有妇产科医生都会"头大",最保险的方法是剖腹产;而当时实行剖腹产是不可能的——我的"校长妈妈"是担着极大风险把我接生下来的。她当时觉得为了拯救大小两条性命,冒那种风险是值得的。如此说来,是不是也等于我的养母给了我一条命呢?

"校长妈妈"是我对她的昵称。

我三岁以后才开始与我的养父亲近起来——不,既然户口上都印着我是"女儿"而不是"养女"了,那么我应该对他以父亲相称。父亲回到家里大多是在晚上,第二天又不断有人来看他,与他聊大人们之间的各种各样的事,所以他的心思不太能集中在我身上。我虽然叫他"爸爸"叫得也很亲,但却认为他主要是回家看我妈妈的,他爱我也似乎更是因为妈妈爱我。从小孩子的感情上讲,我觉得我与于姥姥的关系比与爸爸的关系还亲呢。

我不知道自己的真实身世,这令我的童年非常幸福。我的经历后来使我明白了这样一种人生真相——一个人知道的事情多少，与他的幸福感往往成反比。知道得越多，很可能越不幸福。而知道得少，甚或某些事压根不知道，幸福感有时还会高些。想想吧，有的人明明知道某事的真相，不能说或不敢说，命令自己必须带到棺材里，他或她死到临头时该是多么地不甘心？人不甘心地死去还有什么幸福可言呀。

对于我成为方静好校长和孟子思副市长的女儿这件事，玉县的一切人都是乐见其成的。校长妈妈在为我上户口时，呈交了一份"情况说明"——她在"说明"中保证，不论我的生母生父何时前来认我，她都会持欢迎态度，并会促成我与生父生母骨肉相认。

除了派出所的人知道我身世的真相，就只有极少极少的人知道了，于姥姥是其中之一。他们都是守口如瓶的人。保守那样一种秘密，对于他们可不是心有不甘的事——这属于极少数知道得多而又不损害自己幸福感的事。民间对这样的人、这样的现象一向是正面评价的，曰"嘴上积德"。他们尊敬我的校长妈妈和副市长爸爸，皆以守口如瓶证明其敬不伪，分享着我爸妈的"天赐"之喜。的的确确，那个家因为有了我，原先的两口变成四口了（我爸妈也视于姥姥为家庭成员之一，她自己也这么认为），我给那个家带来了两口人时少有的欢声笑语，主人和客人之间的话题，往往也围绕着我了。

一过三岁，我就入幼儿园了。当年全县城就一所幼儿园，是为干部之家和名流之家开办的，而且是公办，下属于县政府机关事务管理科。在县城，退休的老科长们当然也都被尊称为退休老干部。重要的节日里，在职的各单位领导，照例也是要慰问慰问的。至于名流，当然也是有的——文化局、教育局所管所统战的人，不少便是玉县名流。"文革"前县里有剧团，"文革"中还"打倒"了几名"反动艺术权威"呐。至于我校长妈妈，更是名流中的名流了。

县城里的大人，从干部、名流到庶民百姓，都称我妈妈方校长；我从小耳濡目染，记不清从几岁开始，对别人提到我妈妈时，也喜欢说"我校长妈妈"了。

我那么说对别人是一种暗示，好使别人立刻明白我是谁。而别人一明白我是谁了,对我会顿时刮目相看起来,态度也就不一样起来——大人们会夸我几句,而孩子们则满脸羡慕。

我很享受那一点。我的虚荣心那时大为满足。

是人都有虚荣心,这已无须证明。

我想,所谓虚荣心,无非是那么一种心理感觉。一个人并没做过任何值得别人刮目相看的事,或那事掰开了揉碎了说并不可赞可敬却仍会被刮目相看;明明没什么资格获得,却又特享受,可不等于虚荣嘛。

但一个人究竟从几岁开始就有虚荣心了呢?

自然因人而异。

而我在入幼儿园之后就有了。

我入的幼儿园既是那么一所幼儿园,各方面条件肯定是令家长们满意的——都是不一般的家长啊。一位退休的小学校长被返聘,成为幼儿园的园长。老师们都是高中毕业生,录用时对她们的形象也是有要求的。

我在幼儿园属于一个被重点爱护的孩子。园长和老师对县委书记和县长的孩子爱护得有多上心,对我也做得丝毫不差。

接送孩子都是各家阿姨的事。

当年在玉县倒是没有小汽车接送孩子的现象——除了县委、县政府各有两三辆旧"上海"和帆布篷的军用吉普,全县还没有一辆私家轿车。吉普是必须有的,因为干部们下乡,行的都是山路,吉普底盘高,也比轿车有劲。

各家的阿姨接送孩子,或背或抱,或用自行车托带,或用小孩车推回家去。反正县城本身范围就不大,远也远不到哪去。

每天接孩子时,排在幼儿园门外的小孩车,会成为一道吸引眼球的风景线。于姥姥推着接我的小孩车,是我爸求人在上海买的,颜色漂亮,样式新颖——起码在当年的中国是新颖的,特别美观。

我坐在那样一辆小孩车里,于姥姥推着我不慌不忙地前行,捎带为家里买东西,所到之处,想不吸引眼球都不行。而于姥姥对于我们那么吸引眼球也是很愉快的。

我自幼成长的家是完全可以用"家园"来形容的。它在一条幽静的小巷里,是方氏家族的祖产,"文革"时期曾被充公,"文革"后归还在我妈妈名下了。

我的家占地半亩有余,高而窄的双院门,木质依然坚硬无损,包门角的铜饰虽然已看不出是铜的了,但两只铜环却很亮,那是人手的作用。合页换过几次了,开关门时绝不会发出刺耳之声。进了门,没有影壁,直对正房。正房是客厅,近三十平米,藤椅木椅可供七八人坐谈,连着十三四平米的套间,是我爸妈共有的书房。右厢房是我爸妈带卫生间的卧室,我很少进去。左厢房三小间——我小时候与于姥姥共住一间;上中学后独住一间;另一间是厨房。院门两侧,一是厕所,一是堆杂物的小仓房。我家的房间,包括仓房和厕所一律是砖板结构的;窗台以下是青砖,青砖以上是优质的厚硬木板;房顶却是传统的鱼鳞瓦铺成的。这一传统不只是美观不美观的选择,也有经济学方面的考虑——如果换一片或几片瓦,由于鱼鳞瓦小,花费便少。我家院子挺大,起码对于小时候的我来说够大。院子里有桂花树和海棠树,三角梅。正房厢房的窗前都种着美人蕉,或开红花,或开黄花。因为有院子,所以我说我的家算得上是"家园"。实际上县城里有院子的人家不少,估计在三分之一左右,区别仅仅在于大小,美好或破败。所有人家都是老方砖地,我家也不例外。玉县是湿气较重的地方,木板地太容易腐朽了。一般人家的房子也基本是砖木结构的,若盖时为了省钱,下半截就用石块代替。

县城里当年有下水系统的民宅全集中在两条巷子里,我家所在那条巷子叫前巷。一般人家将那两条巷子叫"文明巷",将我家那样的人家叫"文明人家"。这种叫法据说是从民国时期沿袭下来的,主要是指两条巷子里到省外甚至国外求学过,成为"新派文化人"的子弟多。但一般人家对于"文明巷"的人家只有羡慕,并无妒憎——毕竟,那种差别是历史造成的,也是前几代人留下的。解放后仍住在"文明巷"的人,老老少少都是言行谨束,低调处世之人。有时高调的，也许要数我的校长妈妈了。她若对某事态度强硬起来，连县里的领导们都有几分怵她。但"某事"肯定是为公为民之事，她从没因为一己私事急赤白脸过。

　　我小时候，常听初到我家的大人称赞我家房子品质好，院子如花园。我对这一点没什么特别的感觉，因为我还不曾去过任何别人家，我以为世上所有的人家全都是我家那样的。并且，对于一个学龄前的小孩，幸福不幸福，家怎么样，有没有院子，有什么样的院子其实不太主要；爸爸、妈妈和于姥姥非常爱我才是最主要的。他们是否是受人尊敬的人也很主要，不知为什么我对这一点自幼特别敏感。至于家，对大多数没到过别人家的小孩子来说，但凡像个样子肯定就是温暖的家了。

　　我上的自然是全县最好的小学。

　　有一点我记得特别清楚，那就是成为小学生以后的我，更喜欢在同学面前说"我校长妈妈"如何如何，怎样怎样了。

　　我妈妈终于知道了。

　　有一天她对我说："你喜欢那么说，没什么不可以的，但最好不在别人面前那么说，在家里跟你爸、跟于姥姥那么说妈妈听着也挺高兴，以后只在家里那么说吧。女儿，你要给我认认真真地记住，绝对不许你在任何别人面前说'我副市长爸爸'怎样怎样——绝、对、不、许！记住了？"

　　我被妈妈的严肃劲儿吓着了，瞪大双眼看着她的脸，都忘了对她的话做出反应了。

　　妈妈又问："长大了，不愿听妈妈的话了？"样子还是那么严肃。

　　我这才摇摇头，眼泪快掉下来。

　　"那就要说记住了，对大人的问话要回答。"

　　分明地，在没听到我的回答之前，妈妈不想结束对我的教诲。

　　"记住了。"我的眼泪再也忍不住了，断了线的珠子似的往下掉。

　　"别那么委屈。大人说几句就哭的孩子不是好孩子。总是喜欢让别人知道自己的爸爸妈妈是什么人的孩子,更不是好孩子。那是最没意思的话,那样的孩子令别人讨厌,明白吗?"

"明白。"

她亲了我一下,转身离开了,还对门外的于姥姥摆摆手,阻止于姥姥进屋哄我。

我心里确实有委屈。

才小学二年级的我,难以理解一个孩子如果以自己的妈妈为荣,希望别人知道自己的妈妈是谁,怎么就成了不对的事?也许因为个中道理讲起来挺复杂,所以妈妈采取了简而告之的方法。

从那一天起,我再也没对别人说过"校长妈妈"这四个字,连对爸爸和于姥姥也不那么说了。虽然妈妈允许我在家里那么说,但对于我,只有在对别人那么说时才有意义啊,对爸爸和于姥姥说有什么意义呢?没意义的话不是没意思的话吗?所以我对谁都不那么说了。

我成为初一女生后,没用谁再教诲我,我很快就真的明白了,总喜欢让别人知道自己的家长高人一等的中学生,确实是令别的学生讨厌的。

成长使我明白了这一点。生活使我明白了这一点。所以我对妈妈在我小学二年级时的告诫,内心里产生了感激。

某些令别人讨厌的事,家长能在孩子小时为其打预防针,对孩子实在是幸事呀!

然而我的小学老师们还是几乎都对我另眼相看——最年轻的一位老师,是我妈妈接生的。

而我的同学们,不论在哪儿见到了我妈妈,几乎一律都会说"校长阿姨好"。几乎每一个同学的亲人中,都起码会有一人是我姥爷、姥姥或他们的学生接生的。这也使他们想不对我示好都不可能。

我妈妈千真万确是玉县名人中的名人,在玉县比我爸爸有名多了。有一位名人妈妈,小孩子自然也会被妈妈的光环所照耀。而有光就有阴影,如此也可以说我是在名人光环的阴影下长大的。

小学三年级的时候,我成为班里的语文课代表。这倒与妈妈的光环没什么关系,是因为我的语文成绩一向很好,我的作文常被老师当成范文在班上读。当然喽,说到底还是因为我有那样一个家,家里书多。不仅成人书多,小人书也多,一百多本呢,几乎可以开小人书店了。我爸爸的业余爱好之一是收藏小人书,他也是上世纪八十年代的读书达人。如果一个孩子的爸爸是大学历史专业毕业,最喜欢读的还是文学著作和哲学书籍,那么这个孩子每次与爸爸的闲聊都不会是一般的聊天,文化上、修养上的所谓潜移默化和润物细无声,都会在这个时候发挥作用。

我成为小学生后,开始有点儿恋父了。每次他回来,我都会缠着他让他给我讲这讲那。他讲什么我都觉得吸引我,都觉得有趣、爱听。他能背许多古诗词,为了使我欣赏到诗句的妙处,还会画图给我看,如"半截云藏峰顶塔,两来船断雨中桥"这样的诗句——当时我理解不了,船怎么就能把桥给断了?但依然觉得美,觉得读起来琅琅上口。在古代,中国的先民将日月和金木水火土五星概括为"七政",将天地人统称为"三才",形容旋风为"羊角",比喻闪电是"雷鞭","造雷"之神叫律令,将雷用神车运到天空某处的女神叫阿香……这些有趣的知识都是爸爸在与我闲聊时讲给我听的。

我最喜欢爸爸教我对"律令"——"云对雨,雪对风,晚照对晴空""来鸿对去燕,宿鸟对鸣虫""三尺剑,六钧弓,岭北对江东""两鬓风霜,途次早行之客;一蓑烟雨,溪边晚钓之翁";后两句是爸爸最喜欢的,每次吟罢总是赞叹:"太好了,太好了!"

有时我希望妈妈和我们一起对,妈妈却总是笑着说:"别以为你爸多有才学,他那不过是现炒现卖,对你卖弄的还是小儿科的聪明。"

后来我知道,我家保留着几册线装的童书,我爸爸发现了,与我闲聊之前总是先"备一下课"。

我要求自己看。

妈妈却说:"精华内容你爸都讲给你听了,现在的小孩子不看也罢,非想看也等你中学以后吧。"

妈妈也是喜欢看闲书的人。她看得最多的是中外短篇小说。她惜时如金,主要精力用在了读医学书方面。

后来,我开始到同学家里去玩了,才知道,并不是天下所有的孩子都有我那么好的一个家。有的同学家里很小,很简陋——这使我一时不知所措,因为我也想邀请同学到我家玩儿。

我问妈妈我该怎么办?

一次也不邀请同学到我家玩,我和同学们的关系会渐渐疏远的。

妈妈也被我的难题难住了。

她深思良久才说:"一次也不邀请同学到家里来玩确实不好。这样吧,选个星期天,你能请来多少同学,预先让妈妈心里有个数,妈妈先为他们检查一下身体,之后你把小人书都摆出来让同学们随便看,这时同学们就不会太注意咱们家怎么样了。而且,你要先把这样的话说在前边——有的房间是属于护校的,咱们家人不能随便住。"

这不是说谎吗?我犹豫了一下,却没问出口。

某个星期日同学们来时,我爸爸也在家。他和我妈妈一样穿上了白大褂,充当我妈妈的助理。

我妈妈为同学们检查了眼睛、牙齿、耳鼻喉,戴着听诊器逐个听他们的心脏,某几名同学还得到了药。

接着,我妈妈为同学们上了一堂个人卫生课。

之后,她和我爸就离开家了,交代于姥姥帮我招待好同学们。

前些日子,于姥姥收养的一只流浪猫生了一窝猫宝宝,同学们都被猫宝宝吸引住了。

忽然,有一名男生情不自禁地说:"你家真好呀!我也真想有这样的家。"

当时,几名同学听了一下子都转头看着我,仿佛我说出怎样的话,将决定我是不是他们的"自己人"。后来我多次从电影中看到类似的情节,每次看到,都会回忆起那天同学的那一句话,心里就会感到丝丝拉拉的疼一下,尽管我说的"后来"我已经是大人了——当年的我们才小学三年级,我和他们的关系都很好。我觉得发生那样的事实在是一种不幸。这不幸既是我的同学们的,也未尝不是我自己的,因为我第一次说了谎话。

我的谎话比妈妈教我的谎话更是谎话,简直可以说是一个"天大的谎话",成语的说法是"弥天大谎"。

我当时说的是:"这是护校暂时借给我家住的地方,我们一家四口还没自己的房子呢!"

"是啊是啊,还没自己的房子呢,这里再好也不是我们的家,真是愁死了!"

于姥姥也从旁帮我的话"溜缝"。

另一名女同学说:"不许再比谁的家怎么样了,快让婉之拿出小人书给咱们看吧!"

我赶紧将装小人书的纸箱搬出来,于是大家的注意力转移了,一个个吃着于姥姥端给大家的水果和小糕点,看得聚精会神。屋里一片安静。

爸爸妈妈回来时,同学们已经离开了。

我向爸爸妈妈讲了事情的经过,爸爸不以为然地看着妈妈,批评说:"教女儿说谎不对吧?"

妈妈表情庄重,很是无奈:"请问市长同志,你有什么好办法吗?"

我爸爸张了一下嘴,没再说什么。

我成年以后,历事渐多,既看到了人世间众多人生活的不易,也体会到了种种个人责任的沉重压力——不,有时候那简直是压迫啊!便由现实中看出了一种咄咄逼人的真相;有时我们明明知道自己或别人的某种做法是不对的,却还是那么去做了。委实是因为,除了违心地那么做,也再无第二种正确的做法可供选择啊!特别是在我们毫无损人利己的动念,一心想的是千万别使他者受到什么伤害的情况下,我们反而只有选择不对的做法时,我对现实的态度就又多了几分包容;对"唯正确论"者,也就常常敬而远之了。

我甚至认为,只要人类存在一天,那种大大小小的无奈,便是人世间常态之一种。

在我小学五年级的第一个暑假,妈妈又要到山区去义诊。我还从没去过山区,充满了好奇,反复央求妈妈也带我去。妈妈起初严词拒绝,过后不知为什么,又同意了。

那时已是一九九三年了。通往山区的路已是水泥路了,妈妈也不必再骑自行车进山了,是县里的吉普车送我们母女进山的。

一路上我很兴奋,又是背诗又是唱歌的。

我与妈妈来到了神仙顶。

在妈妈的推动下,神仙顶已经有了一间半卫生所,备有一些一般的常用药。农民们头疼脑热或受了小的外伤,不必再到乡里去,能够不出村就买到药和及时包扎一下了。负责管理卫生所的,都是在县里受过培训的人,以姑娘们为主,类似早年间的"赤脚医生";妈妈经常对她们的工作进行督察指导。

我和妈妈在神仙顶卫生所里间的小屋住下了——那小屋有床、被褥和蚊帐,我和妈妈每晚挤在一张床上睡。

妈妈带去了一批童书、书包文具和毛巾香皂、鞋袜和挂面、奶粉什么的,总之带去的东西挺多的,全是她和民盟的同志捐的。

但妈妈不许我参与分发那些东西。

她说:"你又没捐什么,所以你没资格分发。以后你长大了,也愿意捐了,那时才有资格。"

白天,妈妈忙着挨家挨户检查身体、治病。她擅长针灸和推拿,连临江市的人都晓得她在这两方面的大名。神仙顶的中老年人排着号等待接受她的治疗。

而我则立刻与神仙顶的孩子们打成了一片。确切的说法应该是——我企图立刻与他们打成一片,交上新朋友;他们却都与我保持一定的距离,谁都不愿成为与我关系亲密的人。那不是排斥;排斥是有敌意的,他们的脸上、眼里并无敌意。也不是防范,因为我对他们毫无危险,而且我在主动向他们表达友好——他们只是将我视为"异类"。他们还从没见过一个县城里的孩子,我在方方面面与他们太不一样了。他们是些一年到头村里村外四处玩儿的孩子,包括女孩子的皮肤也晒得挺黑,而我则细皮嫩肉的。他们穿的几乎都是打补丁的衣服。有的孩子的衣服就那么前破一处后破一处,连补丁也没打。而我穿的虽然是最经脏的衣服,与他们的衣服比起来还是太有样式、太干净了。他们中有的孩子已经过了上学的年龄却并没上学,而我袖子上还别着"两道杠"。我得承认我是成心的,为了向他们证明我是优秀的小学生,以为那样会较快就博得他们的好感,不料恰恰相反。

有一天雨后,我穿双粉色的小雨靴蹚水玩,不经意间发现周围已站了几个孩子在看着我,其中一个和我年龄差不多的女孩还背着小弟弟。他们的裤腿都高挽着,都赤着脚。

他们看我的目光,使我联想到了我的同学们在我家都愣愣地看着我时的目光。

是的,那些山里的孩子不是串通一气地在排斥我,也不是在防范我,我有什么可防范的呢?——他们只不过对我太陌生了。陌生加羡慕,使他们无法与我友好起来。就像一群小野猫面对一只家猫宝贝,我身上异于他们的"气味",使他们觉得和我玩在一起是不明智的,或者有失小野猫的尊严。

我选择了逃之夭夭。

还有一天,几个男孩子在一起玩"顶拐",我从旁看着的时候,走来了一位年轻的孕妇。

她对我说有人想认识我,问我一点儿县城里的事,让我跟她去见那个人。

我犹豫地问:"男孩女孩?"

她笑了,说是女人。

我说:"那最好去问我妈妈。"

她说:"人家就想听一个女孩讲的嘛。"——接着又对男孩子们说,"你们谁也不许欺负她啊!她受我保护,谁欺负她我找谁算账!"

男孩们都说不敢不敢。

我见她在男孩子中挺有威望,而且又声明我受她保护,就放心大胆地跟她走了。她一路轻轻牵着我的手,还不时目光温柔地低头看我。

她就是我二姐何小菊,那年二十六岁了。她也嫁给了一户杂姓人家,腹中怀的已是二胎了。一九九三年,农民打工潮已经波及神仙顶了,她丈夫赵大志到外地打工去了。她有时单过,有时在婆婆家住几天,享受享受被照顾的优待。

大我十五岁的怀着孕的二姐,牵着我这个还是小学五年级女生的小妹的手,要去见我的大姐何小芹。

我可真是我两个姐姐的小妹妹呀!

张家贵出了那事后,使我大姐精神失常了一阵,恢复了两年后,嫁给了另一个杂姓男人吴起。吴起比我大姐大三岁,只有小学文化,是个瘦弱的男人,也没张家贵那种在神仙顶的男人中少见的气质。好在他不把我大姐得过的病当回事,视我大姐为宝。他也外出打工去了,他家人嫌弃我大姐。说是精神正常了,其实往往还是不太正常。吴起只得托付我父亲时常关照我大姐,防止她走失了却没人知道。自从大姐得了那种人见人躲的病,二姐这个妹妹反倒像是姐姐了,虽然已是别人家儿媳,仍时时关心大姐的日常起居和一日三餐,有时甚至不顾婆家的反对,干脆陪大姐住几天。

我看到大姐时,她正在她那破家门前锄草。那的确是破家,房顶似乎会塌,门已歪了,门前地泥泞不堪,杂草丛生,还有鸡屎鸭屎。

二姐说:"姐,别锄了,等天晴了,地晒干了,我锄吧。"

大姐拄着锄杆,看定我问:"是她?"

二姐点点头,轻轻将我往大姐跟前推了一下,亲昵地说:"让这位姐仔细看看你模样哈。"

大姐的衣服裤子洗过不久,挺干净的,却不知为什么皱巴巴的。她的头发也没个型,显然不常梳,有些凌乱。只有她的脸依然是俊秀的,身材也依然保持着苗条。

二姐的话使我困惑,我觉得按年龄我应该叫大姐二姐"小姨"或"小姑"才对。她俩明明都是已婚女人了,我这么大的小女孩叫她俩姐怪怪的。

尽管我心有不解,却还是站定不动,随我大姐将我看个够。

大姐的一只手顺着锄杆一滑,蹲下端详了我一会儿,站起身说:"没错儿,肯定是她。让她走吧。"

二姐小声问:"就这样了?"

大姐"嗯"了一声,接着锄草。

二姐怔怔地看了大姐片刻,以对不住我似的语气说:"那,就这样吧,你可以走了。别贪玩到别处去,直接回卫生所哈。"

她的手在我头上爱抚了一下。还没等她的手收回去,我已转身跑开了,像一只被人逮住又被人释放的小鹿。

不仅大姐的家是破败的,神仙顶到处都呈现着破败之相。中青年人全都到外地打工去了,我大姐二姐留在村里,是由于她俩各自的特殊原因。中青年人,特别是男人走了,维修家园这种事女人和老人是干不好的。即使是家里主力——男人回来了,他们也懒得对家园进行维修了。他们有了与以往不同的新的家园意识——要用他们在外地挣的钱重盖较永久的,可传给子孙后代的砖瓦结构的小楼。从前那种家园,他们早看不上眼了。只不过他们眼下攒的钱,还不够实现他们的家园梦。

全村的破败,是即将全面地旧貌换新颜之前的"遗迹",是两幕戏剧之间尚未清台的"场景"。

虽然我才小学五年级,那也能感受到在县城和神仙顶之间迅速拉开的变化。玉县当年虽然发展得并不快,却每年都在变,每年都有新现象,一年一个样。显而易见地,十余年间神仙顶只有一种变,那就是往破败了变,似乎要被人遗弃。

第二天一早我走出卫生所时,见一个比我高点儿的男孩站在门旁。

他问:"想去捉泥鳅吗?"

终于有一个村里的孩子主动邀我玩儿，我当然求之不得，并没因他是男孩而迟疑，立刻高高兴兴地跟他去了。

多数人家的田由女人和老人负责了，少数人家的田租给别人家了。土地一下子不值得珍惜了，有些人家舍得在窗前屋后种花了。

刚刚收割过后的稻田很软，某些地方还汪着水。有泥鳅，也有鳝鱼，不多，且小，像我的手指那么粗细，半天才能扒开泥土捉到一条。男孩每捉到一条都让我看看，之后才往小篓里放，仿佛我是验收官似的。我怕泥弄到衣服上，没下手捉。

男孩眉清目秀的，是三年级小学生。

我说那你得叫我姐。

他难为情地笑笑，挺愿意地开始叫我姐。

十几年后我才知道，他是我大姐的儿子，是我外甥——是我那精神不正常的大姐要求他主动找我玩的。

我在是小学五年级女生时就当姨了，这使我每一想到就哑然失笑；有时也苦笑——某种责任是天定的。

而当时，我浑然不知，我外甥他也蒙在鼓里。

我没耐心看我外甥捉泥鳅了，就独自走到旁边去采花。田边开着一簇簇紫色的小花，很招人喜欢。

忽然间我听到了我外甥的惊叫，猛抬头一看，见一头公山羊在追一个人，不知那人怎么惹它了，也不知它是谁家的羊。它的个头特大，样子特威武，像一头小牛。它长着两只约一尺长的尖尖的角。许多羊的角都是向后弯的，那头羊的角却是朝前弯的。那人被追急了，跃到了田里。公羊收住四蹄瞪了我一会儿，一低头，挺着两只锐角又以更快的速度向我冲来。

我站在田边，看着它，吓呆了。如果它真一头顶在我身上，两只羊角肯定会刺穿我的胸。

就在那时，我不知被谁拦腰抱起。抱起我的人失去了平衡，仰面摔在田里，我倒在他身上。

那人是我的生父何永旺。当时他在田里干活，一边干活一边不时看我一眼。

他知道我是那个被他遗弃的女儿。

收割过的稻田里,稻根的茬子很硬。他的脚被严重扎伤,腿上胳膊上手上也有轻伤。

结果我妈妈多了一个外伤病号。

几天后妈妈说:"你应不应该去感谢一下那个救了你一命的伯伯呀?"

我说:"我这几天都在这么想。"

于是我的"校长妈妈"就带我去见救了我一命的生父。

我生父家,或者说我们神仙顶那个家比我大姐家强不了多少,连住屋都漏雨。我生父的床上方悬挂着一块塑料布,兜住的雨水还没放净。我们何家还是没有儿子,生父那年快六十了,外出打工难以找到活干了。他将来要能住上好房子,就只有指望他两个女婿了。至于他们有没有那种能力,或虽有能力愿不愿帮他,他当时心里肯定是没底的——因为他见到我和妈妈,第一句话说的就是:"住在这种恼火的家里,真不想麻烦你方校长一次次地来"。

我妈妈安慰地说:"得往前看。"又低头对我说,"谢过伯伯。"

我就说了句感谢的话,还躬了一躬。

生父问:"叫什么名字?"

妈妈代我说了我的名字。

他对我的名字不理解,问有什么讲。

妈妈表情不太自然地笑了笑,说也没什么讲,不过图的叫起来顺口,要我自己告诉他"婉之"的意思。

我对自己名字的意思当然是明白的,害羞地解释给他听。

"名字起得真好,还是你们文化高的人会给孩子起名。我们农民起不来这么好的名,只会小芹小菊的随意地起……"

他显出很自卑的样子。

而我的"校长妈妈"就又不自然地笑笑。

忽然他提出了一个要求:"让我搂搂她,行吗?"

妈妈愣了一下,随即表情庄严起来,口吻郑重地说:"行。怎么不行呢？我很高兴看到你搂搂我女儿。"

那时，他坐在床边，垂着腿，听了我妈妈的话，立刻向我伸出了双臂。

可是我不情愿。不是怕他。他是我的救命恩人，也是我妈妈的病号，有妈妈在旁边，我一点儿都不怕这个陌生的老男人。我是嫌他身上有股难闻的味儿——他肯定因为脚受了伤而多日没洗澡了。

我趑趄不前。

妈妈将双手放我肩上，轻轻向他推我，并柔声细语地说："伯伯爱你，让伯伯搂搂。"当时我很奇怪妈妈为什么不说"喜欢"两个字而偏说他"爱"我，但我心里刚一产生那种奇怪，就已经被他紧紧搂在怀里了。

他好像一搂住我就不再打算将我放开似的。我听到了他变得粗重的喘息和咚咚的心跳声。

我从没被谁那么紧地搂抱过，这使我很不习惯。而且，我觉得他好像要哭起来。

我求助地扭头看妈妈。

妈妈说："她何伯伯，咱们该换药了。"

他的手臂稍一松，我就挣脱身子跑出去了，一口气跑到离他家挺远的地方……

我和妈妈离开神仙顶的前一天下午，妈妈正归整东西，有人在外边叫"方校长"。

我趴在窗台，见门前有位老爷爷，下巴留着半尺长的胡子，几乎全白了。

我妈妈迈出门，尊敬地称他"老支书"。除了我二姐、大姐和生父，他是我"接近"的第四个神仙顶的大人。我说"接近"的意思是，听得到他们说的话，看得清他们的表情。前三个大人给我的印象都有些古怪，这反而使我对神仙顶的大人们产生了好奇心。至于其他大人，他们只不过远远地望过我，我也在同样远的距离内望到过他们,但互相没接近过。

老支书看了我一眼,对我妈妈小声说:"我心里明镜似的。"

我妈妈也小声问:"您有何指示?"

他说:"除了对党员我还有些权力,再就管不了那么多了。可方校长,咱俩认识快三十年了,互相很了解。有几句话,我必须说在你当面。"

妈妈谦恭地回答:"请老支书教诲。"

"嗨!你呀,你叫我怎么说你好?全县挑不出几位你这么优秀的女同志,可这件事,你明白我指的什么事,你做的它就欠思量!……"

老支书说得激动起来,想指着"校长妈妈"说,可刚一朝她举起手,立刻又垂下,背身后了。

"我猜到了您会批评我,可我想,有朝一日她也许还是会与这里……所以……"

我头一次见到我妈妈说话不自信的样子。

"神仙顶是什么地方你不清楚?有朝一日真会变成神仙住的地方?你……咱们就是放生,那也得替动物选选地方吧?老话说,帮人帮个急,救人救到底,希望你方校长再三考虑,就这话!……"

他一说完,倒背一只手,迈着大步走了。另一只手,随着他的步子忽前忽后地甩。

妈妈进屋后,我问:"妈妈,你做错什么事了,惹得他那么生气地批评你?"

妈妈一边继续归整东西一边说:"他没生气,他只不过有点儿激动。妈妈没做错什么,他那也不算批评。有些事,大人之间看法不同,很正常。"

我又小声问:"是与我有关的事吗?"

妈妈停止归整,扭头看着我严肃地说:"纯粹大人们之间的事,怎么会跟你小孩子有关?不许胡思乱想。神仙顶的事,和你一辈子都没关系。"

离开神仙顶时,我跪在吉普车后座,从小小的后窗望着越来越远的神仙顶以及它周围的一切,暗想那种地方除了破败的确再无使人印象深刻之处,完全不值得再去第二次。而那里的怪怪的四个大人,谁都是我喜欢不起来的人。只有那个带我捉过泥鳅的男孩,在我心里保留了一点点好感;临行没再见到他,没与他告别,使我心里多少有些遗憾。

回到县城后,没过几天我就将神仙顶以及那里的人们彻底忘了。毕竟,一个很穷而人又古怪的地方,在小孩子的头脑中估计最长也就只能保留几天的记忆吧?

只有那个男孩儿的样子,还偶尔出现在我脑海中……

四

我的中学时代,是在玉县的重点中学度过的。玉县起初只有一所重点中学,历史挺久了——是从前几名从西南联大毕业的学生创办的。据说他们中只有一人是贵州人,另外几个是外省人,有男有女。当年,他们毕业了,也就失业了。于是头脑一热,就在玉县办起了中学。不承想,一办就办成了。

贵州人就是我校长妈妈的亲伯父。那位亲伯父后来在南洋办的布匹蜡染厂很赚钱,没有他源源不断的财力支持,光凭几名联大学子的满腔热忱是办不成学校的。

解放后,那所中学便成了重点中学。从前没高中,后来有高中了。上世纪八十年代,调出一部分老师创办了分校,叫"新重点"。

我考上的是"老重点",它是全玉县中学的头牌,比"新重点"的录取线高十几分。

我毕业后才知道,我的分数并没达到,差七八分呢。但这一点属于学校机密,当时只有几位校领导知道。

我在中学时代开始如饥似渴地读古今中外的文学名著。我爸妈都不反对,只有一条要求,学习成绩不得出现排在前十五名以后的情况,一次都不许。我聪明,那对我不是件难事。我不属于那类"死用功"的刻苦学生,只要考前认真用功几天,成绩大抵会在前十左右。而这样的成绩,考高中时不论竞争多么激烈,爸爸妈妈都会保证我继续是"老重点"的高中生，正如保证我成为"老重点"的初中生那样。虽然他们从没对我这么说过，我却心知肚明。我与爸妈常能心照不宣。

我学习方面的聪明受益于什么？不再是学生之后我忆起往事，曾多次向自己提出这个问题。这接近是自寻烦恼，但一个时期内它着实困扰过我。

颜值肯定与基因有关这一点毋庸置疑。父母相貌平平而儿女形象出众，这种为数不多的例子据说是隔代甚至隔了几代的基因优化组合的结果。很久以后生父何永旺告诉我，他父亲年轻时一表人才，我生母的母亲也算得上清秀——那么我大姐是个农村美人自然有了遗传学方面的根据。

我问："他们的智商呢？"

生父说："你指的是聪明不聪明吧？据我所知，他们一点儿也不比同村的人强。"

这一结论曾使我大失所望。

我很想确证，我仅仅作为一个人的某一优点，是先天的普通的血缘给予我的，与后天我所一度拥有的优越外因毫无关系。连学习方面的聪明都不是生身父母所"给予"的，这使我一度暗自悲伤。

细细一想，我不得不承认，与其说我在学习方面有种天生的聪明，莫如说养父母教我的一些学习方法，使原本不聪明的我变得相当聪明。

校长妈妈曾点拨我："学是接受老师教的知识，习是自我积累知识。比如老师讲一个新词，会强调其中某字在前边学过的词中是什么意思，在新词中又是什么意思，那么你明白了同一个字有两种意思。但实际上呢，也许不止两种，还有第三种第四种意思老师没讲。为什么呢？也许老师认为以后还会讲到那个字，也许连老师也不知道第三种第四种意思。不要以为重点中学的老师个个都知识渊博，那可不见得。有的重点中学老师，只不过是能将教材规定的内容教好罢了。超出教材的知识，自己很可能并没有。那应该怎么办呢？查字典啊！一查字典，连老师没教的知识也全面掌握了。习不仅仅是复习的意思，也包括培养自学的能力。"

那以后我完成作业时桌上总是放着字典。

我的养父也曾向我面授机宜。

他说："数学考题本身没有任何意义，通过考题不断提高学生的推断能力才是意义。面对一道数学考题，头脑中立刻产生的解题方向如果简单，那就应首先排除开，因为简单失去了提高推断能力的意义。没有这种意义的考题，特别是一错扣十几分的大题，考试时大抵是不会出的。面对这类大题，不以简单的逻辑去推断，一般不至于犯解题方向的错误。不犯方向性错误，就不会浪费时间。"

养父的话对确保我的数学成绩每每名列前茅也至关重要。

我在中学时期不但读了不少书，还看了不少电影，我常是玉县上映的新片的首场观众。为了出现于某歌星的演唱会，我与班里的干部儿女多次到临江市去，不惜将周六、周日的时间消耗在江轮上。

"老重点"的学生不全是县里乡里的干部儿女，普通人家学习好的儿女还是占多数。我在小学时尚能与他们打成一片，成了中学生后，与他们不太合群了。相投的语言太少，共同爱好尤其少；互相交谈起来总是觉得隔着。即使我不愿那样对待他们，他们也较难做到不与我隔着，而且，与我打成一片对于他们似乎更难。结果一到初二，我的同学朋友就只是几名县里的干部儿女了，不久又多了一名乡长的女儿——据说她父亲要升为副县长了——最终却没升成，她就识趣地退出了我们那个小圈子。

我有了一辆崭新的紫色的女式自行车，"飞鸽"牌。当年"飞鸽"是名牌。自从有了自行车，我开始对县城进行"寻古探幽"。那时并无学习压力，我每天便还是有较多的可以自由支配的时间。我觉得逐渐长大是幸福的过程，我的这一过程没有任何方面的负担。我享受这一过程如同翅膀刚长硬的小鸟享受天空。我喜欢独自骑着自行车认街识巷，到处收集我对玉县的印象。

玉县的历史最早可追溯到明代,但明代留给它的只剩一座小石桥和几段城墙的残垣断壁了。桥下缓缓流淌的是镜江的一股细小的支流水,穿城而过,又汇入了镜江。因是活水,水质颇清,两边是大石块垒的壁,却不高,也就一米半左右。镜江水大时,桥下的水也不会漫过两边的壁;而镜江水少时,桥下的水往往浅到一尺多点儿,终日有孩子踏着石阶下去捉小鱼小虾。大人从不担心他们会出事,因为水底是平的。那些残垣断壁开满了喇叭花,还有野兔出没,据说还有狐狸。我曾在那里见到过野兔,与狐狸却无一见之缘。

当时县城已经有了新区,建起了文化宫、体育馆、图书馆、法院、检察院和较大的电影院,是所谓"一宫二馆三院"重大项目的实现。也有了几排商品楼,相应地便有了柏油铺成的新路和路名。

县城老区却仍没有供机动车行驶的路,小街都不宽,小巷两边的人家往往隔着门窗聊天。街也罢巷也罢,路面都是古砖或石段铺成的,小孩子穿着家长用木板做的"鞋跋拉"跑过时,其声悦耳。当年在全国的大城市都实行"门前三包",即包地面干净;垃圾在垃圾桶内;无积水或积雪。玉县没实行过"三包",老区的小街小巷从来是干干净净的,没有积雪问题,也不会积水。雨过天晴,门前稍有积水,人们随即就会将水扫开,湿路面干得很快。谁家还没来得及扫,转眼对面人家就扫了。因为路面窄,所谓门前,几乎成了对门两家的公共之地。这家扫的次数多了,那家肯定过意不去,下次便抢先扫。除了几处设有垃圾桶,多数街头巷尾并无垃圾桶。即使街头巷尾可能也开着某家的门窗,设垃圾桶必遭反对,而且反对有理。所以每日清晨,会有人蹬着三轮垃圾车走街串巷将垃圾载走。中午晚上还收一次。一日三次,风雨无阻。几条商业街上的店铺皆无门窗,皆由落地木板区隔内外。晴日全卸,店内一览无余。阴天卸去多少,任凭店家的感觉怎样。家家如此,户户相同,看去便很单调。店家们为了避免单调,都在隔板上动心思,或用油漆画图案,或干脆刻出浮雕来。对我而言,那样的街特有逛头儿。

我家没有我时便有照相机了。我上中学后照相机基本属于我了。我爱上了摄影,满县城东照西照,用掉了不少胶卷。买胶卷洗照片是要花钱的,但我对钱没什么实际概念。

常常是我说"妈,又没胶卷了",两三天后,我的床头柜上就摆着胶卷了。

如果我说欠照相馆的洗印钱了,我爸爸会对我妈争着说:"别别,你别掏钱包,轮也该轮到我给女儿一次了。"

不知怎么一来,我也快成县城的名人了。有些店家认识了我,我也欠过他们钱。有时我还忘了,店家自然不会忘,看到我母亲就会笑着告诉她:"你女儿还欠着这儿的钱呢。"

我妈妈也会赔着笑说:"这孩子,真不像话。"

她一回到家就会批评我:"你欠人家钱多不好呀,下次绝对不许啊。"

接着,会再给我些钱。

那两年我爸爸已住回到家里了。

临江市要在镜江上建一座大桥,桥的对面端要修公路,直通市里。那么一来,玉县和临江市之间就可有公交车畅行无阻了,不但缩短了距离,对玉县的发展也有极大的助力。这是省里的一个工程项目,由临江市具体落实,而临江市任命我爸爸为总负责人。

我每天都可以见到我爸爸了,我们父女之间的亲爱关系与日俱增,以至于我妈妈曾开玩笑地说:"我嫉妒了啊。"

爸爸常背着妈妈给我钱,还说:"别告诉你妈,你妈反对我也给你零花钱。"

而我则高兴地说:"遵命。"有时还会亲他一下。

钱真是好东西啊!

即使是亲生父女(那时我当然不会对这一关系有丝毫怀疑),父亲经常给女儿钱花,也会使女儿更爱他的。

我的中学时代不差钱,也没缺过任何东西。换一种说法就是,没见过大世面的小县城里的中学女生,我所希望拥有的只要不是超现实、超时代的东西,大抵可以得到。何况,我也没有多么强的拥有欲。往往我连想都没想过的东西,我的叔叔、阿姨也就是爸爸妈妈的下属、同事、朋友也会当作礼物送给我，比如日本进口的游戏机、韩国的化妆品和从香港带回来的高级电子表——老实说，我并不喜欢那些东西。

由于爸爸住到家里了，家里的宾客日渐多了，多到我后来根本记不清他们谁是谁，只得免去姓氏，一律以叔叔、阿姨相称。我只能通过爸妈与他们的亲密程度来猜测，谁是爸妈的同事，谁是朋友，谁只不过仅仅是一般下属。再后来，我觉得这种判断接近无聊，也就不猜测。

家里收到的东西也渐多——有些是初次登门的人认为必须表示一下的那点儿"意思"；有些是年节相送的礼物；有些是爸妈和我的生日贺礼。总之，谁想送东西给别人，不愁找不到说辞，估计派专人来阻挡都难以挡住。而他们送的那股子真诚劲儿，常令爸妈不忍硬拒。更多的东西是烟酒茶，客人一走，爸妈就得商议再转送给谁。爸爸曾对外宣布戒烟了，而那也只不过使送烟的人少了。跑步机、健身器、按摩椅让妈妈派人搬到护校去提供给师生们用了；空调、风扇由爸爸派人拉到工地指挥部去了。

当年也没"八项规定"，只要不收钱，收什么似乎都不算"腐败"。在地方，腐败不腐败，是否属于正常"人情往来"也是一条线。

我见过妈妈面对一套看上去特高档的丝绸被褥和枕头发愁过，送的人的说辞是"该换季了"。

妈妈无奈地说："这可怎么办？叫我如何是好呢？"

来不及转送或不宜转送的东西，有些年节日子里，几乎将我家小仓房堆满了。

贵州是水果种类较多的省份。一年四季，时令水果总是不断上市，我对水果餍足到一见胃里就返酸水的程度。成年后，我因而常常想到张家贵——就是那个为了使他和我大姐的儿女从小不必因看到水果而流口水，最终却锒铛入狱没做成我大姐夫的男人。

因而也多次想到"宿命"二字。

难道那是张家贵和我大姐的"宿命"？

校长妈妈曾对我讲过,她认为人有三命——一是父母给的,这决定了人出生在什么样的家庭和基因怎样,曰天命;二是由自己在生活中的经历所决定的,曰实命。生命生命,也指人在生活中所恪守的是非观,是生活与命的关系的组合词;三是文化给的,曰自修命。

她说:"文化"二字也是"以文化人"的组合词,不仅仅是指知识的有无或多少。"近朱者赤,近墨者黑","物以类聚,人以群分",也是指人与人的关系,同时是人与文化的间接关系。某些人虽有知识,但文化上可能是糟糕的人。某些人文凭不高,却值得我们尊敬,引为良友。因为文化也在生活中,他们是善于从生活中吸收有益的做人营养的人,他们的实命使他们具有了某些做人的良好品质。良好品质体现在普通人身上,往往显得尤其可贵。不但是人的幸事,也是一国之幸……

不知为什么,那日校长妈妈有点"三娘教子",欲罢不能,仿佛要将自己关于人何以为人,何以为好人的思考,一股脑儿都灌输给我。

我问她"宿命"是不是专指"天命"?

她立刻敏感起来,问我怎么知道了"宿命"一词?

我说我都是中学生了,读过的课外书不少了,知道也不足为怪呀。

她想了想,说我可以那么理解。

又想了想,接着说:"天命虽然是父母给的,但为此比爸比妈绝对是讨厌的社会现象,好文化是阻止这种现象蔓延的文化,反之,推波助澜是很垃圾的文化。因为自己的'天命'优越而沾沾自喜,招摇人前的人不过是镶金边的人渣。同样,因为'天命'不济而自哀自怜自暴自弃的人,是没搞明白何为生命之人。女儿,你要记住,真正可敬的人,是由实命和自修命所证明了的人!"

她说完,目不转睛地注视我,似乎要看出我对她的话明白了多少。

我小声问:"如果我注定了一生平凡,那可怎么办?"

她说:"那一点儿都不可怕,那就更要做一个好人。"

我想了想,忍不住又问:"都平凡了,做好人岂不是太难了?"

她沉默良久,思忖着说:"不平凡的人,往往万分甚至百万千万分之一二而已。平凡的好人,那也是百分之几的人啊。如果我女儿将来能成为百分之几的人,妈妈和爸爸就特别欣慰了。"

我对校长妈妈那日对我的教诲有点不明所以,因而印象也十分深刻。

我的初中时代不知不觉就优哉游哉幸福洋溢地过去了。

接着,我在临江市的重点中学开始了我住校的高中生活。

到临江去读高中,而不是继续在玉县的"老重点"升高中是我爸爸的主张。他认为我已经到了必须拓展成长视野,多接触新时代、新事物的年龄,仍滞留在玉县,对我的成长历练及将来的人生定会产生负面影响。

我妈妈完全同意他的看法。

而我也恰有此念。玉县虽也不错,而且正在变得现代起来,但毕竟是小小县城。它已再无吸引我的地方了,更无使我眷恋之处了。

爸爸妈妈的主张正中我下怀。

于是情况成了这样——每周回玉县探家的不再是爸爸,而是我这个住校的女儿了。大桥尚未落成,公路尚未开通,每周乘江轮往返一次,也是件累事。

我便向爸爸妈妈请求两星期回家一次,爸爸妈妈体恤地同意了。

实际上两星期一次我也没做到,一个月才回一次家的时候也不少。

爸爸妈妈从无怨言。

只是每次我回家那天,家里的气氛像过节,我感受到的可用"欢迎"二字形容。爸爸、妈妈和于姥姥从早到晚笑盈盈的,如同天使又下凡到了方家。于姥姥一直留在我家替我爸妈料理日常生活。我爸整天忙得团团转,根本无心过问生活之事。我妈在理家这件事上常常表现得弱智又无能。她无疑是好母亲、好妻子,却天生不是好主妇。家里离不开于姥姥,于姥姥自己也没家没子女,年轻轻丧夫,守寡守了一辈子。我爸妈对她好,每月给她一份她特别满意的工资,我家就等于是她的家了。

临江一中是全市唯一一所只有高中的中学。地区行署范围内各县领导的儿女、市领导的儿女、邻市某些领导的儿女,只要学习上还是那么块料,差不多都被一中吸纳了。

一般人认为,干部家的儿女,智商往往不太"灵光"——这实际上是流言。虽然流传又广又久,但那也是流言。起码在当年,在临江一中,完全不是那么一码事。

临江一中的学生普遍用功,干部儿女也不例外。有的干部儿女在中学时就是班里的学习尖子,甚至是全校学霸。他们好像都有明确的人生方向,学习特自觉,根本无须任何人督促。互相的关系也淡淡的,不会多么好,却也都尽量避免将关系搞糟。并且,都特低调,一个个本能地"夹起尾巴做人"。对比起来,我不由得每每因自己从小学到中学那种"幸福外溢"的状态感到羞愧。有的同学看书也很多,他们谈起弗洛伊德、《时间简史》和《第三次浪潮》来,我只有洗耳恭听的份儿,插不上一句话——我从没听父母谈过那一类外国人名,家中也无那一类书。

有次在食堂吃饭,同桌的几名同学不知怎么谈到了文学,一个学兄忽然问我读过什么书?我想了想,回答了《悲惨世界》。

"啊,喜欢雨果呀。"

"改革意识,是一种道德意识。"

"进步,才是人应该有的现象。"

另两名学兄随口背出了书中的两句话——我因为往小本子上抄过,所以知道是书中的话。

"别在学妹面前卖弄啊。学妹,也读过西蒙的小说吗?"

我怔怔地摇头。

"我除了每走一步路,每说一句话所开出的境界外,并不知道其他的境界为何……"

那位师姐自己也掉起书袋来。

"你这就不是卖弄了?打住,都打住,不许再谈文学,换个话题。"坐我旁边的学姐替我圆场。

我借口要添汤,端着碗起身,一去不返。

过后有同学告诉我,那几名学兄学姐已高三了,即将面临高考。他们都是校文学社的骨干,也都是一中的文学名人。

他们是不是名人我倒不感兴趣。读的小说再多,不也只不过是读者,而非任何一篇作品的作者?

但我对于他们还是不禁肃然起敬。想想吧,即将步入考场了呀,一个个居然还能那等地神闲气定、谈笑风生,内心该有多大的自信呀!读了那么多书,又能保证学习上跻身于优等生之列,他们究竟是怎么做到的呢?

除了敬意,我内心也产生起从未有过的自卑来。

那一年,具体说是高一下学期,我感到学习上吃力了。用功再用功,也只保持住了全班中等成绩的名次。爸爸妈妈教我的学习方法,在临江一中根本不起作用了。

我第一次怀疑起自己的智商来。

我曾这样问爸爸妈妈:"你们希望我将来成为怎样的人?"

爸妈对视一眼之后,妈妈首先说:"女儿,妈妈对你只有一种希望,那就是将来做一个受过高等教育的好妻子、好母亲、好女性。至于怎么为好,你懂的。至于你考什么大学,选什么专业,毕业后从事什么工作,都是要由你自己来决定的事,爸妈贡献些意见供你考虑,但绝不干涉。"

爸爸接着说:"我完全同意你妈的态度。你按自己的意愿去决定就是。别给自己预设什么高目标,非跟自己较劲地去实现。人没必要将自己的人生搞得那么紧绷,活得顺其自然也很好。总之,你幸福,你爸妈就幸福。"

爸妈对我的期许如此宽松,几无任何寄托,使我暗自庆幸,同时也难免有点儿不被重视的失落与沮丧。而他们的话是否是他们的真实想法,我就不得而知,也不想知道了。

的确，种种外因使我变得稳重了。似乎不仅仅是外因在起作用，有时候我觉得好像自己身体里也有某种属于生命本源的东西开始产生了——不，说产生不太恰当，它必定原本就存在于我生命的某一方面，起先处于"休眠"状态，由于受到外因的影响，开始"复活"了。

于是我的身体也发生了变化。

从高二起，我蹿个儿了。到高三时，身高一米七三了。个子高了，腰显得更细了，胸部发育得更丰满了，想不那么挺都不可能。腿也不知不觉地变长了，这使我在校园里成了一名身材高挑的女生。不论穿裙子还是穿长裤，都可以用亭亭玉立来形容了。我的脸形也发生了变化，由苹果脸变成鸭蛋脸了。

这种变化使我暗自惊喜，也给我带来了几分困扰——因为我并不习惯有过多的目光投注在自己身上。那些目光首先来自男生，后来也包括了女生，再后来爸妈看我的目光也异样了。

妈妈欣赏地看我时绝不会使我感到不自在，相反那会使我十分愉快。

但我身体的变化似乎给爸爸带来了不便，他不怎么正眼看我了。在我面前，他似乎不知该将目光望向何处了。

所以我在家里不再穿裙子了。

只有于姥姥对我身体的变化毫不掩饰她的高兴。

"你这孩子，天这么热，在家穿什么长裤呀！连我看着都替你热，快换上裙子，穿最短的那条！"

她这么说时，我一笑而已。

在临江一中，我默默无闻，成绩一般。我稳重，不是装稳重，而是再也活跃不起来了，想要活跃一下的生命动能似乎消失了。没有男女生关系的任何闲言碎语，更没有恋爱经历。

唯一使我欣慰的是自己身体的变化，但这种欣慰是只能内敛于心的。因为一名来自小县城的学习成绩一般般的女生倘若得意于自己的身材怎样，那是肯定会被同学所鄙视的。

我的高中阶段就像镜江，波澜不惊。

但有一件事使我受到了情感重创——在我高三下学期时,于姥姥突发心脏病去世了。

我妈妈对于姥姥很好,于姥姥对我妈妈也非常关爱;若我妈妈接连病了几天,她往往会急得上火——但她们的关系不是母女关系,一向只不过是两个年龄不同的好女人之间的关系而已。往根子上说,是好雇主与好女佣之间的关系。

但我与于姥姥的关系却不同。

尽管我没吃过她的一口奶,但我可是她一天几次用奶瓶喂大的啊!吐了拉了尿了这类一天多次的事,可一向是她的事而不是我妈妈的事。夏天怕我生疹子,每天晚上都为我洗一遍澡擦一遍爽身粉的也是她而不是我妈妈。我小时候家里既没电扇也无空调,为了使我睡足睡好,姥姥经常手拿蒲扇坐我床边轻轻扇啊扇的,有时自己也困得一边扇一边打起盹来。如果身体确有记忆,那么我的身体对于她的怀抱的记忆肯定深刻于对我妈妈怀抱的记忆——实际上小时候我更愿让于姥姥抱我;胖胖的于姥姥的怀抱那么舒服,那么温暖,给我以更大的依恋感。由妈妈抱着我往往好久才入睡,由于姥姥抱着,我不一会儿就睡着了。

现在我写到她时,笔下出现的虽是"于姥姥"三个字,但在当年,对于小时候的我,她就是亲爱的姥姥。我会说话以后,口口声声对她叫的也是"姥姥",而不是"于姥姥"。她的死对我而言是第一位亲爱者的死,对我的情感打击远大于我的情感承受力,以至于我都不愿回家了,因为一迈入没有了姥姥的家门就禁不住流泪。即使眼中未流,心也在流。

我原本是要考我父亲的母校贵州大学的,却没考上。

我考上的是贵州师范学院。我入校后,它改为师范大学了。

我承认,姥姥的死,影响了我的备考状态。

我对此毫无怨言——姥姥怎么可能为自己的死选择时日?

而我,觉得自己将来不管在哪儿当中学语文老师,那样的人生已挺好。能留在贵阳当然符合我的理想,去往临江也行,回到玉县也还行。

不知为什么,我对人生的理解,对所谓幸福的追求,一下子变得特现实了。简直也可以说,我变成了一名没有人生之梦的大学女生——在大学生无不有梦的年代和我最该有梦的年华。

这一点似乎也与姥姥的死有关。

既然谁都难免一死,那么对所谓幸福的孜孜以求的追求,是否也等于是对过眼烟云的专执一念?

放下便如何?

顺其自然又有何不可?

某些人的不幸恰在于连这样选择的"资本"都没有。

而我方婉之是有的呀。

我承认那时的我人生态度比较消极,而这使我更加稳重。

我稳重得不太与人交心了。

而这使我给人以"深沉"的印象。

五

二〇〇二年我大二了。

我遭遇了爱情。

某日去上课时,我被一名踏滑板的男生撞着了——通往教学楼的路上行人匆匆,有的同学边走边吃东西。一只尚不会飞的小麻雀不知何时从树上掉在了路上,在学生们的脚步间盲目蹦跳,却少有注意到它的人,谁注意到了,也只不过高抬脚跨过而已。它的妈妈在树上焦急地叫个不停,不时在学子们头顶盘旋,对于这异常的现象也根本没谁注意。我注意到它时,它恰被一只脚踢翻。那一踢使它不动了,居然趴在无数匆匆的脚步之间了。我赶紧快走两步,双手捧起了它,欲将它放到草坪上。

就在那时,踏滑板的男生撞着了我。这是两不怨的事,但他分明想怪我,立刻就要说出一句不中听的话来。当他明白了我在做什么时,又伸展双臂为我挡住别人。

我俩没说话,互相笑笑而已。

我第二次见到他时,他在电梯里,我在电梯外,离电梯十几步远。电梯里的人已经满了,他按住电梯不使梯门关上。我跑过去挤进了电梯,却超重了。我刚要退出电梯,他却抢先离开了,而那时别人按了下键,梯门关上了。

第三次见到他是在校刊的组稿会上,他是编委,我是学生作者。我写了一篇散文《神仙顶记事》，文中自然写到了我的生父、两个姐姐和我外甥。在散文中，我那些亲人只不过是"神仙顶人"——当时我仍不知他们是我的亲人。他是我的责编，点评时说我的散文有"玉质"，堪称"玉散文"。他的过奖之词使我当时很窘。

就这样，我们不再陌生了，也可以说认识得自然而然吧。

后来，在食堂吃饭时，他经常"很巧"地坐在我旁边。

他是计算机专业的，那当年是热门专业。可他是文学爱好者，从不创作，却被认为有评论水平。他是家在贵阳的学生，父亲是省里某厅厅长，据他说他父亲属于那个厅的高配干部，实际享受副省级待遇。那一年我爸已是临江市市长了，而他居然了解到了这一点，还说他父亲知道我父亲这个人。

一日，我俩散步时他说"咱们这一届，干部家庭的学生不多，学习好的也不至于沦落到这样的学校来"。

他这话显然是在说自己，却无意中伤到了我的自尊心。我尽量装出没被伤到的样子，说："什么样的大学都有才子。"

恋爱使人变傻是流言。起初会使人智慧，深入下去才变傻的。

他听了特高兴，忽然吻了我一下。虽然是在我完全没心理准备下发生的一吻，我却没生气。

我接着也主动吻了他，似乎是那样。否则，在那天我们之间不会有一阵彼此深吻。

二〇〇二年，中国的一切事都进入了"快速"阶段，爱情也不例外。与民间相比，大学学子们的恋爱过程算挺"悠着"了。在民间，往往互相"中意"的当天就进入实际"步骤"了。不"那样"的理由在年轻人中越来越不成立了。

我中他的意。

他一米八多的个子，算不上是帅哥，却也相貌堂堂。我俩在身高和颜值方面挺般配。爱情使我平淡无奇的大学生活出现了意想不到的情节。我虽然并未被爱情冲得找不到北，但确实也挺享受那种伴着惊喜的缠绵。

他曾用摩托带着我在贵阳的老区新区兜了两次,强调非要由我决定在何处买房子。我又开始对人生有些憧憬了——不是初中时那种天马行空不着边际的胡思乱想,也不是高中时往细了想又会顿时索然因而懒得继续想下去的迷惘,而是一步步特实际特接地气的那种预想,接近于对人生做出的理性规划和设计。

又一日,我与他在经常幽会的地方耳鬓厮磨之际,同宿舍的一名女生找到了我,说我爸将电话打到了校办——我妈住院了。

在临江市立医院急诊抢救室外的长椅上,我见到了我失魂落魄的爸爸。

我爸告诉我,我妈突发胃出血。胃病是她的家族病,但与她前一时期太累了也有关。民盟换届,关于人事安排她必须亲自与市委统战部协商。护校扩建扩招,建一半资金链断了,原定资金到不了位,她又亲自四处求援。于姥姥的死也使她很难过,嘴上不说,暗自伤心。家里没了于姥姥那么一个人,她对家务是玩不转的,却又一时找不到一个合适的替代之人……妈妈对自己的病大意了,把自己累着了。

护士从病房出来,说妈妈醒了,知道我到了,急着见我。

我进入病房,脸色苍白的妈妈朝我微笑,尽量做出泰然的样子。

我刚在她旁边坐下,她就问:"见到爸爸了?"

我点点头,握住了妈妈的一只手。

她又说:"女儿放心,妈妈的病虽然是家族病,但绝不会遗传给你的。"

我不明白她为什么说这种话。

"妈,你怎么这么说啊!"

我小声哭了,吻她的手,吻她的脸,说了些她会没事儿的话。

"记住,我给你留下了一封信。我口述,你爸代笔的。你先别急着看,过几天再看也不迟,但也别忘了这事儿。"

当时我哪里能明白,她说"过几天"的意思,其实是"我死以后"。

我又怎么会那么想啊。

妈妈嘱咐过那几句话后,从枕下摸出两件东西——第一件是存折;第二件,还是存折。二〇〇二年,卡还不是很普遍。

妈妈告诉我,一个折有两万多,是姥姥求人写下遗嘱留给我的,是她一生的积蓄,而妈妈是指定的执行人。另一个存折有将近十万,是妈妈自己为我存的。

"本想凑个整再交给你,现在……妈觉得还是现在交给你好。你都大二了,两年后就毕业了,该有自己的小家庭了。放在自己那儿,用起来更方便……"

妈妈将存折塞在我手里,同时用双手握住我的手。

"妈妈,您这是干什么呀!我不要钱,我要你早点儿好起来,早点儿出院……"

我哭出了声。

而妈妈说:"别哭啊!看,你一哭护士又进来了。快,再亲妈妈一下……"

我就吻她的手,实际上是在用妈妈的手堵我的哭声。

那名护士也是护校毕业的,估计她从没想过有一天她面对的病人会是历届学生都尊敬的校长。

护士她望着我的目光有请求的意味。

我在妈妈额上又吻了一下,恋恋不舍地离开了。

那年江桥已经建成,公路已经开通,爸爸在市里还有会,直接从医院去会场了。

我独自回到玉县的家,站在除了我再无别人的院子里,第一次感受到了"惴惴不安"是什么滋味。

然而我并没想到妈妈真的会离开我。或者说,我的头脑极度排斥这种想法。

我趴在床上,片刻就睡过去了。

我实在太累了。

那天半夜,我的"校长妈妈"离开了我……三日之内,我的状况确可用"痛不欲生"来形容。人世间最爱我的两位女性先后离我而去,一去永不返回,这使我觉得自己像一只无所依傍的孤雁,对大地和湖沼缺乏信任,丧失了起码的安全感;对广阔的天空更是充满疑虑。"校长妈妈"和于姥姥之于我,不仅仅是呵护我长大的两代亲人,还是足以保佑我命运顺遂的吉祥神。有她们在,不论我的人生遇到怎样的挫折,都不至于惊慌失措,仅仅是品味沮丧而已,安全感却是不受影响的。失去一位,我已觉自己的亲情殿堂断了永难修复的一柱;现在两位都失去了,我的亲情殿堂垮塌了。在别人眼中,我当然已经长大了,我爸就是以这样的眼光来看我的。但我自己知道,我的心理年龄仍处在习惯了受宠的少女时期。至于我爸,他固然也是爱我的,我却总觉得他的爱有别于"校长妈妈"和于姥姥对我那种细到微处的爱。用他的话说,那三天里,我因悲伤过度,像"活死人"。

他说得没错,我一下子跌入了空前的彷徨无助之境。我所参与的主要事是妈妈的丧礼。那自然是隆重的,但我却完全记不清是怎样的过程了,连悼词也没听进去。过后我爸告诉我,悼词对我妈的评价"甚高"。

第四天晚上,我爸在书房批阅文件时,我走了进去,终于可以心如止水地坐在他对面了。

我当时奇怪他竟能那么平静地进入了工作状态。

我向他要妈妈留给我的信。我当然没忘那件事。

他装糊涂,问什么信啊?

在我的坚持下,他只得承认是有那么一封信,但却忘记放在哪儿了,推说几时想起来了、找到了再给我。

我看出那是他的借口,直言我的不信。

他恼火了,拍了桌子,还想摔东西。已将杯子举起,却没真摔在地上。

"我是你父亲!你是我女儿!你失去了妈妈,我失去了妻子,咱俩的悲痛程度是一样的!为什么你不可以理解我一下,为一封信偏偏在这时候坐我对面烦我?!"

他异常激动,脸色都变青了,挥动着的手差点儿落在我头上。

我朝后仰着头,瞪着他态度坚定地一动不动。

我们父女之间第一次发生那么一种情况,当时我的感受是"惊心动魄"。

但他越是那么情绪化,越是适得其反,越使我急于看到信。

最终他妥协了,开了办公桌抽屉的锁,取出信来放在桌角。

"就在这儿看!"他一说完就抓起烟盒到外边去了。

我妈的信大致内容是——关于我不是她亲生女儿这一点,始终是她心中的纠结。但是她认为,如果自己将这一真相带到另一个世界去是不对的。我是神仙顶人家的女儿,而且我已见过我的生父,就是那位因救我受了伤的"伯伯"。如果我想知道我为什么成了方婉之,最好去问我的生父生母。当然我也可以不问,不受真相的负面影响;不改姓名,继续以玉县的家为家,与我的养父继续生活。

"婉之,你一定要确信,你的子思爸爸和我一样,我们对你都是百分之百视同己出的啊!我不在了,他对你的爱只会比以前更深,而不会有丝毫相反的变化。你怎样决定你与神仙顶的亲人们、和子思爸爸、和玉县这个家的关系,有自己做主的绝对权利。而且你校长妈妈认为,你怎么决定都与道德无关,那真相毕竟已成历史,人的现实生活不应受身世真相的困扰。生父生母也罢,养父养母也罢,都是缘分。缘分的意思就是,或长或短,或续或终,都可顺心性之自然,其他的都不必在意……"

在我印象中,"校长妈妈"是一个理性远多于感性的人。我从那封信的字里行间,看出了她当时向养父口述时是多么地冷静坦然泰然,大约冷静得如同在向下级同志口述领导者的"指示"。

而这一点使我的身世真相加倍地刺激了我——我彻底崩溃了。

后来养父说,他在外边听到了我的一声哀号,像动物的濒死叫声。

他进屋时,我昏倒在地。

那一夜我昏睡在养父母床上,养父彻底未眠,守坐床边直至天明。

他还有一大堆工作必须及时做好,我不应成为他的"拖累"。

在我的强烈要求下,他亲自开了六七个小时的车,下午一两点多将我送回了学校。

我最急于见到的是我男朋友。

我在他宿舍门外堵住了他,他正要去上课。

我已顾不上管他上课不上课了,差不多是将他扯到了我俩往日幽会的地方。那儿有回廊、凉亭和水塘。斯时水塘荷花盛开,赏心悦目,令人心旷神怡。回廊两侧的葡萄藤上,一串串葡萄已由青变紫。而凉亭的四柱上喇叭花散紫翻红,开得尤其热闹,如花亭。在凉亭里,我坐着,他站着,从我手中接过了那封信。

我的"校长妈妈"认为她如果将我的身世真相带到另一个世界是不对的;而我直接认为自己如果不及时将那真相告知那爱我的男生是不道德的。

"及时"在我这儿就是刻不容缓。

有什么"缓"的必要呢?

我认为没有。

与其由自己欲说还休地相告,莫如让他看信。

那信两页。他看完一遍,又从第一页重看。

我说:"不用看两遍吧?"

他将信放在石桌上,看着我,勉强地但也是古怪地笑着说:"是啊,不用看两遍,这封信写得明明白白,我也没什么看不懂的地方,那其实也就没什么想问你的了。但是我不得不说,这下咱俩关系复杂了,真的很复杂了。你得同意,两个相爱的人的关系,背后也牵扯到两个家庭的关系,是这样吧?现在,我自己做不了主了。没想到会出这么种情况,太意外了,复杂了复杂了,我得去上课了,咱俩的事不妨先冷一下哈……"

他又说了几句什么,我已听不到了。

那时世界变得特静。

在我的注视下,他忽然一转身离开"花亭",头也不回地走远了。

我没再流泪。我甚至也不伤心,没失落感。

我又一次心如止水。

他叫韩宾,一个普通的人名——我相信我有能力几天后就彻底忘掉这个名字,就像在我头脑中不曾存在过。

我请假从学校去了一次神仙顶。

十年过去了,村里有了变化——田地里居然生长着果树了;村路是水泥的了;这里那里出现砖瓦房了,砖是青砖而非土砖,瓦不再是小片的鱼鳞瓦了,而是大片的垅形瓦了;有的已盖成,有的正在盖。我见到的大人孩子,穿得也不再破旧了。

多么奇怪啊!

十年后我第二次来到神仙顶,居然准确记起了我的生父何永旺家的方向。

何永旺——不,我该说我的生父,那年六十多岁。具体六十几我不清楚,反正必定六十多岁了,看去比实际年龄更老,比当年更瘦小了,背也微驼了,头发稀少,完全是个没留胡须的小老头了。

他坐在竹凳上,正在搓玉米。一抬头看到我,表情漠然地问:"找谁家?"

我说:"我是方婉之。"

"不认识。"他站了起来,不再看我,双手撑腰左摇右晃。

我又说:"十年前你因为救我,脚被扎伤了。"

他的身子不再摇晃,看着我,结结巴巴地说:"啊,忆起来了,你……当年……你是……方校长的那个……女儿?……"

他用一只手比着我当年的身高。

我说:"现在我已经知道,她是我的养母,我也本该姓何……"

他伸出的手缩不回去了,就那么驼着他的背,半张着嘴,被定身法瞬间定住似的僵在我眼前了。

他背后,十年前那个我进去过一次的家几乎完全破败了,窗不像窗门不像门的,快塌了。门前的地倒是用碎石铺过了,想来雨天不至于多么泥泞了。看来,他的两个女婿并没置他这位老丈人于不顾,但也尚无能力助他对那破家进行翻建。

一只刚下了蛋的老母鸡从破家里闲庭信步地"踱"出来,咯咯叫了一阵,啄食簸箕里的玉米粒。

老母鸡使我生父缓过神了。显然,我的出现使他又难堪又悱惶,还有几分生气。他跺了下脚,指责地说:"已经那样了,你倒是想怎么样嘛!那样对你不好?你犯得着来问我的罪吗?你给我听着,我不会在你面前认罪的,我也没什么罪可认的!……"

他有他的理,认为我是在无理取闹。

换位思考,他的指责并非强词夺理。而我若真说什么问罪的话,确实接近不识好歹,无理取闹。

但我不是来问罪的。

事实上我也不清楚自己为什么到神仙顶来,有点儿身不由己、鬼使神差地就来了。

我平静地说:"我没什么别的目的,就是想来看看……"

我想说的是"想来看看你们",但"你们"两个字到了嘴边又被我咽回去了——我虽不是来问罪的,却也不是来寻找亲情的,"想来看看"最能表明我的目的——"想来看看"而已。

"那……那就……进屋吧……"

他的语气缓和了,只剩难堪了。

我朝他那——也可以说是我那破家看了一眼,摇摇头,平静得令自己都不解地问:"她呢?"

他反问:"谁?"

"生下我的人。"

话一出口,连我自己也感到说得太冷。

"死了。你小时候来不是也没见到?那时就死了一年多了……"

他的话也变得异常平静了,平静得漠然,丝毫没有挑理的意味,只是在实话实说地回答问题。

我觉得,我的心像被针尖轻轻扎了一下,并没疼的感觉,而是一种本能的器官反应。

"那……我想看看大姐二姐……"

我有两个姐,这是"校长妈妈"在信中告诉我的。那信使我回忆起,十年前我来到神仙顶时见过的两个"古怪"女人,我判断她们定是我的大姐、二姐无疑。

是的,我想知道她俩现在怎样了?确切地说,是想知道她俩活得怎样。

血亲真是厉害的关系。"打断骨头连着筋"这种形容太恰当了。

如果说我第二次来到神仙顶有什么隐约潜在的目的,那么看看俩姐活得怎么样了便是。

他犹豫了一下,可能觉得我的"要求"一点儿都不过分吧,低声说:"行。"

于是,我的生父何永旺在前边不快不慢地走,我在数步之后跟随着,去看我的大姐何小芹和二姐何小菊。我和他保持着那种距离走在路上,如果别人见到了,绝不会想到我们是父女,甚至也不会想到他是在为我带路。

只有毫不相关的两个人才一前一后那样子各走各的。

他没回过头。

我也没想赶上他。

我大姐家在建房子。四个男人一个女人都在忙。那女人在搬砖,满衣襟都是砖红。四个男人有的在拌水泥,有的在砌墙,有的在安窗框。

我立刻就判断出,那女人是我大姐。她也比十年前瘦多了,面容憔悴,神情木讷,半点儿俊美的影子也没有了。看来她的病确实使她变笨了,连搬砖的活也干不好了。别人搬砖都是胳膊下垂,双手托着最底下的砖,她却端盘子似的端着一摞砖,这就使最上边的那块砖快碰到她下巴了,使自己的头不得不朝后仰了——她就那么瞪着我呆住了。

"哎呀你呀,没见过你那么搬砖的!你愣在那儿干什么呀?

倒是先把砖放下呀!"

何永旺——我们的父亲,哀其不幸地训她。

她双手一松,砖落地上,目光却还在瞪我。

四个男人停了手中活,目光一齐望向她,接着望向我和我生父。一个半大青年赶紧走到她跟前不安地问:"妈,砸脚没?"

她不说话,一动不动,仍瞪着我。

那青年蹲下看她双脚。

他那一声"妈",使我知道了他是我大外甥。他的脸尚未褪尽少年的青涩,却已长出了唇髭,然而眉目还是蛮清秀的,像我大姐。

他站起来对三个男人中的一个说:"没砸我妈脚。"

于是我也明白了,那男人是我大姐夫。

我生父冲我大姐夫嘴里拌蒜地说:"那什么,没要紧事儿,这不,她是小芹的,你肯定想不到……来看看杨辉他妈……"

我便知道了我大外甥叫杨辉。

"不明白你在说什么。"

我大姐夫又开始砌砖。

另外两个男人也开始干活。

我生父爱莫能助地看我。

我不得不说:"何小芹是我大姐。"

三个男人的目光都集中在我一个人身上了。

我生父说:"是啊,是她说的那么回事。"

我盯着我大姐。她冲我古怪地笑。

她的笑使我内心波涛汹涌,仿佛有只手在我背后猛地推了我一下;我向我大姐迈出了脚,我想走过去抱抱我大姐。

我生父及时拽住了我。

他说:"你别过去,她的病还没好利索。"

我大外甥那时还没从我大姐身边走开,他用一只手搂住他妈,像是在保护,也像是预防她有什么不正常的举动。

他恳求地对我说:"你怎么想的啊,你走吧!"而他眼中有泪在聚集。

我那瘦小的大姐夫数落我生父:"何永旺,别怪我对你这老丈人放肆啊!我也想问问你,你闲得没事儿了?你闲我们可正忙着呢!我每天要给别人开两份工钱的!你快带她走吧,跑这儿弄的什么景啊?……"

我大姐忽然说话了。她说:"爸,带她走吧。"

一个男人也说:"太不是时候。"

我大姐就不再看我,弯腰捡掉下的砖。

我不记得我是怎么离开的了。

似乎是我先转身跑了,又似乎是我生父将我拽走的;似乎我又说了几句话,又似乎没再说什么。

我和我生父又一前一后往我二姐家走。

我二姐家的砖房已经盖成了,看上去刚盖完不久,门框窗框都刷了褐红色的漆,并且砌起了一人高的砖围墙,但还没院门,从院外可以看到院里的情形。二姐家院里刚杀完一口猪,无头的猪四脚朝天仰在热气蒸腾的大锅内,一个男人在熟练地刮毛。旁边临时搭的案子上摆着猪头,一只大黑狗两脚趴在案边,鼻子对着猪鼻子嗅个不停。案子一端还摆着大盆,一个女人站那儿用短擀面杖使劲儿搅什么。几个孩子在院里跑来跑去,互相追逐、打闹。门对面的窗开着,一桌男女在你嚷我叫地打麻将。

院子里弥漫的血腥气使我倒退了一步。

我生父说:"你看,也不是时候。你忽然就来了,我一蒙,把他们两家今天这茬儿都给忘了,还进去吗?"

我不由自主摇了摇头。

大黑狗此时发现了我,朝着我吠着冲出来。

我生父挡在我身前,一边阻喝那狗一边喊我二姐的名。

我二姐挽着袖子,两手是血地出了院子,看见我就怔住了。

我生父说:"她是你那个妹,来看看你和你大姐。我已经带她见过你大姐了……"

我勉强地笑了笑。

"啊,这么回事呀。我刚才在搅猪血,你看我这双手,也没法和你亲热了……"

我二姐笑得倒不勉强,甚至可以说笑得挺惊喜。

我生父对我说:"你看这么着行不?你要见她俩,我呢,完成任务了。我得回去搓玉米了,下午有人来收,那……那我走吧?"

他那么说,我能说什么呢?

我刚点了一下头,他立刻转过身,头也不回匆匆走了。

大黑狗还在对我龇牙咧嘴。

我二姐佯踢它一脚,冲院里喊:"赵凯,出来把狗拴了!"

一个少年蹬着滑板滑出院子,漠视地瞥我一眼,弯下腰企图揪住狗耳朵。那狗躲他,却也不跑,意欲与他玩耍。

少年来气了,将滑板砸向狗,正中狗腰。狗嗷地叫了一声,冲出院子,逃之夭夭。

我险些被狗撞倒,吃一大惊。

二姐骂道:"作死呀!它又没招惹你!"

骂完却笑,对我说:"那是你二外甥赵凯,都初中了,不好好学习,总是向我要钱买这买那,还总买些玩儿的!性子像他爸,整天寻思着怎么发笔横财!横财能到咱们这种人家?有那命吗?"

我也笑笑。只有笑笑。

二姐又絮絮叨叨地说:"咱爸一辈子就盼有个儿,结果成了这样……我和咱姐倒各有一个儿子,可惜不姓何!儿子倒是有什么好?到结婚的年龄,不又得当爸当妈的出钱盖房子?有几个农村人家的儿子,自己能早早地就把盖房子的钱挣够了的?"

她将"咱爸""咱姐"说出强调的意味。

我又勉强一笑。

虽然我不认为当年之事对我是不幸,但"儿子"二字还是将我的心扎疼了一下。

屋里有个男人大声问:"儿子,谁啊?"

赵凯的声音回答:"不认识,空着手。"

我能望到的窗子随即关严了。

二姐歉意地说:"也不便把你往家里让了,有外人。"

我说:"没关系。"

"那咱姐俩这边儿聊会儿。"

她离开了门口。

我跟她走到围墙拐角那儿。

她薅了把青草,一边擦手上的血一边说,刚杀那口猪是大姐夫买的,可大姐养不了,三天两头跑丢,她只得弄回自己家代大姐家养。本来还可以再长几十斤肉,可大姐家请人帮工盖房子,管饭没肉是不行的。过几天是她公公六十大寿,她丈夫想要大办,那样能把以往随的份子钱早点儿收回来。两家的事凑一块儿了,那口猪的死期就提前了……

"与咱大姐家对半分,一家一扇。一头小猪给我养到二百多斤,平分我也亏死了。可她是咱大姐呀,什么亏不亏的,这点儿姐妹情是该讲的,对不?"

她口口声声"咱爸""咱大姐"的,说得特亲,仿佛我们真的曾一奶同怀、相呴以湿、相濡以沫过。

我机械地回答:"对。"

其实我对她的话一句也不感兴趣。

她说全村家家户户的日子都好过了些,农民可以外出打工挣现钱了,这下可把被一个"钱"字憋屈了几代的农民给松绑了。她丈夫在外挺能挣钱的,她过日子的心劲也足了。

"你亲眼看到了,我家一溜三间大瓦房盖得挺气派。县城里人家的孩子才玩得上的东西,像滑板什么的,我家赵凯也有。打小就没缺过他玩具。什么玩具一到他手,往往一转眼就被他鼓捣坏了。他爸比我惯他,从没生气过,无非笑着来两句:'儿子,就当你爸白干了一两天活吧,下次玩新玩具可要在惜哈'。我们从小过的那是什么日子?生活好了,有点儿经济条件惯孩子了,干吗不惯着,是吧?哎小妹,你校长妈妈该退休了吧?你那个爸还当副市长呢?……"

毕竟我二姐精神没毛病,她对我打开了话匣子,喋喋不休只管自说自话。她语速快,快得我都插不上嘴。

我没告诉她我"校长妈妈"去世了,更没告诉她我养父已经不是副市长,而是市长了,还是省委委员了。

实际情况是,她说的除了"生活好了"四个字,别的话我一概不爱听。

我也找不到适当的话主动跟她说。

"赵俊!赵俊出来一下,带上纸和笔。"

我二姐又叫出了她女儿,也就是我外甥女。

那十七八岁的长腿姑娘猜测地打量我时,我二姐自豪地对女儿说:"这是你小姨,你妈亲妹妹,你的亲小姨!她爸是大官儿,她妈是名人,你以后有一门上等人家的亲戚了,你和你弟,你们这一代等着沾光吧!"

赵俊怼她:"都讲过快一百遍了,烦不烦啊?干什么?快说!"

我二姐还是个不生气,笑道:"那什么,你小姨既然主动来认咱们了,先替妈抱抱她。"

赵俊瞪着她妈来气了。

我只得说:"下次吧,这次别了。"

二姐也不尴尬,命令地对她女儿说:"那就下次。快把你小姨的通讯地址记下来,以后你得经常代表咱们全家给她写信,要不她会把咱们给忘了,那你还哪找这么一个小姨去!"

我说我更多的时间还是在学校,所以往学校给我寄信我反而收到得最及时。与在我大姐家遭到的冷遇相比,我二姐对我的态度简直可以说"根本就不把我当外人"。却也正因为这一点,我觉得她那种情意绵绵太不真实。我觉得我像在戏里,是主角。她是我的大配角,为了使我更入戏,她还抢戏。

我怕再接下来她会提什么请求使我陷入为难的尴尬,明确地表示我必须走了。

她说:"那不多留你了,你看到的,那猪一破膛,我就得再上手收拾下水……"

我说:"你快接着忙。"

我转身就走,急于摆脱"自编自导"的剧情。

如果我不来到神仙顶,那就什么令我万分排斥的情节也不会出现。

我为什么非得来呢?

我记得似乎是有事由的,却又一时想不起了。

我走到村口时,看到我大外甥站在路边。

那青涩的"准小伙"说:"小姨,我能送送你吗?"

我不忍拒绝,点了下头。

他就陪我往山下走,边说县里原本是要先修山路,后修村路的,但村人们怕修完山路没钱修村路了,集体强烈地要求先修村路。所以反倒是村路修完了,修山路的钱不够了。不过县里正在筹资,山路不久还是要修的……

比起我二姐那些话,他的话我并不反感。

他站住,指着坝子里的田地说:"十年前我和小姨在那儿捉过泥鳅。"

"是你?"

我极度讶然。

他腼腆地笑。

我问他多大了?

他说已经高三上学期了。

我问他学习怎么样?

他说他爱学习,乡高中也算县里的重点高中之一,他在加强班里的成绩一直是前几名。而能编在加强班的同学都有希望考上大学。说鉴于他妈妈的情况,他爸是供不起他上大学的,所以他决定参军,也许当了兵以后,还有考军校的机会……

他的话,是我那次神仙顶之行听到的最令我感到欣慰的话。虽然也有无奈的成分,但欣慰也是确实的。

他问:"小姨,你支持我参军吗?"

我说:"坚决支持。真有考军校的机会,一定要努力争取!"

他说:"小姨,在我家那会儿,你别生我们的气啊。我妈那样,咱们正常人不能怪她。我那样,当时是怕我妈犯病。我爸那样,是因为算来算去,盖房子的钱还是不太够,几天来他一直生气自己不该那么早就把老房子给扒了……"

我说:"我没生气。"

我突然将他抱住了,泪如泉涌。

我这仅仅比我小两岁的外甥,是我来到世间以后第一个主动"亲密接触"的亲人,尽管他不姓何,姓别的姓,可他终归是我可怜的大姐的亲儿子啊!我的主动反应,不仅因为我和他都是孩子时一块儿捉过泥鳅,还因为我从他身上看到了一线希望——我的下一代亲人或许比上一代亲人活得强一点儿的希望。

十年后我又回神仙顶,其实是想要亲眼看到这种可能性啊!只要让我看到了,我和他们今后仍无来往,各过各的,那我也会感到不虚此行。

如果亲人多多却又都活在贫穷之境,那么此种亲情除了是一个无力相助之人的不幸,还会是什么?

如果亲人们都生活得无忧无虑幸福平安,那么老死不相往来又有何妨?

我第二次"回访"神仙顶,其实是要见证一份让自己人生安心的根据。我自幼受宠惯了,太承受不住前种不幸了。

直到那时,我才想起我挎包里有东西,才有点儿明白二姐与我说话时,为什么时不时地看我挎包,好像希望我把手伸进去。

我告诉杨辉,如果他想给我写信,可到他二姨家问我的通信地址。接着从挎包中取出三个信封,交代他给他姥爷一个,给他二姨一个,给他父亲一个。信封里的钱数目相等,都是三千元。在二〇〇二年,三千元不是小数目,据说贪污了三千元公款的人,即可判五年左右刑期。对于农村人家,三千元有时是足以解危救难的。对于我,一下子拿出九千元钱白给别人,也是要下很大决心的。须知那时我还从没挣过一分钱,花的都是父母的钱。倘若"校长妈妈"和于姥姥没给我留下钱,我就是有那份给的心也根本没那份给的能力。

73

我之舍得,是为了断。

我太怕自己成为一个有不少穷亲戚的人了。坦率说,怕极了。

我不愿承认神仙顶的一个老男人和一个精神不正常、一个颇有心机的中年妇女以及她们的下一代与我有亲人关系。

我想用九千元问心无愧地将这种令人烦恼的关系来个一刀两断!

我独自向前走时一次也没回头。

我估计我的大外甥肯定在目送我。

我差点儿就转身向他摆摆手了,但超乎寻常的理智制止了我。

夕阳西沉。时值仲夏,四周景色甚美。中青年人几乎都到外地打工去了,留在村里的人口少多了。有的人家只剩老人和孩子了,用柴量有限了,烧一抱庄稼的秸秆就够做顿饭了,山上的花树不太有人砍了。而且,对山林的管理也严多了,包括花树在内,砍了要罚款的。经过几年的保护,神仙顶四周又是山花烂漫的风光了。在那么美的自然环境中生活着几代被贫穷压迫得气喘吁吁的农村人,这种反衬使我觉得我眼前所见如梦如幻特不真实。虽然我二姐当面对我说"生活好过了",但神仙顶的变化与玉县、与临江、与贵阳这些大小城市的变化相比,简直微不足道。三座大中小城市的变化几十年间如果用"日新月异"来形容,那神仙顶的变化就如蜗行,而且体现为各家各户小打小闹的"折腾"。

我的第二次神仙顶之行,不是寻根,宛若寻根,使我深切感受到了中国城市和农村发展现状的差距之巨大。

我对我的"根"居然毋庸置疑地在神仙顶这一事实,内心充满无可奈何的惶恐。

我怀着此种惶恐回到了家里。

我在家里撞到了令我愕然的一幕——在书房,在台灯的光照之下,我养父坐在椅子上,他跟前站着一个和我"校长妈妈"岁数差不多的女人——他搂着她的腰,将头偎在她怀里;而她的一只手,轻轻爱抚着他的头发,另一只手放在他肩上。

门被我推开那一刻,我宁愿自己是瞎子。

我养父紧跟着我进入了我的房间。

我冲他大喊:"你出去!"

他正色道:"不是你以为的那样,明天我再向你解释……"

"你最好永远也不要向我解释!我不听!"

我的喊声反而更高了。

"曲阿姨是你妈妈的好友,是我和你妈妈共同的朋友!……"养父的声音也高了。

"那更可耻!"

"住口!你没资格妄加评论!"

他的音调都变了。

他恼羞成怒了。

"资格"二字,使我顿时冷静了。

我拒之千里地说:"我要睡了,请离开我的房间行吗?"

他呆呆地瞪我片刻,摔门而去。

半夜,我拖着拉杆箱离开了那个我生活了二十年却自认为已没"资格"再当成家的地方,住到了玉县一家最好的宾馆。它是养父替玉县融资,请人设计,在二〇〇〇年建成的。同年我上了大学,拉杆箱是他给我买的。除了那家宾馆,别的入住之所可能都会有人认出我是谁,引起不必要的猜疑和议论。我在玉县的知名度太大了,并随着他的政绩而日增。除了他给我买的拉杆箱,我也再无出行用物。

第二天一早,我往家里打了次电话,请养父原谅我昨晚的冒犯,告诉他我情绪平定了,要直接回学校去了,请他对我放心。

他也因昨晚对我的态度缺乏耐性做了自我批评。他说那位阿姨不但是我"校长妈妈"和他共同的朋友,而且还是"校长妈妈"和他的证婚人。因为我小孩子不了解的某种"历史原因"至今未嫁,而我"校长妈妈"生前经常当着他和那位阿姨的面半开玩笑半认真地说过这样的话:"如果哪天我走在子思前边,你可要替我照顾他。"

养父的解释听起来像小说情节。

我说:"爸,你们大人之间的这种关系令我感动,我再也不会说三道四了。"

他听出了我并不怎么相信,又加重语气说:"你'校长妈妈'也给我和那位阿姨留下了遗书,你再回来我可以给你看。你不要因为你的'校长妈妈'不在了,就觉得这里不再是你的家了,这里永远是你的家!"

我说:"爸,我明白。"

实际上,我确实认为那个令我眷恋的"地方"不再是我的"家"了。

怎么还会是我的"家"呢?

我再回去,那地方多了一位以前从没见过的阿姨已够使我感到别扭的了,倘若以后再多了那阿姨的三亲六故,叫我如何处理那种关系,情何以堪呢?

我联想到了韩宾对我说的话:"复杂了,太复杂了。"

我有些理解韩宾了。

即使我百分百相信养父的话,我也难以接受"复杂了,太复杂了"的关系。

何况我并不百分百相信他的话。

第二天上午我从宾馆直接回到了学校。

我的人生一下子有了目标——不是有了方向,仅仅是有了一个明确的阶段性的目标:那就是,要加倍努力学习,争取以最优的成绩毕业;接着,考研;也许,还要考博。

但考什么学科什么专业我还没想法。

有一点我是清楚的——我对自己的人生不应再有任何依赖心理。养母已然故去,继续依赖养父的人生,那是多么没出息、多么低等的人生啊!

我要开始"校长妈妈"所说的那种"实命"的体验了!

然而,我的努力目标成了泡影。

在学生食堂,在用餐的同学最多的时候,一名陌生的艺校的女生当众扇了我一耳光。

她是韩宾的前女友,他俩"破镜重圆"了。她将他俩的关系一度破裂归罪于我,而我根本不知韩宾曾有女友。

情急之下,我将一碗热汤泼在她脸上,她被烫伤了。

我受到了处分,便又成了大学里的"名人"。

但我变得承受力特强了,努力学习的劲头儿并没太受那件事影响。

真正使我的努力目标成了泡影的是神仙顶的人们——一些我不认识,但自称与我有亲戚关系的人。

先是我收到的信多了。"亲戚"们要求我通过市长爸爸为他们办成这样或那样的事,解决这样或那样的问题。既然我的两位姐夫都算是我的亲戚,那么他们的亲戚的亲戚当然也算。

我在学生宿舍走廊里接了我养父一次电话。

他说常有我的"亲戚"去找他,让我告诉他们,有什么困难什么问题,最好先通过相关部门,比如信访办,向政府反映。

养父的话说得十分婉转,但我听出了他已不堪其扰。

二〇〇二年,正是中国民间问题多多的年头。

而我这边也焦头烂额——常有"亲戚"找我找到宿舍里或教室门口。甚至有十几名上访的人蹲守在校门外。

他们的理由是:"谁叫你是咱神仙顶的人啊?谁叫你爸是市长啊?见你不是比见市长容易吗?不找你我们找谁啊?你能不给我们这点儿方便!"

"哪天你与你养父关系生分了,我们不是想沾光也沾不上了?"

校方因而找我谈了一次话,郑重指出——学校不是信访办,我必须想办法杜绝那类现象……

一天,我趁同宿舍的同学都上课去了,留下一封信,仓惶逃蹿似的逃离了学校。

二〇〇二年,除了北京上海,深圳是最吸引想寻找机遇的年轻人的城市。

我乘上了飞往深圳的飞机。

别说方向了,我的人生连阶段性目标也报废了。我对我的"宿命"已生厌烦,决心换一个地方开始我的"实命"。

飞机起飞后,我内心默语——永别了神仙顶,我将我在你那里的根刨出来了,带走了,我与你以后再无任何关系了。别了玉县,我又回到你怀抱之时,将只能是某年的清明了,而我是回去祭奠我的"校长妈妈"……

是夜我安睡在深圳的机场宾馆。

我的每一步骤都是按照前一天夜里的计划进行的。

从那时开始,我变成了一个对自己的任何决定都有计划、讲步骤的特理性的姑娘。

除了理性,我身处异地,举目无亲、四顾无友。

六

二〇〇二年,深圳已是中国的一片热土。影响中国改革开放的信息,相当一部分是从深圳发散向全国的。

贵州依然是一个发展缓慢经济落后的省份。在"贵师"这样的大学,当年学子们议论毕业打算时,经常谈到的往往是深圳而非北京、上海、南京等大城市。那些大城市大家固然皆是心向往之的,却也明知门槛甚高,立足极难。倒是深圳,前景可期机会又多,是不少学生毕业去向的首选。

但如果我没有面临种种人生变故,实际上不会去往深圳。我本是恋家图安的,倘若人生一如既往地达意顺遂,又何必远走他乡呢?可是变故既生,我就唯愿遁往远地热土。

我在深圳的第一个上午做了五件事——首先将十余万现金存上,只留一笔生活费,并将存折缝于衬衣的前襟。给校办写了封信,声明退学,理由是"厌学"。这一理由明显有损我的形象,却无须为了自圆其说挖空心思编织"故事"。给一名室友写了封信,拜托她将我的信件转给我。去往市里,在一家价格便宜的小旅店住下。

最后一件事做起来较有难度,就是告诉养父我的行踪。我与养父通了一次长途电话。

本想也给他写封信的,又怕万一他收不到,却又先接到校方的问询电话,着急上火。

"为什么啊婉之?为什么啊?你为什么要走这一步啊?难道养父就不是父亲了吗?二十年的亲密无间,在你那儿就一钱不值了吗?……"

那天是星期日,我的电话打到家里,养父竟然在电话那端哭了。

人非草木,孰能无情?

我也泪涟涟,说了些请他宽恕,请他放心,感激养育之恩,我只不过想开始一种全新的生活,完全能照顾好自己,希望他不必太牵挂之类的话……

放下电话,小旅店外忽然响起了歌声:

擦干泪,不要怕,

风雨中,这点痛,算什么?

外边天气很好,晴空万里,风和日丽。幸有海风阵阵,深圳的热也不是我这个贵州人多么难以适应的。

深圳给我的第一印象就是,常有音响播放的歌声忽然响起。录放机都是"水货",较内地便宜不少,所播也多是港台歌星唱的歌。连小发廊门外也会摆着音箱。如果一条街上有几家店铺,门外都摆音箱,那么大家会自觉地都把声音调小,各听各的,互不干扰。如果只有一家店铺,则会将声音放得挺大。

当年深圳的人口还不是太多。工地却较多,劳动者白天基本集中在工地上或工地周边,市内反而显得冷清,行人甚少。热也是行人少的另一个原因。歌声有吸引行人的招牌作用。循着歌声而去,不管什么店铺,必会发现一家——里边必开空调。

那时的深圳人口以中青年为主,青年居多,都是从五湖四海来的,歌声可解乡愁。

到了晚上,市区才会热闹起来,哪儿哪儿都是大排档,可用"灯红酒绿"来形容。斯时歌星的歌声业已消弭,天南地北的深圳新民开始登场,不施粉墨也大抵并不易装,身着各行各业的工作服一个个手持麦克引吭高歌,往往还互相飙唱,直唱得"天翻地覆慨而慷"。

我住的旅店就在这么热闹的地段。"独在异乡为异客",我怕静悄悄的夜晚。何况,比起来,那家旅店最便宜。我对钱的概念特模糊,虽然知道十余万算一笔不少的钱,但一想到自己的人生前路漫漫,不可预测的"坎"或会始料不及地迎头出现,我就给自己定下了一条能省则省的花钱原则。

我找到的第一份工作是在远离市区的工地上。我没大学文凭,找不到"白领"那种出入写字楼的工作。我也不愿做"看店女郎",那类工作得按店主要求穿店服,还得涂脂抹粉描眉画眼,是我难以接受的。对顾客笑脸相迎、笑脸相送我也根本不擅长……

我与一处工地的食堂签了我生平的第一份劳动合同——我的工作是帮厨。"帮厨"的意思是叫你做什么你就得乖乖做什么,每月工资两千五,据说是比内地一般体力劳动者高出一千多元。表现得好,年底有奖金。

一想到自己以后能够每月挣两千五百元钱了,我在合同上签名时激动得心跳手抖。

大厨是位姓刘的河南人,六十来岁了,我们三个姑娘都叫他"刘大爷"。他家在农村,本人曾是国营大厂食堂的炊事班长。厂里不景气,拖欠工资是常事,他一气之下提前退休,已来深圳多年,仍干本行,常说自己算得上是"闯荡深圳的老江湖"了。二厨是他小儿子刘柱,我们都叫他柱子哥,长得五短身子,虎背熊腰,车轴汉子类型。他跟随父亲也来深圳多年了,大锅厨事上的能力挺拿得起,自称"面点王"。

当年的深圳,事涉劳资关系时兴承包。他们父子承包了大工地上的一处食堂,负责一支一百二三十人的施工队的一日三餐。另外两个姑娘——一个来自东北农村,叫李娟,比我大一岁,为人实在,泼辣有正义感,不怕事,敢做敢当。一个不知是哪省人,叫郝倩倩,身材娇小,天生卷发,细眉俊眼,有股子妩媚劲儿。她有时说自己是四川妹子,有时说自己是湖北人,有时又说小时候是在浙江乡下外婆家度过的，十五岁后跟随父母成了城市人。问她那是什么市，她又闪烁其词，顾左右而言其他。我们三个，她年龄最大，比李娟长一岁。但论谁是三人中的主心骨，却不是她。她颇有心计，凡事既怕卷入是非，也怕吃亏。事不关己，避之唯恐不及。我也不可能是主心骨，姑且不说我年龄最小，那时的我也毫无胆识可言。但我明白我需要朋友，便很快与李娟成了朋友。她那种人特好交，只要你表示出希望与她成为朋友的愿望，她就会视你为友，而且还感动于你看得起她。

我们三个的主心骨就这样顺理成章地变成了李娟。遇到什么涉及我们共同利益的事，她一旦想定了该怎么做，我和倩倩都会配合。她并不是女"二杆子"，她胆大心细，有勇也有谋。

刘氏父子与工地总后勤部签了承包合同，我们与他们父子也签了劳动合同，劳资关系上属于那父子俩的雇工。工地上有几处这种性质的食堂，互比服务优劣。服务于许多人的吃喝这事，若几处食堂共存，想不互比都不可能。刘氏父子好强，我们所服务的那一百几十号人挺满意，总后勤部经常表扬我们，还向我们颁过奖旗。当然，那种表扬也使刘氏父子很受累，我们跟着受累。但总比经常受到敲打好，何况年底还有奖金，人人都有份儿的奖金。

工地上的劳动者都住在二层的活动房里，三分之一是工程兵，多数是各地农村的打工青年。十几排活动房是工地一景，五六百名小伙子的身影使工地从早到晚都充满生气。活动板房不够住，又出现了十几顶帐篷。

我们三姐妹和刘氏父子既没住在活动房里，也没住在帐篷里，而是住在一辆废弃的两厢卡车上。总后勤部的人说主要是为了我们三个姑娘的安全。如果让我们与些个年轻生猛的光棍住得太近，万一出点儿意外他们承担不起后果。再者，我们不方便，小伙子们也不方便。

那卡车虽然废弃了，但装上了新的帆布篷，有对开的小纱窗。厢尾的帘子白天可以朝两边挂起，晚上可以从内部系严。

刘氏父子很有风格，没我时，让李娟和倩倩睡前边的车厢，他们父子睡后边的车厢。前边的长些,后边的短些。

我报到那天,倩倩有点儿不愿腾地方,说哪里睡得开三个人呢?

李娟却说:"非得竖着睡呀?!横躺着车厢不够长啦?出门在外的人,谁都不容易,要有点儿互相关照之心。起来,重新摆摆褥子,再不动踢你了啊!"

郝倩倩起先还闭着眼仰躺不动,听到最后一句,麻溜起来了,脸色虽不好看,却一声不吭将自己的褥子横过去了。

当时我就想,这个李娟,我要和她交朋友——她太可交了!

换位思考,倩倩的不情愿,也有几分可以理解。她俩竖着睡,头顶脚底各摆各的东西,地方显得挺宽;我的出现,破坏了有限空间的井然格局。

李娟没再说什么,待我将褥子横铺在车厢尾部后,将我的和她俩的东西归整在一角,空间就又显得有序了。我睡车厢尾部,只不过比她俩多了点儿麻烦——平时得将褥子卷起来,随躺随铺,否则她俩上下车得踩着,那就成地毯了。我们仨临睡前,我得负责将门帘从里边系上,防止坏人钻入,也防止有蛇爬入。

虽说倩倩对我的到来并不欢迎,但几天后互相熟了以后,嫌隙随即消失,不久就以姐妹相称了。她那人本质不坏,也有令我和李娟都喜欢的方面,那就是唱歌好听和她的贫嘴。她会唱的全是哥呀妹呀那类甜歌;她的贫属于冷贫,往往也黄。不是太黄,浅黄。我和李娟爱听她唱歌,活儿很累,听了解乏。对于她讲的黄段子我俩也不排斥,一笑解千愁嘛。

工地上的小伙子们干的都是"出大力,流大汗"的累活,就都很能吃。因为我们这一处食堂的伙食比较好,别的工区的小伙子也常买我们这儿的饭票,到我们这儿来吃。所以,我们实际上的服务对象远不止一百二三十人,多时二百来人。

刘氏父子对此并无怨言,相反还认为是光荣。我们姐妹仨作为他们的雇工,当然不能有什么不满了。更多的小伙子爱吃我们这儿的饭菜,其实我们姐妹仨也分享到了一份儿高兴。

刘师傅每每鼓励我们:"人嘛,不管干什么,要想立住脚,那就得干好。"

我觉得他的话也是做人的经验。我从他和李娟身上学到的,都是以前连我"校长妈妈"都没教导过我的。当然,她若仍活着,我也落不到这么一种境地,与这样的一些人发生关系啊!

为了可持续地"干好",如果主食是米饭,刘大爷就要求必须三菜一汤,星期日还要加道菜。如果主食是须上屉蒸的,那么只有馒头绝对不行,花卷、豆包、糖包都得有。

刘大爷说:"这是起码的。大灶伙食,左不过就是这么种做法。样数太少,咱们对不起表扬。"

我们姐妹仨的手,除了睡觉,不沾水的时候不多——你洗菜,我淘米,还要刷锅刷盆洗碗洗盘子。一半左右的小伙子没有饭盒,公用碗筷得按规定洗两遍后再消毒,后勤部的人时常来检查卫生情况。焖一顿干饭得淘七八十斤大米,用手干不了,要用短把锨。我第一次淘米时,才用锨搅了几分钟就气喘吁吁两臂酸疼。

最累的是吃包子。平时他们每人能吃六七个,吃五个已算饭量小了。这样算下来,就得做一千来个。我们中午就得将几种菜洗好,赶在他们下班前剁碎。有些小伙子一下班就累得躺下了,连晚饭也不吃便睡了。如果我们那时剁菜会影响他们,这是必须考虑的。

我们姐妹仨站在三米长的大案子旁剁菜的声音传得挺远。我和李娟一手一把刀;倩倩胳膊太细,手也太小,只能双手握一把刀。五把刀上下翻飞。为了及时剁完,我们互相不说话——那活得干俩小时。拌馅是刘大爷负责,只有他才能调配出好滋味儿。然后五个人同时半夜起来一块儿包。我第一次包时,因为手臂白天剁馅时累伤了,都捏不出包子褶了。而且也困,包着包着就熬不住打瞌睡了。

刘柱干案子上的面活儿确实是一把好手。与别的工区一块儿买的面,我们食堂蒸出的东西就是好吃。首先是刘大爷将面发得透,刘柱压面这招也功不可没。面案子的一边有一个大铁环,两米长的杠子的一端插在环中,可上下灵活起落。杠子落大面坨上时,刘柱的身子就耸起,半个屁股坐在杠子上一次次往下压。那么均匀压过的面坨,蒸出来的东西能不实吗?小伙子们都不爱吃暄的,认为暄的不顶饿。几坨面那么压下来,他往往汗流浃背,于是脱了衣服光着上身继续压。那时我看到他就会笑,觉得他像在耍把式;他也看着我笑,意思是这活儿对你哥小事一桩,玩儿似的就干完了。

一天,终于剁完几大筐菜后,我们姐仨精疲力竭地爬上车厢,可以歇上半点多钟了。我们一个个仰面躺倒时,倩倩无限神往地说:"要是能被一个帅哥搂着睡会儿,那该多美。"

李娟接了一句:"看来好色不只是男人的本性。"

倩倩立刻回了一句:"浅薄。好色的'好'怎么写?女子嘛!女子也好色,天经地义。'女为悦己者容'说的就是,女子不但要自己好色,还要影响男人们好色。如果男人们都能将好色作为人生头等大事,不就哄得咱们女子高高兴兴的,天下肯定也太平多了……"

她欠起身,又要对我和李娟进行一番启蒙教育。她总是那样,一旦话题是她感兴趣的就来情绪,再累也不累了,歪理邪说滔滔不绝,一套一套的,仿佛在她那儿都是自成体系的。

李娟一翻身,背对着她生气地说:"闭嘴!要不滚下去,没人听你那些不正经的话。"

倩倩说那类话时,我从不接话,默默听着而已。不是不好意思接话,自从来到深圳,成了工地上的帮厨女工,我已经在多方面克服了"不好意思"的毛病了。我是接不上话,因为以前从没置身于那种语境,从没听到过那类话。李娟的性格虽然泼辣,却不常说"不正经"的话。比起来,其实我更爱听倩倩那类"不正经"的话——人世间居然有人心存那类想法,这使我每觉自己孤陋寡闻,也有别人为我拾遗补阙之感。而且认为,倩倩的话中有经验之谈,对于我尽快变成"经验性的自我"只有好处,没什么坏处。但我对倩倩那类话,一向明智地采取不主动应和、不拒绝倾听、不表态的

"三不"原则。

忽然李娟一跃而起,像被弹簧床弹起似的——一匹大老鼠不知何时潜入车厢。是的,正如鲁迅所形容的,那老鼠大得的确可以用"一匹"来说。

我们姐仨同仇敌忾地将老鼠赶跑后,刘大爷喊我们干活了。

李娟下车时说:"得养只猫。"

几天后,我们有了一只小"老虎猫",我们叫它"小朋友"。李娟说她本想去买一只的,路上捡到了它,就抱回来了。一看就知道,是只小野猫。

我说:"它像咱们姐仨,原先并不野,后来变野了。"

李娟说:"身处异地又没家,不野咋办?"

倩倩说:"野就对了。适者生存啥意思?比比看谁更野呗。不野的淘汰,最野的优胜。"

李娟怼她:"你野在嘴上,我野在实际上。如果地球上只剩咱俩了,优胜的是我,消失的是你。"

倩倩看着我问:"她的意思是把我吃了?"

我笑而不答。

"你以为不是吗?"

李娟对倩倩"张牙舞爪"。

她俩也都笑了。

我喜欢听她俩拌嘴,有趣。

我们姐仨都特怜爱"小朋友"——我们与它命运相同,怜爱它也是怜爱自己;我们三个工地食堂的女帮厨内心里都渴望被怜爱。

"十一"前几天晚上,倩倩试探性地问我和李娟,假日的几天里想不想挣点儿"外快"?李娟反问她有何高招?她说那几天市里的几条街上,大排档一家挨一家,特火。吃大排档的多数是各工地的小伙子。如果去唱歌,他们掏钱极大方,最少十元。一首歌唱下来,怎么也得收四五十元。

"如今不有百元大票了吗?喝高了的,说不定一出手就是一百元,那事儿不带后悔的,不兴往回要。"

倩倩的话很有诱惑力。

"可……你去还行,我唱歌不好听。"李娟动心了。

"我也不是没听你唱过,你天生嗓门大,最适合唱劲歌了……"倩倩为她打气。

李娟说:"我瞎唱的都是东北民歌,我也只会唱那些。二人转的唱法,有的歌词挺荤。哪像你,尽唱甜歌……"

"现在全世界都荤了,会唱荤点儿的更好啊。小伙子们可喜欢听荤的了,一听嗷嗷叫,又拍桌子又跺脚的。其实甜歌骨子里也是荤的,靡靡之音不荤?那叫词不荤调儿荤,去吧去吧……"

倩倩锲而不舍地鼓动李娟。

李娟看了我一眼。

我立刻说:"我真的不会唱什么歌,从没当众大声唱过。你俩去吧,我宁可留在车上看小说,补觉。"

李娟说:"挣外快是好事儿,但婉之不去我也不去,要挣都挣。"

倩倩赶紧又说服我:"你也得去,咱姐仨一块儿行动。你不好意思唱不勉强你,负责收钱就是。我问你,如果我唱完了,桌上有几十元钱了,你怎么收?"

我说:"一张张不慌不忙地收,不一把抓,那太丢人。"

我这么说,差不多等于同意了。

倩倩说:"是得那么收,但没说到重点。不还有没掏腰包的吗?不能轻易放过他们。你要先逼他们也从钱包里把钱掏出来放桌上,要用你的笑去逼他们,要一口一声哥,要笑出那么一股子让他们难为情的劲儿,要夸他们形象好气质好身材好什么什么的,总之要让他们再不掏钱就陷入难堪!总之,咱们三个收入多少,你的能耐也很重要!……"

"够了,你说些什么鸟话呢,想把婉之往坏里带呀?"

李娟将倩倩推开,把我扯到一边小声说:"她那都是妖言,别受她的蛊惑。你做个决定——你去我就去,你不去我也不去,让她自己去挣那份外快。"

倩倩一个劲儿给我使眼色,她的眼色比她的话对我更加具有控制性。

我脱口而出一个字是:"去。"

我的理智却在说:"不。"

实际上我的欲望和理智当时在打架。

我极想学着挣"外快",也极想用事实证明自己究竟有无倩倩说的那种"能耐";起码证明一次。

接下来的几天,李娟和倩倩有空就练唱;而我练笑,并且像小学背诗那样背一些话语或曰"台词"。

李娟也不好意思唱"不正经"的词,正如她并不喜欢说"不正经"的话——她重点练的是《大姑娘》《回娘家》电视剧《辘轳、女人和井》的插曲以及《黄土高坡》《信天游》《走西口》等西北风民歌。

当李娟和倩倩在夜晚的大排档一展歌喉时,许多小伙子被她俩迷住了。倩倩的甜歌刚将他们唱软,李娟的泼辣唱法紧接着又将他们唱得呜嗷乱叫了。

过后她说没想到自己能造成那么大的"气场"。

我是否做到了倩倩所要求的那么笑,自己说不清。她俩也说不清,只顾投入地唱歌了,完全忘了关注一下我。但我背的那些台词确实派上了用场,没白背,说得像真的似的。我向自己证明了,有些事情,在钱的诱惑之下,人是可以无师自通的。

我收钱收到手软。

我们第一个晚上的收入是七百多元。除了几张百元钞,都是拾元钞。

想想吧,我伸了多少次手啊!

不手软岂不怪哉了?

我们姐仨后半夜才回去,爬上车厢都倒头便睡,一个个睡得像死狗。

假日最后一天,傍晚我们就离开那几条街往回走了。我们对那几条街心存感激,它使我们连续几天挣到了不少外快。当然,我们更加感激的是小伙子们——老实说能像李娟和倩倩那么唱歌的姑娘在中国肯定多如牛毛,小伙子们对我们的欢迎具有"抬爱"的性质——同是离家在外之人,单个的男人或许会对单个的女人心怀歹念伺机欺辱,但众多的他们在大排档那种地方,却会对女性表现出集体的绅士风度和关照态度;荷尔蒙在那种时候发挥的是"正能量"。何况他们中还有不少人是复员兵、现役兵,素质好。明天就要上班了,不必谁提醒他们也会早点儿回到宿舍。

我们姐仨走在路上时,倩倩问我估计挣了多少?

我说没数,虽然早早就结束了,那也不会比第一天少。

倩倩将装钱的腰包要了过去,边走边数。

她喝了两杯小伙子敬的酒,有点儿醉意熏熏。

"哇!今天的一百元真多呀。"

李娟也有几分微醉,抢着数百元大钞。

假日最后一天嘛,有些小伙子对她俩好感增加,百元大钞也有感谢的成分——感谢她俩带给他们的快乐。

我这个收钱人却滴酒未沾;没人敬我,我自己也不想喝。

我看着她俩兴奋的样子,也很有成就感。她俩满意、开心,证明我还是有点儿倩倩说的那种能耐的。

突然刮起一股旋风。在我们姐仨都没察觉的情况下,不知怎么形成的那股旋风突然从我们面前旋过。

李娟和倩倩手中的四五张百元大钞"飞"到了半空。

我们姐仨都傻眼了。

"咱们的钱!"

倩倩的惊叫声里有哭腔。

"追!"

李娟仰脸望钱,率先跟着跑。

我们踏水坑跨草丛地捡回了三张,还有两张飞得更高更远了。

倩倩追累了,鼻涕泡儿都喘出来了,双手撑着膝盖说:"实在跑不动了,别追了,算我头上吧。"

李娟却说:"百元大钞,没得心疼,算谁头上都是损失!"

她接着追,似乎不达目的誓不罢休。

我也跟着追。

少分到几十元多分到几十元对我无所谓,我是不忍看着她独自追。而且我认为对于李娟其实也没什么大不了的,我觉得她是犯了倔劲儿了。

旋风柱像是泄了气,一下子又萎无了。我俩看得分明,两张百元大钞飘飘悠悠地落卡车上了。

我俩追到跟前才知道,那是在加班的两辆并排车——一辆上有封闭的水泥搅拌胆,在向一辆卡车车厢缓缓吐着水泥。我们的钱落在了卡车车厢里。

还没等我说什么,李娟已经攀上车跃入了车厢。

我犹豫一下,也照做了。

"榜样的力量是无穷的",用那话形容当时的我很恰当。在我,完全是一种友情冲动使然,近乎舍命陪君子。

倩倩也赶到了,气喘吁吁地喊:"我不是已经说了嘛,损失算在我头上还不行啊?求求你俩别那样了,快下来吧!……"

我俩都不理她。

为了使水泥尽快封住喷油的井口,不是有一张几乎家喻户晓的"王铁人"的照片吗?——我和李娟当时的做法正是那样。

李娟发出一声惊呼:"我摸到一张啦!"几分钟后,我也从水泥中摸到了一张。这时,不知从哪儿冒出一名工人,将我们姐仨臭骂了一顿。

看着我们三姐妹中两个像泥猴一个一脸罪过的样子,正在独饮的刘大爷被酒呛了一口。

我们食堂有一点特人性化,配备一个锅炉,我们每天都可冲澡。

但刘大爷说以为我们很晚才会回来,热水被他洗自己和儿子的衣服用光了,刚蓄满凉水。

那我们也得立刻洗洗,不能等啊!

按说深圳的十月,未加热的自来水凉也凉不到哪儿去,许多人还爱冲凉水澡呢。可食堂用水一概不是管道输送过来的自来水,而是工地统一抽上来的地下水——管道还没接通呢。

地下水那叫一个凉,我们平时洗菜洗碗用的都是加热后的水,否则冰手。

当我们姐妹仨轮番站在喷头下被那么凉的水淋着时,谁都浑身发抖,牙齿相磕阵阵有声。

李娟在水泥车上摸到的的确是一百元钱。

我攥在手里的"钱"经水一淋现出了真面目,竟是一张什么地方的入场券。

倩倩一下子哭出了声。

她说:"打工妹想多挣点钱太不容易啦!"

接着又骂了一句:"老天爷你王八蛋!"

我和李娟不由得搂住了她,也都流下泪来。

我们姐仨在冷水淋身的那一刻共同颤抖。

我们的悲怆已不再是由于到手的百元钱又消失了,而是由于天下打工者和钱欲说还休的关系。

往后,我们的姐妹情更深了。倩倩对我刮目相看了——她认为我也"够姐们儿"。

我们平均每人分到一千多元……

七

十月中旬,"贵师"的同学转来几封信,其中有我大外甥杨辉写给我的信。

他的字写得很好,显然勤练过硬笔书法,这使我挺意外。

他以漂亮的楷体字向我求助——玉县那边的招兵工作已经开始,他一切条件合格。但他父亲不许他参军。他家盖房子欠下了两万多元钱,他父亲认为他已经到了该给家里挣钱的年龄。他是独子,那么新盖的房子将来还不是属于他的?他起码为家里还五千元的债还不是应该的?他父亲认为他也应该去外地打工,在为家里挣到五千元之前,没资格实现任何个人愿望。如果他敢违逆父意,那么他父亲会去大闹招兵处……

信的内容又给了我一个意外。尽管他父亲的理由是"硬道理",却还是激起了我极大的愤慨。

我有三个选择。

一是置之不理。

二十年间,我只见过他母亲两面,只听他母亲说过两句短话,而且还不是对我说的。只见过他父亲一面,而且他父亲的态度对我一点儿都不友好。如果不是他告诉我他叫杨辉,我根本不知道他父亲姓杨,也根本不想知道。民间一向主张亲戚之间"互不干涉内政"——杨辉参军不参军,纯粹他们杨家的"内政",我一个当年出生在别人家并且被弃的妹妹,与他们杨家谈得上哪门子亲戚关系?若我置之不理,谁也怪不得我。

或者,我给那从不相干的大姐夫写封信,建议他在事关独生子前途的问题上,眼光要放长远一些,儿子将来出息了,他晚年必定"得济",起码大省其心。信一发出,我的亲情担当也就自我完成。于杨辉方面,有了一种认真对待的态度。至于他那父亲是否听劝,那就不关我的事了。估计他是不会改变想法的,也许还会这么说:"她算老几?我家的事轮不到她来教训我!"——那么,除了我之"自我完成",对杨辉等于没有任何实际帮助,他该参不了军还是参不了军。

又或者,我给杨辉寄去五千元钱。我若这么做,连信也不必写了。杨辉把钱往他爸手里一交,说是我这个小姨为了帮他圆入伍之梦无偿提供的,他爸肯定哑口无言了。倘若居然又生幺蛾子,那就太混蛋了。有人白为他家还五千元钱债,估计他不会不明智到把这种利己之事给搅黄了。

第一种做法我不予考虑。

我大外甥小时候和我一块儿捉过泥鳅,他小我两岁,当年却像我小哥哥一样耐心陪我玩儿,尽量使我开心。我第二次独自回神仙顶,走时他是唯一送我的人。看罢他的求助信,两种情形总像过电影似的在我脑海交错浮现,使我的决定难以向第一种做法倾斜。

我的决定在第二种和第三种做法之间反复纠结,不知如何是好。在纠结的过程中,我又想到,当年杨辉在村里的小朋友都不跟我玩儿的情况下主动找我玩,那一定是他妈、我大姐要求他的。我的大姐虽然是一个精神不正常的女人了,当年对我有那份心,这使我无论如何不得不承认,亲情在她心里还是留下了痕迹的,起码是藕断丝连时无时有。进而联想到我生父为救我而受伤的事。如果当时不是我而是别人家的孩子身处险境,他是否还会那样我不好妄下结论。但他当年救了我一次毕竟已成事实,这事实证明他对我并非全无父爱。

种种的回忆像一只只手将我的决定朝第三种选择拽过去,使我的理智无力抗拒。或反过来说,正因为我够理智而并不情绪化,结果我选择了第三种做法。

深圳不愧是新现象颇多的城市,不少银行提供保险存放服务,这使我的存折不必再缝在衬衣前襟了。

我从一家银行走出后,存折上又少了五千五百元钱。这也意味着,我不但辛辛苦苦白干了一个月的活儿,连到手不久的"外快"也分文不剩;而两笔钱加在一起才三千多。如果不算"外快",我等于早起晚睡地白干了两个多月。

尽管那么做是我自己最终决定的,但我委实高兴不起来。也不仅仅是那一天高兴不起来,连续多日都高兴不起来,李娟和倩倩都有感觉了。

李娟背着倩倩问我遇到什么愁事了?她能帮上点儿忙不?

我苦笑着说:"'倒霉'了,身子不舒服。"

我说"倒霉"了是双关语,"身子不舒服"是假话,心里不舒服才是真状态。

我没直接将钱寄给杨辉,而是寄给了我二姐,同时寄给她一封短信,写明如果她把事办成了,五百元归她,算"代办费"。办不成,两笔钱都得退我。办成没办成,只看一个结果——杨辉能否顺利参军。我不认为如果没有那五百元"代办费",我二姐也会努力去办。

接着又发生了一件令人高兴不起来的事。

一天下午我独自在厨房切萝卜,刘柱走了进来,凑我身边看我良久,看得我很别扭。

我说:"没见过怎么切萝卜?"

他说:"你跟小李、小郝就是不一样。"

我说:"别跟我扯些不三不四的话,该干什么干什么去。"

他说:"你比她俩……那个词怎么说,叫'沉静'是吧?你沉静的时候,有那么一股子特别的劲儿。我早就发现这一点了,我喜欢。"

我又说:"你妨碍我干活了。"

我刚一放下刀,他就将我抱住了,猴急地亲我。

我左右偏脸躲避他的嘴,同时挣脱不已。终于挣脱出一只手,扇了他一耳光。

他放开我,嘻皮笑脸地说:"有啥不好意思的嘛,我是真喜欢你。"

我操起菜刀指着他。

这时他父亲出现了,吼他:"还愿意跟着我干不?不愿意趁早滚回老家去,别在这儿给我丢人现眼!连搞对象你都不会,除了案子上的活儿,你就是个废物!……"

我把菜刀往菜案子上一砍,跑出了厨房,爬上车厢气哭了。

倩倩跟车买菜去了,只李娟一人躺在车厢里——她是真"倒霉"了,请了半天假。

她惊问我怎么了?

因为刘大爷说刘柱"连搞对象都不会",我将发生的事告诉了李娟。我怕如果连她也不告诉,自己以后百口莫辩。

李娟说:"别担心什么,有我呢!我保证他以后不敢再纠缠你。"

第二天,趁刘柱一人在厨房时,李娟将我拽入厨房,搂着我肩,板脸瞪着刘柱说:"告诉你,我和婉之拜干姐妹了。"

刘柱愣愣地看着我俩,一副"友邦惊诧"的样子。

李娟又说:"告诉你我俩的关系,你明白什么意思不?"

刘柱反应迟钝地说:"明白……"

"明白就好。"

李娟撂下这话,拉着我手走了。

以后,刘柱都不太敢正眼看我了。这不是我想要的结果,但关系已经变得那样了,我无奈。

刘大爷找我谈了一次话。

"你们年轻人之间,谁喜欢上了谁很正常,被喜欢的不喜欢对方,可以好好说,犯不着用刀指着谁,那多吓人?万一……以后可不许再那样了,啊?……"

他明显是在批评我。

我向他承认了错误,保证以后绝不那么冲动了。

他又说:"刘柱确实真心喜欢你,他跟我念叨过。我那儿子,文化太低不假,但他肯吃苦,能攒钱,跟着我干了几年,以后有了机会,独当一面地单干是不成问题的。我保证,他过日子是把好手……"

我说:"大爷,我有朋友了。"

除了这么说,还能怎么说?

"我家虽然也是农村,但我却是国企老工人,有退休金。刘柱他哥是镇派出所所长,家安在镇里。我家院子大,前年新盖的一正两厢砖瓦房,现在只我老伴在家守着。刘柱下边再没弟弟妹妹,将来家业全是他的。如果他将来也想把家安在镇里,那对我们不是难事。即使想安在县城,也不是个问题……"

他仿佛没听到我的话。

我低着头,只得又说:"我有对象了。"

他对我的话还是不作正面反应,只管顺着自己的思路一味说下去:"刘柱的姨父是县委办公室主任,他一个叔是包工队队长,总之我们的三亲六戚在我们那的地面上都是有头有脸的人,没人敢欺负我们。遇到了是是非非,别人得给面子……"

我第三次说"我有对象了"后,他才终于收住话;也不看我,两眼看地,就那么一动不动沉默片刻,讪讪地又说:"你声音太小,前两句我没听清。那么,算我白说。"

他说完,起身就走。以后,对我不冷不热的了。除了工作上必须说的话,不跟我再说别的话了。

这是我极不愿面对的事。比杨辉那封信还不愿面对。两件事叠加,使我的情绪那一时期特消沉,总想哭。但绝没想过离去,我还惦着年终奖金呢。用民间的话说,我快变成一个"掉在钱眼儿里"的人了。自从离家出走,我意识到自己发生了不少变化,"掉在钱眼儿里"了也是变化之一。

十月底,我收到了我二姐的信,那种中学女生的笔体,使我断定是她女儿赵俊代笔写的。她的字没杨辉写得好,但看得出她一心想要尽量写好,并且重抄了一遍。

我二姐在信中说,"按你的指示,把事落实了,你只管放心。"还说,"其实你大姐家的日子,也不是多么困难。她家一个儿子,我还一儿一女呢。她家杨辉一参军,家里没什么负担了。我这一儿一女,却正是花钱的时候。农村盖房子,谁家不借钱?一万两万,打工一年不就还上了?我家欠的,比你大姐家还多呢……"

我把信撕了。

我决定不回信。

那封信中,除了"把事落实了"那一行关键的字,别的话都令我反感——好像我为杨辉的事白出五千元钱完全是多此一举;好像我真要急亲人所急雪中送炭,她何小菊才最应该受到帮助。那日我对钱产生了一种相互冲突的意识——膜拜与厌憎。是的,首先是膜拜。倘若我不出那五千元钱,即使接连发出几封信,把道理说烂了,杨辉参军的事会顺利解决吗?肯定不能啊。估计后几封信,对于我大姐的丈夫(我真不愿称他姐夫),还不成了撮火之信?可五千元一到位,我和我大外甥,居然都顺利地心想事成了。倘若我并没给我二姐也寄去五百元"代理费",她会替我去办吗?难道她不会回信以"不干涉内政"为借口,采取"事不关己,高高挂起"的态度?或者,也象征性地去我大姐家说上几句,实行了"自我完成",对结果却不予落实?要是那样,我的五千元有没有可能功亏一篑地白出了呢?如果我大姐的丈夫既收了钱,也还是不许他儿子去参军,我又能有什么辙?相距千里之遥地与他打官司将钱要回来?那现实吗?

可钱一用到位,那事迎刃而解,不留任何尾巴。相比于道理,钱的作用简直功莫大焉。道理的作用显得那么地轻如鸿毛,令人不屑。这还是在所谓"亲情"之间,杨辉还是我们一个共同的亲人。

领略了钱这种"唯我独尊"的作用,我对钱不由得起了厌憎之感。那是一种附带着恐惧的厌憎;因恐惧其"唯我独尊"似乎足以压倒其他一切作用的作用而恐惧,因这一种不可名状的恐惧而厌憎;因恐惧还与膜拜撕扯不开,所以厌憎也与重视交织纠缠……

对于我,一种好的局面是刘柱又开始追求倩倩了,而倩倩似乎也乐于应和。

中午时,我们姐仨的车厢"宿舍"往往只有我和李娟了,倩倩常到后边的车厢去与刘柱腻乎,而刘大爷会在食堂里歇息。后边的车厢,又往往传出倩倩咯咯嘎嘎的笑声,听来刘柱将她哄得很爽。如果倩倩的笑声不断,李娟就会高喊一嗓子:"有完没完?不想让别人睡会儿了?"后来,干脆找了根铁棍子,懒得喊了,用铁棍子猛敲我们前边车厢的车帮。刘大爷对倩倩也格外关照了,不显山不露水地减少她的劳动量。我和李娟干的活必然多了,时间也长了。

有次倩倩惭愧地对我俩说:"抱歉了哈,我没要求区别对待。"

我不知说什么好。

李娟却说:"不客气,可以理解。"

因为刘柱与倩倩的关系起了变化,一天比一天黏,刘柱父子对我的态度也好转了。刘柱甚至满心幸福地当着倩倩的面对我和李娟说过:"柱子哥这种叫法过时了,以后你俩该叫我姐夫了。"倩倩听着,并无抗议的反应,反而洋洋自得地笑。

过后,她对我和李娟说:"你俩别因为干活多了心里不痛快啊,年底我让他们父子给你俩多分奖金。"

李娟说:"这话我爱听。"

我还是不知说什么好,但心里暗自高兴;我已经更往"钱眼儿"掉了。撇开奖金那茬儿不论,我也高兴。我甚至想找机会对倩倩表示感谢。如果不是由于她和我是姐们儿关系,刘柱父子对我的态度未必会变好。那机会其实是有的,然而我单独面对她时,却不知说什么好。在刘柱那儿,她是"备胎",这是明摆着的。我怕哪句话说得不当,伤了她自尊心,反而得罪了她。

十一月中旬我相继收到了两封信;信件已经可以直接寄到工地了,有专职的邮递员送达。

一封信是杨辉写给我的,内有一张四寸全身彩照。信的内容自然是一些感激的话——他如愿成为一名士兵了,还是海军。在陆地经过三个月的训练后将登舰出海,他立志要做一名优秀的海军战士,争取将来成为海军军官,为我为他自己为他的家人、亲人以及神仙顶的人们争气争光。照片上的他威武挺拔英气勃发,漂亮的海军服使他显得很帅气。

那封信使我内心充满喜悦,觉得我为他的事付出的良苦用心获得了圆满回报,五千元的支用太值太值了。我想,即使他将来并没当上军官,又回到了神仙顶,也会不同于神仙顶的前几代人——我相信"部队是一所大学校"。

李娟和倩倩也看到了照片,都因我有那么帅气的一个大外甥而惊讶,也有些不相信。我郑重发誓没骗她俩,她俩才信了,却又质疑起我和我大姐的年龄差来。那是我身世的"原创",也是几句话解释不清的,而且是我当时不愿对任何人讲的。

"说来话长,以后再详细讲给你们听哈。"

我用这么一句话搪塞了过去,希望她俩过后就忘了,不再问起。

倩倩说:"如果他以后能当上舰长什么的,不管是不是你外甥,我都要追他。但如果没当军官的命,那我就只做他一个干姨吧。"

"滚一边儿去,没句正经话!"

李娟将她推开,搂着我耳语:"我爱当兵的人。我对象是工程兵连长,哪天我带你去见他。"

倩倩叫道:"以为说悄悄话我就听不到了?你那点儿小秘密还瞒得过我呀?我也要认识认识准妹夫!"

我和李娟都笑了。

我情不自禁地拥抱了李娟一下,在心里默默为她祝福。

第二封信是我养父孟子思寄来的。我工作稳定后,主动给他写了一封信,向他汇报我一切都好,请他放心。我认为这是我起码应该做的,也是必须做的。他养育了我二十余年,我不可以说消失就从他的生活中蒸发了。那除了是忘恩负义,没有第二种结论。我的"校长妈妈"泉下有知,也会谴责我的。我并不是怕什么人的谴责,而是因为如果不那么做总有块"心病"似的。那么做了以后,睡觉都香了。

养父在信中说男人有时内心很脆弱,即使当了父亲,当了市长;即使是一个经历过人生摔打的男人,内心有时仍难免会那样。我"校长妈妈"去世后,他的内心就曾脆弱得一塌糊涂,情绪一下子消沉到了难以自拔之境。

而我,自从养母去世后,一想到她,"校长妈妈"这一称谓油然而现。我事实上有两个妈妈,我在心里不可能不对两个妈妈加以区别。不论听别人说到或看到"妈妈""母亲"四个字,我的联想一向是"校长妈妈",并没见过也不可能再见到的生母,只不过是由"校长妈妈"附带着想到一下的女人。想到一下就过去了,如同一个人想到家乡的井或江河,会附带想到井旁的枯树或常出现在江边、河边的钓者——如果确有的话。

养父还在信中告诉我,他和曲阿姨共同生活了一个月就友好地分开了,不是由于任何别的原因,仅仅是因为性格和生活习惯太难融和。曲阿姨此前一直未婚,独自生活惯了,对家庭主妇的角色一下子难以适应;他呢,与我"校长妈妈"休戚与共地生活惯了,一下子也很难适应一位"全新"的妻子。

他说他和曲阿姨仍是好朋友,可用"红颜知己"来形容。

"女儿,虽然你说你一切都好,希望我放心,但我一想到自己的女儿大学没读完就成了远离家乡的打工妹,而且还是女帮厨,我心里就不是滋味,觉得自己做父亲做得太失职、太失败了,也觉得太对不起你妈妈。如果外边的世界确实很无奈,那就回家吧。有爸爸的直接关照,你的人生又会是另一个样子啊,那究竟有什么不好呢?⋯⋯"

我的泪水滴湿了养父的信。我之愀然,不仅因为他仍爱我这个女儿,还因为他承认自己的脆弱,也因为曲阿姨竟不能代替"校长妈妈"成为与他朝夕相处的生活伴侣。

我当日给他回了一封信,对自己的任性作了自我检讨,请他放心,向他汇报我不但自己能挣钱了,而且会因为工作表现良好获得年终奖金,与两个一块儿打工的姐妹也相处得很好。外面的世界不全是无奈,也有精彩。我估计他肯定也特别关注深圳的发展——当年,有几个当市长的人不关注深圳现象呢?我就将自己看到的、听到的种种深圳发展的大好局面全写在信上了。那是一封四页纸的长信。

一个星期日的下午,李娟说晚上将有人请我们吃饭。我和倩倩问是什么人,李娟卖关子,说见面了自会介绍。

晚上,在市里一家大饭店的单间,我和李娟见到了做工程兵的周连长——与李娟相爱的那个男人。周连长三十几岁,中等身材,看上去很健壮,体格像运动员,但神情一看就是参谋、干事那一类军官。他性格温和,笑起来还有点儿腼腆。面对我们三个女性,他显得怪拘谨的,李娟反复说我和倩倩是她好姐们儿,他的表现才逐渐放松了。他喜欢说"同志们",那是他的口头禅。他一那么说,我们姐仨就忍不住笑。我们笑他自然也笑,所以好像一直腼腆着。

他和李娟是东北老乡,家都在农村,两个村子离得不远。李娟有次从深圳回东北探家,在列车上认识了周连长。她大包小包带了不少东西,幸有周连长一路照顾没怎么受累。不想,一年后,二人又相遇在深圳的同一处工地上,可以说是天公作美。

周连长也很坦率,告诉我和倩倩,家里原本为他订下了一门亲,也结婚有了孩子,可因他是个一年到头走南闯北的人,女方跟人跑了。

他含情脉脉地看着李娟说:"但愿我俩能成。"

我说:"准能。"

李娟说:"你变我都不变。"

倩倩就提议为李娟的话干杯。

那顿饭是我到深圳后吃的最高档的晚餐,以海鲜为主,大对虾"管够造"。估计对倩倩也是那样,我俩都吃得不亦乐乎。

离开饭店前,周连长送给李娟一个精致的笔记本——第一页是一个大大的"奖"字;第二页上有他写的诗句:"两心相许,又岂在朝朝暮暮";第三页上写的才是关键文字:亲爱的娟保存。

在我们姐仨回去的路上,倩倩开玩笑地问李娟:"你怎么不让他派车送送咱们啊?"

李娟说:"他自己也会开。"

倩倩说:"他们工程兵的工地上军车可多了,他是连长,那就是他们工地上的第一把手呀,肯定有专车嘛。"

李娟说:"确实有,可连我都没坐过。他要是开车送咱们,那不明摆着违犯军纪啊?"

倩倩揶揄她:"听,还没领证,八字还没一撇呢,就开始向模范军嫂看齐了!"

李娟对我说:"拽住她,今天我非撕烂她那张贫嘴不可!"

还没等我有所举动呢,倩倩咯咯笑着跑开了。

李娟又对我说:"今天对我是个重要日子,你和倩倩是我姐们儿,他同意见你俩,证明我和他的事在他那儿板上钉钉了。你和倩倩等于是我们爱情关系的见证人。"

李娟显得特高兴,一路高歌,倩倩也跟着大声唱。连我这个很少唱歌的人,也情不自禁地唱了起来。爱情带来的幸福是有传染性的,在朋友之间传染得更快。我和倩倩幸福着李娟的幸福,快乐着李娟的快乐。

快到年底时,工程兵的援建任务完成了,周连长要带着他的战士们离开工地了,我和倩倩陪李娟与他道别。战士们已经在一辆辆卡车上了,周连长在车下等我们。我们姐仨远远望见他在来回走,反复看手表。

我们跑到他跟前时,我替李娟说:"对不起,来晚了。"

周连长说:"不晚,很准时,是我们的兵上车早了点儿。"

我们姐仨并肩站着,他与我和倩倩先握手,后敬礼。与李娟却既没握手,也没敬礼,而是小声说:"你到我们工地几次了,不少战士都认识你了。既然咱俩的关系已经确定,那么我就向他们宣布了,你跟他们打个招呼吧。"

我从没见李娟红过脸,但那时却红极了,讷讷地问:"多不好意思呀,说什么啊?"

周连长边轻松地向卡车推她,边说:"没什么不好意思的,不想说什么摆摆手也行。"

李娟就向战士们摆手,只"嗨"了一声,之后难为情地笑。那样子像明星在向粉丝打招呼。

战士中忽然有人喊:"嫂子!……"

四辆卡车上一百几十名士兵接着喊"保重"二字。

"嫂子!"

"保重!"

"嫂子!"

"保重!"

喊声直上云霄。

李娟也喊了两句:"你们也保重!我爱你们!"

她的喊声使气氛一时肃静。

在那阵肃静中,李娟双手捂面哭了。

周连长这才又走到她跟前,替她放下双手,啪地一个立正,向她敬了一个特帅的军礼,随即以正规的军人动作向后转,双拳夹腰,小跑着上了最前边一辆卡车的驾驶室。

转瞬间,四辆卡车绝尘远去。

倩倩说:"就这样啊?"

李娟说:"我满意了。"

此前,关于爱情带给人的伤害,我已听说了不少,在小说和电影、电视剧中,尤其如此。但那日那时,我忽觉爱情好的时候,确实很好。若有庄严衬托,另有一番说不清道不明的好。

我受感动了。

各处工程都已竣工,偌大的工地一下子冷清了,只有几辆推土机在进行清除工作。

一日,刘大爷从办事处回来,唉声叹气,愁眉不展,一副受尽憋屈的样子。

我们姐仨问他领回奖金没有?

他说看来奖金泡汤了——财务室换了人,不认当初那合同的账,理由是投资超了,奖金一概不发了。

倩倩急了,埋怨刘大爷:"难道盖着大红章的合同是一张废纸?他们不给你就认了?你没跟他们理论?"

刘大爷说:"我能不理论吗?可那个主事的矮胖男人根本不理我啊,不认又能怎么办?"

我生气地说:"告他们!"

刘大爷说:"你没见工地上快没人了?过几天办公的活动房一拆,他们坐办公室的人也都回老家过年了。即使法院当天就受理了,可哪天开庭是咱们说了算的吗?开庭那天哪找被告去呢?难道咱们都不回老家了?一块儿找地方住下去等着打官司?"

刘大爷的话说得我哑口无言。

刘柱那时从市里回来了,一听他爸讲了遍没领回奖金还受到屈辱的经过,暴跳如雷,一副怒从心底起、恶向胆边生的样子,操起炒菜的铁锹往外就冲。

刘大爷抢前一步,挡在门口,指着他大喝:"你给我放下!"

刘柱说:"好,放下就放下,那我带上这个行不?"

他放下铁锹,又从面案上操起了压面的杠子。

刘大爷上前夺下杠子,劈面扇了他一耳光,训道:"合同上写的是我的名,盖的是我的章,我都没要来,你去就不一样了?你以为这是老家?地面上都是向着咱们的人?"

刘柱气急败坏地吼叫:"不按合同办事我就敢砸他们办公室!"

刘大爷指着倩倩又训道:"那会是个什么结果你想过吗?你不为自己的下场想一想,也不为她想想吗?"

刘柱看一眼倩倩,顿时像泄了气的皮球,双手抱头蹲下,一声不吭了。

我听糊涂了。

刘大爷转身看着我和李娟说:"出门在外,谁都难免被坑一次,两万多元奖金我们父子不要了。我们认了,劝你俩也认了吧,不认咋办?"

李娟一言不发,抓住我一只手,猛转身往外便走。

我以为她有话要单独跟我说,她却并没说什么,一直把我带到了"宿舍"前。

李娟爬上车厢,直挺挺仰躺在她的褥子上,大睁两眼瞪着帆布顶篷,胸脯一起一伏,分明气得不行。

我坐在车厢口属于自己的位置那儿,呆呆地看着李娟不知如何劝她。我也生气,非常生气。虽然我已经"掉钱眼儿里"了,但双手还扒在外边。奖金,我所欲也。明明是自己付出了辛勤劳动应该获得一笔钱,而且有合同担保,就因为不知从哪儿冒出了个蛮不讲理的家伙,说不给就不给了,这样的事谁遇到了会不生气呢?但我生气也不仅仅是因为奖金泡汤了,更因为一个"理"字——不讲理的事第一次落到了我头上,我尝到了"哑巴吃黄连,有理没处说"的滋味。何况我知道,李娟将工资按月寄回家去了,她是长女,下有一弟。她父亲打工时砸伤了腿,干不了重活了,属于半残疾的人——她是要等着奖金作路费探家的!

倩倩回到了宿舍。她的褥子挨着李娟的褥子。她也坐在褥子上,看着李娟说:"想开点儿。如果探家缺钱,我借你。"

李娟冷言冷语地问:"刘大爷指着你对刘柱说的话什么意思?"

倩倩淡淡地说:"我有了。"

李娟一下子坐了起来。

倩倩却仰躺下去了,双手捂在腹部。

"'有了'什么意思?"

李娟瞪着她,像虎妈瞪着操心女儿。

"还能什么意思?我怀上了,刘柱的。我得跟他回他老家,把孩子给他生下来。我可不做'人流',怕以后落病,没法再生育了。"

倩倩的语调仍那么地平静,说得轻描淡写,如同在说别人的事,而且是寻常事。

"你……你……你可想清楚了……"

"怎么就算想清楚了?怎么又是没想清楚?刘柱是孩子他爸,我不跟他们父子走还有什么选择?都是寂寞惹的祸……"

倩倩自嘲又无所谓地笑了,居然笑出了声。她的笑声一过,"宿舍"里一阵沉静。

在沉静中,李娟也不站起,龟似的爬到我跟前,小声说:"那我的打算就与她无关了,我咽不下这口气。"

她说罢她的打算,眼睛对眼睛看着我补充:"你不参与我也要一个人那么做。"

那时的我,忽也觉得豪气干云。并且,还有种侠义之气笼罩了我似的。

于是我说:"一切听你的。"

倩倩也躺着说:"我参与。"

李娟头也不回地说:"没你什么事儿。"

倩倩坚定地说:"你可做不了我的主,姐们儿不是嘴上说说的关系。"

我们姐仨出现在财会办公室时,有个矮胖子坐在椅子上看报,一条短腿担在窗台上。

办公室那会儿就他一人,他诧异地看着我们。

倩倩虽已怀孕,但她自己不说别人是看不出来的;那时她往腹部缠了东西,挺着个"大肚子",看上去不久就要生了。手里还拿只大号可乐瓶,里边灌满了椰汁,一脸鱼死网破的气概。

我和李娟手里也有同样的塑料瓶,贴着"敌杀死"的商标。

我们姐仨站在办公桌前,矮胖子将脚从窗台上放下了;转椅一旋,他正对着我们了。

李娟将满满一瓶"敌杀死"放桌上,商标正对着他,双手按在桌上,俯身问:"看清楚了?"

矮胖子说:"你们有病啊?这是你们推销农药的地方吗?"

"我们不是推销农药的,我们是来跟你玩命的!"

我此话脱口而出。一说完,连自己都不相信那是从自己口中说出的话。

矮胖男人看着我瞪大了眼睛。

李娟就向他宣布了我们的要求。

"放肆！你们以为自己是谁？老刘头儿来了都没用,我会买你们的账？跟我耍泼我就怕了？滚！滚！要死外边死去！……"

那男人恼羞成怒,连连拍桌子。

李娟说:"不,我们姐仨已经铁了心了,要不发奖金就一块儿死你当面。死前,怎么也得给你留下深刻印象,要不死不瞑目。"

李娟说完,拿起桌上的保温杯晃晃,扭开盖,将冒着热气的水兜头就向对方浇下去。

那男人烫得叫起来,离开了椅子。

我都把玩命的话说出口了,那会儿不能没行动了。

我拿起桌上的墨水瓶朝白墙砸去,墙上顿时"红花绽放"。

倩倩说:"红花也得好叶配,那才好看。"

她也拿起一个墨水瓶砸向那面墙,墙上出现的却是一片"黑浪"。

"这瓶肯定是蓝的。"

我将最后一瓶墨水也砸到了墙上,墙上出现的果然是"蓝色海洋"。

李娟又捧起暖瓶,使劲摔在地上。暖瓶一爆,那多大声啊!

矮胖男人万没料到我们会那样,目瞪口呆僵在那儿了。

这时门一开,二男一女进来了。其中一个男人五十来岁,穿无徽章军服,看上去刚转业。

他吃惊地问矮胖男人怎么回事。

矮胖男人结结巴巴说不成句话。

李娟就又将我们的正当要求说了一遍。

我说:"她是周连长的未婚妻,未来的军嫂。"

五十来岁的男人问我:"前几天离开工地那个工程连的周连长?"

我说:"对！我们姐妹三个送他们时,他们集体向我们敬礼来着!"

我成心夸大其词。

五十来岁的男人不板着脸了,对李娟说:"给我合同看看。"

李娟傻眼了,我们没向刘大爷要合同。

五十来岁的男人说,"没带算了。"一转头对矮胖男人说,"你把合同找出来。"

矮胖男人一会儿说忘了放哪儿了,一会儿说文件柜的钥匙不见了。

五十来岁的男人说:"好好想,慢慢想,我坐着等你。"

他在旋转椅上坐下了。

倩倩忽然唉哟起来,说腰疼。

五十来岁的男人说:"那不好几把椅子嘛,你们也都请坐。都别冲动,合理的要求应该得到兑现,深圳是尊重合同的地方。"

我们姐仨便都坐下了。

那位女同志扶倩倩坐下时,趁机将她那瓶"敌杀死"拿过去,背在了身后。

五十来岁的男人仔细看看桌上那瓶"敌杀死"的商标,拧开盖,闻了闻,又把盖拧上,什么都没说,只是眉头微皱了一下。

合同终于拿在他手中了,他看得很认真。几分钟内,我们姐仨屏息敛气,目不转睛地观察他的脸。然而他脸上除了认真的表情再无任何别的变化。

他放下合同后对矮胖男人说:"上边不是写得清清楚楚明明白白的吗?你为什么不按合同办呢?"

听了他的话,我们姐仨都暗舒一口气。

矮胖男人支支吾吾,顾左右而言其他,难堪地狡辩。

"别说那么多了,立刻把他们的事给办了,办完到我办公室来一下。"是转业军官的做派,利索地起身往外便走。他在门口站住,转身看着我们姐仨又说:"以后遇到类似情况,应该找领导,采取过激行动也是不可取的。"

我们姐仨一齐点头,连"谢谢"二字都忘了说。

那一男一女将地扫干净,也同时离开了。

矮胖男人数完钱,让我们在收据上签字时,垂头耷拉脑的,不敢与我们的目光对视。

见李娟从他手中接过钱,倩倩煞有介事地说:"娟,我心里还是不痛快。"

李娟说:"那你想怎样?"

倩倩恨意难消地说:"这王八蛋肯定是想把咱们的奖金给贪污了,我要用一条半命教训教训他,让他没有好下场!"

倩倩说完,拧开瓶盖,一仰头,咕咚咕咚喝下了半瓶椰汁。

"哎哎!……"

那矮胖男人从椅子上滑坐到地上了,并且,再就没起来,也不知是吓昏了还是咋的。

我们姐仨走在回去的路上时,议论着我们的胜利和那矮胖男人可能会受到的处分,都特亢奋。

李娟却忽然不说话了,表情忧伤。

倩倩问她怎么了?

她说:"要不是没什么好办法了,谁愿意那样啊!"

她流泪了。分明,因为那么做了倍觉羞耻。

我心里却没她那种忧伤,更没她那份羞耻感。

我不但仍亢奋着,简直还可以说一路走得意气风发,精神豪迈,甚至想学京剧中的好汉那样,仰天长啸,大呼"快哉"。

"外边的世界很无奈"——这一点我已有所领教。

"外边的世界很精彩"——精彩是由我们姐仨的行动证明了的,等于我第一次为"外面的世界"做了贡献,使正义得到了伸张。至于手段,我干吗自己和自己过不去,非责备自己呢?我才不羞耻呢!

刘大爷很义气,见我们姐仨竟然把奖金要回来了,坚持平分。

我坚决反对平分——李娟和倩倩比我早到食堂半年多,平分对她俩不公平。但我是唯一少数,拗不过他们四人,最终还是平分了。

平分倒使我觉得羞耻了。我没占过任何人便宜,内心十分不安。

我从自己的奖金中点出了多分到的部分,一半硬塞给了李娟,一半硬塞给了倩倩。

我使李娟接受的理由是:"与你相比,我不缺钱。我一点儿家庭负担都没有。"

我使倩倩接受的理由是:"你接下来得准备做母亲了,用钱的地方比我多。"

李娟和倩倩与刘氏父子同日同时离开工地——刘柱联系了一名开卡车的司机,可以直接将他们四人载到车站。他们东西多,一块儿走互相照应着,顺利多了。

二〇〇二年的中国不少人有手机了,但我和李娟和倩倩还都没有。普通的诺基亚也须三四千元,我们都是舍不得花那么多钱买手机的姑娘。而绝大部分农村人家还没电话,我们的联系只能靠通信。

她俩都给我留下了通信地址。

刘柱临上车时,似乎想跟我说什么,却又碍着她俩在旁边不便说。我猜到了他想跟我说什么,主动拥抱了他一下,并叫了他一声"姐夫"。

这使他走得特高兴。

他望着食堂说:"和你们姐仨相处得真好,这一走我没留任何遗憾。"

而我在心里早已原谅了他。

我认为若一个女性被男人所爱,即使对方毫无使自己心仪的方面,即使他的表达很粗鲁——说到底,就算他是百分百的单方面想入非非,就算他完全忽略了是否"般配"的问题,只要他的追求非属暴力式的,一旦明白了没希望也不再纠缠不休——那么他的粗鲁表达就是可以也应该被原谅的。

就爱本身而言,任何一个男人爱任何一个女人,或反过来,本质上都是一样的;不一样的只不过是所谓"般配"不"般配"的问题。只要是真爱,那就不能以鄙视待之。

是的,我确实原谅了刘柱。

也确实对倩倩满怀感激。

如果不是由于倩倩的存在,我也许不能在这处工地干到年底。

我握着拉杆箱的拉手站在原地,呆望着那辆卡车驶远,直至已分不清是谁还在车上向我招手。

我缓缓转身望着食堂,它好像在对我说:"天下没有不散的宴席。"尽管我们没做过宴席,但人间的聚散离合,与宴席的区别不大。

我环望四周,除了已竣工的几座高楼大厦,此外再无别物,连一辆吊车或一台推土机也没有。那食堂是最后的多余物,最迟明天下午,将会来一批人将它也拆除。推土机将把那里推平,不留一点儿痕迹。

而我,事实上成了最后一个离开工地的人。

我忽然产生了一种联想——仿佛一场出现过千军万马的大剧已经结束,全剧组已经撤离,主角们配角们都已各奔东西,投入到下一场大剧中去了。舞台也已清扫干净,悬起的幕布也没必要再落下,因为无须换场,舞台所期待的只不过是另一个剧组的到来和另一场大剧的上演。而我,作为前一场大剧的群众演员,小小的,微不足道的,有我无我无关紧要的群众演员,连群众甲乙丙丁都不沾边的群众演员,仍茫然地,满心惆怅地,怅然若失地伫立台上,不知自己下一步该何去何从。

"飘飘何所似,天地一沙鸥。"

以上两句诗,在我头脑中油然而现。

但我还没有茫然到不知自己该怎么做的程度。

我在心里默默说:"别了,我的'修道院'。"

我转身拖着拉杆箱走在压道机压出的临时土路上,朝着市中心的方向走着,如同一个旅人。

是的,我觉得我像一个修女,那即将消失的食堂是我修行过的修道院。虽然它给予我的启迪与宗教无关,却向我昭示了一些做人之道。我对它赐以实用之道心存感激,而那是我的"校长妈妈"和"市长爸爸"不曾教过我的。

忽然我听到了猫叫。

我们姐仨的"小朋友"已经长大了,有一尺半了。它在食堂吃得好,长得快。李娟替我将它装在筒式背筪里了,只露出脑袋,而我将它背在身后了。它肯定因为稔熟的人被车载走,只剩下我自己了,虽然在我身上,却看不见我的脸,所以不安了。

我将背筪移到了胸前,抚摸一下它的头,安慰地说:"别怕,不是还有我吗?"

它又叫了一声,似乎明白我的意思。

它是唯一陪我离开工地的"朋友",我决定与它长相厮守,不弃不离。

那时夕阳红似火,大如轮,悬在远处的市上空。一些建好的或没建好的高楼大厦的轮廓,被夕阳的余晖镀上了橘红色的边。一阵阵海风吹过来,空气中有种潮湿的咸味儿。

我首先要做的事是要在市区找处地方住下来。

我一边走一边想到了人和所谓人生方向的关系。

那不是为了思考而进行的思考,甚至也不是下意识的思考。那只不过是头脑本身无法"空闲"下来的自然而然的反应,想那么严肃的问题和想"先有鸡还是先有蛋"的无聊问题没什么区别。

我想世界上绝大多数的人起初是没有什么人生方向的,方向往往是生存过程中逐渐确定的。但极少数人的确是在青少年时期就有了方向,比如王储自会清楚他的人生方向是继位为王;古代科举制度鼎盛时期,士子们的人生方向是中举"服官政",是"修齐治平"。中举是目标,未中举则不能"服官政","修齐治平"也就成了最空的空话。又比如周恩来,年纪轻轻就写下了豪迈的自勉诗,"遂觅群科济世穷"就是他的人生方向,"难酬蹈海亦英雄",意志何等地高洁!我一向觉得,他的自勉诗比张载那四句名言务实多了。

但是,寻常如我这样一个打工妹,什么又是,或更积极一点儿地说,什么又应该是我和我的人生方向呢?

我老老实实地承认——我当时没有,也不想有。并且明白,不必非有,想有也是白有。

世上有灵万物,无不向死而生。

死即人的终极方向。

所以像我这样的小女子,对自己的人生别做那么远的规划吧,只确定一个下一个的短期目标,反而也许是明智的表现吧。

是的,我当时就是这么想的。

我之人生的第一个目标,业已在那食堂里开始并结束,我身上有几千元钱,自己靠诚实的劳动挣到的,可算实现了预期。

手中有钱,心中不慌,所以我能够拖着拉杆箱,胸前吊着"小朋友",不慌不忙,旅行观光似的走,闲庭信步似的走。

我之人生的第二个目标就在前方,不是海市蜃楼,也不是自欺欺人的主观想象,而是千真万确的所在。

它就在那儿,我每向前走一步,就离它更近一步。它只能由我离它越来越近,它连半米都无法移远。

它就在那儿,上空是如血的夕阳和绚丽的晚霞,静静地恭候似的期待我的到达。

我要在那里找一处住的地方安下身来。

我要在那里再找到第二份工作,希望工资比第一份高点儿。

我那时忽然悟到,绝大多数的人和极少极少的人之人生,最主要的区别在于——后者是较早地就有了人生方向的,前者却大抵只有一个又一个具体而微的人生目标。在接近的过程中、实现的过程中,若也感觉到了方向,那么顺其自然活将下去;若终究并没什么方向可言,没有就没有呗——好比当时的我。

如果我的"校长妈妈"仍在世,她肯定不允许我的人生居然没有方向。我自己想没有都不行,我的"市长爸爸"会全心全意配合她,使我的人生走上"正轨",而不是像现在这样走一步算一步。

但我已经不属于极少极少的人了。

我已经与绝大多数人为伍了呀!

人生没有方向,只有具体而微的目标便又怎样?我偏要以身一试,且看究竟如何!

难道一个人只有庸常而微的不间断的目标,就不需要脚踏实地去实现了吗?

李娟是有下一个具体目标的——她要用自己辛辛苦苦一天几十元挣到的钱为父亲治病解决燃眉之急;她的下一个目标是为她家盖起新房子。

倩倩的下一个目标是买手机;她的下下一个目标是什么,她没告诉我。

刘大爷的下一个目标是为刘柱把婚事办了。

刘柱的下一个目标是他和倩倩先成为镇里的居民,下下一个目标是成为县里的居民。他曾说他是想一步到位的,可钱还不够。

我的下一个目标是走到市区去。我倒想坐车,可没车可坐。好在离市区并不远,一个小时肯定可以走到。比起来,我的下一个目标最容易实现,也最需要脚踏实地。

我不脚踏实地往前走,难道还指望自己长出翅膀飞将去?

"是吧小朋友?"

我低头问了一句,见它已睡着了。

我能给"小朋友"以安全感,这使我觉得自己也不是一个多余活在世上的人。

我脚踏实地一步不停地向前走着,头脑中一路冒出些乱七八糟介于值得想与不值得想之间的想法。不是我自己非想不可,是那些想法自然而然地从我头脑中冒出来的,没有任何方式可以按住……

八

一双黑色的男式皮鞋的后跟朝向我,平底的那种。穿这种皮鞋的大抵是两类男人——一类个子较高,无须靠鞋跟增加身高;一类是老板。既是老板,互相比的便已不再是身高,而是资产的高度。中小老板比资产,大老板比资本。资产或资本由厚度变成了高度,那么人矮也不矮了,丑也不丑了,五音不全唱歌也好听了。

我离家出走来到深圳,自己并没见到过一位真正的老板,却常听李娟、倩倩和刘氏父子讲到关于老板们的传说。数倩倩讲的最多,见解也最独到。

她曾洞察明了地说:"男老板们是绝不会穿有跟鞋的,怕别人看低了自己。名牌的男鞋也从不生产后跟加高的款式,因为买得起的非富即贵。现而今,就人而论,贵不贵是由钱多钱少来决定的。"

记得李娟当时问了一句:"那么肯定?"

倩倩说:"当然啦!女老板又不同,本是高挑身材的也还是喜欢穿高跟的,为的是显得比有钱的男人更高。古人为什么说红颜薄命?那时的她们虽有红颜但多数没钱嘛。即使出身于富贾名门,家里钱再多那也是娘家的。现在时代不同了,自己身价几百万上千万的女人多了,往后会更多,完全属于她们的钱也会多。她们都爱穿高跟鞋是想证明这一点——我本人就够高的了,无须再沾什么男人的光。"

"矮个子的男老板也不穿暗高跟的鞋吗?"

我当时也问了这么一句傻话。

"喊,那不让别的男老板笑话死?生意场上还能谈得成生意吗?"

倩倩当时一副讥笑我幼稚的表情。

李娟不以为然地说:"女老板我也不是没见过,我们东北的一位女老板是开煤矿的,身家几千万了,据说从不穿高跟鞋。"

倩倩问:"岁数呢?"

李娟回答:"五十出头吧。"

倩倩又问:"形象呢?"

李娟回答:"那倒一般。"

倩倩又"喊"一声,翻起白眼,耸肩摊手不屑地说:"那么,她自己就不太会拿自己当女人了,就只剩下自己是煤老板一种感觉了。往直白了说,渐渐就成中性人了。再往直白了说,最终成了一台挣钱的机器罢了。男人们,不管是不是老板,渐渐地都会那么看她了。她知道男人们全那么看她,可她丝毫也不在乎,因为她有钱……"

李娟钦佩地说:"对,对,是你说的那样。"

倩倩接着说:"男人们也知道她所知道的,而且她知道男人们只不过把她看成一台挣钱的机器罢了。到这份儿上了,高跟鞋对她还有意义吗?穿高跟鞋不是与整天穿拖鞋都没区别了吗?……"

李娟被问得瞠目结舌哑口无言了。

过后李娟对我说:"咱们倩倩姐们儿不得了,才二十多岁就快活成人精啦。瞧着吧,以后她的故事肯定少不了!"

我们姐仨那天所谈的老板,是指成了"气候"的老板。虽然,当年在深圳,甚至在广东省,在全南方,人们也称开小店铺的为"老板",但内心里却明镜似的,他们不过是"做小买卖的"。

我与李娟同感,也觉得倩倩着实有"了不得"的方面——她似乎天生有一双火眼金睛,对人世间的某些事洞察得纤毫毕现,见解总是那么与众不同而又头头是道,每令我和李娟自叹弗如,不得不佩服。而我也常替倩倩心生遗憾——如果她上过一所好大学,再出国留学几年,拿到社会学的博士学位,将来准会成为中国的一位女社会学家,并且是令人刮目相看的一位……

我躺在床上,撩起目光,无所事事地望着那双男式皮鞋的后跟。床在一间二十几平方米的地下室房间里,那房间有扇半地上的朝内开的小横窗,有纱窗;纱窗外是七八根手指粗的铁条;窗台连着外边的水泥地面,有向人行道倾斜的坡度。离窗台一米远的地方,是高出地面的大理石平台,与那幢写字楼侧门的台阶连成一体。那双鞋在平台上。

那双皮鞋在我眼前变动了几次位置。起先是鞋尖朝我走来了;接着鞋帮朝我来回踱步;鞋跟朝我站定不动的时间最长。

当一截烟蒂落下时,我明白了是一个男人在那儿吸烟。白天我考察过那地方,因为有立式烟盘,常有人在那儿吸烟。

窗外那个男人是位老板么?抑或仅仅是一个高个子男人?不管他是哪类男人,我开始讨厌他了——明明有按烟头的地方,为什么非将烟头往地上扔呢?当年像他那样缺乏公德的男人还不少,害得我隔几天就要去扫一次烟头。我对吸烟的男人并不反感,我养父也吸烟;家中来过的男客一半左右吸烟,我自幼见惯了吸烟的男人。但我难以忍受我的窗外遍地烟头,尽管我在屋里,不论站着、坐着还是躺着,其实都是看不见地上的烟头的。我看不见不等于不存在。明明那儿有,不扫干净我心里别扭,好像内心里有不干净的地方。我并无洁癖。我认为洁癖即使不是病,那也是毛病。我已非"玉县公主",我已是深圳打工妹,岂敢染上那种毛病?自忖没资格。但我自幼生活在干净的家和干净的街上,已经养成了爱干净的习惯,宁愿勤快点儿,也希望自己在任何地方的任何居所,窗前门外干干净净。

深圳已经有几家五星级宾馆了,四星的、三星的更多。普通的如假日酒店之类已多之又多,小旅馆几呈遍地开花之势。而我在这个房间已经住两周了。

我选择这家由东北人承包,开在地下室的旅馆栖身,乃因宿费相对更便宜些,而且房间够大,有两张单人床,桌椅齐全,较新。还有书架,这是我最中意的。书架是作为摆物架提供的;我拣了一个摆物架,花十元钱雇人弄到房间里。这样,书架就可完全用来摆书了。受"校长妈妈"和"市长爸爸"的影响,我自幼喜爱读书,无书可读的日子对我而言,简直非是人过的日子。即使终日无须劳作,锦衣玉食,那也还是非人过的日子,仅仅算是一种高等动物的日子而已。那时的中国几乎每年都有好书出版,甫一面世,遂成书苑热点。我已买回了几本,包了书皮置于书架。我还买回了两盆喜阴的花——一盆绿萝,一盆绣球。我打算春节前再买一台收音机,据说那时家电商品会大降价。我的想法是,春节后李娟返回深圳时,她就不必四处再找便宜的住处了,这个房间将是我俩共同的"家"。比起工地上的卡车车厢,我觉得能住在这样的房间里已是幸事。当然,使我决定长期住下的另一个重要原因是,这里是唯一一家允许我和"小朋友"同住的地方。我宁愿住桥洞底下也不愿抛弃"小朋友",所以我一下子交了半年的住宿费。老板夫妻是东北人,这一点对我的决定也有一定影响。李娟是东北人,她实在,豪爽,侠肝义胆的,总之可长交,够姐们儿。我对东北人有好感……

窗外忽然传入一阵声响,是穿高跟鞋的女子跑过来的声响。紧接着,我眼前多出了一双红色的高跟鞋,鞋尖朝我。忽然那双高跟鞋离地了,那双平底男鞋像舞者的鞋似的,原地一旋,也鞋尖对着我了。鞋面擦得锃亮,一尘不染。又忽然,高跟鞋落下了,鞋跟朝向我不动了。

我觉得那女人穿黑色丝袜的小腿很好看,肤色被丝袜衬得特白。

再接着,两双鞋长时间不动了。

当窗外传入女子的娇声嗲气时,我闭上了眼睛。

眼睛看不见了，不等于耳朵听不到了。

我不得不捂上了耳朵。

我想起了倩倩曾说过的话："这时候，如果被自己所爱的男人轻轻搂着，躺在他怀里睡着了该有多美。"

屠格涅夫的中短篇小说集就在我枕边，我刚刚躺着读完他的《初恋》。

我已经历了初恋，但是我对自己在"贵师"的初恋持一种否认的态度，因为它开始不久便结束了，既没使我多么陶醉过，也没伤害到我。有点儿像釜中水，刚一热，釜底抽薪，凉了。

我仿佛从不曾恋爱过，不可救药地陷入了莫明其妙的迷幻中。

我知道那叫"思春"。

我忽然开始渴望一场真正的初恋，像屠格涅夫写的那样：

"我整个身体充满了这种预感，这种期待。我呼吸它，它跟着我的每一滴血流遍我全身的血管……它是注定了很快就要实现的。"

我不知什么时候睡过去了，梦到了韩宾，他冲我说"复杂了，太复杂了"，而我转身就走，那时醒了，小横窗外什么都不见了，只见一横框阴沉的天空，外边下起了细雨。在我睁开眼睛那一瞬间，有一片半绿半黄的大叶子飘飘悠悠地落下来，就像纸叠的飞机落下那样。

是"小朋友"弄醒了我。我用一块塑料板盖它的沙盆儿，它很快就学会了蹲盆儿前将塑料板推开，却似乎怎么也学不会再盖上。我教了它几次后晓得，对于它那事儿的难度未免太高，也就罢了。它似乎也晓得，蹲盆儿后应将塑料板盖上，只要我在，总是会督促我去完成。

我从枕下摸出手表看一眼，差几分十点了，起身盖了沙盆，逗"小朋友"玩了会儿，又躺下了。

我对韩宾一直有种怨恼，因为他"亵渎"了我的初恋。我承认初恋不必非得一举成功，但我难以接受那么一种俗套的结束。他的世故使我的初恋变成了不值得回忆的事。有过初恋了，以后再恋得多么缠绵,那也不是初恋了,每想一次后悔一次——耿耿于怀。

但是在那个星期日的上午,在我梦见了韩宾后,我决定彻底原谅他。人世间有许多人的初恋使自己严重受伤甚至殉命,如崔莺莺、屠格涅夫笔下的"阿霞"和"我";如梁山伯和祝英台、罗密欧与朱丽叶;如"茶花女"和维特、爱斯梅拉达和菲比斯……

归根结底我并没被初恋伤到,只不过有失面子而已。我不是也使刘柱颜面扫地了吗?那我为什么就不能换位思考,理解韩宾一下并原谅他的世故呢?

"对,应该原谅,彻底的原谅才是彻底的想开了,过去了,是这样吧小朋友?"

我捧着"小朋友"的头这么说了以后,内心世界顿时晴空万里。

"小朋友"喵了一声,仿佛表示赞同。

有人敲了几下门。

我起身开了门,是姚芸。

姚芸也是东北姑娘,确切地说是东北大姑娘。旅馆老板娘告诉我她二十八了。东北的下岗工人依然很多,姚芸曾对我说她家三代人都在一个国营大厂,爷爷退休了却不能按时领到退休金,她和她父亲又同时下岗了。

她说这番话时我在刷牙。她刚洗完头,看着我,边用干毛巾擦头发边说的,语气淡淡的,听来无怨无悔,只不过是一个闲聊的话题似的——也许由于在东北同命运的人实在太多了吧?

然而我内心里充满了同情。

那一次我刷牙的时间特长。因为不敢接她的话,无言以对,又不能一味傻听着,便只有不停地刷。

有人不愿对别人倾诉自己的人生所面临的困厄,李娟属于那样的人。在我看来,她实际上是深受家境所累的,却只是在对我讲到她的责任时,才稍带提到她家的情况,提到也并不是为了向我诉苦。有些人,显得比较愿意对别人倾诉自己的现状,但却是有选择的,如果认为谁是可信的倾听者才会讲,反之绝不会。所以他们或她们并不"二",也不是所谓"自来熟"。而信任不信任只有一个前提——不反感、不轻蔑就行。也许,姚芸太寂寞、太孤独了;也许,她看出了我是一个值得信任的倾听者;或者,她认为我们同是"天涯沦落人"。

快过春节了,深圳市区的人一天比一天少。据说春节前后,深圳差不多会变成一座空城。这家半地下的小旅馆里只剩下我和姚芸两名住客,我俩像胆小之人往一块儿凑是为了互相壮胆儿,都需要对方给予的温暖。

姚芸告诉我很快就要停水几小时,怕我不知道,洗不成脸。

我还真不知道,谢过她,立刻拿起盆往洗漱间走。

我从洗漱间出来,见姚芸的背影正往外走,老板娘在柜台那儿以老谋深算的目光望着她的背影。姚芸穿旗袍披毛线披肩的背影十分性感。北方女子的身材总体上比南方女子显得丰满。她如果不化妆算不上漂亮,但化妆后却判若两人,女人味儿十足;她外出时必定化妆的。

老板夫妇俩不回东北探家了,他们的一儿一女和双方父母也来到了深圳,全住旅店里,要在深圳共度春节。我冲老板娘笑笑,她也冲我笑笑。我转身时,她拿起了电话。听着她拨号的声音,我放慢了脚步,想听到她的通话——我以女性本能的敏感,觉得她望着姚芸背影的目光极不寻常,冲我笑得也是那么勉强。于是猜测她那通电话或许对姚芸不利。若果真如此,我想我应及时提醒一下姚芸——尽管我与她只不过是住客与住客的特一般的关系。

"出门在外的人要互相关照"——这可是我的"修道院"向我"灌输"的信条啊!

我对自己分辨好人、不好的人和坏人的能力挺自信的——我觉得姚芸本质上是好人。

然而我又不能停住脚步不走。

等我进入房间了,实际上一句也没听到老板娘的通话。

我有第二份工作了,在一家医院做护工。春节前护工已难聘到,所以家属出的钱较多,而且春节假期每天付双倍的钱。这不能算一份正式的工作,只能说是一档"短活"。城市都快成空城了,想在这时找到稳定的工作极不现实。

我的工作时间是从中午十二点到夜里十二点,护理的是一位乡镇企业家的农民老岳父。那老人快八十岁了,因胃溃疡做了局部切除,我已经护理他十几天了,从他只能进流食的时候开始的,现在他已经可以吃易于消化的饭菜了。我没见过那位乡镇企业家,倒见过他女儿几次,四十余岁,红薯身材,衣着摩登,珠光宝气,言行举止俗不可耐。我从没做过护理,却因曾有位护校的"校长妈妈",自幼常随妈妈逗留于护校,耳濡目染,很快便进入了角色,比一般护工做得周到多了。老人起初对我的表现特满意,经常说感激的话。他女儿却不然,每次来都鼻子不是鼻子脸不是脸地训我,不是嫌我这方面做得不好,就是指责我那方面做得不到位。我本着有则改之、无则加勉的态度,也不分辩,默然忍受而已。那老人受他女儿影响,后来对我也不满了,仿佛他女儿对我的指责句句在理,话里话外的意思是,他先前对我说的感激话,是因为被我的假象表现欺骗了。这,我也微笑听之,默默忍受。他不但是老人还是病人嘛,谁叫我做了那份工作呢?

当日我正喂老人吃饭时,他女儿又来了,进了病房就嚷嚷:"你瞎了,没看见我爸张那么大嘴吗?"

我终于忍无可忍,将碗放下,嚯地往起一站,瞪着她说:"我没瞎,看见了,你什么意思?"

她嚷嚷道:"你是不明白还是装糊涂啊?我老爸张那么大嘴,那就是想大口大口地吃!你偏半勺半勺地喂,使他着急你觉得好玩吗?!……"

我刚要说话,老人也发脾气了,大声说:"我以前饭量大,这一点我告诉过她了,她成心的!不吃了!不吃了!要是顿顿只能吃个半饱,那我干脆绝食啦!……"

一名护士听到嚷嚷声进了病房。

我扭头嫌恶地看老人一眼，一言不发就往外走。

"你瞧她看我老爸那眼神儿，我真想抽她……"

那女人又对护士这么嚷嚷。

我在走廊里刚脱下护理服，那女人也出来了。

我一步跨到她跟前，双手往腰里一叉，凛凛地说："你不是想抽我吗？动手吧。但是动手之前劝你考虑考虑，如果我还起手来吃亏的是你还是我？"

我比她高半头。小半年的帮厨工作，使我成了一个一看就知道挺有力气的姑娘。

那女人瞪着我呆住了。

我又说："在病房里我多次装哑巴，是因为不愿当着你老父亲的面跟你理论，免得你们父女都下不来台。现在我要告诉你，我不是一般的护工，我是贵州省玉县护校毕业的！那所护校虽然在一座县城里，但是解放前就存在了。你在网上查查就会知道，那所护校在中国西南几省是最著名的！我的做法无可指责，动过胃部切除手术的病人，停止流食以后，一个时期内必须小口进餐，慢食慢咽，以防噎住了咳嗽起来震开了刀口！一旦发生那种情况，只能再进抢救室二次剖腹，你他妈的听明白了?！……"

那女人如被定身法定在我面前了，眼睛都不眨一下。

护士也出来了，批评那女人不对，肯定我的做法很专业，完全正确。

"你老父亲的状况还没稳定，短时期内别出院为好。都快过春节了，我们能替你招到小方这么优秀的护理你烧高香吧！如果她不干了，你每天来护理你父亲？你应该知道的，我们目前的护工缺岗，忙不过来。"

护士的一番话，解除了那女人的定身法，却也只不过眼球一转，能说话了。

她仍不失傲慢地说："可我出的钱也多……"

她的话更加撺起了我的火。

我说："你成了个有钱的女人就了不起了？你还真以为钱是

万能的了？在我看来，你也只不过是个……我不干了！"

那时，我倏然又被一种怒从心头起、恶向胆边生的感觉所笼罩——不，不是笼罩，那是一种由内向外发散的宣泄驱动力。我想扇那女人一个大嘴巴子，可我不敢，那么一来，我再有理也没理了。我想摔什么东西，可四周没有任何我随手就可以拿起来摔的东西，即便有我也还是个不敢。我凭什么摔医院的东西？摔了不是得赔吗？最主要的冲动阻力是——我面对的是一个女人，她并没想在金钱方面白占我便宜。而且，我的两个姐们儿也不在场，使我怎么宣泄都是个不敢。

我想说那女人是《木木》中那个令读者憎恶的俄罗斯地主婆，可话说一半，想起屠格涅夫并没给那地主婆起名字，在小说中她的指称只不过是"太太"……

我多次受那女人的挤兑和无理训斥，我尝够了忍气吞声的滋味；她有钱，我也不是不挣她那份钱就会交不起住宿费只能流落街头。

我忽然又平静了。我的怒火来得快去得也快，理智重新也是及时地控制住了我，使我没做任何过激之事。

我不动声色地说："女士，那么我当着你的面郑重宣布，我不干了。请您将欠我的工钱交给这位护士，我明天上午来取……"

我说罢转身就走。

那是我维护自己尊严唯一可行也是唯一正确的做法。

"站住！你还骂了我一句他妈的，这又怎么算？"

我站住了一会儿，头也不回地说："我承认。我向您道歉。如果您觉得这还不够，扣我工钱也行。如果您觉得因而有理由一分钱不给我了，那么请现在声明，我明天上午就不来了。"

我走得心安理得又不卑不亢，背后肃静无声。

雨停了，天晴了，阳光照耀着我，我没觉得温暖，反而打了一个寒颤。

我对钱那种又膜拜又恐惧、由于恐惧而厌恶的心理，再次像无药可治的病毒似的在我全身弥漫，如同血管中被注入了一股股冷液。

因为女婿成了有钱人,女儿就可珠光宝气,动辄颐指气使地训人;自己一个老农父亲也可住医院单间,享受高干级的医疗待遇,而且也变得脾气古怪,反复无常,将别人对他的耐心服务视为天经地义,将农民的厚道、老人的慈祥就着一顿顿好菜好饭吃掉了,消化为"阿堵"了。

从前民间那句"一人得道,鸡犬升天"的话,指如果某家有一人官运亨通,身居高位了,那么一族人往往都会大沾其光,仿佛个个都是人上人了,甚至包括看门的、抬轿的。这几乎也可以看作人类社会的常态,古今中外,概莫能外。

可我听倩倩说过,在中国经济发达的南方,特别是广东,"一人得道"之"道",已非官场之"道",而是商界之"道"了。民间教子上进的话已是这么说了:"儿子,不好好学习,那你日后只能当干部了!"

自从我来到深圳,经常隐隐感到,一种叫作"商业时代"的时代,正大步腾腾率领深圳的新民破釜沉舟般地一往无前——钱在这片热土上的能量被突显得概莫大焉。"权贵不算贵,富贵才真贵"——刘大爷每这么教诲刘柱,而使刘柱心生敬意的也确实不是官,而是大老板。并且,"时间就是金钱",也确实成了深圳新民的新价值观之一了。

但我还没在心理上准备好应对这样一个新时代。在我到深圳以前,"校长妈妈"和"市长爸爸"那样的人才是可敬的。我对人的敬意,从没与一个人拥有多少金钱相联系。进一步说,我对谁的敬意的有无,前提之一是别总跟我谈钱。若总谈,我内心里往往会直接将谁划入"俗人"之列。而我离家出走以后,常见到的现象却是,人们仅仅因为谁是位有钱的阔佬,便仰其鼻息,敬意顿生,以识为荣——即使只不过仅仅是点头之交罢了。

我头脑中曾存在过的关于人生的价值取向,常被现实撞击得七零八落。

如果我这个打工妹并没有于姥姥和我"校长妈妈"留给我的

两笔钱,刚才我的表现又会怎样?我还能说出那么不卑不亢的话吗?我从医院离开得还能那么不失尊严吗?如果我为了让那不可理喻的女人付给我护理费而继续一味地忍而再忍,我难道不可悲吗?有钱人在挣钱不容易的人们面前的优势,不是千真万确成了优越了吗?可就那么一个女人,还有她的老父亲,究竟他妈的优在哪儿了又越在哪儿了呢?

钱、钱,他妈的钱,我委实不知该如何看待钱才对了。

我又联想到了小学时从收音机里听到的评书《秦琼当锏》中的一句话——"一文钱难倒英雄汉"。

一文钱啊,好汉秦琼啊——他妈的可憎的钱!

然而我又是多么感激钱啊——两个存折上的钱,确保了我这个打工妹是一个多么幸运的、有尊严的打工妹啊!

我不感激钱不是太矫情了吗?

我的头脑一路上不可遏制地胡思乱想,按倒葫芦起了瓢,走出很远才发现自己走错了方向。

我回到旅馆时,已经快两点了。走廊静悄悄的,老板全家六口都午休了;柜台那儿有按铃,铃响了他家才会出现一个人问问什么事。

我走到我的房间门口,听到背后有开门之声。回头一看,见一男子从姚芸的房间出来,恰与我打了个照面。

那男子匆匆而去。

九

第二天我到医院后,护士交给我一封信,是那女人一早送去的。她在信中说,她从网上查过了,证明我没骗她。她向我道歉,并承认我的护理工作做很挺好,承认以往的不愉快错都在她,希望我继续护理她老父亲,千万别一走了之……

"不过就是些话语上的无礼,气人是气人,但你是护校毕业的,应该明白这种人这种事在医院是常见的。她都书面认错了,这种态度是诚恳的,你就原谅她吧。"

我认识的那名护士这么劝我。

一位副院长也出现了。他说他也从网上查了玉县护校。说如果我考虑做一名正式的护士的话,他愿意向院方推荐我。

我不是那种任性的、得理不让人的姑娘。

我又留下了。

那老人也向我认了错。

他说:"她是我女儿,你是她出钱雇来照顾我的,你就是再有理,她就是再不对,我不是也得向着她吗?我不向着她,反而向着你,那我成了什么父亲呢?那不成了胳膊肘朝外了吗?所以呢姑娘,求你多担待些哈,以后我当着她面表扬你几句就是了嘛……"

我觉得一位老人把话说到这份儿上,应该也算是认错了吧。

我笑笑,只说了两个字:"谢了。"

我不计前嫌、一如既往地照顾他。

当天下班走到外边,细雨复至。我正犯愁没带伞,有人从街对面撑着伞向我跑来。当对方将伞高举到我头顶,我才看出是姚芸。

她说她估计我没带伞,所以来接我一下。

马路对面还有个撑伞者,分明是个男人。

她说那男人是她的一位朋友,为了我俩的安全送送我俩。

她和她朋友的好意使我内心一阵温暖。

那天她穿的是女式短裤,长袖的夹克上衣,下襟可以腰间打结的那种款式。没化妆,头上扎了方绸帕子。我闻到了微微的酒气,不知他俩在哪里喝过酒了。

她朋友一直将我俩送到旅馆门口,一路都没说话。我和姚芸说了几句话,无非是她说自己打算怎么过春节,问我打算怎么过春节。我说还没想好,她说希望与我一块儿各处玩玩,我很愿意。

旅馆关门了。十点半以后,老板会从里边将门锁上。我有钥匙。老板知道我十二点以后才下班,信任地给了我一把钥匙。那对他也好,不必每天半夜被我的敲门声敲醒一次。

我打开门后,姚芸也将她朋友拽进了门,这使我完全没想到。她在门外就将鞋脱了,拎在手里。那是一双红色的高跟鞋,使我看着发愣。姚芸在我脸上亲了一下,悄悄说了句"晚安",一手拎着高跟鞋,一手拉着她朋友的手,潜行者似的转眼进了她的房间。

一切发生得极快,我不由得愣了片刻。

当我也进了自己的房间,抱起"小朋友"坐在床边时,不禁想——姚芸如果不去找我,她是没法儿将她那位男朋友顺利地带入旅馆的。而且,她那双红色高跟鞋使我联想到了我从小窗口看到的那双红色高跟鞋。我不能由此推断当时窗外的女子必定是她,而那穿平底皮鞋的男子必定是她带回旅馆的男朋友。

却不知为什么,我竟但愿那日躺在床上看到的一对男女正是她和她那位沉默寡言的男朋友。

对于她和她的男友带伞接我,与我一块儿回到旅馆这件事究竟是出于友善还是利用,我也没法儿下一个结论。但我宁愿相信那是友善的表现。即使真的是对我的利用,我也一点儿都不生气。相反,还觉得她对我的利用很孩子气,因而也使我领略了她的可爱。

我可以断定的只有一点,那就是她绝对没我这么幸运,绝对没人也给她留下了十二三万元钱。

我这么想时,自我感觉也有几分优越起来。

我又认为,像她那样一个父女二人双双下岗的东北大姑娘,在深圳这么老远的地方,在注定和我一样挣钱不容易的情况下,是绝对应该有一个男人爱护她的。是不是男友都没什么,是不是唯一的一个在我这儿也不成什么问题。

我那份小小的优越感使我陷入了自我想象——我竟陶醉地想象自己是天使,有义务带给她一份儿快活,即使是片刻的形同雨露的快活,只要有助于她抵御厄境之击打,似乎也是符合上帝之谕的。

而我根本不曾有过任何宗教信仰。

我很奇怪自己竟会有这种想法,也似乎分享着我所带给她的快活——难道不是吗?如果我没有一把钥匙,那么在后半夜,她休想将一个非是住客的男子带入进来。为了能不断带给她那份快乐,我愿以我手中的钥匙继续为她服务。

第二天我仍起得较晚。

也许她已经熟悉了我的脚步声吧,当我洗漱完了回房间时,她房间的门恰在我经过时敞开。

她站在门内说:"想跟你聊会儿。"

我愣了一下,笑着说:"好啊。"

她问:"到你那儿还是在我这儿?"

我说:"我那儿有猫,如果你不讨厌猫……"

我下一句想说:"那我欢迎你到我房间。"不待我的话说完,她立刻说:"我喜欢猫,我家也养猫。"

我就只能说:"那你过来吧。"

我前脚进了房间,她后脚也进来了,没关她那房间的门,手里拎着塑料袋。

我问:"你就那么敞着门?"

她说:"就住咱俩了,没谁可防的,出出烟味儿。"

我又问:"你吸烟?"

她说:"偶尔也吸,太想家的时候。"她将塑料袋放桌上,"油条豆浆,也不知你爱不爱吃!替你捎回来的,趁热吃吧。"

我说:"谢了,爱吃,那我先吃了啊。"

我饿了,坐在椅子上吃起来。

"小朋友"早已不怕生人,主动往她跟前凑。她在床边款款坐下,抱"小朋友"放在膝上,一边抚摸一边说,她从小爱猫,至今家里仍养着一只老猫,都养了快十年了,得了糖尿病,失明了。说自己有时也特想家中失明的老猫,想多挣一份儿钱,为老猫治好病。说宠物医院告诉它,治好那老猫的病起码要准备一万元钱。

她对猫的那份责任令我大受感动。

"你哪里人?"

"贵州。"

"都说贵州是个穷省。"

"农村是那样。"

"可你不像农家女儿。"

"我幸运,家在县城。"

她朝我床头的几本书瞟了一眼,又问:"你喜欢看书?"

我说:"都是小说,从小养成了看闲书的毛病,改不掉了。"

"琼瑶的?"

"不是,外国的。"

"你爸妈是知识分子吧?"

我没料到她会这么问,略一犹豫,顺水推舟地回答:"也算吧,都是中学老师。"

"那么,你是大学生?"

"对。"

我只有继续说谎。

离家出走后,我已经不止一次说谎了,包括对李娟和倩倩,并且渐渐没了羞耻感。我避讳"家庭"话题,这一话题往往迫使我不得不说谎。我对某人有好感、以善意相待是一回事,要不要说出我的身世是另一回事。我将两件事分得很清。虽然我不认为我的身世是我的耻辱,但那是我的伤口啊!

"你为什么也来到深圳,成了……"

"打工妹?"

"你不介意我想那么问吧?"

"不。我到深圳是因为……我想开拓一下视野,见证一座崭新的城市是怎么形成的……"

我言不由衷,却说得像真事似的。

"真羡慕你啊,我要也是一个活得像你这么潇洒的人多好。可我到深圳来就是为了能多挣点儿钱,人比人,气死人啊!"

她的语气里有几分忧伤了。

我心里也有几分忧伤了。我多希望我的父母真的都是玉县的中学老师,不是现在这种尴尬的情况啊。但命已如此,希望成为幻想了呀。我到深圳的目的像她一样,也是受一个"钱"字的吸引啊。如果我不成为一个自食其力的人,有何面目继续花我养父的钱呢?

我落入了自编的谎言之陷阱。幸而我在吃着,问答断断续续。我觉得不知说什么好时,就只管吃着喝着,装出以吃为主,兼顾不及的样子。

待我吃光喝尽,"小朋友"已在她膝上睡了。

"他是我师兄……"

姚芸忽然话题一转,使我更加无言以对。

我只有亲善地笑笑,仿佛她不说我也知道。实际上我对于他与她究竟是什么关系一点儿兴趣都没有。进言之,除了是自己的亲人,我对任何他者的男女关系都无兴趣。唉,亲人,与我相比,她起码还有家,还有亲人。可我的家又在哪儿呢?与我完全没有血缘关系的"市长爸爸"和神仙顶那些虽然与我有着血缘关系却完全陌生的男女,从严格意义上讲算是我的亲人吗?

这一点对于我已经是斯芬克斯之问了。我多少次想给出一种答案,却又多少次被自问难住。

那一时刻,我竟对她心生出羡慕来,像因为自己有存折而心理上比她优越那么自然而然。

"我爷爷是厂里的老劳模,钳工王。我师傅是我爷爷的徒弟,与我爸是师兄弟。我和他,我俩都是我师傅的爱徒。他是七代徒,我是十代徒,明白?"

姚芸娓娓道来。显然,此时的她诉说愿望很强烈。

我点点头,做出洗耳恭听的样子,尽量表现得像一名使她觉得理想的倾听者。

她说她师兄已经钳工四级了,下岗前是厂里的技术骨干。她才钳工二级,技术水平也不错,如果没下岗,两年后该是三级了,也有资格带徒弟了……

"车钳洗刨,虽然车字打头,但实际上钳工最令人刮目相看,因为钳工必须同时也是技术过硬的车工,对洗床和刨床上的活儿,也要拿得起放得下。对钳工的技术要求是最全面的,考级标准更严。相对的,工资也高些……"

我从没到过工厂,对她讲的事一无所知。我渐渐产生了倾听的兴趣,觉得比男女关系值得一听,长知识了。

"可是谁又想得到呢?国门一开放,方知咱们中国工业已落后了几十年,先进国家早就实现流水线了,机械化程度达到百分之九十以上了。结果厂子黄了,卖了,我俩都下岗了。现而今,哪儿哪儿都没有我们的用武之地了。我没想到他也来深圳,我俩是不久前偶然在街上碰到的,他为了多挣点儿,一直在工地干力气活儿。为了再多挣点儿,春节决定不回去了,找了份儿临时的保安工作。节前节后这两个月里,保安给开双份工资。等工地上又开始忙了,保安的工资降了,他还是要回工地去当力工的……"

她落泪了。

尽管她只是在说她的师兄,但我觉得其实也是在说她自己了。

春节前没回老家的外地人,十之八九是为了多挣点儿,再多挣点儿。

我是一个例外。

我是因为不知该回哪儿去才留在深圳的。神仙顶是被鞭子抽着我都不肯再去的地方,而且那里哪有我的什么家?养父春节期间不在我们玉县那个家,所以我也不愿独守空宅,睹物思人。在贵州某山村,有养父的老父母和老哥、老姐等一大堆亲人,估计日子过得绝不比神仙顶的人们强多少——然而每年春节他必定回去省亲一次。他与他们的关系很亲,在他那儿亲情和乡情的分量差不多是相等的。这一点与我截然相反——神仙顶对我如同梦魇。

我起身离开了椅子也坐到了床边,一手搂住姚芸的腰,一手握住她的一只手,将头靠在她肩上。

我对她羡慕我的话实在不知说什么好,只能那么表示我的安慰,同时也对我自己予以安慰。肢体语言某时具有那种无声胜有声的作用,只要是情不自禁的,效果不是话语所能传达的。

我想她领会到了我的真心实意。

她的泪滴在我手上。

我正想对她讲,我的那把钥匙也等于在她手上,她却先开口了。

她说:"我师兄有家。"

她的话使我的话被双唇囚住了,像刚从洞中探出头的小兔受到了惊吓,一下子又缩回洞中去了。

我就那么和她亲密地坐在一起,动弹不得了。

她又说:"我也有家。"

我觉得我仿佛被电子冷瞬间冻住了。

她坦率地告诉我——她师兄的妻子也下岗了,一时想不开就跳楼,人虽没死,但腿残了。他将妻子送回农村的娘家,由岳父母照顾;将一儿一女托付给了自己的父母。而她的丈夫曾是厂办主任,科级干部。他们夫妻关系一向不怎么好,与一名女钳工结为夫妻不是她丈夫的初心,所以他们迟迟没要孩子。可她丈夫怎么也没料到,在参与决定了许多人的下岗命运后,自己也遭到了同样命运,还背了一身骂名,有些人甚至还扬言要与他"同归于尽",他有一阵子吓得整日不敢出门。厂办主任那角色,以前迎来送往,陪酒简直成了能力表现的一方面,他把胃喝伤了。下岗后,更是借酒浇愁浇怨,根本放不下科级干部那点儿架子,哪里肯主动"自谋"生路呢?总而言之,她丈夫已经彻底变成了个酒鬼……

"可话又说回来,他那号人,一无技术,二无力气,在本省本市想找到活干难上加难。到南方来打工吧,他又怕受气,没勇气。我到深圳,既是生活所迫,也是为了躲他,眼不见心不烦……我和我师兄……我心理上、身体上都有那方面的需要,他也是……我们……我们本来都不是那方面随随便便的人……"

她抽出了手,捂面而泣。

我仍"冻住"着,然而心没被"冻住",像鲁迅散文所写的那样——"于浩歌狂热之际中寒;于天上看见深渊"。

正因为心并没被"冻住",关于钥匙原本想对她说的话,我决定不说了——一方面,我同情她;另一方面,我有自己做人的原则。

我已经记不清将她送出房间的细节了,只记住了自己最后说的一句话:"还想聊,就过来。"

第二天我起了个大早,跨过马路在一家早点铺吃了点儿东西后,也为她捎回了一份早点。

她没再到我的房间来聊过。

后来有一天,她又出现在医院门外,身边站着她师兄,侧着脸成心不看我。

我也又一次将他俩带入了旅馆。

有没有做人原则固然重要,但是在我这儿,酌情放宽一下原则也很重要——我对自己的要求开始变得不那么严了。

春节前几天,我护理的老人出院了,我闲下来了。

在洗脸池那儿,姚芸对我说,春节期间希望和我结伴在深圳周边玩玩。

我愉快地答应了。

三十儿晚上,旅馆里突然闯进来几名公安人员,实行"扫黄"大排查。他们直接敲开姚芸房间的门,请她跟他们"走一趟"。

我站在自己门外目睹了那一幕。

姚芸很镇定,也不分辩,平静地说:"我得跟她说几句话。"

公安们都看着我。

我忍不住说:"她有这种权利。"

于是姚芸进了我的房间。

我问公安:"我可以关一下门吗?"

对方示意我可以之后,我将门关上了。

姚芸看着我问:"我能信赖你吗?"

我说:"能。"

她说:"抱抱我。"

我抱住了她。

她耳语:"我枕套里有五千元现金,还有写在信封上的地址。我不能带着钱走,那样钱会被没收的。你能替我按信封上的地址寄走吗?"

我又说:"能。"

她回她的房间收拾东西时,老板站在门外催她先把账结清。

她突然烦了,大声嚷了一句:"等会儿行吗?!"

我对老板说:"我替她结。"

她一手拖着拉杆箱,一手抱着枕头走出房间时,我上前一步抢先说:"枕头给我吧!"

她笑了,若无其事地说:"正是要给你。"

我抱着她的枕头,默默跟到旅馆外,看着她上了警车。

她在警车上说:"我不会再回这里了。我房间剩下的东西,你用得着的都归你,用不着的由老板任意处理。"

她房间没剩什么我用得着的东西。我只拿走了一个小圆镜和几个衣架。小圆镜下压着一张纸,纸上写着几行时间和地点,是她为我俩拟定的出行计划。

我将那页纸也折起来揣入兜里。

我替她结账时，老板说："她的事可别影响你住这儿的心情。虽然我们和她是东北老乡，从道理上讲应该互相关照，但理是那么个理，如果我们不检举，这小旅馆是要被摘牌的，那我们一家老小喝西北风去？……"

老板娘从旁插言道："再说她也从没对我们表示过点儿意思，也不知是缺心眼儿还是咋的，行行都得讲规则嘛！"

她男人吼她："瞎咧咧啥呢，一边凉快去！"

我一句话没说。又如"于浩歌狂热之际中寒；于天上看见深渊"——我已经多少了解了一些自己以前所看不到的人间的无奈，那日我再次领教了它的虚伪和险恶。自从老板夫妇双方的老人和儿女也来到深圳以后，姚芸请他们全家吃了好几顿饭啊！怎么能说"没表示过"呢？他们也常请姚芸共餐，彼此相处得"乡情融融"啊！估计她怎么也不会想到是口口声声亲切地叫她"大妹子"的老乡出卖了她。

从三十儿晚上起，有二十几个房间的旅馆就剩我一名住客了。旅馆原本是有小餐厅的，住客多时，那也是一项经营收入。厨师和服务员都回原籍探家后，餐厅就关了。好在马路对面有几家小饭店，我的吃饭问题仍能解决。

老板对我说："现在住这儿的就你自己了，明天起对面的饭店也不开门了，你一个姑娘家到处找吃饭的地方那多难为你？莫如在我们家入伙吧，我们吃什么你吃什么。你是长住客人，春节这几天对你免费。你呢，不挑剔就行。"

他的表现很诚恳。

我说春节这几天我要四处逛逛，一日三餐不定在什么地方吃呢，婉谢了。

我说的是实话。

但不愿吃他家的饭也是隐性原因。

他家四个大人包饺子时，我出去买了些方便面、面包、熟食、牛奶、饮料和水果。

我拎着两袋食品回来时，小餐厅里热闹了。老板一家已吃上了年夜饭,电视的声音开得挺大。

老板娘请我一块儿吃年夜饭。

我说我不饿,也困了,想早点儿睡。

关上门,我喝了一盒牛奶,吃了几块饼干,到水池那儿洗洗漱漱之后就躺在床上了。实际上那时也不早了,快十点了,春晚都开始很久了。

从小餐厅那儿传过来谁和谁说的相声,听不清,一阵阵的笑声却听得很清——老板全家的和电视中的。我将餐巾纸弄湿,严严实实地堵上了耳朵。想看书,却又看不进去。

"小朋友"卧在我身边,不一会儿就睡得四爪朝天了。因为有它的陪伴,我并没觉得太孤独,也不觉得没吃饺子、不看春晚多么地委屈自己——现在的情况是我自己的选择,人得承担自我选择的后果。

不知不觉我睡着了。

我被鞭炮声震醒过一次——老板家也在旅馆门外放起了鞭炮。黑如墨镜的小横窗外,不时出现一道道橘色的"火线",那是礼花上天的"痕迹"。我完全看不到礼花在夜空绽放的绚丽,却清清楚楚地看到了一双红色高跟鞋,像被一束光照着。

我一下子坐起来,定睛细看,并没有。

我闭上眼睛呆坐片刻,再次缓缓躺倒,一翻身,抱着姚芸的枕头渐渐又睡着了。

二〇〇三年的初一,深圳的邮局多数营业。

我做的第一件事,便是按地址将姚芸的五千元钱寄了。姚芸曾告诉我在什么地方可以租到自行车。租自行车时,一位大叔问我拿的是暂住证还是居民证。

我说是暂住证。

他说那得同时交二百元押金;而有居民证的话,只交五十元租金,将居民证押那儿就行。

幸亏我带的钱多,否则就白去了。

我说我从没听说过外地人有居民证的事,问他怎么可以获得。

他说:"姑娘,深圳现在常住人口不少了,明摆着正朝大城市发展嘛,不实行居民证制度那还行?不过呢,得通过考试,去年才有三分之一不到的人考过去了。这城市的前景肯定好,你年纪轻轻的,要是有心成为深圳人,努力考考吧。我如果年轻,肯定也想考考。听大叔的,我保证你成了深圳人绝不会后悔的。"

多谢那位大叔,他的话对我起到了指点迷津的作用,使我不再仅仅以打工妹的心理来感受深圳,开始以究竟要不要成为深圳人的眼光来看深圳了。

那时我从四面八方形形色色的外地人口中听到的话多半是停产、停工、倒闭、下岗;而我在深圳看到的是四处在投产、开工、新行业兴起的信息和各种各样的招工广告。从关里到关外,从城区到郊区,建设中的楼架目不暇接。虽是春节期间,几处工地仍有工人在劳动。可以肯定的是,我所观望到的所谓郊区,过不了多久也会变为新的城区……

一座发展势头生气勃勃的新城市,征服了我。我觉得它像英俊少年,将来成为前途光明的有为青年无可争议。我心为之所动,我意为之倾倒。

起初我还按照姚芸留下的路线图骑,后来就随心所欲,四处兜兜转转了。

初三下午我还自行车时,送给那位大叔整整一箱矿泉水。

他讶然:"姑娘,你这是干什么?我并没为你做什么事嘛,让我多不好意思收哇!"

我笑着说:"收下吧收下吧,你是我的大贵人!"

我说完,向他鞠了一躬,转身高兴地跑了……

春节一过,人们从四面八方陆续回到深圳,深圳又人气旺盛起来。我所住的小旅馆也很快住满人了,而且涨价了。这也意味着,全深圳的住宿费都提高了。

李娟说她就要回深圳了。

我问老板如果我按原价将预定期延长到年底行不？

我学会了砍价儿。

我已经明白，砍价是人生最基本的能力，必须具备。

老板说继续长住当然欢迎，但按原价绝对不行，那他亏了。他也要交租金嘛，他一家老少六口要靠小旅馆的承租收入生活啊！

他的话使我陷入难堪之境。

见我不说话，他又说："这样吧，我每月少收你一天的租金。你从六月份开始续租，七个月我少收你三百五十元，你觉得咋样？"

在当年，对于打工妹而言，三百五十元也是不少钱。可平均一算，只不过每月少收了五十元。

有时候，砍价只不过是一种心理游戏——小百姓之间的斤斤计较最是如此。

我说："跟你开玩笑呢。你也不容易，别让利给我了，按现价就行。"

"方姑娘，还是你体恤我们，那你安心长住就是，我们一定为你服务好。"

他如释重负地笑了。

我补充道："下次可不许再涨价了。"

他说："一言为定。"

住的人多了，小餐厅又营业了。我很少在那儿吃饭。住客男多女少；三十五岁以上的多，三十五岁以下的少。全是农村人，地方口音重，吃饭时会使小餐厅像开会前的乡场，吵吵嚷嚷，各地乡音混杂。那样一些三五为伴的男人，使我一次次联想到我大姐夫和二姐夫，而那是不快的联想。并且，他们都不注意吃相。我虽然习惯了许多现象，却仍不习惯与吃相极其不雅的陌生男人同桌进餐。

洗漱也成了问题，往往是水龙头一直开着，而急于洗漱的人排起了队。等水池那儿安静了，地上已是一片水迹，到处牙膏沫子，狼藉不堪。

我对老板提过意见,希望他要管管不良的公共行为。

老板苦笑道:"说到底,还不是因为咱这儿的公共洗漱空间太小嘛!人家不嫌咱这儿条件差,图便宜住下来了,我们已经谢天谢地了,哪儿还有底气管呢?"

我于是也体会到了他作为承包人的不容易。

他反过来给我提了个建议——每日在马路对面吃过早饭晚饭后,走十几分钟路,就到了一个叫"清水大澡堂"的地方,在那儿痛痛快快地洗一次澡才三十元。

每天去洗一次,一个月就多了九百元的支出呀!

我可不敢那么贵族。

我干脆每天五点起一次,从从容容地洗漱完毕后再重新躺下,补两个多小时的觉,七点多钟再起来。

《深圳特区报》上登了则消息——又一轮"新居民考试"即将开始,不过与那位大叔说的不一样,而是要求先考上公务员、事业单位、国企或大中型民企中层管理岗位后,再实行一次统一"居民素质"考试。通过后不论有没有深圳住房,一律发放居民证。

为了取得深圳居民证,我在三个单位经历了三次面试。最后一个单位是包装厂,属于中型民企。老板姓赵,叫赵子威,中等身材,圆头圆脑,略胖微肥,西装革履。

他已经有了一名随行秘书,算"大秘",专职陪他出席各类社交场合;还要招一个文字秘书,算"二秘"。

他亲自面试我——横架一条腿,脚尖不停地晃动,开口就问:"喜欢看书吗?"

我说:"喜欢。"

面试就这么开始了。

"喜欢看哪类书?"

"古今中外,都有喜欢看的。"

我有些奇怪,他对我的面试为什么从书开始?因为我看出他自己并非一个喜欢看书的人——喜欢看书的人面相上多少会有点儿书卷气的,他脸上丝毫没有。

他略微一愣,又问:"看过《三国》吗?"

我随口就答:"当然。"

其实我没看过。

我认为全中国没有几个二十多岁的姑娘喜欢看《三国》的;如果有,那她的心理和性格一定特别古怪。

我担心他接着问我看的是《三国志》还是《三国演义》。他如果那么问,我就没法自圆其说了。任何版本的《三国志》我都没见过,《三国演义》我只不过强耐着性子看了几集电视剧。

他却这么问了一句:"真的?"

我没正面回答,从第一章第一回的题目开始背起,一直滚瓜烂熟地背到第十一回。

"行了,别背了。"

他横担着的脚着地了。

我问:"要不要我讲每回的故事梗概?"

我又看出,他肯定和我一样,只不过是从电视剧里了解了一些《三国》的内容而已。

他说:"免了。你有一寸照没有?彩色的。"

我明白我被录用了,暗舒一口气,摇头。

"去照。三天后带照片来办工作证。"

他好像急着要去办什么事,说完一起身就往外走。

我坐着没动,叫住他,平静地问:"不谈工资了?"他也平静地说:"先一千五吧,三个月试用期后看你表现再定,也许我还觉得你不称职呢,好好表现吧。"

一千五也就比我当帮厨时每月多三百元。多三百元也是多啊!多点儿我就知足。何况我得尽快将工作定下来,所以就没再说什么。

以后,每当想起那次面试,总会觉得很可笑——我在临江一中读高中时,老师曾要求我们通读"四大名著"。学习压力那么大,谁有时间通读啊。再说"四大名著"虽是名著,却并非是人人喜欢读的小说。聪明的同学就想出了一种应付老师的办法——背每一回的标题；顾名思义，记住了标题，也就差不多了解了基本内容。我在"贵师"的时候，有的学兄学姐考研往往也用此法备考——一部作品，背作者姓名、籍贯、生卒年份，甚至背初版是哪一年、什么出版社出的，再浏览几篇评论，果而是考题之一的话，起码能保住一半的分。露怯的事主要发生在面试时，老师若问细节，那就吭吭哧哧答不上来了。

我用那一招顺利地通过了求职面试，也算是急中生智吧。

自从离开"贵师"，我已很久没见过一个戴眼镜的男子了。

为我照相的照相师戴眼镜。他三十二三岁的样子，斯斯文文的，像梁家辉。我看过几部梁家辉主演的电影，对那种类型的男子颇有好感。

照一张一时快照本是简单的事，但他将事儿搞得挺复杂，不断调光，一会儿让我往左侧脸，一会儿让我往右侧脸；一会儿将相机固定住，一会儿又举着凑近我的脸咔嚓咔嚓按快门，搞得我不胜其烦，对他的好印象大打折扣。

我催促他："请快点儿，不需要你把我照得多好。"

他却说："你可以对自己的照片没要求，我却不可以对自己的水平没要求。"

他那小小照相馆从门面设计到内部装修都挺别致的，进门的人立刻会感到一种相当现代的艺术气息。墙上挂着不少镶框的肖像照，有男有女有老有少，有彩色的也有黑白的，显然他是当作自己的作品来展示的，也证明他在摄影方面确实有两下子。

但我不是来欣赏的，我是来照工作照的。我的耐心有限，脸上的不满越来越挂不住了。

为了使我表现良好，他不断地说："别急别急，更别生气，表情要沉静下来，就完就完，再配合一会会儿……我之所以这么认真，是因为你的气质与众不同……"

他最后那两句话使我火了……如果一个女子不漂亮，男人才夸她气质如何如何，这点儿常识我还是有的。

我怼他：“你到底有完没完？”

他笑道：“大功告成，结束了。”

我付钱他写收据时，门一开，进来了两名公安。我立刻认出将姚芸带走的正是他俩。他俩也认出了我，以意外的目光审视我——仿佛在问：你和他又是什么关系？

我说："我只不过是来照相的。"

他却问："两位同志有何公干？"

一名公安对我说："你快走吧，我们奉命把这儿封了。"

另一名公安对他说："有人揭发你举办色情摄影展，你得跟我们领导去交代清楚。"

那公安表情严厉，语势冷峻，将"色情"二字说出强调的意味。

我闻言夺门而出，逃之夭夭，只得再找一家照相馆将我的事办成。一路之上，我又羞又恨——羞的是几乎被那"色狼"的假面所蛊惑，恨的是他的伪装伎俩挺高明。

赵子威是一位喜欢训话的老板。动辄将女工们集合在一起，高声大嗓地来一通"思想教育"。我第一次听他训话是在早上，流水线还没启动。他要求女工倒背双手，叉开脚，挺胸昂头。而她们，是些平均年龄二十几岁的农村小妹。我虽是她们的同龄人，甚至比她们中的几个年龄还小，但毕竟不是农村小妹，而且还上过两年大学，有着与她们的父母完全不同的"校长妈妈"和"市长爸爸"，自幼所见所闻便也比她们多，每觉比她们要成熟不少。她们大抵初离家门，对于远在异地忐忑多多，普遍胆小怕事，很容易被吓着，稍受刁难就哭鼻子。

当时的情形有点儿像教官对特种女兵的训话，给我留下深刻印象。

"我姓赵，赵子龙的赵，赵子龙的子，威风的威。常山赵子龙，是我的先祖。我们这一族赵家，以赵云为荣。我当老板，就是要将赵云精神发扬光大，使之成为我们的企业精神！我们现在虽然是一家包装行业的厂，但以后会多向发展。深圳是座商机不断涌现的城市,我是一个眼观六路耳听八方的人,今后我要率领你们将咱们厂做大做强,实现利益最大化!所以,你们要学习赵子龙精神……"

我听来听去,到了也没听他阐述到"赵子龙精神"究竟是种什么精神。事实是,他压根儿就没具体谈,有可能他自己也不清楚。

他是一个有点儿自相矛盾的人。

比如他的口头禅是"我当老板的",却不许厂里任何人叫他"老板",而要一律称他"先生"。所以,我在厂里听得最多的话是"赵先生早""赵先生好""赵先生指示""赵先生如何如何"——那时我感觉自己又不像是在一家包装厂里,而像是在一所大学或什么文化学术单位。

将包装厂也办成一所宣传"赵云精神"的大学校,是他一心兼顾的志向;而他的终极追求却是利益最大化。

他还是一个十分情绪化的人。有时他情绪不稳定,究其原因又是我们常人难以理解的。

是他"大秘"——那位四川的漂亮姐告诉我,他曾因为没打死一只吸足了他血的蚊子而对自己十分懊恼,连呼:"失败!失败!以前从没出现过这种情况。人生不进则退,不进则退!……"

还曾因为老天爷干打雷没下雨而大为光火,仰望着乌云翻滚的天说:"这不是忽悠人玩儿吗?!要是做得到,真想架起口径一千米的大喇叭,把它骂上一天一夜!"

我问:"他又不是农民,那么在乎下不下雨干吗?"

她说:"老天爷的表现不中他的意呗。他希望下场大雨凉快凉快,老天爷不是使他失望了嘛。"

我又问:"像他这种性格,怎么也会成了老板呢?"

她说:"命好呗。他有个哥哥,哥俩原本都是农民,他哥带他一块儿干过建筑包工队,挣下了二三百万。那时'深交所'成立,他哥决定赌一把,买了大笔股票,一赌赌准了,成了阔佬,于是干起了房地产。几年干下来,又成了房地产大亨,结果他这个弟弟眼红了,说什么也不愿再在他哥手下只挣份儿工资了,闹着要与他哥打官司,分资产。他哥没辙,只得给了他一千万。正好这家包装厂原来的老板要转手,他图省事,把厂买过来了。"

"大秘姐"说自己原本是他哥哥赵老大的办公室主任,是弟弟向哥哥借过来帮忙的,等这边一切稳定了,她还是要回赵老大那边儿去。说如果我愿意,她临走愿意推荐我接替她成为"大秘"。

我说我还没有那么长远的打算,目前是走一步算一步,一切看情况而定。

赵子威交给我的第一项重要任务,是命我将所谓"赵云精神"理出个头绪,归纳归纳,提炼提炼,概括为几句口号。

"你已经证明你是熟读过《三国》的了……"

我不得不打断他,纠正道:"没有什么《三国》,只有《三国志》或《三国演义》……"

我怕如果不及时予以澄清,产生了什么歧义,他会把一切过错都推到我身上。

他板起脸说:"你当秘书的就别跟我较真了。我老板话还没说完你就打断我,这叫造次,是不能被允许的。造次什么意思你懂吧?"

我立刻摆正了自己的位置,垂下目光恭敬地回答:"我懂,请赵先生原谅。"

他缓和了语气说:"下不为例啊!志也罢,演义也罢,内容不都是那么回事吗?我认为,只要你用心,是能够完成好任务的。我不催你,但你也不要太拖拉。完成得好,转正快。"

敢情他对自己提出的"赵云精神"也糊里巴涂的。

以后的几天里我就集中精力读《三国演义》,硬着头皮读了一天,还是读不进去,于是干脆找带子来看录像,只看与赵云有关的那几集。看完后,将"赵云精神"概括为"一大二正三不计较"。往细了说就是看形势的格局要大——想那赵云,当初是袁绍麾下的爱将,是袁绍借给刘备的。赵云看出了袁绍其实志大才疏,心胸也不开阔,而刘备似乎更能成事,于是一去不回,从此跟定了刘备,无怨无悔。"二正"是能够清醒地摆正关系——刘关张虽然都称他为"四弟",但他明白,自己与那三人并没结义过,是个半路加盟的弟,从不在关系上做非分之想,是谓"一正"。自己冒死于长坂坡混战中救了阿斗,功莫大焉,却从不居功自傲,特低调,是谓"二正";三不计较是指不计较任务之艰难、不计较论功之先后、不计较别人如何评价自己"背袁忠刘"的抉择……

我一边写一边在心里嘲讽自己——他妈的这也算一项正经工作吗？为这种事消耗脑细胞是值得的吗？都哪儿跟哪儿啊！

不知不觉地,我已经沾染上"应用国骂"的坏习惯了。不过还没到随时应用的程度,但在心里已应用多次了。我的体会是偶尔应用一下"国骂"利于减压。有时候,压力并非实际工作的难度造成的,而是某项工作的垃圾性造成的。为了提前转正,为了早日拿到转正工资;最主要的,为了早日成为深圳居民,我的工作态度既认真又投机取巧,既严肃又嘻哈。

我仅用了几天时间就将任务完成了,并于当日郑重呈送"赵先生"审阅。

他看后搓着双手满意地说:"好,很好,好极了。好就好在,'一大二正三不计较'概括得好,也与'以厂为家,爱厂如家'的企业文化结合得好……"

当时"大秘姐"也在场。

"袁绍当时的势力可比刘备强大多了,但那是一时的强大,表面现象嘛。刘备有后劲,曹操最先看出来了,所以与刘备煮酒论英雄。赵云也看出来了,所以才切断和袁绍的关系,此后一心一意跟着刘备干。赵云是武将,眼光居然与曹操一致,用'一大'来概括言之有理吧？……"

赵先生评议到最后,扭头问了"大秘姐"一句。

"大秘姐"的脸倏地红了,嗔道:"问我干什么？不懂！"

我不认为赵先生是借题发挥,成心拿自己向哥哥"借"来"大秘姐"的事儿敲打她。但言者无心,听者有意啊！

结果我可就被动了。

赵先生一高兴,当场就同意我提前转正了,还将他的电脑奖给了我。我听"大秘姐"说过,他早就想换台新电脑了,那不过是一种顺水人情的做法。

我抱着电脑离开赵先生办公室后,"大秘姐"跟出来叫住了我。

在走廊拐角,她没好气地说:"你还真能胡编乱写!"

我分辩道:"姐,你误会了,我可绝对不是……"

她打断我的话,柳眉倒竖、杏眼圆睁、激头掰脸地训我:"你还狡辩什么呀?你那'一大二正'就是针对我和他们兄弟俩的关系!你当我白痴不明白呀?我告诉你,需要摆正关系的是你!你以为他真少不了一位文字秘书吗?别自作多情了。他招聘你,只不过是因为他哥那儿有文字秘书,所以他认为他也必须有。对于他,你也只不过如同老板戴腕表,不是为了看时间,是为了显身份罢了!"

"那你他妈的对于他又意味着什么呢?"

我冷冷地怼了她这么一句。

"走着瞧!"

她愣了愣,甩下这么一句,忍怒而去。

终于又将"国骂"实际应用了一次,我心快哉。

以后,我继续做那项"垃圾工作"。再垃圾,我也得把它做完啊。接下来的事没什么压力了,或者说,是提前转正和获得了一台电脑,使那项工作的垃圾性似乎变得不那么可厌了——我找了一家打印社,将"一大二正三不计较"设计成各种标语,在厂区和办公楼内到处贴挂。并且,印一千册配图说明书发给坐办公室的和车间的女工们。这期间,来自"大秘姐"的冷讽热嘲自不可免。我则能忍则忍,气极了便也怼她两句,或以眼还眼。在言行方面,我逐渐变得像李娟和倩倩了。但我为自己立下了一条原则,那就是绝不向赵先生汇报——误会虽已产生,也正因为是误会,我相信必有化解之时;倘我竟打她的小报告,那不就使矛盾激化了吗?好在我不需要加班,这使我可以珍惜下班后的时间进行必要的温习,为将暂住证换成居民证而备考。

六月中旬发榜那天,我没什么悬念地榜上有名。我毕竟从小学到高中一路是从重点学校学过来的,并且还有两年大学的本钱垫底儿;大专知识水平的分类考试自然难不倒我。深圳是特区,这一点使它从立市伊始就十分重视人口素质的结构;它通过那一考试措施首先可以将各行各业的优质人才留下。

没想到,我竟从榜上看到了"姚芸"二字,不由得一阵惊喜。不错,千真万确,正是那两个字,年龄和籍贯也吻合——难道真的是她吗?

重名的现象实在太多了。

但我多么希望那个名字所代表的正是我所认识的姚芸啊!

虽然她从我的生活中消失得音讯全无了,连我替她寄钱这件事我都没得到过任何反馈,但我却每每想到她。我的打工生涯越顺遂就越会想到她。而只要白天想到了她,夜里就会梦到她,第二天早上就会幻见小窗外又有一双红色的高跟鞋。

我坚信她是一个好女子。

她坦诚地告诉我那么多没必要告诉我,也不该告诉我的事,证明她将人和人之间的关系看得相当简单,比我简单多了。连我都曾预感到老板夫妇会做什么不利于她的事,可她却直到被带走那一天也没怀疑恰是她的老乡举报了她,这种傻大姐式的女子本质上怎么会是坏女子呢?如果"大秘姐"是她,那种误会将不可能产生。即使也产生了,一解释必然也就过去了。

"是她,肯定是她!她说过她是技校毕业的,那么她肯定也会考过的……"

我转身离开时,不禁在心里说服自己是她无疑。

那是我第一次为别人的命运流泪,也第一次为别人的命运祈祷……

李娟还没回来。

我可想她了,像盼着见到亲姐姐一样盼着她早日站在我眼前。

通信使我俩的关系更紧密了。

我通过考试的事也让赵先生很高兴,他当众表扬我。一个单位或一个企业,通过那种考试的人越多,有居民证的员工便也越多,而那足以证明单位或企业员工的素质普遍较高,领导或老板脸上自然光彩。

我向他提出我希望到车间去。当时管理车间的总线长跳槽了,这对我是一个机会,机不可失。

我的理由是,我大学两年里学的专业是企业管理,我通过的也是同一专业的考试,希望他圆我学以致用的理想。而真实的原因是,我无论如何对他尊敬不起来。他轻挠腮帮沉吟片刻,侧目问我有什么条件?

我说没有条件,工资可以不变,文秘的工作只要他有吩咐,我也愿意兼顾。

他绷不住脸了,笑着爽快地说:"好嘛,好嘛,年轻人就应该多锻炼自己嘛。我不成全你,岂不是我不对了?"

我就这样成了总线长。

车间里共有四道流水线,每"线"左右各六人,各有各的"线长"。"总线长"的角色相当于车间主任,姑娘们对我的叫法却常常是"总长"——"总长"叫起来顺口。

我第一次被叫作"总长"时,着实有点找不到北,如同自己忽然不可思议地成了一位上将军。听惯了,如梦如幻的感觉就荡然无存了。

线长是不脱产的,她们也必须坐在流水线旁亲力亲为,只是工资多一些。我这位总长是脱产的,但工作时间按职务要求得一直在车间里,抽查质量,巡视女工们的劳动表现,类似于监工;而这不能使我有良好的感觉。

四名线长内心里都是有竞争想法的——不想当总长的线长才是好线长,整天一门心思取代总长,不但会生出歪门邪道之念,互相之间也会勾心斗角,明合暗不合,影响团结。前任总长一走,四名线长的取代之心大暴露,都认为自己最有资格晋升为总长。而且,各有各的拥戴者。车间里一时间拉帮结派,波诡云谲。我好比斜刺里杀出的程咬金,或曰"黑马",令她们始料不及,既断了她们的念想,也无形中成了"公敌"。当然,并没谁敢公开与我叫板,只要我行事公正,总长的权威就不是她们可以不当一回事儿的。

我并没禁止她们叫我总长,既然叫"总长"比叫"总线长"顺口,又何必非要求她们改口呢?

四十八个姑娘来自几个省份,自然而然地便以老乡为主体形成了"姐妹帮",而老乡少的姑娘们,也必然会感到乡情压力。我尊重乡情,但是反对"乡党"。为了防止"乡党"之产生,我将四条流水线的人员结构重新调配了一下——哪条流水线哪一个省的姑娘多,我就让来自另一个省的线长来领导。这样也就阻止了各线长对本省姐妹的心理控制,使乡情局限于乡情,而不至于演变为帮派。

我的做法引起了不满。

我的另一种做法随即又消除了那种不满——我提议成立互助基金,带头交出了两千元钱。四名线长不得不加入,各出二百三百不等。谁家还没急需钱用的情况呢,这一提议获得了一致拥护,于是两天内集资七千余元。我宣布由大家集体制定借用条例,四名线长共同管理,我一概不过问,不干涉。线长们感到了我对她们的信任,对我的权威也开始报以维护。

我在车间里并不闲着。

只要我看出有谁状态不佳,动作慢了,就会替下她来,让她休息休息。多数姑娘不会因为头疼脑热就请假,有的姑娘例假前反应强烈——我身为总长必须体恤她们。

两个月后,我与姑娘们打成了一片。打成一片的好处是,她们不再视我为"监工"了,而带来的问题是——在一块儿玩笑开得多了,自会生出些难料的是非。

一日休息时,有个姑娘问我赵云有没有老婆?

这个问题显然问得大为不敬——赵云赵子龙,他是我厂的精神化身,是赵先生的崇拜偶像;对于他的妻子,应以夫人来说,怎么可以用"老婆"二字呢?

我说据我所知嘛,不论《三国演义》《三国志》还是别的关于

《三国》的正史,都没有他是否正式结过婚、夫人是谁的记载。某些说评书的讲到过他有夫人,但评书内容是不足为凭的呀。"

"就是!我只听说过关羽有儿子叫关平,张飞有儿子叫张苞,从没听说赵云有儿子叫什么名。"

没想到,姑娘中还有对三国之事知道得不少的。

于是大家七言八语纷纷议论开了。

"她那么问啥意思啊?"

"这你还不明白?如果赵子龙没老婆,那他就没亲儿子;从根上说,赵老二这一门赵姓人家,就与人家赵子龙八竿子也搭不上,不就是硬往上贴吗?"

"赵老二谁呀?"

"这……有些话不能重复,自己寻思!"

"噢……知道了知道了……"

"即使赵云有儿子,即使有两个,长大了也跟他爸似的,东杀杀西杀杀的,兴许还没来得及娶媳妇就都死了呢……"

"是啊,关羽的儿子就那么死的,张飞的儿子也那么死的。"

对三国之事知道得不少的姑娘冷不丁又抛出一句。

于是议论继续。

"你们说来说去,人家赵云当年可能是绝户吗?"

"她们几个还想证明……"

"还想证明什么?"

"还想证明赵老二……"

"打住!都不许说这个话题了。宣布一条纪律,以后休息时都不许说和'赵'这个姓有关的话题。从明天中午开始,休息的时候轮流唱歌,谁唱得好我请她吃雪糕。"

我不得不进行阻止。再不阻止,不知她们还会说出什么放肆的话。而我身为总长,听之任之显然是不对的。但我理解她们为什么会那样。我对我的工资还算满意,我是一个没有家庭负担的人,只要工作比较顺心,多挣点儿少挣点儿对我不是第一位的问题。可对于那些姑娘则不然,她们的背后也就是她们农村的家,都有这样那样靠钱才能解决的困难。即使只不过多挣或少挣二三百元,她们也是非常在乎的。她们中,有人的年龄实际上还没过十八岁。如果不是生活所迫,谁家父母会舍得未成年的女儿跨省打工呢?而她们的工资,在深圳相比起来是不高的。她们却不敢轻易辞职,赵先生似乎在她们中培植了耳目;谁一有嫌工资低打算辞职的表现,往往还没等真那么决定,就会被挑出过错予以开除,开除告示还贴在厂门外,等于是一种向外界的公告——摆明了是存心影响她们再找工作。

我也有点儿怕赵老二那厮对我来这一套。

第二天午休时,赵老二——不,赵先生出现在车间里了,一脸难以掩饰的怒气。

他命我站到他身旁,命姑娘们站成四列,左右各两列。之后,他倒背着双手,在四列姑娘间走来走去,开始训话。

"反啦,反啦,都想造我的反啊?我给了你们工作,使你们有份工资可挣,你们非但不知感恩,还集体借题发挥,含沙射影,指桑骂槐,背后贬损我、诅咒我,当我舍不得把你们统统开除啊?开除你们对我有什么损失?一点儿损失没有!现在的中国,哪儿哪儿都缺钱,有钱就是爷,可哪儿哪儿都不缺人,我今天把你们开除了,三天后车间里工人又满额了!……"

姑娘们一个个被训得垂着头,噤若寒蝉。

他终于走到了我跟前,双手由背着而叠放于前了,又开腿,瞪着我凛凛地说:"现在,我要求你将昨天背后贬损我的人一个个给我指出来。你如果不,那么就——滚。"

我毫不犹豫地指着说:"她、她,还有她……"

他转身轻蔑地看了看那三个姑娘,又对我说:"咱们有言在先,必要时你还得兼起文秘工作。她们贬损我,你没及时制止,你的表现也很恶劣。给你个将功补过的机会,立刻去写开除公告,贴到厂门外。"

我平静地问:"什么罪名?"

他吼了起来:"你他妈装什么糊涂?什么罪名还需要我告诉你吗?"

我平静地说:"你冲我吼什么?不管谁向你打的小报告,你都不应该偏听偏信。如果我这个'总线长'不是你任命的摆设,你起码应该先向我了解一下情况,而不是气势汹汹的一来到这里就罚站,就训人。"

他眨巴了几下眼睛,强词夺理地说:"难道我当老板的向工人讲话,倒应该工人坐着,只有我一个人站着吗?如果我和工人都站着,就成了我对工人罚站吗?"

"当然不是那样。正常情况下,你坐着说,工人全体站着听,那也没有表达不满的必要。但是现在的情况明明不正常,你明明是来泄愤的,所以你就是变相罚她们的站,所以我不但有权替她们也有权替自己表达不满,还有权表达抗议。"

我的语调虽然很平静,语势却毫不软弱,每一句都是辩驳的口吻——那时的我,像极了"校长妈妈"和"市长爸爸"——养父养母也经常在家里接待上级或下级,彼此严肃地讨论问题,争辩对错。我清楚地记得,有一次养父与省里来的一位伯伯争辩得都拍起了桌子。即使养父母之间,争辩是非、互相反驳时,每每也都言辞犀利。

我曾批评"市长爸爸"没必要与"校长妈妈"那样。

他却反过来教导我:"理者,世间唯一使人平等之准绳也。我和你妈都是管人的人,我们互相争的对错,都是为对方好。放心,你妈明白这一点,绝不会生我的气,我也不会生她的气。道理越辩越明嘛!"

面对气势汹汹的赵子威,我不得不像养父母那样——不同的是,我和姑娘们并不占理,理在赵子威那边。与其说他强词夺理,还不如说我在强词夺理。本已不占理了,再不强词一夺,我和姑娘们不就只有一厌到底了吗?

"方婉之,你行,你了不起啊,当众顶撞起我老板来了!那么,你回答我,我赵子威是没茬找茬来问罪的吗?"

为了体统和面子,赵子威既不好再冲我吼,也不得不与我辩论。理在他那一边,他清楚这一点,分明想一直辩得我理屈词穷为止。

但他那人,像烂牌手——一手好牌也会输得稀里哗啦,明明有理的事,话一多必会授人以柄。

我立刻抓住机会继续反驳:"赵先生,何谓罪?我和她们,又何罪之有?我们有罪没罪,你有什么权力问罪?除了法官,任何人无权对别人问罪。而且,法官也要依据法律来定罪。离开法庭,脱下法官服,他也同样没那权力。你以为你当老板的人就能代表法律了?"

赵子威又眨巴了几下眼睛,忽然扑哧笑出了声,冷笑道:"别跟我玩儿偷换概念这一套。你这种伎俩,很容易被我识破。我没工夫跟你扯别的,我只问你一句——你敢说昨天中午她们没贬损过我?"

那时我已想好了应对之策。

我缓和了语气,平静而又从容地说——"一大二正三不计较",引起了姑娘们对三国之事的浓厚兴趣,所以,休息时自发地讨论了起来。大家最感兴趣的问题是——赵子龙的夫人究竟是一位什么样的女性。女孩子们对这一问题感兴趣,实属正常。

我指着那三个如同大祸临头的姑娘说:"她、她、她——我认为她们三个应该表扬。她们具有刨根问底的求知精神,这对打工妹是弥足珍贵的良好习惯。也正由于她们三个的刨根问底,促使我下班后查阅资料,终于梳理清楚了赵子龙的婚姻状况和是否有子孙的问题……"

我成心卖关子,说到重点处不说了。

赵子威被吊起了一听究竟的"胃口",也缓和了语气,连连道:"说下去,说下去……"

我就将评书中的人物关系端了出来,尽量讲得使他爱听。

赵子威听到后来高兴了,搓着手说:"那什么,再给你项文字任务,把你刚才讲的整理成章,打印出来,过几天发给全厂的人。

首先给我一份,我要先睹为快……"

他一高兴就搓手,像座山雕一要杀人就冷笑。

我看出他是真的反怒为喜了;估计关于赵子龙有没有后人的问题也困扰过他,如果我能给出肯定有的根据,那么他自诩是赵子龙的后代就更可以言之凿凿了,关于赵子龙的谈资也就更加丰富了——我曾听他的"大秘"说,他正踌躇满志地酝酿成立什么"赵子龙研究学会"。

他竟一时得意忘形起来,掏出手机指示他的"大秘":"你与卖家联系一下,中午送几箱冰淇淋到食堂,要最好的,车间里每人发两支,办公室的和勤杂人员每人一支。"

自从我因为"一大二正三不计较"与他那位"大秘"发生了无法消除的误会,在我心目中,那四川姑娘已不再是"大秘姐",而只是他从他哥那儿借的花瓶了。

他下达完指示,又对姑娘们说:"误会误会,好大的误会!这样的误会以后不会发生了。"

他转身走时,我叫住了他。

我说:"您不能就这么一走了之,您还没向我道歉。"

"道歉?我向你……道歉?"

他一脸的"友邦惊诧"。

我说:"你骂了我一句他妈的,所以必须向我道歉。"

"是吗?"——他扫视着姑娘们问:"我那么骂她了?"

姑娘们默默点头。

"'他妈的'都快成许多中国人的口头语了,不能算是骂人话吧?"

他狡辩。

我说:"如果你那么认为,不道歉也行。我现在也用那三个字说你一句,咱俩就扯平了。"

他犹豫着不置可否。

我态度强硬地说:"还是道歉比较文明。您如果不,我将向市工会告你当众辱骂员工,而那将会成为新闻的。"

他愣了愣,忽然哈哈大笑;笑罢,一本正经地说:"你呀你呀,你这个小方呀,太小心眼了吧?可以可以,她们作证,我向你郑重道歉——对不起,请原谅。"

他不但那么说了,还很绅士地向我鞠了一躬。

他离开车间后,姑娘们一下子将我围住了,纷纷与我拥抱。

三个姑娘中的一个与我拥抱时哭了,恳求地说:"方姐,你可要一直当我们的总长啊!"

对于养父养母,我固然是很重要的,但我从不曾觉得自己对于别人也很重要。

那姑娘的话使我当时觉得自己似乎一下子不寻常了。

觉得自己不寻常的感觉令人陶醉。

我却没说什么表态的话,只不过用"小事一桩""别破坏情绪"之类的话安慰了她们一阵。

我暂时不会离开这个厂,因为还没取得居民证。办居民证是要单位出介绍信的。不论谁,若没在一个单位工作到半年以上,什么单位都不会开介绍信的——开了也没用。

我决定居民证一到手就离开这个厂。

尽管姑娘们显然地对我产生了依赖心理,但我可不想充当她们的"保护天使"。

不,也不是不想,而是根本不可能做到。

充当别人的"保护天使"也得有那种能力呀!

我清楚我完全没有。

我自己还经常生活在难以言说的不安中呢!我又何尝不需要一位"保护天使"啊!

赵子威是从不在食堂吃饭的,他的"大秘"沾他的光,在食堂露面的时候也少。

那日中午,他却破例在食堂吃饭了,他"大秘"便也出现在了食堂。

而他偏偏端着托盘走到了我那一桌。他一坐下,别的姑娘纷纷端着托盘离去了。

他若无其事,高声大嗓地继续跟我讨论赵子龙的婚姻之事。

我也装出若无其事的样子,尽量做到有问必答。

我告诉他,赵云曾有机会与一位美貌女子结为夫妻,但因对方是敌营降官的嫂子,赵云出于"政治"影响的考虑,婉言回绝了……

他一拍桌子,高声赞道:"我赵子威的先人,真英雄能过美人关!那是什么精神?事事顾全大局的精神嘛!美哉赵云!壮哉子龙!我们大家都学他这种精神,咱们这个小厂就一定能做大做强,早日上市!……"

那时食堂里一片肃静,而"花瓶"又一次向我这一桌投过来妒恨的目光。

分到冰淇淋的人,虽然都明白是沾了女工们的光,却并不清楚究竟因为什么沾的光。

而我和姑娘们回车间时,她们中有人嘟囔:"上不上市与咱们有什么关系,咱们又不会人人都有股份!"

我心想,说的也是——赵老二的利益和她们的,也包括和我的利益,根本就不是同一个层面的利益。他的利益最大化了,我们的利益反而可能最小化了呢!

是的——是"我们",那两天我看分明了,我和那些姑娘们不知不觉成了"一伙儿"的。

以后的几天里,我总想观察出来谁是潜伏在她们中的赵老二的耳目,却怎么也观察不出个结果来——在我看来,她们都是同样单纯又怯懦的农家小妹。她们中没有一个李娟那么敢作敢为仗义侠气的姑娘,也没有一个倩倩那种深谙世故的姑娘,甚至连姚芸那种坦诚的也没有。她们的单纯已不同程度地受伤或被污染,她们怯懦而又都有各自为人处世的小伎俩。

我觉得,她们和"赵老二"是"配套"的,正如什么样的老板开什么车。

这也就难怪同样需要保护的我,居然会被她们视为"保护天使"了。

我暗中观察了几天一无所获，也就懒得再观察了。爱谁谁。

哪个单位还没有爱打小报告，以充当耳目为宠幸的人呢？几时再起事端几时再说呗！我又没权在车间里搞一次互相揭发，来一次"深挖"和"清查"。有那权力我也不做那事呀！我吃饱了撑的啊？

这么一想，我心随之释然，安然。

十

端午节第二天,李娟终于回深圳了。

在前一段日子里,我已顺利将暂住证换成居住证了。

我是一名深圳居民了。

我已经开始爱上深圳了。

包装厂是效益不错的小民企,赵子威是虽无可敬之处却也不能说有多么坏的老板;而深圳却越发美丽和欣欣向荣了。

我因终于成了它的居民而自豪。

我的第一个努力目标实现得波澜不惊,这使我提升了"我的人生我做主"的自信。

我的第二个努力目标是拿到夜大毕业文凭——大学都没毕业是我心口的疼。

深圳当年对夜大尤其重视。

在前一段日子里,我也做了一件冒险之事——我成了一名深圳股民了。

赵老二他哥赵老大炒股发达的经历给我以深刻的启示。听说又一批新股即将上市的消息后,我当晚给"市长爸爸"打长途,请求他为我确定一下该买什么股。

在离家出走的日子里,我与"市长爸爸"的关系并没有一刀两断。在我这儿,首先就是根本做不到的。在他那儿,是根本不允许我那么做。相反,我更加意识到,他是世上仅有的最爱我的那个人,只有他才可能是我的"保护天使"。在肯定会直接影响到我的人生大事上,我信赖的人也只能是他。

"哎呀我的女儿,这你可太让你老爸为难了,我对股票的事也不在行呀……你确定非要炒股吗?"

他已经过了五十五岁生日了,那以后他就开始在电话里和信里自称"老爸"了。

我对他说我并不打算做一个经常炒股的股民,我只想拥有几只股,以使自己的钱增值得多一点儿、快一点儿。既然别人那么投资挺成功的,我也想碰碰运气。

"可是女儿,股市明明有风险的嘛,如果你运气不好呢?你承受损失的心理够强大吗?……"

"市长爸爸"在电话那端忧心忡忡。

我说我绝不会把我那点儿钱全都买成股票的,最多只能用一半儿的钱买几支。而且发誓,即使亏了也心甘情愿,保证不会对他有任何怨言;运气好的话,也会对他表示一份孝心。

电话那端传来老爸的哈哈大笑。我与他通长途也有十余次了,第一次听他笑得那么开怀,那么响亮。

"说来说去,你是主意已定,而且认为我责无旁贷呗!罢罢罢,我就当你一回高参吧。但是我可有言在先,下不为例。给我一天时间,容我向内行的人讨教讨教再回复你……"

他终于被我"绑架",成了我事实上的支持者。

托他的福,我用五万元所买的五支股,在其后两个月皆涨无降,区别仅仅是涨得快慢多少而已。涨得最多的一只股,一万已变成近八万了。

人逢喜事精神爽,见到李娟时,我可以说是容光焕发,精气神十足。

她出现得十分突然。

那天早上我洗漱完,端着脸盆回到房间,见有人躺在另一张床上。

我以为是谁进错了房间,正要问,她坐了起来。

以前,我只从小说和电影、电视剧中看到过这样的情形——什么人由于太过意外,手中的东西愕然得掉到了地上。在现实生活中,我还从没见到过那种情形。

但是那种情形居然发生在我身上了。

洗脸盆从我手中掉到地上,漱口杯滚到了床底下。

我意外得下巴都快"脱钩"了。

她默默起身走到我跟前拥抱住了我。

而我,哭了。

"你坏!你坏死了!打你,打你!……"

我一边哭,一边不断地用拳打她。在好友面前,我变成了小女孩儿,忍不住撒娇表达亲昵和想念。

她说有的省份闹水灾,她乘坐的列车晚点了,快后半夜三点了才到深圳。不好意思敲旅馆的门,在旅馆门旁坐着补了几个小时的觉。

我说:"你看,咱们这房间是有小窗的呀!我在信里告诉过你,你干吗不敲窗啊!"

她哭笑着说:"傻丫头,半夜三更的,我困得连东南西北都分不清了,也不知道小窗开在哪一边呀。"

我这才发现,她脸上、双手上被蚊子叮起了几处包。

我要她跟我去吃早饭。

她说已经在街对面的早点铺吃过了,困极了,只想倒头便睡。

从黑龙江的农村到深圳,我估计从她离家那天开始,最快也得四天。

"不跟你说话了,你睡你睡!"

我将她推到床边。

她躺下之后说:"真累呀,终于到家了。"

我说:"对。这里以后就是咱俩的家。"

一边说,一边替她脱鞋。

她闭着眼睛问:"怎么没见到'小朋友'?"

我说:"放心,我没抛弃它。它夜里喜欢出去玩儿,一会儿就从小窗跳进来了。"

当我捡起脸盆和漱口杯什么的放好,她已发出了轻微的鼾声。

我去外边吃了早点再回来时,"小朋友"也回来了。

多么难以想象啊!

屈指算来,"小朋友"与李娟已经九个多月不曾见到了,它居然还认得她。也不嫌热,像条毛虫那么蜷在李娟身边,也打起了呼噜。

那日天气很好,阳光从小窗洒进来,使我们的"家"半明半暗。因为是假期,住旅馆的人都出去玩儿了,走廊静悄悄的。我将房间的门敞开,便有微风一阵阵对流了。

我已报名上了夜大。

我坐在桌前,翻开课本,满怀喜悦——不,简直可以说满怀幸福地写起作业来。深圳当时有规定,不论任何性质的单位,都要保障员工上夜大的权利。一般情况下,能不加班尽量别安排加班。

包装厂那时的活儿不是太多,赵子威对我上夜大也较支持——这两点使我并没跳槽,一直在当那些姑娘们的"总长"。

由于李娟回来了,我竟无法聚精会神了。

我看一会儿书就忍不住看一会儿熟睡中的李娟——她的脸原先挺白的,现在却变黑了,也许是在老家整天下地干活晒的吧?

李娟——我的姐们儿,我的好友——从现在开始,又将与我朝夕相处,这的确令我满心欢喜。养父曾对我说,超三缘方为友,识于途是谓朋。由朋而友,此谊弥足珍贵也。

我那时刚上初中,不太懂,问什么意思?

"校长妈妈"从旁解释——同窗、同道、同事,这三种关系是相当普遍的社会关系,也可以说是缘分。在这种缘分的基础之上发展出意气相投的关系已属幸事。而相识于芸芸众生,只不过是"朋"的关系,在这种关系之上产生的友谊,可以说是非常之缘,尤其应该诚挚地加以维护。两个陌生人相遇,一个称另一个"这位朋友",什么意思呢?是表达出这么一种态度——咱们虽然相识于陌路,但何不以朋友相待?兴许,咱们还能进一步成为良友呢!

养父又说,好比两名战士,同在一个班,或同排同连,成为友的可能性自然极大,但只不过同在一个大集团军中,于陌生的千万人中相识了,成了朋友,这种几率不高,所以应该视为"极品缘"。

记得我当时大不以为然:"爸,你不解释,我倒还明白。你一解释,我反而糊涂了——难道朋友是专指男人和男人的关系吗?"

养父挠头笑道:"女儿,这你就得采取认可的态度了。在汉语词汇中,从古代到近代,从庙堂到民间,一向还真是那么回事儿……"

我和李娟,一个是贵州人,一个是黑龙江人,相识于离各自的家乡都极远的深圳。我俩的老家相距数千里,却成了好朋友,分开久了都特别思念对方——有时一想,这大千世界中,人和人的关系真是难以预料啊!不用一个"缘"字来说,还真就难以解释了。并且,我总觉得,我和李娟在一起,有时的确也像两个男子在一起。她身上往往表现出男子气,也影响我身上多了从前绝不曾有过的男子气。而我单独和倩倩在一起时,则并无那种感觉。"姐们儿"情义在我这儿,简直也就是男子之间的"哥们儿"的同义词。如果我们都是男子,而且相识于古代,那我俩肯定已结拜为兄弟了!

我的人生中有李娟这样的朋友,还有我们共同爱护的"小朋友"。作为打工妹,我们有一处临时的"家","家"中有书也有花。至于阳光嘛,虽然不充足,却也不是完全没有。并且,我已实现了一个人生目标,下一个目标十分明确——我对自己当下的打工生活竟非常知足起来。

我坐累了,于是躺在床上看书。

不知不觉,我也睡着了。

我醒来时,见李娟坐在椅子上了,像我那会儿看她似的,也正脉脉含情地端详我。

我说:"这么看着我干什么?"

她说:"你胖了,气色很好,证明咱们分开以后你日子过得不错。"

我说:"还行,晚上向你汇报。你身上汗味儿可大了,我得带你去好好洗次澡。"

她说:"洒家从命。"

时已近午,我俩在街对面吃过午饭,溜溜达达地去向"清水大澡堂"。

洗澡时,我见李娟明显地瘦了。

我吃惊地问:"你怎么会瘦成这样,锁骨那儿都瘦出坑了!"

她淡淡一笑,轻描淡写地说:"不省心呗。"

我当时也没多想,只是很有责任感地说:"我要尽快使你胖起来。"

回到旅馆,我们又开始睡。

天快黑时,我带她去吃晚饭。

在一家高档海鲜饭店前,她驻足不前了,愕问:"干吗来这种地方?"

我说:"你喜欢吃海鲜啊。"

她转身就走。

我拽住了她。

她正色道:"我不许你乱花钱。"

我说:"有钱不花,丢了白瞎,死了白搭。"

她说:"别贫,你抽的什么风啊?"

我说:"你别扫我兴,非扫我兴我可生气了!"

我差不多是将她拖了进去。

我点的菜虽不能算浪费,却道道算得上是招牌菜。不但李娟从没吃过,我自己也从没吃过。我虽曾"贵"为"方府小姐"、市长的千金,但养父母在吃的方面一向以家常饭菜为主,而且反对讲究吃喝,也很少到外边吃。那日,我实际上也是对自己进行了一次犒劳,解了自己的馋。

当冰镇龙虾片上桌时,我觉得李娟的黑眼珠变形了,仿佛变成了猫眼,瞪成枣核形的了。

她愕异地问:"这是什么?"

我说:"虾呀。"

"什么虾?"

"小龙虾。"

"以为我没见过小龙虾?"

"另一种……小点儿的,大龙虾,你不是爱吃虾吗?"

"我爱吃的是基围虾!我什么时候说过爱吃龙虾了?我想都没想过!"

"这种虾,那种虾,不都是虾吗?换着样吃吃有何不可?"

"方婉之你作什么妖?花你的钱我就不心疼了?你的钱是大风刮来的?还是……你中彩券了?"

我正暗愁没法使她吃得像我一样高兴,便顺水推舟一本正经地说:"姐,只管敞开胃口吃,实话告诉你,我真中奖了!"

"骗人!"

她哪里肯信呢。

我煞有介事地说:"骗你是小狗!一天心血来潮,玩儿似的买了一张,你猜怎么着?中了四千元奖,还不跟大风刮来的一样?你回来了,我不该郑重表示表示?我运气好,不该为自己祝贺祝贺?"

"那……"

"那什么呀,那就和我一道高高兴兴地吃吧!"

她的眼睛终于又恢复原形了,情愿地说:"行,那我什么都不问了。"

她也和我一样大快朵颐了。

结账时,一听说七百多,她的黑眼珠顿时又变成枣核形了。

我点的还是多了,打包带走。

路上她批评我:"下次不许这么奢侈了啊,就咱俩花了那么多钱,等于吃掉三分之一口猪了,三分之一口猪啊!"

我打着饱嗝说:"也许哪一天你也中奖了呢!"

我俩白天都睡多了,回到旅馆后,都挺兴奋,却又无事可做。

我提议去看电影。

这她挺乐意,痛快地说:"走!"

看完电影,我在路上买了几罐冰啤。

回到房间,还是个睡不着,也又饿了,于是摆开带回的餐盒,喝着啤酒,边吃边聊。

我单刀直入,问她是不是家里出了什么变故?

她说变故倒没什么变故,只不过遇到了伤心事。

"大爷大娘身体好吗?"

我索性问得更具体。

她说:"还行。有位好心的记者将我父亲打工受伤的事报道了,就引起一位律师的同情,义务帮我父亲打赢了官司,得到了十几万赔偿。"

我连连拍着桌子大声说:"可喜可喜,碰一下!"

于是我俩各自豪饮一大口。

我又问:"小弟情况怎么样?"

她说:"还那样。父母在,父母照顾呗。父母不在了,不是还有我嘛。他那种人算残疾,过十八岁了,县民政局会发给一笔残保费,在农村,零用足够了。黑龙江虽然穷,但我们县比较富,这一点还能做到。"

"你和……周连长的关系呢?"

听了我的话,她眼中顿时泪光闪闪,将头一扭。

我抓住了她一只手,央求地说:"告诉我实话,别闷在心里。"

她缓缓转过脸,冲我苦笑一下,凄然地说:"咱们姐们儿之间,我没什么可瞒你的。可今晚不行,现在……我还没做好心理准备……"

我立刻明白了她消瘦的原因,也忆起了周连长请我们姐仨吃饭,我和倩倩陪她送别周连长的情形——虽然我知道爱情婚姻之事并非总是会如人愿一锤定音,变数是常态,但我对周连长的好印象也一下子像猫眼似的变形了。

"吹就吹,别太当回事。天下男人多的是,我看他也不是太适合你,何况还是结过婚有孩子的,以后千万别再找二婚的了……"

我只有这么安慰她,觉得自己劝人的话像从农村妇女口中说出来的。

"我爹妈怕我独自在外太委屈自己,非逼我带了两万元钱,如果你一时缺钱了就开口哈……"

李娟没再接我的话,将话题岔开了。

我也想告诉她我买的股票涨了,让她分享分享我的高兴。可话到唇边,又硬是咽回去了。比起她带回的两万元,我的钱数可多不少。哪儿来的呢?不像她的钱三两句话就说清了。

我还根本没做好向她坦陈我身世的思想准备。

这使我对自己很沮丧。

依我想来,所谓朋友,应该是相互之间坦诚对等的关系。姚芸对我那么坦诚,我对姚芸却言语谨慎,还编谎话骗人家,这已使我很自责了。而对我最好的也是目前唯一的朋友李娟,我又一味以谨慎对坦诚,就更加使我内疚了。那一时刻神仙顶那"一坨子"烂事使我心里腻歪透了。

"我会的,跟你绝不见外。倩倩的情况怎么样了?"

我也及时将话题岔开了。

李娟说她给倩倩连寄了三封短信,主要是表示关心,问她的近况。可倩倩没回信,刘柱也没回信。我说我也给倩倩寄过两封信,同样没收到回信。

"她会不会一心在刘柱那边做好妻子、好妈妈,不想再到深圳来打工了呢?"我的话连我自己都不太信。

李娟说:"刘柱那边是哪边?还不是河南农村?咱们倩倩可不是还能再回到农村的人,何况是外省的农村。"

我不无忧虑地说:"不止一次梦到过她。有时想起她,最怕她吃什么亏。"

李娟说:"放心,咱们倩倩可不是个肯吃亏的人。她不给别人亏吃观音菩萨就应该表扬她了。"

她的话把我说笑了。

友情真是匪夷所思的事,因为倩倩已是我俩的姐们儿了,我俩明明是在谈她的缺点,却又像是在谈她的可爱之处似的。

我问李娟想不想到包装厂去上班,我说如果她想,包在我身上。

她问工资多少?

我告诉她后,她说那就算了。

"婉之,我十七岁就到深圳来打工了,流水线上的活儿我也干过。我不是怕累,是想多挣点儿。再说,以咱俩的关系,你当总长,我当女工,咱俩不是都会别扭吗?"

她的话不是没道理,我也就不勉强她了。确实,包装厂流水线上的姑娘们挣的不比我们姐仨给刘氏父子打工的工资多,在深圳打工过三年的人再挣那么一份工资,心情无论如何好不起来。

我告诉她我已经有深圳居民证了。

她又攥了我的手一下,算是表示祝贺,并没显出多么替我高兴的样子。

我问她今后有什么打算?

她微微一笑,心有苦涩地说:"我要是能像你那样有明确的目标多好啊。可是我没有。不是不想有,是想有也有不成,所以没有就没有吧,人命不同,我认了。"

她的话使我不知再说什么好,只有低头沉默。

她也沉默了一会儿,忽然语调惆怅地又说:"如果多挣点儿钱也能算目标,那我人生的下一个目标就是多挣点儿钱。"

……

第二天上午,我俩去买了一辆自行车。小长假期间,许多商品都打折,自行车也不例外。车行不但卖新车,还兼卖旧车。我俩事先达成了一致,各出一半的钱。买车是我的想法,有辆自行车,不论我俩谁办什么需要到处跑的事不是方便多了嘛。她同意了我的想法。其实我主要也是为她着想,我上班的地方离旅馆不远,走十几分钟就到,而她下一步能找到的工作单位远近是没准儿的事,有辆自行车总比没有好。可在车行我俩发生了分歧,我这边儿已选定了一辆新车,她那边儿却相中了一辆旧车,固执己见非要买旧车。

我问:"咱俩来前不是商量好了吗?"

她说:"咱们商量的只是要买车,没决定绝不买旧车。"

我有点儿生气了,怼她:"没你这样的啊!新旧不过就差一百来元,而且还是咱俩各出一半钱,你至于的吗?要不我买新的你买旧的,各买各的得啦!"

她这才不与我矫情了。

我将一辆打足了气的新自行车推出车行后,她见我脸上仍有愠色,不断用话逗我开心,坚持非驮我回旅馆不可。

进了房间,我热得出了一身汗,端起脸盆就去洗脸。等我再回到房间,我床上出现了几百元钱。

我问:"这怎么回事?"

李娟说:"那什么,预付的住宿费也不能让你一个人出。"

我说:"这儿不是咱俩暂时的家吗?咱俩的关系反而比以前生分了,非得分的一清二楚?"

她说:"民间老话讲亲兄弟明算账,免得以后闹掰了翻小肠。"

我又生气了,瞪起眼睛说:"李娟,你羞辱我?我是那种人吗?"

她自知失言,难为情地说:"婉之,你误会了,我没别的想法。我……我不是过意不去嘛,还是各出自己那一份儿好……"

"李娟,既然你已经把话说到这份儿上了,那我再没什么话可说了。现在这几百元钱归我了是不是?我的钱我想怎么样就怎么样是不是?……"

我欲撕钱。

我虽生她的气,但还没气到不把几百元钱当回事的地步;我佯装撕钱是想使她明白——在我俩之间,关系是平等的,不是一方服从另一方的关系。姐们儿关系往往会变成后一种关系,而朋友关系只能是前一种关系。

我要李娟成为我的朋友,而不仅仅是一个姐们儿。那么,有些事,她也必须尊重我的感觉,而不是我一味听她的。

"别！……"

她一下子搂住了我——我的手臂被她的胳膊抱住了,我撕不成钱了。

"好婉之,别生气,千万别生姐气,是姐不对,姐认错！姐把钱收回来就是了。但你也要记住姐一句话——咱们打工妹是穷人家女儿,穷人撕钱是罪过。富人拿钱烧着玩儿老天爷在天上看着都不来气,但是穷人撕钱,即使是自己辛辛苦苦挣的,即使是不多的钱,那老天爷也会惩罚咱们。老天有眼不等于老天公正。老天公正这句话是骗人的……"

不知为何,我的一个三分真七分假的举动,竟使李娟说出一番对老天爷不满的话来。

我正纳闷之际,她将钱从我手中夺去了。

我说:"娟,我逗你呢！咱俩之间,我怎么会因为点儿小事就生你的气呢?"

而她,转身走到自己床边,闷声不响地仰躺下去了。

"怎么,反过来生我气啦?"

我刚走到她的床边,她就朝墙壁翻过身去。

我扳过她的身子,见她流泪了。

慌得我赶紧哄她,逗她乐,挠她的痒痒,向她认错。

终究,我俩都才二十多点儿,说小不小,说大也大不到哪儿去。使起小性子来,都还有几分像是没长大。

中午她请我吃了顿江南炒饭。

下午我俩一块儿闲逛,在可以骑自行车的地方,或者她带我,或者我带她。情绪高涨了,就齐唱《逛新城》。

她问我办下了深圳居民证,有什么不一样的感觉?

我说也没什么太不一样的,无非就是以后可以对别人说我是深圳人了。

她又问:"那对你很重要吗?"

我说:"以后当别人问我是哪里人时,回答起来明确多了——深圳,一步到位。现而今,全中国知道玉县在哪儿的人太少了,不知道深圳的人也太少了。"

她说:"可也是。我特烦别人问我哪儿的人。有时我用'黑龙江人'四个字回答了,有的人还接着问'黑龙江哪儿的'。那我只能再回答:'农村的'。唉,我李娟这辈子,怕是难以脱胎换骨了……"

她似乎有点儿像姚芸了,常说些使我不知如何回答为好的话——我俩都是帮厨那会儿的李娟,并不总说消极的话。

她确乎有些变了。

那一阵子,深圳市对社会治安和清除"黄赌毒"十分重视。

那日晚上,公安干警又出现在我俩所住的半地下小旅馆。明天小长假就结束了,住客大部分回来了——都是些单位无法提供住处但是给予住宿补贴的打工者,否则,即使住宿费便宜,那些农村出来的人也还是不会长住的。

公安守住了旅馆的门,逐个房间查证件盘问。

老板对一名公安说:"我登记时认真看过了,他们都有暂住证。"

他不说还好,一说,公安反而查得更认真,盘问得也更细了。

他们查到我俩的房间时,我双手恭恭敬敬地呈递身份证和居民证。

一名公安看着身份证照例问:"哪里人?"

我矜持地回答:"深圳人。"

"深圳人?"

他这才看我的居民证。不看则已,一看之下,啪地来了个立正,同时向我敬了一个警礼——三十几名住客中,只我一人是有居民证的,这使他不由得对我有几分刮目相看。大约也因为,我对他的态度首先就特尊敬。

我被他逗乐了。

李娟看傻眼了。

他又问:"都是深圳人了,为什么不将身份证也换了?居住证和身份证,二者应该统一。"

我说:"还没稳定的住处,想等以后买了房子……"

他说:"那不行,还是早点统一为好,否则会给你带来诸多不便。"又小声说,"趁现在房价便宜,房子也要早点儿买,从明年开始,房价必涨。"

因为我是有居民证的人,因为我声明李娟是我朋友,那名公安对李娟的态度也较客气,盘问得不是多么细。

待我将门关上,见李娟坐在床边发呆。

我问她怎么了?

她说:"我觉得……咱俩之间好像分出上下了……"

李娟带回了不少东西,却也没什么太稀罕的,无非是些东北产的花生、瓜子、榛子、松子外加蘑菇、木耳、猴头之类。

我问她为什么带这么多东西来?

她说:"都是带给你的。"

我说:"我在深圳又没家人,叫我怎么处理?"

她说:"那就送给你的朋友们啊。我想,咱俩八九个月没见了,你一定有了些新朋友。"

我说:"实话告诉你,一个都没有。也不想有。能有你这一位朋友,我已经谢天谢地了,起码目前是这样。"

她愣了愣,默默抱住了我——差不多抱了我一分钟。

那一分钟里,我觉得我的人生充满阳光。

我要分出一部分东西给旅馆老板家。

李娟说:"不必吧?他老家的人会常给他寄的。"

我说:"咱们送不一样。咱们是老住客,得和他搞好关系。"

李娟说:"你变成熟了。"

我正分东西呢,听了她的话,不由得抬头看她。

她也被我看得疑惑起来,不解地问:

"又不爱听了?"

我说:"有点儿。"

"为什么?"

"因为……因为……"

"快说嘛,让人着急劲儿的!"

"我是中学生时,同学之间如果谁说谁成熟,差不多等于说谁世故,被说的人会觉得是在骂自己。"

"'成熟'是不好的词?世故怎么了?不就是人情事理那一套吗?打工妹如果连那一套都不懂好吗?穷人的孩子早当家,不就是成熟得早的意思吗?民间说一个孩子历事早,那又是什么意思?不也是成熟的意思吗?毛病!明明是表扬你的话,却偏往反了听,还不拿好眼色瞪我!"

我检讨地说:"明白了明白了,姐别训我了。哎姐,我还是得问一句——我怎么觉得你就一点儿世故都不懂呢?"

她扑哧笑出了声,亦庄亦谐地说:"丫头,你怎么就知道我一点儿世故都不懂呢?没有点儿成熟的眼光,我能看出你方婉之是可交之人,和你成了姐们儿?一点儿世故都不懂,能给你和倩倩做榜样,与刘柱父子处得那么融洽?先不论刘柱怎么样,刘老头那就是个老油条、老狐狸……哎哎哎,行了行了,给东北人那么多东北山货干什么嘛!……"

果如我所料,我送给老板那份儿东西,使老板全家都很高兴,见了我和李娟,都开始先打招呼了。

我带到厂里去的东西,也大受欢迎。瓜子、花生之类,被姑娘们顷刻抢光了。木耳什么的我送给了食堂,中午食堂就炒上了,在食堂吃饭的人都吃到了,并且都说东北的木耳、蘑菇就是好吃……

赵子威要求我住到女工宿舍去——他说市里对不良的社会现象抓得更紧更严了,要求有集体宿舍的厂,十点之前必须清点住厂工人的人数;晚上十点以后还未归宿的,厂里对到哪儿去了、干什么去了,要做到有登记;一问三不知的厂将受严厉批评……

我身为女工们的总长,自然责无旁贷。

我喜欢自己身上的责任更多些。

李娟也认为那对我有好处,会使我更加成熟。

于是第二天我就住到厂里去了,而李娟每天骑自行车四处找工作。好在每天晚饭后,我有充足的时间回旅馆陪李娟待会儿,一往一返溜溜达达权当散步消化食了。有时我俩没聊够,她又将我送到厂门口,路上边走边聊;主要聊她找工作的见闻和感想,而她的感想又是些不顺心引起的郁闷。我则劝她,或贡献点参考意见。我向她倾吐工作中的烦恼时,她也反过来劝我,主张我应该怎样或不应怎样。那些日子经常勾起我的回忆,使我联想起在玉县中学的岁月,晚上有时到同学家或同学到我家,也是互相送来送去的。

我的回忆自然也使我理解了什么叫"乡愁"。

我的乡愁原发地是玉县——我总是尽量避免"神仙顶"这一地名印于脑海之中。

不久李娟就找到了称心的工作,她说是在某省的会所当领班,她对工资挺满意。情况变得有趣了,仿佛我俩在旅馆的那个房间变成了李娟的家,我是一个喜欢去串门儿并永远受欢迎的人;也仿佛李娟是替我看家的姐,但那儿毕竟首先是我的家,不经常回家看看自己必然会想家,也会使那么一个姐惦念似的。

我渐渐也习惯了和厂里的姑娘们住在一起,和她们同吃同住另有一番愉快。我挺享受在厂里和"家"里都能住的不同心情,觉得生活因而多了种意味。

一个周末的晚上,我又回到"家里"时,已是十点以后了。我是对姑娘们点名后才回家的——十一点旅馆的门仍会从里头锁上的,但李娟居然没在"家",我不禁有点儿奇怪。

我躺在床上一边看书一边等她。

有人敲门,我开门见是老板娘。

"能让我进去说几句话吗?"

老板娘的表情很怪异。

我将她请入之后,她吞吞吐吐地说:"有些话我还真难以开口,你大哥不好意思对你讲,非让我来告诉你。你是长住客,咱们的关系一直不错。有的事如果我们碍于情面不向你反映吧,那也不对。向你反映吧,又好像是在背后挑拨什么——最近李娟她经常回来得很晚,有一次都锁门了她才回来,第二天不少住客因为她半夜敲门有意见。现在对那方面查得可严了,你得给你姐们儿提个醒……如果又出姚芸那样的事,我们这家旅馆可能就会上有关方面的黑名单了……"

我记不清自己说话了没有。也许,什么都没说。老板娘啥时候走的我也记不清了。我呆坐在椅子上,如同全身几处被点穴了,想再躺到床上去,却动弹不得。那时,我明白了什么叫"头脑里一片空白","血脉贲张"又是何意。

不知过了多久,我听到了女人穿着高跟鞋在走廊经过的清脆响声,听到了一个男人不是好动静的成心的干咳声。

门一开,李娟回来了。她穿一件会所发给她的墨绿底子、印有粉红色小花的旗袍,将她的手臂和双腿衬得格外白皙。我不得不承认,旗袍使李娟的身段分外窈窕。她脸上化了淡妆。我第一次看到化了妆的李娟,也不得不承认,原来她挺善于化妆,脂粉使她的鹅蛋脸多了几分妩媚。她做过了发型,一头乌发吹得蓬蓬松松的,多半绾于头顶,少半垂于两颊。

一双红色的高跟鞋。

红色高跟鞋使我全身的血瞬间凝固了;又似乎,随即开始倒流,一股股热血直冲脑门儿……

李娟见我愣了一下,立刻又笑了。

她高兴地说:"回来啦?"

她是真的挺高兴的,这我看得出来。

我不理她,冷冷地瞪着她。

"谁惹你生气了?来,让姐拥抱一下,消消气儿。"

她说着走到我跟前,想拽起我。

我闻到一股酒气,双手使劲儿一推,将她推得倒退数步,坐到了她的床边儿。

"我又没招惹你,干吗把火儿撒到我身上啊!"

她非但没生气,竟又笑了一下;接着,拉开她的小挎包,将里边的东西往她的床上兜底儿一倒,于是我看到一床钞票,还有一只老板们喜欢戴的大盘面儿手表。

"对不起了哈,哄你虽然很重要,那我也得先忙完自己的正事儿再哄你。"

她一边说,一边点数钞票——百元的居多,差不多有一千元。

我默默地看着她打开拉杆箱,从夹层取出钱包,将点数过的钱放入钱包,再将钱包塞回夹层。她拿着那块表欣赏了一会儿,也塞入了夹层……

她做完了自己的一系列"正事儿"后,脱下高跟鞋,像东北老太太似的在床上盘腿大坐,一边揉脚一边说:"现在讲讲吧,受了什么委屈,生那么大气?"

我问:"高跟鞋哪儿来的?"

她说:"你又没喝酒,怎么问醉话? 买的呗,还会是偷的呀?"

我说:"你穿红色高跟鞋,使我联想到一个人。"

她问:"谁?"

我说:"姚芸。"

她又问:"姚芸是谁?"

我说:"一个女的,也在这儿住过,某天晚上被公安带走了。"

她翻了翻白眼,还问:"为什么?"

我恶狠狠地说:"卖身。"其实我想说"卖淫"来着。

这么说时,我觉得很罪过,一个劲儿在心里请求宽恕。

"说什么呢? 太过了啊!"

她沉下了脸,也不看着我了,穿上拖鞋,端着盆就往外走。

我说:"你别那个样子出去。"

她问:"怎么了?"

我说:"你化了妆虽然好看,但也会使老板夫妻俩想到一个人。"

"又是谁?"

她站在门口,既不转身,也不回头。

我说:"还是姚芸。"

连我自己都听出来了,我的话有明显的审判意味。

她将盆放下,缓缓转过身,表情庄严地走到我跟前,俯视着我问:"你认真的?"

她的语调也变冷了。

我仰着脸,不示弱地迎着她的目光,傲然地反问:"我像是在开玩笑吗?"

她突然扇了我一耳光。

我说:"滚。"

她愣了片刻,猛转过身去,胡乱地将属于她的东西尽数塞入拉杆箱,昂头拖着往外走。

我高叫:"站住!"

她又僵立在门口了。

我命令地说:"拖鞋是旅馆的。"

她缓缓从拖鞋中抽出了双脚。

她竟赤足而去,还用手阻挡了一下门,使房门关得几近无声。

我看着门前那双拖鞋,顿时泪如泉涌。

我失眠了。一合上眼睛,眼前便会出现一双红色高跟鞋。终于困得不行睡过去了,却又梦到姚芸。不是什么好梦,姚芸在梦中一句接一句地问我:"为什么?为什么?……"

她的话也如同审问。

我无法回答——我变哑了。哑巴还能发出咿里哇啦的声音呢,我却连那种声音也发不出来。我似乎成了一个完全没有声带的人。

我从梦中醒来,"为什么"三个字犹声声在耳。已不是姚芸在问,而是自己在问。

是啊,为什么啊?究竟为什么?同样的事发生在姚芸身上,我一味同情;发生在李娟身上,我却表现得深恶痛绝?

李娟和姚芸,不都是单纯、坦诚又温暖的女人吗?

难道仅仅因为李娟是我的朋友,而姚芸和我的关系还很浅吗?

朋友之间不是更应多一些怜惜吗?

我无法给自己一种合情合理的解释。

好幸运地有了一个亲如同怀的姐们儿,却又那么简单粗暴地失去了——我又如同一个社会关系之和归零的人了。

第二天我已不愿住在那个如同是家的房间,早早就回到了厂里。

以后十来天我一次也没回"家",因为很难面对李娟睡过的空床而若无其事。

一日傍晚,我在厂外的小路上散步,心事浩渺,低头信步。

忽然听到一阵哨声,随之听到有人喊:"封住路口!分散排查!"

刚一抬头,被别人撞了个满怀——对方跌坐到地上,而我的头撞疼了。我揉着额定睛细看,坐在地上的居然是也被撞蒙了的李娟。她穿的不再是旗袍,而是紧身瘦腿儿的长裤。她那双红色的高跟鞋有一只脱脚了;并且,断跟了。小路那端的路口,停着一辆警车,只见车头,不见车尾。车前盖上的红色警灯不停地转,警笛长鸣不止。一名公安背对我俩,倒剪双手,叉腿伫立。

李娟仰脸看我,向我伸出只手。她的举动那么自然,也那么理所当然。仿佛即使我是陌生人,也应该握住她的手拉她起来。

我并没那么做。

我立刻蹲下了——我的举动也那么自然,半秒的犹豫都没有,如同鬼使神差。

我脱下自己的鞋子,替她穿在脚上,又脱下工作服帮她穿上。于是我光着脚了,上身只穿一件短小的花衬衣。我提着她那双高跟鞋,这才拉起了她。

她说:"我崴脚了。"

我扶着她,一声不吭往厂里走。

她又说:"别把鞋跟弄丢了,挺好的一双鞋,修修还能穿。"

我站住,却将鞋跟拽下来,扔到了远处。

快走到厂门口时我才说话。我说的是:"你扶着我。"

她顺从地扶着我了。

我又说:"低下头,别说话,扶我进厂。"

她照做了。

而我,苦笑着向老门卫扬了扬高跟鞋。

老门卫说:"姑娘,穿高跟鞋走路要当心嘛。"

我们厂有后门。

路过垃圾桶时,我将高跟鞋扔进去了。

她舍不得,想去掏出来。

我不放开她的手,硬拽着她往前走。

到了后门,我从兜里掏出钥匙塞在她手里。

她伸开五指,见是钥匙,没说话,脸上也无任何表示,转身走出后门,一跛一跛地走远了。

那天晚上,我对自己到底应不应该回一次家犹豫再三。

我最后的决定是不回去,我不知再在"家"里面对她时该说什么好。

九点多我就躺下了,却意识到如果不回家一次,肯定没法入睡。于是我爬起来,找了个借口,与一名线长打个招呼,急急如风地往家走。我推开门,见李娟也躺在床上并未合眼。她显然听出是我回家了,却一动不动。

我也不吱声,走到我的床边坐下。

这时她说:"不是你想的那样。"

仍一动不动。

隔了一会儿我才说:"那是怎样?"

"他不在了。"

她的话答非所问,而我没能立刻明白那句话的意思。

又隔了一会儿她才说:"周连长牺牲了……"

我觉得自己瞬间被铁水浇铸,全身炽热了一下,接着化成烟,似乎没了意识。

我觉得自己似乎变成了周连长的铁塑坐像,只有双耳还是自己的,能听到李娟说什么——是我在听,又似乎是周连长在听。

我尽量全神贯注,将李娟的话归纳为如下情况——周连长是为了掩护几名群众被山体滑坡埋死的。他儿子寄养在他农村的父母家。那男孩明年该上中学了。李娟要多挣一些钱,替周连长的老父老母分担抚养的费用……

她说:"如果那孩子能考上大学,我李娟就是卖血卖肾也要供他到大学毕业。如果他学习不怎么样,那我也要将他供到十八岁。我希望那时他能参军。总之我暗暗发了誓,绝不让周大哥的儿子在十八岁以前活得受委屈……

"我没做你以为的那种事。我李娟并不比你方婉之人格卑下。我不觉得作为你的朋友我使你丢脸了。我也只不过就是陪陪酒,唱唱歌。我发现自己唱的歌不少人爱听,还是在你和倩倩的鼓励下开始的事儿。我从没厚着脸向男人们要过钱,但他们愿意打赏我也会高兴地收下。我不像你方婉之,你是没有家庭负担的人,而我现在要接济两个困难家庭的生活。如果你觉得我已经不配做你的朋友,那么明天一早我会永远在你面前消失……"

她的话一直是瞪着屋顶说的,眼角始终没有一滴泪。

我逐渐从浇铸状态复活了。

我已泣不成声。

泣不成声的我无言以对,只是一味地泣不成声。

李娟终于不再躺着了,起身走到我跟前默默搂住了我。她不劝我,只说:"别哭,说句话。"

我终于憋出几句话:"为什么会是这样?为什么啊!我的命里有两家那样的亲人已经够受的了,老天爷为什么还要使我唯一的朋友也成了和我一样的人?!……"

那天晚上,李娟抱着枕头躺到了我的床上,握着我的手陪我躺了很久,安安静静地听我诉说。

我向她承认以前有些事我骗了她。

我告诉了她我的身世,也告诉了她我买的股票全涨了,我大约已经有了多少钱……我在她面前透亮了,我是一个真实的我了。

早上我说:"娟,别在那家会所干了,我担心你有一天会经不起诱惑,把持不住自己……"

她说:"行,我另找地方。只是现在过了招工期,我怕自己一闲下来挣不到钱,心里会慌……"

我说:"到我们厂吧,我们那儿缺个线长。线长的工资高点儿,如果你愿意,包我身上。"

她说:"那我听你的。"

十一

"你什么意思啊？"

赵子威对他的双手养护很重视，我从没见过一个男人有那么细皮嫩肉粉白粉白的手。

他一边仔细地锉指甲，一边拖长腔调问我——连头都没抬一下，仿佛我在他眼里是个无足轻重的人，根本没资格与他面对面谈任何事。

他的态度使我有些光火。我刚刚为厂里争得一份荣誉——市委宣传部为了广泛宣传深圳精神而举办了一次活动，要求各单位选派员工参加答卷比赛。厂里的人全都怯场，怕考不好丢人。我自告奋勇参加了，而且考了个并列第二名。宣传部的领导亲自颁发大奖状，赵子威上台领奖时一副风光无限的样子，代表厂里致获奖感言时也侃侃而谈，如同他本人正是一位能够最好地践行深圳精神的优秀老板。

他对我的傲慢态度是成心装给我看的，并且另有原因——铜质奖状挂在厂门后，他对我一度表现得超乎寻常地亲热，没人时还动手动脚。我当然觉得是轻佻和骚扰，但却并未翻脸，仅说过"请放庄重"之类的话。而那类话，对于一个老板，也等于是警告了，没准儿他已觉得是奇耻大辱。

他肯定是为此事而给我颜色看。

我只得再重复一遍我的话——我要推荐一个姐们儿来厂里当线长,希望他能批准。

他终于不锉指甲了,双脚一蹬地,老板椅朝后滑开了,接着,他将双脚放在桌边,看定我慢条斯理地说:"你不再需要换一种说法了吗?我提醒你,希望和恳求表达的意思是大不相同的。希望常是上级对下级用的,是要求和指令的婉转说法,而恳求就是另外一回事了。"

我立刻说:"请原谅,我刚才用词不当。我恳求您批准。"

他说:"一名线长要回老家,而且不回来了,是这么种情况吧?"

我说:"对。"

他说:"那么那条流水线上就会缺一个人,及时招一名女工入厂,免得人家抬脚一走,那条流水线上的姑娘们陷入忙乱,影响劳动效率,你是这么个意思吧?"

我说:"对。"

"可你凭什么认为,我要招一个人入厂,非得招你推荐的姐们儿呢?这也是个不小的人情,现在已经过了招工旺季了,工作不像年初那么好找了。我这当老板的人,自己就没人情可送了?"

"这……"

我没料到他会来这一招,一时语塞。

"线长都是从本厂工人中提拔的。如果从外边现招一个生人,女工们还有什么劳动的上进心?你换位思考一下,我满足你的恳求是对的吗?"

我抱着最后一线希望说:"我推荐的人是熟练的流水线工人。她不仅在包装流水线上干过。也在多种别的流水线上干过。如果流水线出了小毛病,她还能修理……"

他沉吟片刻,低声说:"你的推荐理由相当充分,给你打满分。"

我暗舒一口气,鞠着躬说:"谢谢赵先生。"转身刚要走,又被他叫住了。他举起一只手,手心朝自己,手背朝向我,前后摆动了几下短粗的娃娃指。

我倏觉不快——在现实生活中还没人那么向我做手势。我只在电影、电视剧中见过；做那种手势的人，大抵是反派人物。

但我还是向他走了过去——他在微笑，我也并没犹豫。

"再近点儿嘛，我能咬你一口啊？"

我就顺从地接近到不能再近的程度。

"亲我一下。"

他向我偏过一边脸颊。

这时我犹豫了。

他说："你不要以为我非占你便宜不可。你既不是金枝玉叶，也并不花容月貌，我干吗非占你这么点儿便宜啊？不实惠也没意思嘛。我是要帮你改改你的性子，一个平平常常的女孩子，干吗非在老板面前摆出一副高冷的样子？会来事儿点，嘴甜点儿，处处乖顺点儿，对自己有利无害嘛……"

我觉他的嘴脸很无耻，令我心生厌恶。

他又说："单论眼前这事儿吧，不就是我一句话的事儿吗？你给我个高兴，我赏你次面子，咱们双赢，何乐而不为呢？都乐而为之，结果共乐乐，对不？"

听来，他的话似乎也算苦口婆心，诲人不倦。

我问："工资怎么定？"

他说："一来就当线长，当然得以线长的工资定了。"

闻听此言，我迅速弯下腰，飞快地以唇碰了一下他的脸颊。

他竟趁机搂住了我的腰，并说："嘿，小蛮腰，爱煞人也。如果非逼我招认我对你也感点儿兴趣，那也无非就是喜欢你的小蛮腰罢了……"

我想扇他一耳光，但理智阻止了我。我的手在空中改变了落点，使劲儿拧住了他的耳朵。

他叫起来，放开了我的腰。

我立即逃走，在门口转过身，回报了一个自认为甜甜的笑脸——为了李娟，我可不能再将圆满解决的事又搞黄了。

我站在厂里一处别人看不到的角落平复自己复杂的心情,几乎流下泪来。为了做成某事而容忍一个自己反感的男人对自己轻薄,这种容忍使我倍觉羞耻。我想到了"校长妈妈"和"市长爸爸",若他们知晓,肯定很不高兴。我想到了生父和两个姐姐及两个姐夫。生父和我大姐会是怎样的看法我难下结论,但我的二姐,我想她会这么认为——只要能将想办的事办成了,那点儿小小不言的恶心考虑什么啊?在乎那个不是活得太娇贵了吗?没资格活得娇贵的人却偏在乎一些不必在乎的事,那就是矫情嘛。至于我那两个姐夫,我想他们更不会当成一回事了。如果我要达到的目的还是他们所要达到的目的,那他们肯定也会觉得我太矫情了。虽然我并没和他们相处过,但我似乎已从形形色色的底层男人身上,不论做父亲的、做兄长的、做姐夫的,尤其是做姐夫的男人身上,感受到了相当一致的对女人的态度,那就是——为了达到目的,该不在乎的时候,想开了,其实就没什么可在乎的。我想到了姚芸,我对她并不鄙视,说到底也是基于一种现实得可悲的唯目的论的逻辑——我同时洞见到,这种逻辑几乎成了中国各阶层的通行逻辑。

我想到了李娟——她盘腿坐在床上数钞票的样子,使我想到了赵子威对我的轻薄,在她那儿肯定也是小小不言、不值得一说的事吧?

为了使她摆脱一种环境"常态",我居然违心地经历了同样的"情节",这使我又一次感到了世事的无奈与卑污。

我还想到了两个姐姐的儿女,特别是已是海军战士的杨辉。我想他们如果知晓了他们小姨的遭遇——难道这还不算是遭遇吗?——那么他们的看法肯定与父母辈大为不同……

这种主观判断使我的心情最终获得了安慰。我终于没有落泪。我已变得相当"理性"。

我虽觉羞耻,但丝毫也不后悔。

既是某人的朋友,就得为朋友做到那份儿上,否则我方婉之凭什么要求李娟将我当成朋友?

当我告诉李娟"事情办成了"时,她不无忧郁地问:"顺吗?"

我笑道:"相当顺利。"

最初几天,车间里的姑娘们对李娟几乎皆投以揣度的目光,少数姑娘的目光中还有隐抑的不服。也难怪,一名新入厂的女工直接当了线长,这种事在别的厂里也少。虽然线长的工资只不过比一般工人多二百元,但对当年的打工妹来说,每月多那二百元往往要以几年任劳任怨的劳动表现来努力争取。为了自己也能当上线长,勾心斗角的梗芥之事,在她们之间时有发生。虽然我介绍李娟时说你们吃的榛子松子什么的就是她从东北老家捎来的,那也无济于事。

不久,李娟以她的实际行动令姑娘们服气了。

她接连几天早上班晚下班,将四道流水线进行了一番维修——该点油的地方点油,该拧紧的地方拧紧,从而保障了流水线不会再出骤停的状况。骤停状况是姑娘们非常讨厌的,一般得请厂外专门的维修工来修。从等人来到修好,不管几个小时,大家都要加班补回几个小时。线长的工作位置是流水线的"头把交椅",工作相对也轻,无非就是将东西摆正顺直,同时看是否有损坏,然后推给"下家"。流水线上的工作,看似简单重复,但一刻不停地重复一个动作,一干一上午接着一下午,一天接着又一天,即使熟练工下班后也会颈酸肩疼,新手则往往会累得头晕目眩,甚至呕吐。

李娟经常离开第一把"交椅",看谁累了,动作不利落了,就让谁坐到线长的位置去,而自己坐在对方的位置。第一个周六和周日,她还到厨房去帮厨。厨房的活儿对她更是内行的活儿了。她调拌的小菜、打的面卤,人人都说别有滋味,好吃。不久,姑娘们都喜欢上了她,年龄比她大的亲昵地叫她"娟子",比她小的则尊敬地叫她"娟姐"。

李娟成了我的"麾下"对我的好处也大大的——晚上我可以让她代我实行监管之责,我则可以回到宿舍去温习夜大课程。那时我已顺利地考上了夜大,而李娟也很乐于睡在集体宿舍,和姑娘们在一起说说唱唱玩玩闹闹的。她那种乐天派的性格渐渐恢复了,气色也开始变好了。

一日中午,赵子威又出现在食堂,又走到我那一桌,当时李娟坐我旁边。

他不是来食堂吃饭的,显然是专为李娟而"光临"。他照例背着双手,朝李娟翘翘下巴,不动声色地问我:"是她?"

我说:"对。"

李娟放下筷子站了起来。

赵子威说:"坐,坐,不必站起来。"

李娟刚一坐下,赵子威又说:"你当线长,毫无疑问是称职的。"

李娟笑着说:"以前干过。谢谢赵先生表扬。"

关于赵子威爱听员工称他赵先生这一点,我提醒过李娟。听到赵子威表扬她,我心里挺高兴。

赵子威接着说:"不过,我觉得你在食堂也会干得很出色,怎么样,愿不愿意到食堂去呀?"

李娟用目光征求我意见。

我不认为那对李娟是好的选择——众口难调,食堂的工作要获得普遍的称赞是很难的。偶尔露一小手是一回事,真要成了炊事员就是另外一回事了。

我于是大包大揽地说:"李娟更喜欢在车间里。娟,快谢谢赵先生好意。"

李娟就说:"是啊,我更喜欢在车间里,谢谢赵先生好意。"

赵子威哈哈笑道:"你还真听她的话。罢,罢,算我没说,罢也……"

他哼着京剧的调子笑盈盈地走开了。

李娟小声说:"咱俩那态度,不算是不识好歹吧?"

我不以为然地说:"从车间调到食堂,谈不上什么抬举不抬举的,你没看出他并没失望吗?他只不过是闲得没事,到食堂来是晃一晃,表示表示他对员工伙食问题的关心。"

"不管怎么说,我觉得他这个老板还算个挺好的人。"李娟对我的话明显地表示并不太认同。有什么说什么,此点在她身上几乎没变。

我笑笑而已。

其他桌的姑娘们纷纷围过来,七言八语,皆央求李娟别离开车间,别离开她们。

我每每是第一个出现在夜校教室的人。

某一天,有人比我去得还早——我进入教室,见一个男人站在敞开的窗口那儿吸烟。虽已是仲秋季节,秋蚊却仍猖獗。教室虽在二楼,因为窗外有树,地面潮湿有草,一开窗蚊子会冲锋似的往教室里飞。

我说:"哎,你干吗打开窗呀?来烟瘾了那也应该到外边吸去,蚊子进来多了大家还能上好课吗?……"

他一转身,我吃惊得愕住了——原来他不是在吸烟,而是在窗台上点了两盘蚊香。这当然不至于使我吃惊,我吃惊的是他是那个戴眼镜的、外表斯文内心肮脏的、被公安人员当着我面带走的"黄色摄影师"!

他并没同时认出我。鬼知道他那种家伙与多少涉黄的女性厮混过,我只不过在他的镜头前存在过十几分钟,肯定没给他留下印象。

他说:"空调坏了,不开窗教室太闷了,这样,既通风了,又不至于飞进蚊子来……"

而我不愿再与他多说一句话,一转身跑出了教室。

夜大学生中怎么会混入那种家伙呢?也不能只看分数不进行起码的品行资格审查吧?我觉得自己有必要向谁反映反映这件事。转而又想,夜大招生条例中明明有一条——即使出狱人员,确实改造好了,并提供公安方面出具的证明,也是可以考夜大的,而且禁止对他们表现出歧视。

于是我忍住了,并没采取任何行动,直至上课铃响了才进入教室。

我的座位在第一排。

我更吃惊,那家伙居然站在讲台上!

他从容淡定地说:"应该给你们上这门课的教师病了,校方请我代课。能为夜大学生上课,我既高兴又荣幸,但我对上课这件事是有要求的……"

他的要求居然是让夜大学生像小学生们那样立、礼、坐。

他看着我说:"就由你来行使我这门课的课代表的权利吧。"

这种情况下,不管我心里多么不情愿,我也不能说不啊。

我连喊了三次"立、礼、坐",他才对我们的整齐程度表示满意。我是年龄小的学生,年龄大的有三十好几了。那厮的要求近乎无礼,大家皆面有愠色。

他却这么解释:"不是我这个人各色,我也不喜欢表面上的师道尊严。我要求大家做的,只不过是一堂课的仪式感。通过简短的仪式感,大家接下来就会聚精会神,收心听课了。对我呢,也是一种必要的提示——学生们如此尊敬老师,老师更应该讲好每一堂课,为学生珍惜每堂课的宝贵时间;否则,老师不配学生尊敬……同学们好!"

他向学生们回了一躬:"现在,我们的仪式圆满了,开始上课……"

他转身拿起粉笔,在黑板上写出了"公关与攻关"五个大字。

他的板书很漂亮,没有书法功底的人写不了那么好。

他认为——马克思说"人的本质是一切社会关系的总和",并不意味着人类社会的一切关系现象,都必然会全面无遗地体现在具体的任何人身上,那是根本不可能的,因为每个人的社会关系都是有限的。但古今中外的事实证明,一个人的文化修养越高,他就越具有广泛的吸引力,他的社会关系就越丰富,马克思那句名言在他身上就越会得到充分验证。同样道理,一个单位、一家企业也是如此,于是产生了"公关"这一理念。"公关"绝不是个体理念,而是以企事业单位为名的整体性理念——企事业单位与社会的接触面远大于一般人与社会的接触面,所以得由一个部门来处理与公共社会的关系。这种关系的社会透明度越高,企事业单位的形象越良好。效益决定发展,效益怎样最终要以金钱来衡量。但"公关"工作首先不是直接为了金钱目的而进行的,它是为了长远的可持续发展而进行的,常常体现为花钱的工作,所以公关部门要有公关费,如同宣传部门要有宣传费,出差要有差旅费。而这容易使某些国人产生误解,错误地将'公关'想成了'攻关',以为是要靠钱去摆平种种不敢透明的社会关系,靠钱去办成正常渠道办不成的事,完全不去深思企事业单位对社会各方面应负的责任、应尽的义务,于是'公关'反而成了他们变相搞权钱交易的腐败借口……"

他讲时并不在讲台上踱来踱去,也不插科逗哏,而是一手前一手后,站在黑板旁一动不动;拿粉笔的手在前,不时往黑板上写几个关键的字或词。他的目光始终望向中排后排,望向前排的时候很少。他的南方口音明显,却又句句都是普通话,语调似乎具有一种磁性,使听的人会不知不觉地着迷……

他的目光一次也没望向我。而我则被他的话语吸引了,并且完全认可他讲的道理。

我观察左右两边的同学,发现他们都听得很投入,脸上的不满也完全消失了。

下课后,我听到同学们议论纷纷,有的说爱听他讲课,尽是"干货";有的说他像三十几岁时的周恩来,可谓风度翩翩……

后一种议论使我暗暗生气——那家伙明明是一个伪君子,怎么能与周恩来相提并论呢?骗子往往都是能说会道的,某些坏人也可能有一副斯文的外表。如果我不揭穿他的老底,对他产生好感的人不是会越来越多吗?!……

"你什么专业的?"

校办值班的李主任听了我的严肃揭发,不敢掉以轻心,一手拿笔,一手翻开了记事本。

"企业管理。"

"噢？……"

听了我的话，他将笔放下，将笔记本合上，笑了。

我以为他怀疑我的身份，给他看学生证。

他说："你叫方婉之，对不对？老师们都夸你听课认真，到得也早。我听课的时候也见过你。你们的代课老师戴眼镜，样子很斯文对不对？……"

我说："对，他的外表太具有欺骗性了，我认为应该向公安部门报案……"

这时上课铃又响了。

"小方同学，误会大了。你先回教室上课，下课时我去你们教室，我会将你对高翔老师的误会解释清楚的……"

李主任边说边往外送我。

第二堂课快下课时，从后排传给我一个纸条。我打开一看，其上几个字是"下课请留步。李"。

下课后，我坐那儿未动。

高翔拧开保温杯盖喝了口水，奇怪地问我："你怎么还不走？有什么问题想问吗？"

我瞪着他反问："你认不出我了吗？"他走近我，弯腰细看我的脸，直起腰后笑了，假模假式地说："是你呀！咱俩还有笔账没结呢。你欠我钱，我欠你照片。"

我觉得他的样子是强自镇定。他的笑很狡猾。他的话证明了他的心虚。

我以正告的口吻说："我认出了你是你的不幸；你也认出了我会使你明白为什么。"

他又狡猾地笑了笑，故作轻松地说："没那么严重吧？你又不是女巫。"

这时李主任来到了教室，笑呵呵地问："你俩的误会消除了？"

他说："我对她没什么误会，我还选她做我的课代表了呢。"

我说："李主任别信，他骗你。"

他笑着说:"让你喊立、礼、坐,就是选你当课代表了。"

我说:"那你也收买不了我!"

李主任做着裁判那种手势说:"停,停!高老师你也坐下,由我来解释。"

李主任说,高翔是上海市摄影家协会副主席,是由深圳市文联请来,协助深圳市文联成立摄影家协会的。他举办"黄色摄影展"那件事,纯系小人诬告,公安方面已向他道歉了。他起先是为了满足夜大学生的兴趣需要而上摄影艺术课的,恰巧赶上讲企业管理的老师生病,他就急学生们之所急,兼起企业管理课……

李主任问我:"你认为高老师的课讲得如何啊?"

我的脸已红到了耳根,恨不得地上及时裂开一道缝,能使我立刻钻下去。

我以歉意的目光看着高翔,嘴上说的却是:"还……行吧。"

李主任也看着高翔解嘲地说:"你的课代表对老师讲课的水平要求很高啊。"

高翔立刻说:"惭愧惭愧,我将认真总结不足。"

李主任又看着我说:"摄影家讲企业管理课,听起来太不搭界了。可高翔老师是学者型摄影家,学问面很广的。人家也出过企业管理方面的专著,还成了畅销书呢!"

"我说还行的意思其实是……讲得很好,同学们普遍都是这么认为的……"

我不得不——不,我心悦诚服地纠正我的话。

"我谢谢同学们的肯定,我将再接再厉!"高翔很绅士地向我鞠了一躬。

李主任哈哈笑出了声。

那天晚上,高翔将我送到旅馆门口……

国庆前的半个月,厂里接了一份急单。

我向赵子威建议:"号召姑娘们加班吧,否则,恐怕难以按时完成。"

赵子威问:"姑娘们愿意加班吗?"

我说:"只要加班费给得合理,她们都是愿意的。"

听我这么说,他不看我,身子往老板椅背上一靠,眼望屋顶沉默片刻,另有打算也是自信满满地说:"那就别加班了,你也别操那么多心了,能完成的,必须按时完成。"

第二天,流水线的运行明显加快了。需要包装的是高档进口酒,每瓶都挺贵。流水线提速了,超出了一般流水线工人眼疾手快的能力,接连有姑娘将酒瓶弄到地上摔碎了,那是要赔的。自我当上总长以后,车间里第一次有姑娘的哭声。

我问李娟:"流水线太快了是吧?"

李娟说:"傻瓜才看不出来。"

我又问:"怎么回事?"

李娟说:"还能怎么回事?咱们下班后,有人将流水线调挡了呗!这种速度,连我干一会儿都眼晕。"话音刚落,有一名姑娘晕倒了。

我立刻拉下电闸,李娟则命令几个姑娘:"快帮我一下,使她平躺着。"

那姑娘倒也无大碍,只不过是神经高度紧张造成的一时头晕。

我又问李娟:"怎么才能回到原速?"

李娟说:"我以前也经历过这种事,首先得问管车间的人。"

于是我宣布:"大家休息,我去解决。如果我不能解决,咱们就给他来次正当罢工,大家同意不同意?"

姑娘们皆默默看着我不言语。

我急了,大声问:"同意不同意?!"

这才有几个姑娘点了点头。

管车间的人单独一间办公室,据说是赵子威的亲戚。我因车间的事找过他,互相认识。

"不错,是我找人来调的挡。这用不着向你请示,征得你的同意吧?你鼻子不是鼻子、脸不是脸地站在我面前,有必要吗?"

那人明知故问。

我说:"你得再找人来调回原挡,否则没法干了。"

他一脸鄙视地说:"你是请求我呢,还是命令我啊?"

我说:"如果请求能够解决问题,那么我恳切地请求你。"

他说:"请求也没用。为了及时完成订单,将速度调快一挡,这是赵先生的指示。'一大二正三不计较',咱们厂的企业精神是你概括的。如果女工们有意见,你总线长应该说服她们别计较,对不对?你来找我,自己首先就违反了'二正',没摆正自己的位置嘛。赵先生既然做出了决定,那就不可能改变了,听明白了?"

他的话使我呆住了。

他朝门那儿翘翘下巴:"听明白了就回车间,该干吗干吗去。"

"那么,我告知你,我们罢工了。"

我说完,掼门而去。

"姐妹们,看来我们只得开始罢工了。"姑娘们听了我的话,你看我,我看她,陷入了集体的沉默。

李娟将我扯到一边,小声问:"你确定要这么干?"

我反问:"除了罢工还有什么别的办法?"

李娟声音更小地说:"我觉得,姑娘们都被你的话吓着了。"

"罢工"二字一再从我口中说出,连我自己都觉得太意外、太不可思议了。但我身为总线长,被逼到那儿了,除了意气用事也再无良策啊。我也看出了姑娘们全都是胆小怕事的,她们既希望我能替她们出头做主,又怕受到我的牵连引火烧身危害了自己。是的,我看出了这一点,但我豁出去了。

那时我想起了屠格涅夫的一篇散文《门槛》,觉得自己就像他笔下那位俄罗斯姑娘。

这种联想,使我热血沸腾,同时义愤填膺。我特别生气的是事情本不该僵到那个份儿上。姑娘们都愿意为了多挣点儿钱而加班,加班也完全可以保证订单的顺利完成。两全其美的事,他赵子威为什么不那么做,却偏偏要让人调流水线挡呢?不就是可以省下一笔加班费吗?他的利益最大化也不能大得这么不顾人的死活啊!

我也小声说:"我没退路了。"

李娟说:"那我和你是一伙儿的。"

她攥了攥我的手。

赵子威背着手走入了车间,身边跟随着他那亲戚。

我觉得矮胖男人背着手走路,并且想要走得派头十足,反而是滑稽可笑的。

他倒也没高声大嗓地训人,反而心平气和似的说:"我得到汇报,你们在闹什么罢工,真的吗?"

他的目光扫向姑娘们时,她们的眼避之唯恐不及,不安都写在脸上。

我大声说:"是的!"

那时车间里的空气仿佛凝固了,墙上的电子挂钟原本轻微的响声也仿佛一下子扩大了十倍,变成影视特效声了。而姑娘们,皆垂下了头。有人还往一起凑,似乎要不由自主地站成队形。

"问你了吗?没问你就别接茬儿。"

赵子威说时也不看我——分明地,他懒得看我一眼,后来干脆转过身,背对着我和李娟了。

"姑娘们,这个厂既是我的,也是你们的,是咱们大家的。什么事儿咱们双方面都可以好好商量嘛,何必受坏人挑唆,非把事情往僵了搞呢?你们看这样行不?从今天起,愿意加班的可以加班。根据加班人数决定开几条流水线。加班几个钟点,加班费怎么核算,完全由你们自己做主。至于流水线的挡速,是别人搞的,与我无关,恢复到起先的快慢就是了嘛。不就这么点儿事吗?有什么不可以协商的呢?现在,同意的,请坐到自己座位上去;不同意的,那就请到财务室去把工资结清,卷铺盖走人吧。"

我虽然看不到他的嘴脸,却想象得出他的表情那时肯定既和气又诚恳。他的话听来有种被人挖坑算计的无辜意味。

姑娘们一个个垂头走向自己的工作位置,默默坐了下去。既没人抬头看赵子威,也没人抬头看我和李娟。

空气倒不再像凝固了,挂钟的响声却一点儿没变小。

赵子威终于又缓缓转身面向我和李娟了。

他走近我,逼视着我的眼睛,皮笑肉不笑地说:"那么,得解决一下咱们之间的事儿了。方婉之,你真不识抬举啊!你要到车间来实践实践你的专业,我同意了。你要一来就当总线长,我二话不说,也同意了。你办居民证,我让人在证明信上多写好话。你上夜大,我也支持。你介绍你这个姐们儿入厂,而且要一来就当线长,我也给足你面子了。可是呢,你们用些东北农村不值钱的东西收买人心,你无事生非,你以为就凭你们两个联合起来,能把车间搞成你们说一不二的独立王国吗?我是真想往你脸上啐一口啊,但那会糟蹋了我的唾沫。我的唾沫比你的脸值钱,所以我宁可往地上啐,啊呸!呸!你们两个,立刻他妈的给我滚!……"

我又顿时血脉贲张。

我说:"赵子威,你是个混蛋!"

我的话音刚落,脸上就挨了他一记耳光。

我怎么也没想到他敢动手打我,捂着脸,不由得闭上了双眼,头脑里一片空白,又觉得空气凝固了,似乎连时间也定格了。

"你他妈以为我不敢扇你呀?你自找的,是你先骂我的,你去市工会告我啊!我找律师陪你……"

啪!一记更清脆的扇耳光的声响。

我一睁开眼睛,见赵子威也用一只手捂着半边脸了。

他指着李娟命令跟他来到车间的男人:"揍她!替我揍她!一切后果我负……"

那男人就捋胳膊挽袖子。

而李娟早已两步跃到流水线那儿,左手抓起一瓶酒,右手也抓起一瓶酒,啪啪两下,都磕碎了……

两个男人目瞪口呆。

李娟退回到我身边,递给我一个碎酒瓶,凛然地说:"咱俩是合理自卫,他俩敢欺负女性,咱俩就往他俩脸上戳,让他俩永远记住男人欺负女人的教训！……"

她用手中的碎酒瓶直指挽起了袖子露出胳膊的男人,同时将另一只手的手指逐一放入口中,吮着指上的酒液。

我便也将手中的碎酒瓶指向赵子威,像他刚才逼近我一样,一步步逼近他,逼得他步步倒退,一个劲儿地说:"别乱来别乱来。"在他背后,姑娘们全都抬起头了,有的吃惊,有的木然。

而李娟指着对方的碎酒瓶却在对方脸面前画圈,另一只手举过头顶,二指并拢成剑指状,一副女侠的姿势。

"你往哪儿去呀？不要工资了？不要东西了？"

我都气糊涂了,径直往厂外便走,李娟在后面喊我。

我说:"那半个月的工资算了吧。"

李娟说:"什么话！"

我说:"要是财会不给呢？"

李娟说:"敢！"

我说:"不给也不是没理由,咱们砸碎了两瓶酒。"

李娟说:"那也是姓赵的逼的,哎别扔,继续拿着！"

于是我俩继续握着半截酒瓶子去往财务室。

财务室的姑娘向我俩跷了一下大拇指,一句话也没问,一句话也没说,快速地就为我俩结清了账。

我俩接着去宿舍,脱工作服,换自己的衣服。

我说:"但愿财会室那姑娘别因为咱俩的事儿挨训。"

李娟说:"放心,姓赵的肯定派人通知她了。别把工作服那么一扔,叠整齐了。"

我说:"有必要吗？"

她说:"太有了,得给姑娘们做个榜样。"

"咱俩都那样了,还谈什么榜样啊？"

"那样也是榜样！起码向姑娘们证明了,不要被姓赵的这种人骑在脖子上拉屎！哎,你可不知道,那酒味道好极了。"

她的话把我逗乐了。

我离开宿舍前,顺手拿起粉笔,往用来写通知的小黑板上写了两行字:"再受欺压时,去找市工会!——方婉之"。

那时,我觉得自己有点儿像武松。

李娟看着说:"嘱咐得对,这样你的榜样就做到位了!"

那日晚上,李娟又请我吃面。我们姐俩各喝了两罐啤酒,都喝高了。回到旅馆,没再聊什么,倒头便睡。

第二天早上我是被李娟推醒的。

她慌里慌张地说:"快起来,可不得了,咱俩一块儿迟到像什么话!"

我一个鲤鱼打挺坐了起来,看着小窗愣了一会儿,又躺下了。

"哎你怎么又躺下了呢?别忘了你可是总长!再不起来我先走了啊!"

李娟开始坐在床边换鞋。

我说:"你也别忘了昨天的事儿。"

她愣了愣,脱掉鞋也躺下了,半天才说:"那么,咱俩失业了呗。"

"十一"前确实不容易找到工作了,想找到比较满意的工作更是难上加难。"十一"假期一过,开店铺的外地人十之八九已经在安排年前返乡的事了。

我和李娟有时一块儿、有时分头去找工作,次次失望而归。我倒不觉得太沮丧,因为我有另一项生活内容,那就是争取顺利拿到夜大文凭,暂时找不到工作就一门心思用功学习。名下有存款,有股票,不至于认为自己是个朝不保夕的人。而李娟不同,她名下的生活保障金无非就是从家里带出来的两万元钱——而那两万元钱并不完全属于她自己,她必须每月按时给周连长的老父母寄一笔钱,以保障两位老人和孙子的生活不为"钱"字犯难。"必须"是李娟自己对自己的要求,在我看来接近是一种自我强迫,并且是我不能完全理解的。

找工作不顺,娟有时难免会愁容满面,甚至表现为心里的恓惶。虽然她尽量在我面前不那样,但一个因终日无所事事而六神无主的人是没法成功地掩饰没着没落的状态的。我看在眼里,同样没法不因而着急上火。对于我俩,那个"家"固然已不算小,但若同时待在家里,一个埋头学习形同哑人,另一个寂寞难耐总想说话却又明知一说话就是干扰,那个空间就委实显得小了。她一会儿躺下,呆望屋顶出神;一会儿坐起,看着我欲言又止,还不能出入的次数太多——换位思考一下,她那种感觉是多么地难熬。何况她与我相反,是喜动不喜静的人。她每找借口出去,一出去就很久才归。我明白,那纯粹是为了还我一段有利于学习的时光。虽然那个房间是我俩共同的"家",但她似乎又将我俩作了区别,仿佛我是"二房东",而她是沾我光的"白住客"。

夜里,我常听到她辗转反侧,伴随着轻微的唉声叹气。

我心因之愀然。

一夜,她又那样时,我忍不住开了灯,索性坐起来说:"娟,既然睡不着,聊聊好不?"

她望着屋顶说:"好。"

我说:"你究竟怎么安排的?"

她说:"我还能怎么安排呢?你什么意思啊?"

"你年前回不回家了?"

"我不是才回深圳三个多月吗?年前再回家,挣点儿钱还不都折腾在路上了?"

"那就是不打算回去了?"

"已经决定不回去了。你呢?"

"我也不回去。"

"那最好。因为你写信告诉我,你要在深圳过春节,那时深圳像空城了,我怕你孤单,所以才回来找你。我家那边该了未了的事儿还不少呢,不是为了能陪你过今年的春节我不会千里迢迢地回到深圳,你可别变卦,反而把我孤单单地撇在深圳。"

"我发誓,绝不变卦,我希望能和你一块儿在深圳过春节。"

"一言为定。"

"再问你一个也许不该问的问题,你如果不愿回答,就当我没问,别生气就行。"

"绝不生气。"

"周连长的牺牲,是很英勇的牺牲,难道部队没有抚恤金?"

"有。对于农村人家,算是不少的钱。"

"那你还非得每月给他老父母寄?"

"他上有一个哥哥,下有两个弟弟,家都在农村,生活都不怎么样。他爷爷奶奶也还活着,与他小叔生活在一起。他是他家唯一有出息的一个,那笔钱一分,到他老父母名下没多少了……"

"岂有此理!"

我趿上拖鞋下了床,坐到了李娟床边,连珠炮似的问:"他哥凭什么分?他两个弟弟凭什么分?他小叔家又凭什么分?凭、什、么?!难道他牺牲了,他的抚恤金不该首先用来保障他老父母和儿子的生活吗?!……"

我的话具有质问的意味,如同李娟就是那个擅自将周连长的抚恤金给分了的人。

她的目光终于望着我了,嘴角微微一动,呈现一丝包容又无奈的笑。

"婉之,你那么问,是根据你认为的理。可民间有民间的理,你认为的理与民间的理往往不是一种理。为了周连长的好口碑在他死后不受影响,首先不是得使他的兄弟和小叔四家人挑不出不是来吗?那就得一概的一碗水端平啊!……"

我张张嘴,没说出话来。

此前我一向认为,人间是人类社会唯一的另一种说法,从没想到居然还会从人间再划分出什么民间来,而且民间另有一套"理"。

用现在的说法是——我长知识了!

"好妹妹,我的事,我自己能担得起来。去睡吧,别为我操那么多心了。"

她轻轻推我。

我既无话可说,只有默默退回到我的床上,将灯关了。

我躺下后,李娟告诉我——周连长生前享受了一次假期,他俩在农村度过了一段经常在一起的幸福时光。有时周连长住在她家,有时她住在周连长家。周连长的儿子跟她很亲,她也见过了周连长的哥哥和两个弟弟以及小叔、爷爷奶奶,他们对她都挺认可。周连长见她家的房子比自己家的房子更破旧,出了大部分钱资助她家将新房子盖起来了。这件事她起初是坚决反对的,可周连长说:"你父母就要成为我的岳父母了,使他们早日住上新房子是我的心愿嘛。"

"婉之,在他之前我没爱过别人,他爱我也爱得像宝贝。没做成他的妻子,是我李娟今生今世的遗憾。可既然没做成,名不正言不顺的,我家盖房子,用你刚才的话说,凭什么白用人家烈士生前的十几万元,而且人家穷亲戚不少,还撇下一个儿子。我明白你刚才为啥那么问,明白你是为我好。但我也不是偏要难为自己,我不为周连长承担一份身后的责任,我的心它就……我也做不到心安理得呀。我不是拿自己没办法嘛……"

李娟的话说得那么平静。尽管她是小声说的,但在夜深人静时分,我每个字都听得清清楚楚。并且,我觉得她的声音格外好听,像广播剧中的人物的声音,有种艺术化了的意味儿。我以前从没有过那么一种感觉。

我心愀然却又静谧,为她感到的纠结荡然无存了。

我想问她是不是按照民间的"理"那么做的,却没真问。

我侧身看她,一束月光照她的脸。那时我才相信,泪在月光下的确是亮的。

那夜我多梦迭现。先梦到了"校长妈妈"和"市长爸爸"——他们都严肃地批评我不该一再地行为逾矩。

"校长妈妈"说:"你参与讨要奖金时,已经做得过分了,为什么又在厂里做过分之事?"

"市长爸爸"说:"过分之事万不可一而再。有了再,必有三;有了三,必有四;有了四,必有五……"

他的话越说越快,逐渐快得像念经,一直"有了……必有"地重复,听得我头疼起来,最后疼得抱着头满地打滚。

我滚着滚着,变成了孙悟空。看养父时,他变成了唐僧,盘腿闭目在念紧箍咒。我凌空跃起,从耳中掏出金箍棒便欲劈头一棒打将下去。养父忽然开目,眼射炽光,喝道:"方婉之,你怎么敢?"炽光将我击下尘埃。我听到一阵哈哈大笑,养父变成了大姐夫,像牛魔王。他身边是狮子大王,《西游记》中的另一妖魔,却也有几分像二姐夫。

大姐夫对二姐夫说:"不愧是咱俩的小姨子,牛、牛,实在是牛!"

二姐夫说:"细论起来,也是神仙顶人家的种嘛!栽什么树苗结什么果,撒什么种子开什么花,哈哈,哈哈……"

早上,李娟问我夜来是不是做噩梦了?

我说倒也不能算噩梦,只不过太荒唐。遂将所梦讲给她听,问她自己为什么会做那样的梦。

她说:"日有所思,夜有所梦,这个道理你自己也明白嘛。"

我说:"我没想那些!"

她说:"你想了,别不承认。我审问审问你——你是不是因为咱俩在厂里的行为不原谅自己呀?"

我脸红了,承认有点儿,反问:"你心里没什么不好的感觉?"

她淡淡地说:"没有。"

我追问:"真的?一点儿没有?"

她说:"真的。一点没有。哎你问得二不二啊?人间也罢,民间也罢,都他妈吃软怕硬!这世界上根本没有人人都是君子的地方!咱们不那样能讨到奖金吗?讨不到还不是让些王八蛋私分了?在厂里,当时我不那样,不就眼看着你挨打了?挨打了再找地方去讲理,那不也是挨打了吗?但我也不是没脑子,你以为我真会下狠手用碎瓶子插人家?才不会!如果那样吓不住赵子威他俩,我会扔了碎瓶子拉着你就跑的……"

她说到后来笑了。

她那种灿烂的笑是我所喜欢的。

很久没见她那么笑过了。

我也笑了。

过了几天,我请她吃饭。

她说两个都没工作的人,干吗请来请去的呀,省点儿钱吧!

我坚持,说有要事相商,得找个清静地方。

她说这是怎么了?咱俩一对儿失业的打工妹,能有哪门子要事啊?九点以后,宾馆里差不多就剩咱俩了,还不够清静的吗?

我说要与她商议的事如果被老板家的任何人听到了都不好,她这才勉强同意了。

那些日子,我并非两耳不闻窗外事,一心只读夜大书。有时我说出去散散步,实际上也是骑着自行车四处为我俩找工作。虽然工作之事尚无着落,却发现一处将近七十平米的门面房要往外盘。我几经思考,决定接手。

当我俩在一家西餐厅靠窗坐下,服务员将刀叉摆上时,我情不自禁地说:"自从来到深圳,这还是第一次。"

吃顿西餐对我而言绝不算是享受。以前在玉县时,养父养母每年都会在家中宴请几次各自的老同学、老朋友,大抵是以西餐的形式,而且请的是县里或临江市的名厨。中餐往往用油量较大,那是他们所不喜欢的。实际上在家中宴请也是他们各自的一项工作,曰"团结",曰"统战"。我自己上了高中,特别是上了大学以后,也常出入临江、贵阳两地的西餐厅。对于家里生活条件较好的同学,西餐吃的是不同于中餐的环境、氛围和感觉。

听了我的话,李娟撇撇嘴说:"自打出娘胎,我这是头一遭。西餐到底有什么好?中国人一辈子没吃过西餐又怎么了?"

我说:"都坐这儿了,别打击我情绪。"

当牛排上来时,我见她还真不会用刀叉。在我的示范下,她切下一块牛排放嘴里。

我问:"好吃吗?"

她说:"一般般,头一遭这么吃肉。从明天起,我要拒腐蚀,永不沾。"

我佯装气恼地问:"我怎么腐蚀你了?"

她说:"我们农民的女儿出来打工,跟你这种副市长的女儿出来打工,与钱的关系太不一样了。我还真怕受你影响,以后花起钱来大手大脚的。"

我认为自从我离家出走以后,已经对打工者挣点儿钱的不容易深有体会了,但我不想跟她争。她那话说得半是玩笑不是玩笑的,不值得认真对待。

当我将我的决定讲给她听时,她那双眼睛几乎瞪成了铃铛,愣了片刻才说出一句话:"那得花好多钱!"

我说如果我把股票卖了,就足够了;说盘下一处门面比租一处门面省钱,起码省下了装修的钱,只是续交租金就可以了。那老板急着找到下家,任何别的条件都不提……

"为什么很急?"

"他说老母亲患癌症了,急着回家尽孝。"

"是饭店还是商店?"

"小饭店,效益挺好。"

"地点怎么样?"

"吃完带你去看。"

"盘下来后你怎么打算的?"

"想听听你的看法。"

"方婉之,你给我听明白了,要动用你那么大一笔钱,这事儿我李娟没看法,坚决不掺和。"

"你别把这事儿看成我自己的事儿嘛!是咱俩的事儿!"

"你想拉我入伙?"

"你就不想自己做自己的老板吗?"

"别拉拢我。你已经知道了,我那两万元是专用款,绝不能往你这事儿里投!"

"那……不投就不投,那也是咱俩的事!"

"那咱俩会变成什么关系？你成了老板,我成了为你打工的,好姐们儿……"

"好朋友!"

"好朋友变成了雇佣关系,往后会是种什么结果你想过吗?……"

"你别一直泼冷水行不行？那门面房举架很高,隔开一层搭个梯子,咱俩可以宽宽松松地睡在上边,每月少说能省下两千多元的房租!……"

"婉之,我再说一遍,在这个事上,你是你,我是我,我绝不掺和,我什么看法都没有!要投入那么大一笔钱的事,我绝不沾边!……"

"我也说过了,你不投就不投,我并没非逼你往里投钱!"

"投入你自己的钱我也替你害怕!钱的事儿上我可胆小,一万元是一笔大数,十万元是一笔巨款!……"

"够了!别在这种地方大声嚷嚷,丢人劲儿的!……"

那顿西餐我俩都没吃好,不欢而去。路上我前她后地走着,谁都不理谁,形同陌生人。回到旅馆,各自往床上一躺,还是都装哑巴。

过了许久,她坐到了床边,推我。

我使劲儿拨开她的手,没好气地说："别烦我!"

我确实大为光火——我的决定,当然是为我俩考虑的。如果只为我自己,我压根不会有那种想法!商海无情,任何投资都是有风险的,这还用得着她提醒我吗？我决定卖自己的股票为我俩投资,她怎么可以那么撇清呢?!

"我不该在西餐厅那种地方大声嚷嚷,丢你的人了,是我不对。我向你认错行了吧？我也明白你那么决定,很大程度上肯定是为我考虑的……"

"知道就好,说出来了更好。"我的气消了一半。

"但你也得站在我的角度想想,周连长对我太好,结果我觉得这辈子都还不完他那份情。如果你为我而亏了那么大一笔钱,我下辈子还啊？人有下辈子吗？……"

我猛地坐了起来，冲她嚷："你干吗非往坏处想?!"

她退回自己的床边坐下去，板脸道："你也别嚷嚷。你再嚷嚷我也嚷嚷，让别人都听到……"

我探身捡起只拖鞋打向她，被她接住了。

她放下拖鞋，庄重地说："我父亲给我讲过一个《聊斋》里的故事。说有个猎人叫田七郎，有钱人一对他好，他老娘就不安。田七郎不理解，他老娘对他说，有钱人帮人，用钱就是了；可穷人如果欠下了大恩，那就只能以命相报了。方婉之，我是我家老大，我只有一条命……"

那个《聊斋》故事我读过，她讲到一半我已经捡起了第二只拖鞋，但她最后几句话，使我没将拖鞋朝她扔过去。

我丢掉拖鞋又躺下了。

"告诉我那门面在什么地方，我去考察考察。我不去亲眼看看，怎么谈我的意见？"

她的话使我暗自承认，她的态度也不是完全没有道理。

我一点儿也不生她的气了。

然而我伤心极了。

那日我忽然明白——不论我俩多么姐们儿，却一直是两个各有理性的姑娘。我的"理"是"校长妈妈"和"市长爸爸"灌输给我的，是"庙堂之理"；她的"理"是"民间正道"传播给她的，是"丛林之理"。我俩像虔诚的信徒，对各自的"理"都愿墨守成规——即使对于友谊，珍惜的方式也是那么地不同，这使我俩虽已肝胆相照，虽能同舟共济，却又难以"志同道合"。

可是我已交定了她这个朋友。

我已不能习惯没有她这个朋友的人生了。

田七郎的故事由她口中对我讲出，又一次深深地伤到了我。

我告诉她地址，躺着将自行车钥匙抛给了她。

听到关门声后，我流泪了。

"那事儿干得过。"这是她"考察"回来对我说的第一句话。

"但是咱们不能接着开饭店。"这是她说的第二句话。

对这事,我的决心已动摇了。

我冷漠地问:"为什么?"

她又在床上盘腿大坐,开坛布道似的侃侃而谈:"还用问啊?我看你白学企业管理了。第一,人家开饭店,是全家齐上阵,老板本人就是有级有证的厨师。咱们要接着开饭店,聘一位够水平的厨师就得多少钱?人家是妻弟负责每天采购,有私家车。人家是老婆管账,守柜台,负责上酒水,女儿和侄女当服务员,那省了多少雇工费?如果按你说的,当空隔上,咱俩睡在上边,卫生检查部门能同意吗?想法倒是不错,可有吊铺上睡人、下边做饭炒菜摆餐桌的吗?……"

她仿佛在对我展开大批判,这反而使我的想法又抬头了。

我大声反驳:"我有过帮厨经验,而且做得不比你差!"

她压低声音说:"小声点儿,你急头白脸的干什么?帮厨和厨师是一个概念吗?做大锅饭菜和开饭店整天做小炒是一回事吗?指出你思路不对,你为什么不耐心听?"

我终于冷静了,坐在床边瞪着她说:"如果我亏了,那我认了,与你何干?"

她想坐我旁边。

我说:"别靠近我,咱俩划分地盘好了!从现在起,你那边,我这边!"

我在两张床之间做了一次劈开的手势。

她愣了愣,遵守地退后一步,也坐在自己床边,也瞪着我,以大人数落一个任性孩子的口吻说:"嘿,还跟我玩儿起了楚河汉界!不管你爱听不爱听,反正我得把我要说的话说完。"

她说那处门面适合开超市——说她对周边的两个新小区进行了询问,入住率已经达到七成以上了,可那条街上饭店多,却没有一处小超市。开超市的好处是绝无任何污染之说,因而也就避免了被卫生部门查罚的问题。隔出二层吊铺在上边睡人也不影响营业环境,而且平时就她自己看店都行,省了大笔雇人费用。她认为如果开超市,效益会不错⋯⋯

我怼她:"我的事不必你掺和!"

她说:"我如果也投入一万元,那不就是咱俩的事儿了?我既是小股东也是给你打工的。你给我开的工资,不低于在包装厂当线长就行⋯⋯"

"李娟我对你哪点儿不好了?我怎么才能使你相信我是你朋友?你为什么一再用话伤我?!⋯⋯"

我又提高了声音。

她说:"你对我没有任何方面做得不好。你方婉之当然是我李娟最好的朋友,也是我在深圳唯一的朋友。如果谁敢当我面欺负你,我肯定与他拼命⋯⋯"

"那你讲田七郎的故事是什么意思?!"

我虽然相信她的话,却还是由于委屈而流泪了。

"田七郎的故事怎么就伤着你了?我刚才的话又怎么伤着你了?哪点儿不对了?亲兄弟明算账,这是古往今来的理。因为有言在先,亲兄弟反而做不成了?没听说过!只听说过没把利益关系搞明确亲兄弟反目成仇的事儿!哎我可不习惯与你隔着楚河汉界说话啊,我要到你那边去了,允许不?⋯⋯"

她站了起来。

我说:"我得鼓掌欢迎吗?"

于是她走过来坐到我旁边。

我说:"总用些不咸不淡的话伤朋友的心,那算哪门子朋友?"

她说:"我是刀子嘴,豆腐心,你还不清楚吗?咱俩根本就不该成为朋友,你就一次没想过这一点?你什么人?市长的女儿!你怎么长大的?你不承认你是罩着光环长大的?可我从小是在穷人堆里长大的!穷人堆那种小肚鸡肠、斤斤计较、勾心斗角、阴阳两面的事,我早就见惯不怪了。我离开老家第一次往深圳来时才去到过我们那个小县城!你就是把钱全亏光了,你那位市长爸爸可能也就这么说一句——就当交学费了。你如果感到身心疲惫了,可以回到玉县你校长妈妈的祖宅去休养休养,我想那差不多是林黛玉住的那么一种享清福的地方。或者,你也可以住到临江市分给你市长爸爸的楼房里,估计少说也得一百五六十平米。可我李娟的打工人生如果悲惨了,身无分文了,我往哪退?我回到家里了,只要半年不外出打工,我家日子怎么过?你想做的事,我不配合我够姐们儿那点儿意思吗?可如果亏了,即使只亏了一万,那对于我也是摊上大事儿了!所以我为自己也得想得比你多些,我得为咱俩担起不亏的责任。与你方婉之成了朋友,我压力大了去了,做你的朋友我容易吗?你还动不动犯小心眼儿,嫌我这句话那句话伤着了你……"

我静静地听她向我大吐做我朋友的"苦水",第一次意识到,原来我方婉之一心一意成为别人的朋友,对于别人竟是一种"负担"。听明白了这一点,我又一点儿脾气没有了,只有自责。

但我嘴上却还争理地说:"反正你伤着了我是事实,你不哄好我那我就不再理你了。"

我听到她扑哧笑了:"行,哄哄你。已经是朋友了,不让着你怎么办?谁叫我比你大半岁多呢!好了,别生气了,都是我不对得了吧?"

她一边说一边搂住了我。

当她的脸颊贴着我的脸颊时,我才知道她不仅笑了,还哭了……

十二

十月二十日,原主人才开始搬东西腾门面。直到那时,我们双方的盘兑手续还没办齐。因为"十一"放了几天假,所以过程长了些。在当年,深圳办那类手续算是较快的。假日的几天里我和李娟都没闲着,分头跑手续或到建材市场预定装修材料。

一周后,门面终于腾空,手续也终于办妥。

看到门面内部脏得一塌糊涂,我深感大出所料,懊丧地说:"怎么会是这种样子?"

李娟说:"开了五六年的小饭店了,一旦腾空都不好看。"

我问:"如果咱俩把装修前期的活干了,你估计能省多少钱?"

她说:"好妹子,打消那想法!有些活,不是咱们女人干得来的。非自己干了,结果肯定费力又耗时,而且也省不下几个钱。该省则省,该花的钱就必须舍得。"

我说:"听你的。这方面的事我一窍不通,你得主动点儿。"

她问:"给我多大权限?"

我说:"一切。"

她问:"也给我先斩后奏之权?"

我说:"给!"

夜大进入了考试阶段,据说考题比往年难。我不敢轻视,巴不得她独当一面。而她为了不分我的心,也宁肯独当一面。工程队进入以后,李娟每天在门面那儿监督施工,唯恐这里那里做得不到位。而我每天在"家"复习,基本没分心。我要做的事只有两件——她回来后,给她沏杯茶。等她饮了几口茶,歇了一会儿,陪她去"清水大澡堂"洗浴;洗浴之后陪她吃晚饭,点她爱吃的菜。再回到"家"里,她会将自己绘制的图纸摊在床上,向我汇报什么地方又增加电路了,什么地方又得接水管;墙要涂成什么颜色的,地砖选多大尺寸的等等等等。老实说,我一听那些头就大。我觉得她像是在为自己以后将长住的家在装修,操心并快乐着。我却怎么也体会不到她那份快乐。我只不过认为,我和她得有一处相对固定的"小窝",并且给我们自己开工资,不再看什么老板的脸色行事。

我考得不错,高翔为了向我表示祝贺,与李主任共同请我吃了顿饭。那时我和高翔老师的关系已经处得很好了。那场误会反而将我俩的关系拉近了,我在他面前已不再感到拘束,也没有了曾将他视为"骗子加坏人"的内疚。在饭桌上,李主任说那一届学生太多,考卷也多,判卷压力挺大,问我愿不愿当一次临时秘书,辅助判卷组工作。

我一听慌了,说我也是学生,哪儿有判卷的资格呢?

高翔老师说不是要我判卷,是要我做各专业判卷组之间的联络员,随时收集情况并及时向工作组汇报,以便工作组及时掌握各种情况和不同进度。

高翔老师说,夜大毕竟也是大学,文凭是国家承认的;判卷工作是严肃的,舞弊现象也将视为犯罪行为。前一名联络员又出现了问题。而他觉得我是一个不但能够守口如瓶又没有复杂社会关系的学生,所以推荐我临时代替。

李主任又说:"高老师看人准,我相信高老师的眼光。并且,我们对你也做过必要的考察。此事长则一个月,短则二十几天,钱却给得不少,长短都是八千元。"

我想到李娟差不多一直在单独配合门面装修,有时自己还要

211

上手干这干那,早起晚归,十分辛苦,双手已多次受过轻伤了,本欲推个干干脆脆的。但一听到"八千元"三个字,立刻受到巨大诱惑,心中暗喜——是我打工三个多月才能挣到的钱数啊!

我按捺住激动,故作平静地问有什么具体要求。

李主任说也没什么不寻常的要求,无非就是要与判卷老师们一起,被封闭在一个地方,不能出院子,杜绝与任何别人接触。因为纪律严,所以酬金才高。

我说给我一天时间容我考虑考虑,高老师和李主任都愉快地同意了。

饭后,高老师请我到他的照相馆去,说有东西送给我。我对他已经产生了信任和好感,自然不会拒绝。

路上我问他为什么推荐我?

他说:"我和李主任饭桌上讲清楚了呀。"

我又问:"你以为你真的很了解我吗?"

他说:"对于我,了解一个人有时很简单。即使了解一个很复杂的人,那也不过是多看几眼的事。"

"你会相面?"

我暗吃一惊,对他又起戒心。因为我从不相信算命啊相面啊之类的勾当,凡自诩有那类能耐的人,在我这儿一律属于江湖骗子。

他反问:"喜欢看电影吗?"

我说:"喜欢。"

他又问:"知道什么是面部特写吗?"

我说:"知道。"

"即使一个人很复杂,其复杂也不可能一丝一毫都不反映在脸上。在电影中,那要靠演技。所以要推面部特写,为的是将那种演出来的复杂尽量放大,以使感觉迟钝的观众也能看出来。而摄影师都是感觉敏锐的人。有时我们为人照肖像,喜欢抓拍。抓拍什么呢?无非是人脸上别人看不到的一些微表情,可能反映人内心好的一面,也可能反映人内心肮脏恶俗的一面。有人表面相貌堂堂,而我们摄影师通过放大镜头看到的却是满脸的酒色财气和虚伪做作。有人其貌不扬,甚至是丑人,但我们从镜头中却洞察到了一双善的眼睛,一张干净的脸。中国古人说'胸中正则眸子明',说'相由心生',绝对是有一些科学道理的。我通过照相机阅人无数,不会相面也会相面了。记住我的话——脸丑是一回事,相丑是另外一回事。脸丑是五官的原因,相丑是内心的呈现。"

高老师那天喝了两杯啤酒,话明显多起来。他的解释消除了我心中对他产生的疑虑。

在他的照相馆,他送给我的是为我照的几幅照片,镶在大小不一的框子里。大的杂志那么大,小的才几寸,都是黑白的。他将底片也给了我。往纸袋里装照片时说:"要保持喜欢读书的好习惯,现在的中国人中,有书卷气的脸不多了。"

我又暗吃一惊,因为我从没与他说过我有什么爱好。

送我出门时他又说:"八千元够你交半年多的房租了,不要辜负李主任的好意。"

于是我明白,他也是冲着那八千元推荐我的——那首先是他对我的一番好意。

我进了"家"门,见李娟和衣酣睡,一只鞋脱了,另一只鞋仍在脚上。干活时穿的那套衣服裤子上溅满了白色的彩色的灰浆点子。她抱着枕头伏在床上,侧着脸,口水从一边的嘴角淌湿了床单,看去像装死的彩斑蜥蜴。

我为她脱鞋时,她醒了。

她对我的照片极为欣赏,连说"照出了气质"。

"哎婉之,你吧,虽说不算漂亮,但气质好是千真万确的。'撒什么种子开什么花'这句话不全对,同一颗种子,那也得看撒在了什么地方,要是我一出生也成了好人家的女儿,哪怕摊上个是县长的养父,那我脸上也不至于一点儿好气质都没有!哎,看着我看着我,我脸上什么气质啊?"

她补足了觉,也因为多日没与我瞎聊了,谈兴特高。

我从内心里认为她理应受到奖励。在既无奖金也无奖品的情况下,精神奖励就是万不可少的。于是我故作庄重地说:"你有女侠气概。"

"真的呀？……"

她到处找小镜子,就是我从姚芸的东西中留下的那个。

我说:"这儿呢。"

她拿起小镜,拢了拢头发,照着问:"从哪儿能看出来啊?"

我说:"眉宇间。"

她问:"眉宇间是哪儿?"

我说:"眉头之间。"

她将脸凑近小镜,眯起眼看着说:"我自己怎么看不出来？那儿啥也没有啊。"分明地,她成心逗我开心。

我说:"女侠气概不可能总挂在脸上,寻常看不见,偶尔才一现。一现之际,满脸侠光……"

"打住一下大妹子,哪个侠字?"

"当然是女侠的侠,就是'泰山崩于前而不色变,猛虎啸于后而不心惊'两句古文说的……就是……就是……"

我自己首先绷不住,扑哧笑了。

李娟说:"妹子,你当我真傻呀,听不出来你是在逗我开心呀？实话告诉你吧,我也是在逗你开心呢！这次没什么话伤着你那娇贵的小心灵吧?"

我不知再说什么好,唯有笑着摇头。

她说:"那切入正题了,考得咋样啊?"

我说:"自我感觉良好。"遂将有机会挣八千元钱的事和盘托出,征求她的意见。

"答应下来！答应下来！千万别犹豫,更不许拒绝！不许！明白吗？别考虑我这边儿,我撑得住。你一定要替咱俩将那八千元挣到手！八千啊,不是小数！好妹妹,多那八千元,对咱们的装修作用大了！……"

我从没见过她那么欢欣鼓舞。

二〇〇四年元旦的中午,我还在封闭阅卷现场,但我俩见了一面,隔着两扇院门的铁条——我在门内,她在门外,情形像探监。

白药布从她头顶缠到她下巴,样子着实将我吓了一跳。

她说半块瓷砖砸在了她头顶,不过没什么大事儿,只是皮肉伤。

我心疼得眼泪在眼圈里直转。

她却笑着说她想我了,主要是想见我一面,告诉我装修的事进展顺利,一切符合预期,好让我放心。

二〇〇四年一月十七日是周六,我们的超市正式开张。我的"联络员"工作也结束,将八千元交给了李娟。

我预先想不到会装修成什么样子,几次想去看,她却不许,让我干脆等到开张之日。问她起的什么店名,她也讳莫如深,卖关子,说到日子不就知道了吗?

我看着装修好的门面忍不住哭了,搂着李娟说:"娟,你辛苦了!"

她头上的药布虽已换过,却还不能去掉。

她冲着我的耳朵小声说:"不苦不苦,很幸福!还是你的功劳大。多亏你挣回来那八千元,收尾时可顶事啦!"

李娟设计的门脸具有俄罗斯风格,当年在深圳是少见的。门两边原本就有窗,她给窗加了木板外窗框,很美观。这么一装饰,窗就不仅是窗,也是一道风景了。她说那是机械压出来的,容易得很,没花多少钱。

包装厂车间里的姑娘们几乎全来了,这也给了我一个意外的惊喜。

一个姑娘对我说:"娟姐亲自去厂里请我们,我们怎么能不来庆贺呢!"

我说:"要是让赵子威知道了,你们回去肯定挨训。"

姑娘们就七言八语争着告诉我——赵子威出事了,聚赌、走私、制造假货、卖发票,可能还与毒品有关,反正罪名不少,罪行加起来不轻,据说得在牢里关上七八年。并且,将他的"大秘",那位四川的"花瓶"也给牵连进去了。包装厂由赵老大接管了。赵老大比赵子威有正事儿,管理上也得法,厂里的氛围不那么压抑了,不再向员工灌输"赵云文化"了,"一大二正三不计较"也不再作为口号了……

才短短的两三个月,有的人人生竟如此跌宕,使我心中感慨不已。想到自己曾迫不得已而又煞费苦心地替赵子威做过可笑之极的事,我也只能哑然自嘲。

高老师和李主任也来了。

李娟非让我请两位"有点儿身份"的人物捧场,我拗她不过,一请他俩,他俩挺高兴地答应了。我与他俩已成了相熟的朋友。

他俩既然来了,李娟就安排他俩剪彩——半米多宽近三米长的横匾那时还被红绸罩着。李娟嘴严得很,我问了几次也没从她口中将店名问出。

两把剪刀同时一剪,拴住红绸的彩绳断了。鞭炮声中,红绸飘落,被守在下边的李娟和一个姑娘接住。

于是我看到,横匾上的五个紫色大字是"神仙顶超市"。衬底是蓝天、白云、绿岭、红叶——一角有一个女人与一个女孩子牵手的背影。

李主任对高老师说:"俄罗斯风格的门脸儿与这匾,是不是太不搭调了?"

高老师说:"同意你的看法。"

我赶紧对他俩说:"只许表扬,一个字都不许批评!"

我知道,能搞成那样,李娟已经挖空心思将她的审美水平发挥到极致了。

接着开来了一辆卡车,两个小伙子一个车上一个车下,将四个花篮摆在门两边——其中一个小伙子抱歉地对李娟说:"请原谅,路上堵车。"

李娟说:"没什么,不算太晚,来得刚好,不扣你俩钱。"

还给了俩小伙子一人一瓶饮料。

我问:"哪儿给咱们送的花篮?"

她说:"谁会给咱们送啊,我花钱定的,单位和人名是我瞎编的。有比没有好,该有的气氛必须有嘛。"

她又指着牌匾对我说:"那两个背影是小时候的你和你校长妈妈。"

她不说我也知道那两个背影是谁。听她亲口说了,我还是被感动得心中一热。

我说:"用'神仙顶'三个字确实好吗?"

她说:"好!确实好。我想了不下十个店名,都不如'神仙顶'好。'神仙顶'必是又高又美好的地方,能使人产生愉快的想象。反正我这样的人,一看到'神仙顶'三个字就会被吸引……"

李娟预先散发了宣传单,从附近两个小区来了近百人,男女老少大人孩子都有点儿急着进去选商品了——宣传单上赫然印着"开张吉日,打折酬宾"。能买到便宜的商品永远是市民乐此不疲的事。

高老师对我俩说:"你们快进去开卖吧,迎来送往的事交给我和李主任啦!"

我俩就赶紧进店忙了起来。先是李娟负责导购,我负责收钱。算账是我这个人的短板,不一会儿头脑里就如一盆糨糊,恨不得掰着手指头算了。李娟赶紧替下我,由我导购。导购我也导不准架子,因为我也是第一次"光临"我俩的超市,根本不晓得什么东西在哪儿。李娟赶紧从外边叫了几个姑娘帮我。结果呢,我只变成了"迎宾小姐",守在门口不断鞠躬,堆下一脸平生从没那么不知所措而又喜不自胜的笑容,一句接一句地说"欢迎光临""请您慢走"。

两个多小时后,店内终于没人了,店外也清静了不少。

李娟收的钱抽屉里已经装不下了,一只塑料桶也被她用来装钱了。

我问:"我点点还是你点点?"

她说:"都甭点。这才中午,下午、晚上还有进款呢。关门后一块儿点吧。"说完将抽屉里的钱倒入桶里,拎着桶上了吊铺。

我便拿起笤帚和撮子,到外边去扫满地的纸屑。扫着扫着,一转身,见李娟站在人行道边的垃圾桶那儿吸烟。我放下笤帚和撮子,走过去笑问:"什么时候开始吸烟了?"

她也笑着说:"很早以前就会了,戒过。前阵子事儿太多,忍不住又吸起来了。我可不是拿咱们超市的,自己花钱买的。"

我说:"我是怕你吸上瘾,对身体不好。"

她立刻将烟按灭,坚决地说:"再不吸了。"随即又从兜里掏出烟盒,毫不犹豫地扔进垃圾桶。

我说:"咱俩应该在超市门口照张相。"

她说:"对,这事我安排。"

我说:"刚才也没顾上好好欣赏一下咱们新家的里边。"

她于是推着我说:"那我来当讲解员。"

李娟让工人将超市的屋顶喷绘出了蓝天白云的图案,还有几种飞翔着的鸟儿。

"这活儿一般工人可不会,是请装修公司的艺术工来弄的。我想以后这里同时也是咱俩的家了,为什么不搞得漂亮点?"

她这么说时,我正抬头看着。

我说:"我喜欢。"

她说:"就这笔钱花得也许多余。其他方面,我自认为每笔都花在刀刃上了。"

我说:"这笔花得也对。"

我收回目光看她时,见她一副要哭的样子。

我诧异地问:"怎么了?"

她说:"辛辛苦苦搞成这样,可怕你有不满意的地方了。"

我说:"我都满意到不知怎么表达的程度了。"

实际上当时我的审美水平已降为零了,眼睛看到的任何地方都使我又感动又服气。

我情不自禁地拥抱了她一下,觉得还难充分表达我的感动,又亲了她一下。

她这才窘窘地笑了。

如果由我自己来搞,在极有限的钱数内,我无论如何搞不到那么好。而且我们这么小的超市居然还专门有一个面向儿童的区域,那儿的架子上有文具、玩具和书,还有供小孩子骑的摆动木马,一红一黄。

娟说:"咱俩又不是想靠开这么一个小超市发大财对不对?靠这么一个小超市也发不了财呀。既然发不了财,那咱们不如干脆断了发财的梦想,一心一意只把它经营成一个大人孩子愿意来买东西的地方。人们愿意来买东西,回头客多,咱们的小超市才能开得长久。书是必须有的,有人买没人买是一回事,咱们想到没想到是另一回事。有儿童区,对大人也是一种吸引力;有书,就会使咱们的小小超市多少有点儿文化气息……"

听她说得头头是道,我几乎又想拥抱她、亲她。

中午我俩正要上吊铺休息,来了一位顾客,看去五十多岁了,戴副白手套。白手套使我和娟犯了疑惑。

娟问他买什么?

他不明说,东走西走,这看看那看看。

我不安地小声问娟:"会不会是来找茬儿的?"

娟说:"不像坏人。什么都别担心,有我呢。"

那男人终于在我俩跟前站住,搭讪着问:"你俩谁是老板啊?"

我抢着说:"我。"

那男人打量着我又问:"你是贵州人?"

我说:"对。"

"玉县的?"

"对。"

"可你不是神仙顶的人吧?"

"那倒不是。"

"去过吗?"

"去过。"

"你们的超市倒会起名。"

李娟忍不住插话:"先生您想怎样请直言好了。"

"两位姑娘别误会,我是贵州神仙顶人,开小货车搞个体送货的,路过这儿,看到'神仙顶'三个字感到亲切,又将车倒回来了……"

那男人向我递名片。

我说:"我不是个喜欢攀老乡的人,尤其不喜欢和神仙顶的人攀老乡。"

那男人就尴尬了。

还是李娟反应快,笑问:"您是不是想谈送货的业务啊?"

她将名片替我接过去了。

"是啊是啊,没别的意思,就是你说的那么点儿意思……"

那人一脸诚意,说完将脸转向我,以满怀希望的目光看着我,仿佛在说,对咱们双方都有益的事,别一口就拒绝了嘛!

超市已经与"神仙顶"三个字连在了一起,体现了李娟对我的厚爱,这是我必须愉快地接受的。但一个神仙顶的男人忽然出现在我面前,却一点儿愉快也不能给我带来。恰恰相反,引起了我心理上的极大不适。在神仙顶,已经有"一窝子"姓何的人及其后代与我发生了又相干又不相干的关系,并且令我的人生变得不再轻松了——我可不愿再与任何一个神仙顶人形成任何关系!我向窗外看去。

李娟说:"老板,你回避一下,业务方面的事由我来谈好了。"

我一转身朝上吊铺的小梯走去,而李娟接着朝那人做了一个向门口请的手势。

吊铺可坐卧的面积有三十平米左右,比小旅馆的房间面积大得明显。除了无法直腰,对于两个打工妹而言,已是相当不错的共享空间了,私密性也不容置疑。两边各有一排格架,可放杂物、书籍和叠起的衣服;中间是一溜儿有抽屉的条案,能在上边吃饭、写字。所有木制品都没刷漆,保留着木料的原色和纹理。除了木料本身的气息,绝无任何杂味。

想想初到深圳时,我和李娟、倩倩共住卡车车厢,连打个滚儿的地方都没有。一年多以后,我和李娟居然开起了小超市,而且有了如此宽阔的睡觉的地方,再也不用花钱租地方住了——我忽然开始感激我的打工生涯,对李娟更是亲爱倍增。如果我的人生里没有娟,我岂能当起小老板?即使有那心,拿得出那笔钱,我自己也没这么一种魄力和能力呀!

我从吊铺上下来时,李娟已泡上了两盒方便面。

她笑问:"感觉如何?"

我说:"似梦非梦,比好梦还好。"

娟说神仙顶那个男人叫张家贵,深圳开发不久就来了,已经成立了属于自己的小运输公司,有十几辆送货车。

我俩一边吃着方便面,一边聊起了张家贵。

当时我怎么也想不到,他就是二十几年前那个本该成为我大姐夫,却因为砸死了一头牛而锒铛入狱的男人。这种事儿后来都是以赔钱的方式解决,但当年他也赔不起一笔钱啊,便只有以刑代赔。

娟说:"他对你很感兴趣,问你是不是神仙顶人,问为什么会将超市与神仙顶连在了一起?"

我的神经不由得一下子绷紧,急问:"你怎么回答的?"

"我当然说无可奉告啦。放心,关于你的事,在我这儿那就是保险箱里的事儿,别人用电钻也休想钻开我的嘴。"

听娟这么说,我放心了。

娟说她认为张家贵显然是个好人,主动与我们的超市建立业务联系,完全是出于善意,绝无不良企图。

"他说,如果能为咱们定期拉货,是他作为神仙顶人的一份儿高兴,咱们象征性地出点钱就行。说对于他的公司,有咱们这一单业务或没咱们这一单业务,根本可以忽略不计。他作为老板,指示任何一辆车,捎带着就可以把咱们要进的货给拉回来了。对别人的好心好意,咱们也不能硬充山大王,拒之千里,对吗?"

娟的话有点儿批评的意思。

我说:"同意。"

我的语气也多少带点儿检讨的意思。

一过了午间的清静,果如李娟所料,下午的顾客又络绎不绝。晚上十点关门前,还有个男人来买了条烟,搬走了一箱啤酒。抽屉里又装满了钱,我们又用上了一只小桶来放钱。

李娟将门从外边锁上,带我到几十步远的小饭馆去吃馄饨。她说那家小饭馆开门早,早点也挺丰富,夜里十二点才关门,我们以后可以在那儿吃一日三餐,算下来不会比自己做饭多花多少钱。

我担心春节的时候人家放假,我俩吃饭成问题。

她说明天就阴历二十七了,如果这时还没关门走人的话,肯定就是留下来打算照常营业了。

我俩吃完馄饨回到店里后,我忍不住说:"要是再能冲个澡,这一天就过得太知足了。"

娟说:"你这个美梦会做成的。"

她让我闭上眼睛,牵着我的手在货架中绕行了几十步。

"老板,请视察吧。"

我睁开眼,但见已站在一间小小的全封闭的洗浴室外了。

那扇门原是饭店的后门,门外两米的地方属于饭店,饭店的垃圾桶曾摆在那儿;而这地方同时又在一个老旧小区的自行车棚边上,小区居民与饭店老板争吵不断。她将这里砌成洗浴室,小区居民不但不反对,还很支持。

"老板只管放心地洗。热水器是咱们新买的,挂外边了。没敢买二手货,怕不安全。还是那句话,该花的钱省不得,也许一省就省出大麻烦了。在南方安家,没洗澡的地方还行?你看,小窗不小,通风透气足够了……"

没等娟说完,我已开始脱衣服了。从那日开始,每次我在那小小的洗浴室冲澡都会有种小小的幸福感;因为它属于我和李娟,同我们的超市一样,未经我俩同意,闲人不得入内。

李娟也进了洗浴室后,我上了吊铺。

等她也上了吊铺,我开始严肃地"审"她。

我说:"搞成这样,我给你的钱肯定不够。老实交代,欠债了没有?"

她笑道:"你不是后来又给了我八千元嘛!"

我说:"那也会超。"

她说:"我发誓,咱们绝对不欠任何人一分钱……我……我只不过……"

"是不是把你那不能动的一万元也用上了?"

她知道骗不过我了,默默点头。

我说:"娟,你呀你呀……"鼻子一酸,哽咽了。

她立刻说:"如果你认为我哪笔钱花得浪费了,你指出来好了。如果你说得有理,把账算我个人头上我没意见……"

我说:"娟,你为我方婉之做的一切,我今生今世永志不忘!"

她忽然哈哈大笑。笑罢亲了我一下,快乐地说:"也不只是为你做的呀,我不也是二把手嘛!"

接下来,我俩一人守着一只桶,开始点钱。虽然是满满两桶钱,因为百元钞有限,其实也不是太多,加起来五千元不到。

娟说:"这夜深人静的时候,坐在自己的地方数钱,感觉真好。"

我问:"估计纯利有多少?"

她说:"不会少于一千吧。"

我又问:"去了房租呢?"

她想了想,知足地说:"那也会有六七百呀,等于咱俩今天每人挣了三百多,比上班挣的多太多了呀。"

我提出我的想法——先不分钱,先把一年的房租钱挣够,存上,以备每月按时交付,遵守合同,一日不拖。再将她花掉的两万元凑足,以使她仍能尽好对周连长儿子的那份责任。否则,我睡不好觉……

见我说得坚定,她同意了。

她说还有应该花钱的地方呢,比如安电话,而且要越早越好;也要安空调,春节一过,天热得快,作为一家超市,没空调万万不可。验钞机也得有,警报器还得有。还有,我俩怎么也得有台电视,最好再有电磁炉、微波炉,也不可能一日三餐都在外边吃,想自己做顿什么吃,该有的炊具还是得有……

商量到很晚,没想到那日我严重失眠。娟都发出了轻微的鼾声,我却还是难以入睡,忍了几忍没忍住,一下子坐起来,爬到李娟那边将她推醒。可睡的面积大了,我和她之间隔着三四米呢,我竟有点儿不习惯。

娟揉揉眼睛诧异地看着我问:"你不睡觉作什么妖?"

我将一根手指压在唇上"嘘"了一声。

"有情况?"

娟一个鲤鱼打挺坐了起来,小声说:"镇定,有我呢。"

她居然从枕下抽出一把菜刀来。

我大吃一惊:"你……你怎么还枕把菜刀?"

她说:"保卫你！保卫咱们的钱！你听到可疑的动静了?"

我嗔道:"吓人劲儿的你！没情况,快别握着刀了,我害怕。"

见我往后躲,她又将刀放枕头下边了。

我担心地说:"要是你做噩梦了,梦乍醒那会儿,半清楚没清楚地把我当成了坏人,那我不惨了?"

她说:"要是真有情况,手上没家伙,我怎么能保卫你和咱们的钱呢?"

我想了想,建议明天买两柄棒球棍,一人一柄,常备在吊铺上。相比于菜刀,棒球棍我容易接受点儿。

"同意。即使安了警报器,自卫的武器也是完全必要的。"娟说着又躺下了。

我将她拉起,迫不及待地说:"先别睡,我想与你结拜！"

她一怔,丈二和尚摸不着头脑地问:"婉之,你究竟是醒着还是夜游？咱俩可都是女的,结的什么拜?"

我说:"我要与你结拜为异姓姐妹！"

她紧接着问:"像从前的男人拜把子那样?"

我说:"对,有何不可?"

她眯起眼睛:"多此一举吧？不搞那一套,咱俩不是也像姐妹似的?"

我说:"像就是还不完全是。有了那么一种仪式,像就变成是了。反正这是我现在最想做的事,你不陪我做完,我不睡,你也别想睡成!"

她说:"好好好,陪你做陪你做,为了我能睡成觉,那不也得百依百顺地陪你吗?半夜三更的,瞧我这是什么命!"

我说:"半夜三更最是共同发誓的好时刻了。"

"可在哪儿呀?"

"吊铺上就行!"

"没听说过在吊铺上结拜的。"

"什么事都可以创新!"

"人家正式结拜得点香,咱们的货架子上还就是没香。好妹妹,要不明天吧,明天我进点儿香……"

"就现在!心里有香就行。"

"人家正式的都要面对什么,比如月亮,比如关公,就是赵子龙也行啊,咱们面对什么?"

"面对嫦娥和吴刚呗。"

"他们在哪儿呀,你说面对就面对了?"

"他们当然在天上。咱们超市天花板喷的不就是天?"

"你有没有搞错啊!喷的是蓝天白云,上边没有太阳,也没月亮。"

"现在天黑了,咱们就当月亮出来了。"

"得得得,不跟你费嘴皮子了,你让我咋样我咋样,行了吧?"

李娟终于不再犯矫情,于是我将她拽到我身边,命她与我望着一片昏暗的天花板同跪。

我小声问:"嫦娥和吴刚住哪儿?"

她说:"月宫。"

我又问:"心里有了吗?"

她反问:"什么?"

我说:"月亮。"

她说:"有了有了,月宫都看清了。看见嫦娥抱着玉兔在望着咱们人间,看见吴刚在砍桂花树。哎好妹妹,这我就想不明白了,月宫仅有那么一棵树,还是花香芬芳的桂花树,他干吗非要把它砍倒不可呢？不是太闲得慌,有劲儿没处使了吗？明摆着是破坏月宫的环保嘛！"

我说:"别臭贫,你开始吧。"

她说:"我开始？开始什么？"

我说:"开始结拜那套嗑儿。结拜是民间仪式,民间仪式你应该比我懂。再说你比我大半岁多,那些话都是年龄大的来说……"

与娟相处久了,我不知不觉爱用东北词儿了。

"这……明明是你的想法,怎么又成了我的事儿呢？天灵灵地灵灵我家有个吵夜郎,这套我会。酒令我也会好几套。可对不起了妹子,结拜那套嗑儿我听都没听过,不会不会!"

娟推得特坚决。

我无奈,只得自己主持仪式,边想边说:"嫦娥姐姐,吴刚哥哥,请你们在天上来作个证,我和东北姑娘李娟,情投意合,心心相印,肝胆相照,同舟共济,虽非同年同月同日生,但愿……"

"方婉之！不许你说死！……"

本来我就不会那套嗑儿,被娟两声高叫打断,思路顿时乱了,这种事儿又不好重来,只得继续现想现说:"但愿……但愿将来一块儿把财发,不求大富大贵,只求日进桶金,细水长流,永不中断。求嫦娥姐姐吴刚哥哥保佑我俩早日都能成为有房有车外加几百万存款的一对儿好姐妹……"

"你这个样子,哈哈简直不像话！还闭着眼睛！是结拜呀还是求财神呀？……"

李娟将我推倒后又说:"嫦娥和吴刚是神,是咱们凡人可以哥哥姐姐随便叫的吗？你就不怕冒犯了他们两位吗？再说神仙也有分工,发财的事儿根本不归他俩管！财神爷息怒,我这个妹子不太懂江湖上的事儿,分不清……"

"一边去,不是江湖!"我一急也将她推倒了。

她大瞪着一双愣眼呆呆地看我,忽然爆发式地笑起来。一笑而不可止,笑得在吊铺上打滚。

我起先不知如何是好,傻看着她笑。看着看着,我也忍不住笑了起来,仿佛果然受到了神明的惩罚,对我的笑神经动了手脚,使我一笑而不可止……

由我发起的结拜仪式,最终在我和娟的笑声中"流产"了。

却也怪,虽未成功,我竟如了却一桩大夙愿,不再失眠,倒头酣睡如泥。睁开眼时,见店里已有微明,天快亮了。

我迷迷糊糊地说:"我还困着呢。"

娟不许我再睡,一再推我,说:"你烦我就行啦?回答我个问题,我躺下后一直在想,到这会儿也没想明白——哎你说,嫦娥和吴刚他俩,孤男寡女的,干吗不做了两口子呢?……"

结果,我被她这不三不四的问题纠缠得再睡不着了……

也许因为我俩都年轻,精力足;也许因为有了都特中意的店和家,被幸福感"烧"的;也许因为昨天挣了两桶钱,情绪一直处于亢奋状态——总之,尽管夜里折腾了一番,早上起来时居然还都特有精神。

我问:"今天有什么新感觉?"

她反问:"没头没脑的,谁知道你指的什么呀?"

我说:"夜里的结拜仪式虽然被你破坏了,不算圆满,但在我这儿,已是既成事实了,汇报汇报感想。"

她不假思索地说:"还能有什么别的感想?如果单论保卫你这个妹妹,还有咱们的店和钱,能力越大,责任越大呗!"

这一天,也就是二〇〇四年的一月十八日,我们的毛收入也很可观,又是两桶,不比昨天少。

娟说,接着会一天比一天少——三十儿那天会再多起来,从初一到初七,可能从早到晚根本没人光顾。她说那是每年的常态,提醒我要有心理准备,万勿为那种冷清而忧愁不已。

我说:"那还莫如不开门营业。"

她立刻反驳:"还是要照常营业,要使咱们顾客至上的形象深入人心。"

见我不以为然,她又说:"搞'一大二正三不计较'你行,真正开好一家小超市我行,听我的没错。"

接下来的几天,我俩像两个"掉进钱眼儿"且不想往外爬的小财迷,终日所思所想所议除了和钱有关的事几乎再无其他,恨不得替每一个进入超市的人将钱包掏出来,押在我们那儿,不买够一百元的东西不许走。而晚上面对面坐下点钱时,又希望装钱的小塑料桶是取之不尽的法宝。

初一果然十分冷清,只有两个大人一个孩子进入超市——那孩子买了一只灯泡,大人买了一瓶腐乳;另一个大人只是经过的行人,买了一只打火机。

晚上我俩早早就将超市关了,吃的又是方便面。爬上吊铺,无所事事,双双仰躺着发呆,"共享"百无聊赖之寂寞。那种空前的寂寞使我连书也看不下去。

春节是最令只身在外的人想家的节日。

我想的当然不是神仙顶,而是我曾经的玉县的家——它在玉县一向被叫作"方宅"。我想的亲人也不是生父何永旺及两个亲姐姐,而是我那"市长爸爸"——如果他是我生父,那么我何至于只身在外过第二个孤寂的春节?为了打消这种使我不由得不怨命的想法,我默默起身摆弄几捆钱——将纸钞的折角抚平,将硬币重包一次。

钱真是好东西呀,即使不花,看着也使人愉快。倘还不少,尤其使人喜不自胜。那种感觉如同父母看着聪明过人、将来必有大出息的小儿女,会对以后的日子油然产生企盼和憧憬。

李娟欠身看着我试探地问:"咱俩明天干脆先弄回一台电视怎么样?"

钱已经有一万两千多了,足够买一台电视了。

然而我犹豫,一时拿不定主意。

娟又说:"我知道一个地方,能买到便宜的。"

我问:"新的?"

她说:"那当然。买台小点儿的,三千元打住了。有了电视,咱俩就不会没着没落的了。要不,我闷得都想喊了。"

我终于对娟的话表态:"行。该花就花。"

十三

　　初二一大早,李娟揣上钱,骑自行车带我去到了郊区的一个靠海边的小村里。家家户户都是二三层楼,有中式风格的,也有欧式风格的,还有中西结合的。看去皆是近十年内盖起来的,每一户人家都是红灯高挂,有的人家还挂了数个。所见门联,传达一派欢欣鼓舞的气氛。门前街上,红屑铺地。显然,除夕和初一,此地鞭炮声通宵达旦。
　　然而此时村里却静悄悄的。
　　我说:"这里怎么会有卖电视的?"
　　娟说:"别多问,保证咱们能买到就是了。"
　　我俩正说话间,一老叟牵了条小狗迈出家门。
　　李娟扯我迎上前彬彬有礼地说明来意。
　　老叟上下打量着我俩说:"大初二的,看你们两位姑娘倒是诚心诚意的。"
　　李娟嘴甜地说:"请大爷成全我们,我们实在是想今天就看上!"
　　"那……先到我家呗。"
　　我俩就跟入了他家院子。
　　老叟朝屋里喊:"他奶奶,把笸箩端出来。"
　　屋里应声走出一位老媪,端着大笸箩,后边跟着戴老虎帽的男孩,蹬着小车满院兜圈,引得小狗拖着牵绳追。

笸箩里是花花绿绿各式各样的电子手表,还有几个计算器。

娟说:"大爷,我们不买这东西……"

老叟说:"买吧买吧。买完了,我带你们到我侄子家,他家还剩几台电视。村里别人家基本没了。春节前来了几拨内地人,疯抢似的都给买走了。"

老媪也说:"大初二的,都进了我家院了,怎么也得给我们老两口个乐呵不是?查了几次了,下次连这东西都没了。"

我这才恍然大悟,原来娟是带我买"水货"也就是走私货来了。事已至此,我也只能顺其自然了。

老叟说服道:"你俩也不该让我白当一次介绍人是不?看这些表多漂亮,男式的女式的儿童的都有,也不论只卖了,一百元抓一把,抓起来没掉下去的都算,就这些了,处理完拉倒……"

李娟手大,她分明动心了,却又不便自作主张,只是看我。

我微微点了一下头。

于是娟挽起袖子,叉开五指,鹰爪逮兔似的一把抓将下去!

那一把真是斩获大大的,估计抓起了十五六只。

我赶紧用衣襟接住。

当我接住第二把后,贪心已起,居然鼓励地高叫:"好!再来一把!"

老媪却及时退开了,涨红着脸说:"不卖了不卖了,便宜货不能都卖给你俩。没见过一个姑娘家有那么大手的!"

老叟也强笑着说:"你这两把多划算啊,进我家院子进对了吧?"

娟付了二百元钱,老叟找了个袋子帮我们装表,然后带我俩去他侄子家。

他侄子引着我和李娟进入楼后的一个破棚子,看起来曾是猪圈,有时间不养猪了,收拾得挺干净,地上还铺着架空的木板。掀开一大块帆布,挪开底下的草捆,现出几只大小不等的纸板箱。

那男人指着最小的一个纸板箱对我俩说:"就你俩看,而且摆在吊铺上,这台最合适。"

他拆了封,打开纸板箱,捧出一台红色外壳、立式的、十四吋的电视来。

我问:"是彩色的吗?"

他说:"在我们这儿,想买黑白的也没有啊,人家老外早不生产黑白的了。这么大的,连我也是第一次见到,估计是放在儿童房间的。我们以后洗手不干这买卖了。生活好了,得适可而止,知进知退,有些买卖不能总干下去。我也实话实说,十四吋的不太容易卖出去。你俩如果真打算买,五百元归你们了!"

我和李娟立刻喜欢上了那台电视,对价格也十分满意。

可怎么带回去却难住了我俩——当然用自行车驮回去不是个问题,但我俩之中,就得有一个人走回去了,那肯定不行。那儿还没通公交,大年初二,也不会有出租在那儿转。

老叟和他侄子也替我俩急,说要是有车他们是愿意送一趟的,可还没富到有车的程度啊。

李娟忽然想起了张家贵,一摸兜,居然摸出了他的名片。

她就问那男人家有没有电话。

那男人说有啊,说村里哪家都有电话,有的人家还有手机呢。有钱了,什么形势跟不上啊,想跟都不是个事儿。

于是李娟就借他家电话,试着拨张家贵的手机,居然一拨就通上了话。李娟婉转说明求助的意思和村名,张家贵让我俩别急,耐心等在那儿。

"他说他知道这儿,来过。他的手机是诺什么牌的,不大,带盖儿。你看我这脑子,一时想不起了……"

问题解决了,李娟顿时变得大松心,又跟那老叟回到他家去买计算器。

娟说:"算盘淘汰了,再没有计算器,那顾客一多起来咱俩都头大了!"

我说:"听你的。"

说罢我才意识到,不知不觉间,"听你的"快成我跟李娟说话的口头语了。

娟买回计算器,又用自行车带我到海边兜风。估计张家贵快到了才回村里,喝了会儿主人请的茶,张家贵的车果然如约而至。

回家路上,张家贵主动与我聊天,麻烦人家帮了次大忙,我自然有问必答。

"你也姓方,玉县县城有位姓方的名人,叫方静好,不知和你有没有点儿关系?"

虽然面对他我相当谨慎,但被他如此直接地一问,还是未免有几分意外。

李娟抢着替我说:"她家后来搬到临江市去了,她和你说的那位方女士一点儿关系也没有。"

张家贵说:"在神仙顶,关于方女士的事儿还真不少。她常去我们那儿行医。听说她去世了,神仙顶人都挺念她的好。论起来,她与一户姓何的人家,还算沾点儿亲……"

李娟又急忙将话遮过去,反问起别的来。我则一句话也不想说。

娟考虑得太周到了——吊铺安装了插板,张家贵替我俩将电视扛上去,调出了图像才下来,但已热出了一头汗。

娟将毛巾递给他,他擦汗时说:"你们这小超市的地点很理想,好好经营吧,靠它肯定富不起来,但维持生活绝对没问题……还没安空调?"

娟说:"再挣点钱,下一步就安。"

张家贵又说:"外边没看到电话线,里边也没看到电话啊。"

我说:"一过完春节就安。"

张家贵说:"原来也没有,这样好不——我那儿的车库里呢,放着些半新不旧的空调、座机,都是些关系单位搞装修淘汰下来的,有的是白给的,有的折钱了,节后我让人给你们送来,安装好。没有不行,但也没必要买新的,省下那笔钱用别处吧。"

我和娟大喜过望,连说"谢谢"。

张家贵转身时,娟对我耳语,我便说请他吃午饭。他说不了,还有事,没时间,说以后他请我俩。

将张家贵送走后,娟说:"怎么样?他人还不错吧?"

我说:"如果他不是神仙顶人,属于可以深交的人。"

娟看着我张了张嘴,欲言又止。

有了电视,我俩像一对儿懒虫,吃了睡,睡了吃,不吃不睡时,双双守着电视看起来没够,都不同程度地胖了。

春节刚过,张家贵派人送来了两台空调——一台立式的,一台挂式的。为我俩省下了一万多元钱。

座机也捎来了,但电话线得电话局帮着拉进来。娟说这事儿简单,她去办,还感慨地说:"有贵人相助,人生一旦往好了变,顺得挡都挡不住。"

我有同感。

我希望自己也有机会成为别人人生中的贵人。

我将我这想法对娟说了,她取笑道:"你怎么也跟我一样,迷信起来了?其实什么贵人不贵人的,无非就是合得来的人互相帮助呗。"

正月十五以后,电话接通了。娟打的第一通电话,便是问旅店老板"小朋友"怎么样?他让我们快去将"小朋友"接走,说它可想我们了,再不接它,只怕会得抑郁症。娟对我学了他的话后,我立刻骑上自行车去接。与"小朋友"一起带回来的,还有我的两封信。

第一封信是我二姐的女儿赵俊写给我的——她在外地打工,信是从外地发出的。她在信中批评她爸妈根本不关心她弟弟赵凯的学习。赵凯都上高中住校了,她爸妈一次也没为儿子开过家长会。她着重批评的是她妈,也就是我二姐——因为我二姐留守家中,却不担起对家、对儿子的责任,热衷于在家聚赌。

赵俊说她或当面或写信规劝过她妈多次了,她妈却只当耳旁风,所以请我这位小姨帮着劝劝,希望也许能起到作用。"

这封信是多么的破坏我的良好心情无须赘言。

本来我对我二姐的印象还不错,那封信颠覆了我对她的看法。

第二封信是赵凯写给我的——他说他打算退学,到深圳来投奔我,早点儿开始打工的人生……

李娟关心地问:"情绪怎么一下子变糟了?"

我说:"你看。"

她接过信看后,沉默良久才说:"谁家都有一本难念的经,你外甥你外甥女向你倾诉一下很正常。"

我说:"这种信我怎么回?"

娟说:"不好回也得回吧?"

我说:"上天为什么让我摊上那样一个二姐、那样一个姐夫呢?"——与二姐相比,大姐倒还是不错的;可惜她已是精神上的病人。

娟说:"摊上了什么样的父母,什么样的兄弟姐妹那是命,是命就得认命。命是可以改变的,恨命没意义。"

其实我还没将赵凯的信看完,没想到一看之下,心惊肉跳:

小姨,我叫你小姨,因为你确实是我小姨,而且是亲小姨。如果我与你不是这种关系,我也犯不着给你写信,平添你的烦恼。现在的我除了向你求救,不知谁还能拯救我。如果你不早日回来将我带走,那我绝对不想活了!SOS!SOS!……

娟接待顾客去了,而我,默默抱起"小朋友"爬上了吊铺。直至超市关门,我没下吊铺。

我想起了娟说的话:"人的命运一旦变好了,往往顺得挡都挡不住。"我的命运才开始变好几天啊!

娟坐到我身边时,我虽没哭出声来,却流泪了。

娟问:"你怎么打算?仅仅回封信看来都不妥了。万一有什么事儿,后悔可晚了。"

我说:"不知道。"

娟说:"我给机场打电话了,贵州那边突然降温,雨雪交加的,深圳到贵州的航班停飞了。"

"我才不回去!我不能丢下你一个人受累!当年把我遗弃时,难道他妈不知道?她姓赵,我姓方!他不想活了为什么不告诉他爸妈?爱死死去,关我方婉之什么事?!"

我叫喊起来。

一阵肃静之后,娟低声说:"我也给火车站打过电话了,还有明天的票,但也不多了……"

我哭出了声。

"那我去车站了,你也别在吊铺上了,我一出门你就把门插上。"

娟迅速下了吊铺。

我将"小朋友"搂入怀中……

李娟给我买的是卧铺票,没想到在车上遇到了高翔。

我俩在同一车厢,不在同一包厢。除了李娟这个姐们儿,我在深圳的熟人再就是高翔、李主任和不久前认识的张家贵。我不愿在列车上巧遇他们三人中的任何一个。第一不愿遇到张家贵;第二不愿遇到高翔。没想到却偏偏遇到了,我只能显出高兴的样子,尽管我实际上高兴不起来。

开车后,他与我坐在走廊的边座聊天,问我去哪儿?我说回玉县看望父亲。对高翔和李主任,我曾说我父母都是中学教师,而他俩信以为真。

高翔说他和几位朋友在贵州某山区援建了一所希望小学,即将开学了,他们分头赶去参加开学典礼。

聊了一会儿,我找个借口回到了自己的包厢,一躺下再没出去,而他也再没找我。大约俩小时后,天黑了,我昏昏沉沉地入睡了。

我做了一个梦——梦见了外甥赵凯。他脸色煞白煞白的,唇无血色,是黑的。

他对我说:"你是我小姨,这是铁一样的事实,是你绝对否认不了的。你的行动太慢了,我已经在另一个世界了。我知道你不愿有我妈那样一个姐,不愿有我这样一个外甥,这我理解,对不起干扰你了……"

他深躹一躬,直起腰时,化为青烟。

我惊醒,一身冷汗,不由觉得车速太慢。

上午十点多,列车到了贵阳。

在站台上,高翔问我是否需要帮忙?

我谢绝了,说有人接我。

他又信以为真,见我只不过肩挎一个小包,遂在站台与我分手。

站外的情形令我大吃一惊,广场上人多得像沙丁鱼罐头。以往人们都会纷纷坐上出租车或"黑车"去向市内各处和四面八方的县镇、农村了,而现在因天气恶劣,路面湿滑,几乎无车载客了。偶有一辆仍愿上路的司机揽客,立刻会被急欲离开的人团团围住,如被群抢一般。

我焦急地接连大喊:"有没有去神仙顶的?我有急事要去神仙顶!哪位师傅行行好,送我到那边乡里也行!我愿出高价!神仙顶!高价!……"

喊了几番,没人理我。

我几乎急出了泪,忽听有人叫我,一转身,是拉着拉杆箱的高翔。他说他也正因打不到车发愁,听到了我的喊声。

一见到他,我的眼泪竟止不住流下来。

也许是我太想见到熟人了。

"别急。我的事早一天晚一天没什么,咱们找个地方商议一下你的事怎么办?"

我俩在一处小咖啡厅坐下后,我对他说,我要赶到乡中学去为一个外甥开家长会,时间是下午三点。

"是这样啊,顺利的话来得及。你敢坐在摩托后边吗?"

我的话明显会使人产生多种疑问,他却没问那么多,直奔主题。

事关我外甥的生死,即使赵凯不是我外甥,是一个毫不相关的少年,昨夜那梦也使我感到了问题的严重和时间的紧迫,恨不得生出翅膀来。

我毫不犹豫地说:"敢!以前常坐在男同学驾驶的摩托后兜风。"

他笑道:"那就别急了,我保证你能准时开上家长会。"

他让我耐心等会儿,起身到有电话的地方打电话去了。再回到我身边坐下时,告诉我问题解决了,十几分钟后我就可以上路了。说罢,从报刊架上取下两册杂志,给我看一份,他自己看一份。

我俩喝完咖啡,他让我跟他走。走到一处立交桥下,已有个和他年龄差不多的男人等在那儿了。那男人戴一顶头盔,手里还拿着一顶头盔,守着一辆较新的大摩托。不是电动的,是有油箱的那种,看上去是进口的。

高翔介绍那男人也是位摄影家,他的朋友。

"我的职业使我在全国各地几乎都有好朋友。"

他这么说时,满脸洋溢着对人生的满足感。

他那朋友也不说话,只是笑着将手中头盔递向他。他接过去,亲自为我戴上了。而他的朋友,摘下自己戴的那顶头盔,也一丝不苟地为他戴上了。

他一言不发扶住摩托,跨上去。

我惊讶地说:"你要带我去?"

高翔还是不说话,只点一下头。

他朋友笑道:"放心,他水平高着呢!驾摩托去过新疆、西藏、青海,否则我这宝贝摩托也不愿借给他。"

说完,他替我拉下了面罩。

高翔这时才说:"送你这趟路程,小菜一碟,我还嫌不过瘾呢。坐稳啊,出发了。"

就这样,为我,他将拉杆箱留给了朋友,骑走了人家的

"爱驾"。

尽管他是位驾驶摩托的高手,无奈路况不佳,他的速度并不快,驾驶得也相当谨慎。

中途他将摩托靠路边停住一会儿。我活动身子时,他向远处走,那儿的路边有几棵老树。

我明白他要干什么,冲他背影喊:"别走那么远了,我转过身就是!"

他也喊:"那成何体统!"

他走回来后,从工具箱里翻出了一条安全带。

他让我再坐他后边时,用安全带将我俩拦腰系在一起,那样我就不会因一直搂着他而手臂发麻了,也更安全了。

再上路不久下起了雨。那雨越下越大,根本无法行驶了。

他不得不将摩托停在路边,指着一棵树,要说话,我误解了他的意思,拔腿就想跑过去。

他拉住我大声说:"不能到那儿去!咱们已经在高处了,万一有闪电那儿危险。"——看着山体又说:"也不能往那儿躲,可能会有石块滚下来。坐我背后吧。"

他原地坐了下去,并且盘上了双腿,闭上了眼睛。

我顺从地那么做了,喊着问:"你在打坐吗?"

他说:"是啊,在西藏时跟喇嘛朋友学的。咱们坐这儿最安全,你不妨也闭上眼睛,这种经历得用心体验。"

于是我闭上了眼睛。

左侧是山,右侧是谷,天空大雨如注,身下流水若溪,远处有雷声。忽然又下起了冰雹,砸在我俩头盔上其声不绝于耳。我闭着眼睛伸手摸,摸到了几颗,觉得有指甲那么大。

那时我倏然觉得自己消失了,也不是消失得多么彻底,仿佛是一种在亦不在,有我亦无我的状态。

"我是谁"三个字油然出现在我脑海,反反复复的。似自问,亦如天上有声音在反问:"你是谁?"

我不禁又想到了"宿命"二字。

大约半小时后,我俩又坐在摩托上了。斯时乌云消散,天已放晴,还出了太阳,像被雨洗过,红得清新。

接近乡里的一段路难以通过,那儿在修路,坑坑洼洼的,间或有沙堆和碎石堆,积水最深处将近一尺。高翔爱惜朋友的摩托,不肯推着过水,而是将摩托推入了路边的一片玉米地,绕行而过。也不知是什么人种在那儿的,只将玉米收走了,任玉米秆儿枯在那儿。我的衣服裤子早已湿得可以拧出水了,于是干脆连裤筒也不挽,从水坑直蹚而过。

按照我的要求,高翔一直将我送到乡一中的操场边。

当他骑着摩托离去时,我问自己——方婉之,他现在算不算你命中的一位贵人了呢?

操场上也有一汪汪积水,几名光着身只着短裤的男生在踢足球,踢得水花一阵阵四溅。

一幢楼的二层外走廊上站着一排学生,有男有女,皆在观看,不时发出喝彩助威之声。

我朝他们大喊:"告诉赵凯,他小姨来啦!"

于是他们也齐喊:"赵凯,赵凯!你小姨看你来了!"

喊声引起了踢足球的男生们的注意,正巧足球朝我滚来。

我飞起一脚,稳准狠,将足球踢得老高老远,像狠狠给了我的"宿命"一脚。

我那"市长爸爸"爱看足球赛。受他影响,我从高中到大学也如男生般爱踢足球,还当过中锋。

那些个光着上身的男生见状,不抬头看球,一个个看我,其中一个还冲我跷大拇指。

我仍戴着头盔,拉下了面罩。我想我那时的样子,肯定如同一个从泥石流中脱险的女人。

一个男生问我:"你真是赵凯的小姨?"

我装聋作哑,未予理睬。

有名男生一边走向操场一边东张西望,我看出那是赵凯,举了一下手臂。他缓缓朝我走来。

我悬着的心终于踏实。

谢天谢地,我外甥还活着!

那么,就算我是专程为他赶来开家长会的吧,谁叫事实上他妈是我二姐,他是我外甥,我是他小姨呢!那少男越接近我,步子越小,走得越慢。

我忍不住吼他:"快点儿!"

他走快了,在离我三步的地方站住,不再往前走。

我想接着说:"小姨来给你开家长会。"——却又不愿那么说,觉得这件事实在是岂有此理!他明明有爸妈,我又不是他家长!

我想只说"我来了"三个字,却看到他臂上戴着黑纱,一时呆住,连"我来了"三个字也没说出口。

当时可是二月份啊,从鞋袜到裤子到衣服,穿在我身上的可都是湿漉漉的遍布泥点子的脏衣服,而且我整个人都冷得有些僵了。

臂戴黑纱的赵凯也呆呆地看着我,一脸惆惶,不知所措,仿佛我不是一个真人,不是他的信催来的拯救者。

我猛地抖了一下——连我自己也不清楚究竟是因为冷,还是因为黑纱。

我外甥终于扑向我,搂住了我,搂得很紧,并将脸偎在我胸前。

"小姨……"

我听到他轻声这么叫我。

别说他是我事实上的外甥了,就算是一个与我半点儿关系都没有的少年,如果臂戴黑纱,如果还紧紧搂着我——我除了也搂住他还能怎么办呢?

我那么做了。

"为谁戴的?"

我有点儿不相信那是从我口中问出的话,因为自己的语调变得那么温柔。

我首先想到的是我生父死了。这一猜测并未使我心生悲痛,但是却有大的遗憾,因为我有些想问他的话还没机会问,也有些想对他说的话还没机会对他说。

不料那少年说:"我爸……"

他哭了。

原来死了的不是我爸,是他爸。

我不但毫无悲痛,连点儿遗憾也没有了。因为我对那个是他爸的男人毫无印象——只不过站在他家院外,隔着当时架在他家院内的剁肉的案子,也隔着她家盖起不久的新房的窗子,望见了坐在屋里嘴叼着烟的他爸,而他当时也瞥了我一眼,如此而已。

可死了的毕竟是紧紧搂着我的这少年的亲爸——我不由自主地抚摸他的头——他毕竟是死者的儿子。

忽然跑来一名男生,交给我一个纸条后退开几步,站定了以研究的目光看着我和赵凯,仿佛我俩的关系分外可疑。

那时我才发现,几名光着上身的男生已不再踢球,一动不动地站在操场的不同地方望着我俩。二楼走廊上的学生们也一动不动地望着我俩。

我这个不知从何而来的赵凯的小姨到学校看他来了,并与他在操场上劫后相见似的亲密拥抱——这一事实被乡一中的那些学生们所见证——集体见证本身也成了铁一般的事实。

那一时刻的时间似乎定格了。

纸条是高翔的——他说他得办他的事去了,估计我得在乡里住一夜,所以他在招待所为我预订了房间,房费已付。

我让赵凯陪我去买衣服。

路上我问他爸是怎么死的?

那少年三缄其口,只说:"你还是问我妈吧,问我姥爷也行。"说着他又要哭起来。

对于我嘱咐他的一些话,他倒是由衷接受,表现得特顺从。

他说原计划今天下午确实是要开家长会的(没想到我骗高翔的话竟与事实相符,这使我心中对他的内疚减少了许多),由于天气的原因,有些家长来不了,有些学生也不能按时返校,于是推到后天下午同一时间了。

我说:"那我明天回一次神仙顶……"

我还想说:"去看你妈和你姥爷。"

可我不认为那会是愉快的相聚,所以没说后一句话。

他问:"小姨,你真能给我开家长会?"

我说:"保证。"

"小姨辛苦了,早点儿休息……"

在招待所前,我外甥将替我拎着的衣服和药交在我手里,转身跑了。他跑得蛮快的,跑姿颇像运动员。这一点大约要感激我的生父,他个子高。包括我在内的他的三个女儿腿都长。赵俊和赵凯也是——腿长算是他遗传给后代的良好基因吧。

我冲过澡,换上衣服,喝下感冒冲剂躺在床上时,内心充满了对高翔的感激。他送我这一趟,不但比我还辛苦,而且为我考虑得如此周到。招待所那时已住满了人,或是送子女归校,因天气原因回不了家的人,或是赶大集的人或上访者。如果不是他提前为我订下了房间,这会儿我可去哪儿呢?

我联想到了一句关于计划生育的口号——"养娃还是一个好。"当年的农民最反感这句口号了,其不好明明一目了然嘛!孤零零一个的成长多寡趣啊,我对此深有体会。再说,万一夭折了呢?万一既夭折了还无法再生了呢?起码应该改成"还是两个好",一男一女最好。

那么,贵人也是两个好,一男一女最好。男贵人有男贵人的好,女贵人有女贵人的好。各有其好,好好与共。

这想法使我又一次觉得我其实是一个幸福又幸运的人——二〇〇二年以前幸福,二〇〇二年以后幸运。

至于养父和养母,他们不是我的贵人。他们之于我的人生的重要性,非是"贵人"二字所能涵盖的。他们重塑了我,是我人生的导师,使我在心性上脱胎换骨。否则,我这一天根本不会出现在赵凯面前,也根本不会帮杨辉圆了他的参军梦。在人世间,特别是在农村,一奶同怀的兄弟姐妹因为小小的利益之争而结仇衔恨的事真是不少,包括赡养父母这种"天则",往往也会成为反目成仇的导火索——二〇〇二年后,我已知晓许多。

我不禁问自己——为什么我对待赵凯和杨辉的态度会有所不同呢?

因为杨辉小时候陪我玩过一次?因为他送我离开神仙顶时说过比较成熟的话?因为他是个帅气的少年而且学习好、字也写得好?因为他妈也就是我大姐的命运令我同情?因为他想参军的愿望属于良好的愿望?……

我承认以上原因都是使我帮得心里不算太别扭的原因。

但最主要的原因是——帮杨辉在前,赵凯的事在后;如果我所有的农村亲戚都一再向我求助,我的人生又将会如何?

我何尝不需要亲情?

但我刚能养活自己,哪里担得起那么许多亲情责任!

我一味胡思乱想,想到后来又陷入了沉重之思的泥淖。所幸药力发挥,我渐渐睡了过去……

神仙顶有新气象。

时隔一年半,上山下山的路完全修好了,有的农民买了小面包车,在神仙顶与乡里,甚至与县城之间跑起了运输,既载人也拉货,业务还挺忙,挣钱不比到外地打工少——也使神仙顶的人出行方便了,到县城去已是抬脚就走的事,如家常便饭。

家家户户的新房和院落都已修好,有的还是小二楼。

村里干净了,有方砖地面的小广场了——有几个带孩子的女人坐在小凳上聊天,看去都是早早就当了奶奶或姥姥的农妇。几个孩子在玩玩具,而那些玩具是他们的爸爸妈妈小时候没见过的。

我是坐一辆由农民司机开的小面包来到神仙顶的。也许因为将我当成了外地人,一路不断主动找话跟我说,似乎觉得他的车能载一个深圳人是他的荣幸。

"深圳啊,听说过,起先也是一个小小渔村对吧?过几年我们乡就改镇了,再过几年,也许就超过深圳了。"

全车人就笑他吹大牛,都说只有中央"画圈"的地方才会发展得快。

他却说:"咱们县不是省里的重点扶贫县?在省里挂号了,在中央不也挂号了?不也等于中央画圈了?"

不论那农民司机还是满车农民和农妇,与我以前见过的当地农民和农妇都不太一样了,都爱说爱笑了,脸上也都多了某种鲜活的表情。

我从小广场上那些农妇和那些孩子的脸上,也看到了同样比较鲜活的表情——那是我以前两次到神仙顶时从没看到的——那时神仙顶的大人孩子的脸普遍呆讷,是长期与外界隔绝的结果。

我正犹豫着先去谁家,一个背篓的男人站在了我面前。

他问:"我怎么看着你像……你是那个那个……赵凯他小姨吧?"

我点头。

"哎呀,哎呀,认不出我了?想不到你回来了!我是你大姐夫呀,快跟我去家里,一定得先去我家!……"

他要不说,我确实不知道他是谁。

他上前一把抓住我胳膊,抓住了就没再放开,一边走一边喋喋不休地说,临江市政府向省里打报告,要求免除神仙顶这类特贫而又地少的农村交公粮的义务,允许那样一些农村的农民不再在有限的土地上种粮食,爱种什么种什么,觉得什么来钱多点儿就可以种什么,种什么都不必再交土地税;省里已经批准了。临江市向神仙顶几次派来茶叶专家,神仙顶的农民都由粮农变成茶农了。每天傍晚乡里的茶厂都会出车上山来收茶,当场对面就给钱,绝不打白条……

我大姐家盖起的是小二楼,院前院内都挺干净。

我和大姐夫进院时,我大姐正在院里洗衣服。

几天的恶劣天气过后,那天风和日丽、阳光明媚,是洗衣服的好日子。

大姐夫说:"你看谁来了?"

我大姐缓缓站起,甩了甩手上的肥皂沫,将我上下打量一番,转脸问她丈夫:"谁?"

大姐夫笑呵呵地说:"你小妹呗。"

血缘真是匪夷所思的力量,虽然我还不曾叫过那个男人一声"姐夫",心理上却已开始接受他就是我大姐夫这一事实了,因为何小芹事实上是我大姐这一点不容置疑——我当时的心理颇似癌症患者,起初本能在拒绝接受事实,面对一系列化验结果时,最终也就不得不认命了。

何小芹——不,我大姐目不转睛地看着我,一小步一小步朝我走来。

我欲后退——我从没靠近过精神不正常的人,是本能反应。

我大姐夫却在我背后推了我一下,我身不由已地朝前趔趄两步,结果就与我大姐面对面了。

我不知所措之际,被我大姐搂抱住了,就像被赵凯搂抱住了那样。严格地说那也不能算搂抱,或许因为她的双手是湿的,所以她仅仅是用胳膊夹住了我;同时,她的下颏搭在我肩上。尽管她和赵凯搂抱我的方式不同,但作为两个与我有血缘关系的人,事实上与我发生了极为亲密的接触。

事实也是很厉害的。

事实一旦成为事实,人往往就只能由事实牵着走了;不论是理性之人还是感性之人。

我大姐小声说:"方婉之,谢谢你。"

她的话令我大费其解。

我进入了她家的院子,任由她那样子对待我,这足以证明我承认她是我大姐了,她却不叫我"小妹"而叫我"方婉之"——多么的奇怪!

我大姐夫却小声对我说:"她这可是明白话,不明白的时候就不会这么说。"

我觉得大姐夫的话更是莫明其妙。

他又对我大姐说:"行了,搂一下意思到了就可以了。"

我大姐放开我时,我大姐夫取下了我的背包——背包也是我在乡里买的。

他问:"什么呀,还挺沉的。"

我说:"全是湿衣服。我昨天来时遇上雨了,招待所没地方晾,想在这儿晾干。"

我大姐夺过背包,一言不发地拉开,将里边的衣服裤子鞋子袜子一股脑儿全抖在水盆边,又坐下洗起衣服来。

大姐夫对她说:"我先带你小妹参观参观咱们的家哈。"

大姐"啊"了一声,也不再看我俩,只管低头搓盆里的衣服。

那小楼外观搞得不错,一层窗台以下还贴了瓷砖。里边除一间卧室刷过了白灰,另外所有地方仍是水泥裸墙。有的房间只有一两件旧家具;有的房间堆放农具;有的房间空着。也只有卧室多少体现出一点儿生活气息,床虽是旧的,木料已变黑,但花床单和花枕套较新。一面挂镜子和相框的墙壁颇可观,以杨辉穿军装的彩照最为显眼,最大的一幅一尺左右。

我大姐夫说,当初铆足了心劲不盖平房非盖小楼,完全是为儿子着想。

"想着他结婚的时候连新房都有了,可他真的参军去了……虽然刚才你大姐已经谢过你了,我也还是要再谢你。你那五千元钱是雪里送炭……儿子一入伍,我和你大姐没操心事了,她的病也好多了,能采茶了,采得还挺快……这个家暂时这样没什么,我俩不急着装修,先攒两年钱再说。一年攒下两万没问题,两年不就四万吗?三年不就六万吗?过日子这事儿,手中有钱,心里不慌啊。你那五千元钱,我和你大姐都认为,必须还……"

他的话说得断断续续的。即使他停下来时我也不接话,无话可接。我看得出来,除了向我表达谢意,他其实也想承认自己当年作为父亲的混,却由于自尊心的障碍,话到唇边拐个弯又说别的了。

等他终于不再说下去,我才说:"那钱不必还。"

"哎呀,哎呀,这……咱们到院子里吧,晒着太阳,边喝茶边聊好不?"

他用两声"哎呀"接受了我的表态。

我大姐已在洗我的衣服了。

我说："大姐我自己来。"

话一出口,我暗自诧异,没想到自己口中会那么自然地叫出"大姐"来——那是我的第一次。

我大姐也不说什么,只是起身用背挡住我,不让我靠近水盆。

我只得坐在小凳上饮茶。

阳光晒得我身上暖暖的,特舒服。茶也香,清喉润肺。

大姐夫说："没打过农药的。"

我说："好喝。"

大姐夫又对大姐说："婉之不许咱们还她钱。"

他将"不许"二字说得格外强调。

大姐边晒衣服边说："得还。别听她的,谁挣钱都不容易。"

我心里顿时感动得一塌糊涂,因为终于听到她说了一句绝对是明白人说的明白话。

大姐夫挠挠头,笑呵呵地小声问我："这倒使我为难了,听你俩谁的啊?"

我也小声说："听我的。"

大姐夫的话属于"杀鸡问客"那类话,而我的话却是真心实意的话。

不料大姐耳灵,看定他大声说："听我的!"

"好好好,听你的,当然听你的,你的话就是圣旨行了吧?"——大姐夫哄着大姐。给我续水时小声说："我还是得听你的。"

尽管在我看来他的表现可谓狡黠,但我内心却无反感。因为我不论从他脸上还是从我大姐脸上,都看到了那种给我以"鲜活"印象的变化。这变化使我既为神仙顶的人暗自高兴,也为他俩高兴。须知被贫穷压榨得麻木了的人,往往是连一点儿小狡黠也没有的。极度贫穷的日子过久了,几乎可以将人的智商归零。

大姐夫问我"回家"的事由,仿佛神仙顶自来就有我的家,而且我也只有这里的一个家似的。我觉得他的亲热首先应归功那五千元钱,或进一步说他儿子入伍这件事,使他的人生燃起了某盏彩灯——可不是嘛,他家院子的门楣上钉着"光荣军属"的红色铁牌,据我所知这是神仙顶头一户,多么令人羡慕可想而知。但我立刻又觉得我的想法甚不厚道,于是心生出自我批评。

我说我是回来给赵凯开家长会的。

他"噢"了一声,问我见过赵凯了吗?

我说见过了。

"那么,知道他爸不在了?"

"看到他戴黑纱了,他不告诉我原因,究竟怎么回事?"

大姐夫就大声问大姐:"婉之问赵凯他爸的事,你过来告诉她呗,我洗。"

大姐头也不抬地说:"你告诉吧,我这儿都快洗完了。"

"我告诉合适吗?"

"事儿都是那么一件事儿了,谁告诉还不一样,有什么合适不合适的。"

大姐的话一句比一句明白,语气语速与常人无异。除了偶尔眼神有点直,看不大出来是个患过精神病的人了。我觉得,大姐夫与大姐的关系也发生了明显的变化,大姐的家庭地位分明有所提高——这肯定也要感激那五千元钱。或进一步说,要感激我是我大姐的亲妹妹这一事实。如果我仅仅是她的亲妹妹,节骨眼上却并不伸出援手,或有心无力,那么将又当别论。

才五千元钱就改变了这么多关系!

而且还未必是他当时真就拿不出来的。

钱、钱、钱这东西啊!

那时我内心又对钱产生了五体投地般的膜拜,并且,因此不寒而栗。

大姐夫的说法是——赵凯他爸不学好,爱赌,结交了些狐朋狗友。他们聚在一起商议出个坏点子来,盗墓……

"根本不在行,也没应手的工具,三个喝得半醉不醉的家伙,有天夜里就干了起来,还弄出不小的动静。赵凯他爸负责起棺材盖,用的是凿子和锤子。他一下下把自己衣服角给凿进去了,自己却没感觉。忽然有人打着手电,喊着跑过来了,那两个撒腿就跑,赵凯他爸却跑不掉,衣服被夹住了!越挣越觉得棺材里有只手拽住了自己,所以他倒喊起救命来。等附近村里的人赶到,他就那么被吓死了。千真万确是被吓死的,有法医的证明……"

大姐夫讲此事时倒不断断续续的了,讲得特顺口,似乎已经讲过多遍了。我看不出他有悲痛,只看出他讲到"喊救命"时,强忍着才没笑起来。

我也没悲痛——悲痛不起来,仿佛在听他"扯闲篇"。我夜大的同学每将散布奇闻怪事的人讥为"扯闲篇",却又人人爱听,故"扯闲篇"的人挺被喜欢。

好事无人言,坏事传千里——我明白了赵凯写给我的第二封信为什么会是那样的。

我不知说什么好,陷于难堪的沉默。是的,我难堪。我大姐夫讲得一点儿不难堪,我这个听的人却难堪起来,我也不知为什么。

大姐夫问大姐:"我没添油加醋吧?"

大姐说:"是那么回事。"

她已洗完衣服,将水泼在当院,到水管子下去接清水。

我为了摆脱难堪,走过去替大姐端盆,发现大姐眼中有泪了。

我说:"你歇会儿,我洗二遍。"

她说:"在这儿吃午饭吧。"说罢进屋了。

我洗衣服时,大姐夫蹲盆边说,我二姐因为二姐夫的事没脸出门了;我生父气病了;二姐夫家的人也觉得他丢尽了他们的人,都不愿管他的后事。

"没法子,看你大姐分儿上,我也得出头啊。是我张罗着把你二姐夫发送了的。虽然他活着时我俩关系并不好,他有对不起我的地方,我也有对不起他的地方,但他死后,我可是很对得起他的……"

大姐夫的话说得特坦荡。

我说："谢谢大姐夫。"

说完内心陡然来气。都是些个什么烂事儿,与我方婉之何干?我谢得着他吗?我又是替谁在谢啊!

午饭简简单单。

大姐夫说,按理也应该由他张罗,将我生父和我二姐请到他家,亲人们聚一顿餐。但出了那件不好的事,聚在一起聊什么呢?所以还是别往一起聚的好。

我大姐说："对。"

那也正是我想说的。

在院门口,我大姐嘱咐我："要是你二姐问你来过我这儿没有,你要说没来过,先到的她那儿。"

我点头。

"她要是不问,你也犯不着非按我教你的话说,绕过去最好。"

我点头。

"她受那场刺激,神经也有点儿不正常,说什么你不爱听的,都别挑她的理。"

我没再点头。

我的颈子僵住了——不,我全身都几乎僵住了。

曾经疯过的大姐,说二姐"精神也有点儿不正常",是我从没想过的荒诞事。

迈出大姐家院子,我心里接连骂他妈的他妈的他妈的——不是骂任何人,而是诅天咒地。难道我何家三姐妹,竟会有两个疯子吗?或者,一个好了,终于不疯了,另一个再接着疯?还要外加一个盗墓贼?幸而我及时赶回来了,若不,是否又会多一个自杀的呢?!天公地母将这些烂事儿都砸到一户人家头上,还不该被诅咒吗?!

我见到我二姐时,她刚从鸡窝里取出鸡蛋,一手一个。

见到我,两个鸡蛋落地了。

我说："对不起。"

她将目光从我脸上收回,转身朝柴草棚里唤鸡鸭。几只鸡和一只鸭从棚里出来,喜出望外地争食碎在地上的鸡蛋。

她看着。

我也看着。

尖嘴的比不过扁嘴的,碎鸡蛋主要被鸭子吃了,而且吃得极为得法,秃噜一下,一口全嘬进嘴里了,气得几只鸡干瞪眼没奈何。我从未见过鸭子吃碎鸡蛋这事儿。

我想全世界自从有鸭子以来,居然能吃到生鸡蛋的肯定是不多的。我替那只鸭子感到幸运,同时也替大姐二姐感到幸运——如果没我这样一个小妹,她俩的人生将会怎样?更替赵凯感到幸运,如果没有我这样一个小姨,在此一段耻辱临门的日子里,谁来关注他的生死呢?

于是我感觉到了虽不美妙但却明晰的存在价值。然而也怕自己只不过像碎鸡蛋——如果吃了鸡蛋的鸡鸭变成孔雀或天鹅——不,也不必变得那么理想,即使变成一般好看的鸟儿,我都甘愿像那两只碎鸡蛋似的干脆奉献了自己⋯⋯

可如果吃过鸡蛋的鸡还是鸡,鸭还是鸭呢?

用今天的说法那就是——我当时被一种很丧很丧的想法粘住了,如同一时冲动飞错了方向的小蛾子被巨大的蛛网粘住了。

我的手下意识地捂住了挎包——李娟替我往里边塞了些钱,究竟多少我还不知道。

我明白又到了用钱来解决问题的时候了。

但愿挎包里的钱够用。

当碎鸡蛋无影无踪,地上只留下了湿迹,鸡和鸭欲犹未足地离开了,我二姐一转身进了屋。

我杵在那儿发呆,难以判断她的态度属于正常表现还是相反。

忽听她在屋里喊:"倒是进来呀!"

我进了她所在的那间屋子,满地狼藉——似乎是她两口子的卧室。她似乎将家里所有能摔碎的东西都摔在地上了,包括盘子碗。床上,新被子的被面被剪得稀烂。

她将手中笤帚一丢,坐在床沿咬牙切齿地说:"不过了!我恨死赵家的人了!赵凯他爸只是我丈夫吗?就不是他们老赵家人了?出了丢人的事,他俩哥一个弟三个大老爷们全都袖手旁观!他老妈还到处说他是被我带坏的!是我教唆他去盗墓的吗?他们还怂恿我儿子与我作对!等我哪天把这家给彻底毁了,非死给他们赵家人看不可!……"

她说时,我捡起笤帚默默扫地。

还没扫完,她呜呜哭了。

我说:"你死了,你女儿和儿子怎么办?"

她说:"我管不了那么多了!交给你,谁叫你是他们小姨!不交给你难道让我交给咱大姐?……"

我怒道:"何小菊你说的是人话吗?"

她说:"人话鬼话不都一种说法吗?你改姓方了就不是何家的骨肉了?你就是脱三层皮那也还是我亲妹妹!你成了市长的女儿就丝毫不讲姐妹情了?就连明明能帮上的忙都不帮了?那你回神仙顶来干什么?!……"

她将我当成了发泄对象。

我扔了笤帚转身就走。

她从背后抱住我说:"小妹,你可不能不拉我一把!你要是也不拯救我,那我只有死路一条了!……"

她号啕大哭。

"放开我!"

我只得陪她坐在床边,听着,看着,任她往够了哭。等她哭得无趣了才开始劝她。

我说她必须出去打工了。如果她愿意可以到深圳投奔我,我帮她找工作。

她问:"那我儿子咋办?"

我说她儿子由赵家的人代管一个时期没什么不妥,她尽可放心。

她说她不想出去打工,从没出过远门,怕受气。

我说:"那你就要起早贪黑采茶,总之你得担负起为自己为供儿子上学的责任。"

我看出,这个是我亲二姐的农妇,其实是个依赖丈夫挣钱依赖惯了,自己很缺乏劳动能力的女人。

她沉默了会儿,嗫嚅地说:"那死鬼还欠着几笔债呢。三天两头有人来讨债,我没钱还,赵家的人更不会替还。"

于是我拉开了挎包——里边有大约五千元钱。我点出一千元放在我和她之间。

她瞥着问:"多少呀?"

我说:"一千。"

她说:"那够干啥?"——瞥着我挎包又说:"包里不还挺多吗?"

我说:"还要给赵凯留笔钱,我也不能空手去见咱爸。"

她说:"给咱爸二百三百意思一下就行了,给赵凯的钱也可以放我这儿,由我给他。"

我正色道:"我给谁多少是我的事,用不着你安排。给你儿子的钱,我也要当面交给他。"

她看着我问:"你的意思是,赵凯往后上学的花销,全由你负担了?"

"我那么说了吗?你给我听清楚,我没那个意思!"我光火了。

"算我没说,你别生气嘛。赵凯好命,有你这么仁义的小姨。你就是替我负担一半,我的压力也小多了。你成全了杨辉,不能不帮二姐渡过难关。"

她又要哭的样子。

我冷静了。想想,一千的确太少了点儿,又点出五百元放下。

钱的事一完,我和我二姐顿时陷入了无话可说之境。

我便拿起笤帚继续扫地,而她拿着撮子与我配合。

将一地狼藉大致处理了一下,我说我要走了。

她问:"去看咱爸?"

我点头。

我说"咱爸"二字还不太习惯。

她说:"不用我送你过去?"

我说:"不用。"

在院门口,她扯住我衣角,样子挺机密地说:"你大姐家已经不困难了。杨辉一参军,他俩可省心了。你大姐夫也不外出打工了,两口子成双入对地采茶,采得可来劲儿了。你大姐夫家又没什么负担,你都给过他们五千元了,总之他们不属于困难户了。亲人之间,帮谁不帮谁,你心里得有个数不是?……"

我说:"你回屋吧。"——挣脱衣角,快步走出了院子。

我没直接去我生父家。

算来,我生父已快七十了,我想老人得睡午觉,就在村里四处逛。

斯时村里寂静悄悄,茶地里却还有人在采茶,为防晒,有的用纱巾包头,有的戴草帽。

一条溪水从山上流下来,在村中形成一处水塘,从另一端流走。我在水塘边坐了一会儿,泡了泡脚。塘水清可见底,底是水泥的,有小鱼。我发现了几条小红鲤和锦鲤,企图用手绢兜住一下,几次都没成功。

我对这儿有印象,小时候看着杨辉他们在塘里嬉闹过。那时溪流的两边和塘岸是泥地,洗衣服的女人一不小心就滑下去了。现在有台阶了,这地方成为神仙顶的一处景观了。

一只金丝龟不知何时爬上了台阶,我看见它时,它也正伸长了脖子看我,似乎要与我对话。

忽然不远处传来集体的童声,我站起四望——声音发自一片高竹之后,竹隙间隐现白墙灰瓦。

  床前明月光
  疑是地上霜……

孩子们的普通话还学得不够好,乡音浓重,听来却也别有一番诗味儿。

我在来时的车上已听人们说过——神仙顶的幼儿园虽不是高级的,却是建在全县最高处的;是县政府拨款建的,为的是使外出打工的大人们不牵挂家里的孩子。而幼师是县里派的,工资由扶贫办发。

两点半左右,我去见我的生父。

我的生父何永旺已老态龙钟,头发快掉光了,人也很瘦,还挂着拐,一只脚缠药布。

我惊讶地问:"你怎么了?"

他说脚上的鸡眼严重了,发展成肉锥了。以前犯了,他都是自己挖,这次感染了,不得不去了乡诊所。

我问:"治好了吗?"

他说:"乡诊所往县医院支,认为必须开刀。"

我扶他坐下后说:"那不是往县医院支,那是对你负责,为什么不去呢?"

我猛然想到,上次我见他时,他的脚也一拐一拐的——肯定与我小时候他为救我而扎伤了脚有关。

我心一紧。

他没回答我的话,反问我回来干什么?

我说:"给赵凯开家长会。"

他又问:"他爸那事儿,你知道了?"

我点头。

"那你也不该回来,他爸那是自作自受。"

他流泪了。

我就将赵凯给我写信之事告诉了他。

"你都姓方了,你没穿过何家的一件衣,没吃过何家一口饭,她们大人孩子,凭什么总是拖累你啊!⋯⋯"

他连连顿他的拐。

我说:"我这次吃过何家的饭了,中午在我大姐家。"

生父的家维修过了,看去像点儿家样了。他说是大姐夫出的钱,大姐和大姐夫也常来照顾他。尽管如此,那家还是显得乱七八糟的。

我挂起挎包,不许他动,开始收拾。

"你爱收拾我也拦不住你,那我陪你说话……"

他就东一句西一句找话跟我说,说了些什么我也没太认真听。只认真听了几句关于我养父的话——他说神仙顶的人都感恩于我养父,我养父宁肯丢了乌纱帽,也要为玉县的山区农民争福祉……

我吃了一惊,急问:"他被撤职了吗?"

他说:"那倒没有,不过本该当上市委书记的,却因为土地税的事没当上,都这么传……"

正说间,我大姐夫送被子来了。

大姐夫说:"不敢让你住我们那儿的,怕你二姐往多了想……"

我说:"我愿意住这儿。"

大姐夫走后,我为生父重新铺床时,见杨辉的一张四寸彩照用线缝在蚊帐上。那蚊帐也许自从挂上就没洗过,已经脏得变黑了;那英武的海军战士的彩照,仿佛使三面围起的小小空间熠熠生辉。

我看着照片不禁在心里说:"杨辉、杨辉,努力啊!……"

收拾完屋子,我给了生父一千五百元钱。

他说什么也不要。

我说:"是为你治脚病的钱。我已经嘱咐我大姐夫要陪你到县医院去了,你不收下,难道那时花他的钱?"

他这才不推了,但说太多,五百足够了。我说肯定不够,逼他收下了一千。

他变得高兴了,说要到幼儿园去,说他喜欢听神仙顶的孩子们唱诗,听了能忘忧。

他走后,我开始大洗起来。恨不得将一切该洗的都洗得干干净净,不管明天的天气如何。他回来时已近黄昏,门前交叉拉起了两道绳子,晾满了我的成果,我正在做饭。

我的生父很不灵便地坐在灶前帮我续火,拉风匣。那风匣多处漏风,发出的声音像肺痨之人的喘息。我认为他多此一举,可他偏那么做。我想他那么做是为了享受与我亲近的片刻时光,而我对这一点也莫明其妙地心生出几分愉悦。

我往桌上端菜时,他起得快了——我听背后有响声,急转身,见他跌倒于灶前。我吃一惊,将他扶起时不安地问:"爸,摔疼了哪儿没有?"

他笑道:"没事没事,哪儿都不疼。"

我将他扶到水龙头那儿洗手,他竟洗起来没完。我探头往门外看时,见他双手捂脸,弯着腰,头顶着水龙头,耸肩不止——分明的,他在无声而泣。

吃饭时,我二姐来了,她自然是可以不请就可以坐下吃的人。二姐的嘴一刻不闲着,要么吃,要么说;说的句句是怨言,谴责我生父当初非让她嫁给杂姓男人是坑了她,如果嫁给一户姓何的,她的命肯定不会是现在这么一种下场。说到来气之处,恨不得将碗边咬下一口似的。我生父起初边吃边听,后来不吃了,瞪着她默默流泪。

我忍不住抗议地说:"何小菊,你非要逼我对你无礼吗?"

我这话的分量是很重的,二姐显然也怕惹我光火起来,又吃了几口,明智地起身走了。

她在门口转身嘱咐我:"他小姨,你给赵凯开家长会时,可别忘了给他那五百元钱。"

生父碗里的汤已经凉了。

我将热汤放在他面前时,他泪眼模糊地望着我说:"听我的,再不要回来了。变成了那样的一个二姐,你非回来认她干什么呢?现在的你二姐,还不如你那个疯过的大姐有人味儿。你不是政府,扶贫是政府的事儿,不是你非尽不可的责任啊。千万别让你两个姐成了你的累赘,你……你已经尽力了嘛……"

他又泣不成声。

我情不自禁地抚了抚生父的后背。

"爸,不说这些,咱把这顿饭好好吃完。"

叫过了第一声"爸",我叫第二声"爸"叫得非常自然了……

夜里我觉得脚底板很热,起身一看,生父不知何时将一只灌了热水的大可乐瓶放在了我脚下……

生父告诉我,我生母的死与我有关——生我那天,她由于回来时淋了大雨,一病不起。虽然生父四处借钱为她治过,但她的心病不是药所能治的……

生父自然不会明说。

我是将他的只言片语串联起来才得出结论的。倘我并不一再追问,只言片语他也肯定不会对我说。

那结论使我内心怆然。

可怜的生母!

由是我内心再无怨结,只剩下了对贫穷的愤慨。

第二天上午,在生父的陪同之下,我为生母上了一次坟。

面对那一丘黄土,我不由自主地跪下了。

"妈,原谅女儿,今天才来看你……"

我泪如泉涌,泣不成声。

十四

二〇〇五年中秋之前,我收到了赵凯的信。他在信中告诉我——他姥爷去世了。

那时我和高翔已经确定了恋爱关系。所谓"确定",无非是他以我俩的名义请张家贵、李主任和李娟吃了顿饭,由他郑重宣布的。我并没要求他那么做,他认为必要的仪式感才会使爱情成为美好之事。

那时张家贵已成了我和李娟的"张哥",店里有什么难事急事李娟都不客气地找他,而他也总是乐于帮忙。

我从神仙顶回到深圳后,与张家贵恳谈了一次。

我承认我骗了他。

他说帮我和李娟拉回电视那天,他已猜到我是谁了。

我问他,如果我二姐到深圳来,能不能在他那儿找份活干?

他说只要对工资的要求别太高,完全可以。说自己其实一直想从经济上帮帮我大姐家来着,却不知究竟该怎么做。明帮吧,怕我大姐夫觉得有损面子;暗帮吧,又怕引起闲话。如果能在我二姐有难时帮帮我二姐,也算圆了他的一种心愿。

但我二姐并没到深圳来,她最后还是决定留在神仙顶采茶了。因为张家贵与我大姐当年那一种关系,我和李娟如果叫他叔就差辈了,只能以"哥"相称,而他乐于接受,说听着觉得自己年轻了不少。

那时李主任已升为电大副校长了,还当上了市政协委员,特忙,见他一面不容易了。

我们超市的生意更好了。扣除租金和我俩自定的每人每月两千五百元工资,已有七万净利润了。我几次让娟先将她当初投那两万抽回去,她总说不急。她说的倒也是实话,有工资了,够她按月尽自己那份经济责任了。

我当时也承担下了供赵凯读书的经济责任。

我给他开家长会前化了淡妆,那是我第一次往脸上弄化妆品。家长们皆是农民和农妇,即使乡里的干部,差不多也都将儿女转到县城的某所中学去了。我的出现几乎成为新闻。

家长会后班主任老师单独与我谈了一次话。

老师说她挺佩服赵凯的,如果是别的学生,遇到了父亲那种事,大约也就不再上学了。可赵凯却按时返校,证明他的抗击打能力是相当强。老师说他学习上并不聪明,但是刻苦。男生多偏理科,他却偏文。他爱长跑,为学校多次争得过体育荣誉,高考时能加分,估计考上一所二本大学问题不大。

我也与赵凯谈了一次,问他:"你真想考大学?"

他说:"想。"

我问:"有几分把握?"

他说:"十分。"

他的回答使我无可再问。

我沉默良久,不得不这么说:"那就继续努力。从现在起,我供你上学了。"

他说:"我会对得起你的。"

他肯定将我是他怎样的小姨如实告诉同学们了,我走时,许多同学夹道送我。我一出校门,那些农家儿女齐喊:"小姨再见!小姨我们爱你!"他们大概都想有一个我这样的小姨。

那时刻我心充满感动。

我虽然只不过是赵凯的小姨,却证明了像我这样的亲戚的确是存在的。我能够不避丑闻以小姨的身份给赵凯开家长会,大约在他们看来,具有人世间的童话性——这是我对他们的理解。

那日我下了一个决心——说到就要做到。我的承担,使我二姐有了变化,她对儿子表示以后要去开家长会了,并将我的生父接到她家与她同住了。

我没想到生父的死会使我悲痛了好些日子,多次梦到他。毕竟,我的生命是父母给的,我并非石头缝里蹦出来的。我从没见过生母一面,连她的照片也没见过,这不能不使我觉得是人生的一件憾事。人是奇怪的,居然从没见过生母一面生母就死了,这种事在有些人那儿会成为心灵的"结核",而那又完全是自找的。我的心灵中后来出现了那类"结核"——所幸我三次见过生父了,最后一次还给了他一千五百元钱;为他洗过衣服做过了一顿饭。也终于叫过他"爸"了……

夜深人静时分,我流着泪诉说了我的忧伤,而这影响了娟的心情。

有天夜里我被她哭醒了。

我问她哭什么?

她说:"怕……"

我以为她做噩梦了,笑话她。

她说:"没做噩梦。我怕有一天,我爸我妈不知谁死在前边,他们到现在为止没过上什么好日子,我越想越怕,越怕越想……婉之,那一天如果真来了,我怕我受不了。如果我摸电门,你可别拦我……"说着她哇哇大哭起来。

这就是娟——努力工作、省吃俭用、一门心思攒钱,只为能使她的父母过上几年所谓好日子再死;只为帮她弟弟娶上媳妇成了家;只为供周连长的儿子考大学……

每一元钱似乎都是在为别人挣,为别人攒,与她自己毫无关系似的。

我拥抱着她,一个劲儿地安慰她:"娟,我的娟,你的愿望会实现的,都会实现的……"

国庆假日里,生意竟然也挺好——有个小区在那条街上开了后门,不少居民成了新顾客,多数是大妈。那几天我和娟为了笼络住她们,使她们成为常客,嘴上像涂了蜜似的。可谓"何以解忧,唯有收款"。高翔也给了我一份惊喜——他的一幅摄影作品参展获奖,他用奖金买了两部"诺基亚"手机,一部属于我了。他要到西藏去采风,我俩有了手机,随时通话成了易事。手机对我和娟也很重要,谁出门谁带着,许多情况可以及时商议了。

转眼到了十一月份。

一日,我正整理货架,听到娟在门口大叫:"婉之快来!快来!"

我急步走到门口,见一位怀抱白"京巴儿"的妖娆女子笑盈盈地站在娟面前。

娟板着脸对我说:"她冒充咱们倩倩,你说该怎么办?"

我打量那女子,虽然化了浓妆,指戴戒,腕套镯,耳坠环,头扎纱巾,足着靴,一副摩登样子,却正是倩倩!

但我偏说:"不认识,撵出去!"

于是我俩往外赶她,她嘻嘻笑出了声,抱着小狗在货架子间与我俩躲猫猫。小狗冲我俩愤怒地叫,惊得卧在窗台的"小朋友"蹿上吊铺,居高临下冲狗吹胡子瞪眼。

我们姐仨闹了一气,我说:"不闹了不闹了,喘不上气儿了,坐下好好聊吧。"

于是娟挂出"暂停营业"的牌子,关了门,行着屈膝礼请倩倩上吊铺。

倩倩往上看了一眼,蹙眉道:"上上下下的,不必了吧。找到你俩就高兴了,我还有事儿,一会儿就得走。"

她在小梯上坐了下去。

小狗却还冲我俩龇牙咧嘴地叫。娟为了使它消停下来,剥了根小香肠喂它,它非但不吃,反而叫得更凶了。

倩倩说:"它才不吃那东西。连狗粮也不吃了,只认进口的狗罐头了。"

娟佯怒道："毛病！那你让它安静,再叫我拎尾巴把它扔出去！"

倩倩从挎包里掏出了块东西塞它嘴里,它才终于噤声了。倩倩说喂它的也是进口的狗零食。

娟伸长胳膊将香肠喂向"小朋友","小朋友"受到惊吓也不吃,躲到吊铺里边去了。

"都不吃我吃。已经剥开了,不能浪费了。"

娟津津有味地大口吃起来。

我从货架上取下两只小塑料凳摆在倩倩跟前,与娟坐下陪倩倩说话。

倩倩说她在欧洲诸国轮番住了小一年,回到深圳不久。一回来就到处打听我和娟的下落,没想到会在这儿与我俩重逢。

我几次想问我所关心的事,比如她孩子怎么样啊,做母亲的感觉啊,找到了什么工作没有啊,却一次次被娟将话岔开,以干咳制止了。

倩倩约我俩星期日一块儿玩一天。

娟说一块儿玩一两个小时还可以,一天绝对不行,太影响收入了。

倩倩嗔道："你这话忒俗了吧？友情那么不值钱？还抵不上你这小破店一天的收入？一天能收入多少？我加倍补给你俩。"

娟不爱听了,脸上有点儿挂不住了。

我怕她与倩倩一见面就互怼起来,赶紧满口答应。

倩倩说走就走。来得突然,去得匆匆;在门内还取出小镜补了补妆。望着她坐入一辆红色的跑车里,娟从门把手上取下了"暂停营业"的牌子。

跑车驶远,我俩退入店中。

娟问："知道我为什么几次打断你的话吗？"

我说："当时不知道,现在明白了。"

"你认为她还会是刘柱的媳妇吗？"

"也许……不是了吧。"

"还也许个什么劲儿啊,肯定不是了呀!"

"那……咱俩也还得拿她当姐们儿看呀。"

"你觉得她还是咱们熟悉的那个倩倩吗?"

"有点儿……变了……"

"仅仅是有点儿变了吗?记得我曾经说,她身上的故事会很多吗?"

"记得。"

"我可比你了解她。她那人,有的事儿没先找她,她也会上赶着去找自己巴望的事儿。她可不是盏省油的灯,主意正着呢。"

"我不嫉妒她……"

"你绕着弯儿说我嫉妒她?"

"我可没那意思,娟你千万别误会啊。我只不过想说,她主动找咱俩,证明还是拿咱俩当朋友的。那么我替咱俩答应的事儿,在你那儿不能变卦对不?"

"依我,到那天找借口推了也没什么……"

"我反对!"

"好好好,别急,但你得给我记住,不许再问三问四的。她不主动讲的事,一句也不许问。即使她主动讲了,咱们也就听听而已,不许妄加评论!"

"听你的。"

"还有,你得明白这么一个理——朋友一旦富贵了,除非自己也富贵了,否则就应该相忘于江湖!"

"我原则上同意。"

关于倩倩,我与娟当时说了以上一些话后,接下来的几天里都没再提过一个字。不论我还是娟,都怕因为倩倩抬起杠来。

星期日那天,倩倩到来之前我俩都换上了最好的衣服,化了淡妆。

在我,是出于礼貌,出于对曾经的好姐们儿的尊重。

在娟,似乎更是出于对自己形象的顾及。

她说:"女人谁不会打扮打扮自己呀,别让倩倩把咱俩衬成了黄脸婆！"

"别说的那么难听！"我打了她一下。

倩倩没带狗,居然也没化妆。我想她没化妆,肯定也是为了照顾我俩的心情。不但没化妆,穿的也很寻常。我的想法,令我自己着实内心暖了一下。没化妆的倩倩,脸上的皮肤细腻得不得了,真可以用剥了壳的鸡蛋或玉肤冰肌来形容了。我没看到她那双小手,因为她戴了双雪白的丝手套;估计她那双小手也肯定保养得细皮嫩肉的。

我不禁低头偷看我自己的双手。因为终日搬货,擦这儿擦那儿,一会儿干一会儿湿的,不但粗糙了,而且起了茧。

我发现娟看着我意味深长地笑了一下。

我敏感地小声问:"你笑什么？"

她说:"这车上都不许我笑了？"——说完,轻轻握住我一只手,脸却转向了窗外。

倩倩问:"我比咱们一块儿帮厨那时候,是不是白了点儿呀？"

娟说:"快变成白雪公主了。"

倩倩说她在国外常注射一种什么养颜药品,贵,但效果好。

娟突然问了一句:"你整容了吧？"

倩倩格格笑了,佩服地说:"还是你眼尖,婉之就看不出来。"

"是没看出来。"我以老实的态度承认自己眼力差点儿。

"也就稍微修了修,绝对属于小手术……哎,告诉你俩哈,我和刘柱分开了,手续都办了……"倩倩也冷不丁地转移了话题。

我牢记娟的教诲,只"啊"了一声,表示听到她的话了,多一个字都没说。

娟却破坏了她自己定的原则,推心置腹地说:"倩倩,他和你根本不般配,早散早好。但刘大爷那人还是不错的,对咱们姐仨挺照顾。冲刘大爷面儿上,你怎么也要处理得对得起他们父子。"

娟的话听来颇有三娘教子的意味。

倩倩说:"那是。不过钱上的细节,我才不办那种拖泥带水的事儿。"

一个"钱"字,又使我的心晃悠了一下。

要说娟真是表现得够意思,为了找回我们当年那种好姐们儿的感觉,她想方设法逗我和倩倩开心,一会儿讲东北笑话;一会儿唱几句二人转;一会儿装晕车,骗我大上其当,按她的人中捏她耳垂儿。停车时,还抢先下车,替倩倩开车门,装出女跟班儿的样子,使路人朝我们投来好奇的目光。

倩倩的表现也相当好,我和娟说去哪儿玩,她一声不吭就把车往哪儿开。即使到了那儿,我俩觉得没意思,连车也不下,倩倩却说:"玩嘛,就应该这样,随心由性最好。你俩统一了意见直管下指示,去哪儿还不是一掉车头一给油的事?你俩高兴我就高兴,我的任务就是给你俩当好司机。"

后来我们去了珠海,隔着海湾看澳门。倩倩说等我和娟有空了,她愿陪我俩到香港和澳门玩儿,之后再去"新马泰"、日本,一切费用由她出。她说那些城市和国家她也没去过,很希望我俩陪她去。

我听到她悄悄对娟说:"花男人的钱感觉爽极了。有男人心甘情愿让你花,不花白不花,可我一个人才能花多少?你俩是我姐们儿,让你俩沾沾我的光,也不枉咱们姐们儿了一场。"

老实说我反感她那种思想。

老实说她的话却又令我感动。

我看出我们的关系发生了变化——我们姐仨都是帮厨时,娟所充当的是"大姐大"的角色,我和倩倩一向对娟言听计从。那日倩倩却成了中心人物,我和娟都不由自主地顺应起倩倩来。她说应该在哪儿留影,我俩便立刻走过去站好,并将中间的位置留给她。以前留影时可是我站中间的,或者娟站中间,倩倩从没在中间过——因为我的个子最高,倩倩的个子最矮。那日,个子的高矮已不在考虑的范围,倩倩往中间站时的表情也那么地理所当然。而一照完相我就替倩倩肩挎相机了。她那相机很高级,挺大也挺沉。我在高翔那儿见到过类似的,却没倩倩的大。娟则买了一把伞,不照相时就替倩倩撑着,说我们姐仨数她白,应予重点保护,别晒黑了。

中午我们在珠海最高级的饭店吃了一顿海鲜大餐,倩倩照例坐在中间。上什么娟都不嫌贵,一副不吃白不吃的样子。

倩倩笑她变成了一头大白鲨似的。

其实我也吃得天经地义不亦乐乎。

下午四点多,倩倩才将我和娟送回来。

我们姐仨正在店门口话别,忽听到一个男人的声音怒吼:"郝倩倩,看你今天还往哪儿躲!"

我们姐仨吃惊地转身看去,见一个衣服裤子脏兮兮的汉子怀抱一岁多的小孩儿,不知何时从何处冒了出来。他脚穿一双塑料凉鞋,看去几天没洗脚了。头发老长,脸上胡子拉碴,怒目圆睁。他怀中的孩子同样脏兮兮的无精打采。

是刘柱。

我们姐仨一时都慌了神。

我说:"倩倩你快进店里去。"

娟就慌忙掏出钥匙开店门,却被刘柱抢前两步,一肩膀将她撞开。

钥匙掉在了地上。

我欲捡起钥匙,被刘柱一脚踏住。

倩倩那时反倒首先镇定了,双手叉腰,毫不示弱地说:"刘柱你想干什么?!"

刘柱冷笑道:"还能干什么?既然找到了你,不把你带回老家我誓不罢休!"

倩倩也怒了,斥道:"呸!你凭什么啊?离婚证都办了,钱你都收下了,你有什么权力?光天化日的,你想抢人啊?!"

刘柱说:"我后悔了!我现在不想要钱,又想要老婆了!"

倩倩说:"瞧你那样儿!你还配有老婆吗?给你们刘家生了个大胖小子,还给了你们一大笔钱,你现在又来这套!你看挺好的一个儿子被你糟蹋的!你有脸出现在我们姐仨面前吗?!……"

那时整条街也不见个人影。

孩子认出了倩倩,伸着双手哭喊:"妈妈、妈妈……"

我和娟一时都不知所措。

"郝倩倩,最后问一句,你到底跟不跟我走?!"

刘柱放下孩子,眼露凶光了。

"刘柱你做梦吧！别过来哈,你敢过来我就用辣椒水儿喷你！……"

倩倩快速地从挎包里掏出一个小瓶,防范地举着。

但刘柱的动作比她更快——他从后腰抽出了一把带鞘尖刀……

接下来的事发生在几秒钟内。

先是刀鞘落在我脚边,我低头看时,耳听李娟大叫:"刘柱不许！……"

我扭头看娟时——刀已在她身里了,只余刀柄在外。娟摊开着手臂,低头看刀柄……

我又听到刘柱哇哇怪叫,又看他时,见他双手捂脸不停地转圈,一头撞在树上……

我不由得转身看倩倩,见她仍一手举着小瓶,另一只手拦抱住娟的腰。我眼睁睁看着她俩跌坐于地。

那孩子吓得哭着喊着已跑下了人行道,跑到了马路上,站在马路中央不动了,喊些什么我也听不分明。

娟指着孩子大声对我说:"快！孩子……别被车……"

正有车疾驶而来。

我冲向马路将那孩子抱起,已来不及转身,只得接着跑到马路对面。

我站在马路对面回望时,见倩倩搂抱着娟在喊:"来人啊！救命呀！谁来帮帮我们啊！……"

我的头脑一片空白。

十五

刘柱那一刀使李娟失去了左肾。

医生说刀尖几乎刺穿了它,所幸是刺在肾上,倘若刺在肝上,只怕娟已性命不保。也幸亏倩倩有车,在几位路人的帮助下,娟被及时送到了医院。当时车里坐不下我了,何况我还抱着孩子,所以我没随车到医院。

公安来得也很快,抱着孩子的我与刘柱被一起带到了公安局。刘柱被审时,我也被盘问了近一个小时——问我与刘柱的关系;与孩子的关系;与李娟和倩倩的关系——作为目击者,我在几页证言后签了名按了手印。

刘柱被拘押了。

我问孩子怎么办?

公安局的人说不必我操心了,他们会负责照顾好的。

我离开公安局时,见一名女警用浴巾抱着那孩子从什么地方出来,正往一间办公室走。

她叫住我,冷着脸问:"不要孩子啦?"

我说:"不是我的。"

录我证言的男警从窗口探出头说:"孩子与她没关系,暂时没她的事了,可以让她走。"

我觉得那孩子被吓傻了。

我赶到医院时,娟已被推入抢救室,而倩倩已不知所踪。

我问娟的情况。

一名护士说:"那谁知道啊,不正在抢救吗?得看抢救结果呀。"

我顿时泪如雨下,抓住那护士的手说:"求你们了,千万要……"

护士一边往回抽手一边说:"求我没用啊,我只不过是护士。放心,医生们肯定会竭尽全力的……她是你什么人啊?"

我说:"朋友,我就她这么一个最好的朋友……"

我忍不住哭出了声。

"别哭别哭……"

那护士叫来一个年长的护士,指着我说:"她俩是朋友。"——说完匆匆离开了。

年长的护士问娟的家人怎么还不来?

我就告诉她来不了,娟在深圳也只有我这么一个朋友,可以将我看成娟的亲人。

她沉吟着问:"那你能在风险协议上签名吗?你要知道,有人签了字,医生们的抢救才没任何压力。"

我明白她话外的意思,那时也不容我多想,不容我犹豫,我立刻要过笔签了名。

"还有最重要的事,你得替她先交两万元押金……"

"现在吗?我也没带钱来呀……"

"最好今天交,赶快回去取。今晚我值班,来了到抢救办公室找我,快去快回!……"

年长的护士说完也匆匆走了。

我拦了一辆出租回到超市,嘱咐司机等我;一进入店里,先找了一个布袋,套住收款抽屉,将钱全部倒入;其实那么做并无特别大的必要;我已完全的心慌意乱,只不过是在下意识地那么做。

当时我心里只剩一种想法了——钱与娟的性命息息相关,我能集中的钱越多越好。

我以最快的速度爬上吊铺翻出所有存折,将向我卖萌的"小朋友"推开,脚一着地立刻跑向门外,锁上门后立刻跑向出租车。

第一家银行已关门了。

第二家银行正要关门,人家告诉我确实没法为我办理取款了——钱都入柜了,电脑也都关机了。听我说明情况后,急我之所急,立刻打电话通告了第三家银行,让对方一定要留人等我。

在第三家银行,我终于取到了三万元钱,他们当时也只有那么多钱没入柜了;全部为我留下了。

布袋里的零钱刚够车费。

医院收款处的人说:"你将三万元先都交了吧,何必还往回带一万?接下来不还得住院吗?谁也没法预测得住多久啊,所以你们家属还要尽快筹钱。"

我交了那三万元,问还需多少钱?

她说起码得再交十万。

那时李娟还在抢救室里。

我失魂落魄地走到抢救室外,孤零零地坐在长椅上,由于精神一直高度紧张,一坐下去,身心有种顿时懈怠的感觉。

我蜷在长椅上不知不觉睡过去了,直至又有人被推入抢救室时才惊醒,见眼前站着几个人,一对看去是母女的人相拥而泣,其他人都木然地看着抢救室的门。

我霍地站起,急忙去推抢救室的门,门已从里边插上了。

一个男人挺凶地对我呵斥了一句:"干什么你?!"

"我……我朋友也在里边,我想问……"

我的话还没说完,那看去是女儿的三十多岁的女子也冲我嚷嚷:"你有病啊?里边怎么会有你朋友?一边儿待着去,别在这儿烦我们!……"

我瞪着她一时不知再说什么好。这时一名护士匆匆走来,我急忙迎上前询问。

那护士一边走一边说:"我什么都不清楚,问特护室去……你们哪位是家属代表?请在协议上签字……"

那护士立刻被那些家属围住了。

"叫李娟对不对?刀伤对不对?左肾切除了,不过手术很顺利,估计没生命危险,但还在麻醉状态,你明天下午来看她吧……"

隔着有小通话孔的玻璃屏障,我终于听到了结果,悲欣交集,又一次泪如泉涌。悲的是李娟从此只有一个肾了,欣慰的是她脱离了生命危险。

也不知过了多久,那名护士走出特护室,见我还呆坐在长椅上,驻足问我:"李娟是你什么人啊?"

我说:"是我姐。"

她又问:"你们父母在外地吧?"

我点头。

她劝道:"姑娘,回去吧,你即使在这儿坐到天亮,对你姐也没有任何意义啊……"

那时已后半夜,打不到车了,我走回了超市。

开了灯,插上门,"小朋友"立刻跑过来,喵喵叫着蹭我裤角。我猛地意识到,从出事到现在,几乎将它的存在完全忽略了,赶紧看它的碗,果然没食也没水了,为它添了食和水,收拾了它的便盆,我一爬上吊铺就趴着不动了——确实有点儿像是爬上去的,浑身散了架,一点儿劲都没有了。

我趴着想——将目前我和娟所有的钱集中起来,大约还有七八万,如果还不够娟的住院费,那么只有也将超市兑出去,大不了我俩再一切从零开始。我俩都年轻,没什么可怕的。如果还不够,便只有借了。

我是难以向高翔开口的——摄影家在一切艺术家中大约是最清贫的。好在他是体制内的人,有份工资,并且他在上海和深圳各有小小的照相馆,额外还有收入。否则,单靠卖作品,大约他连养活自己都会成问题。何况他老母亲还须他赡养,他表弟下岗后一直没有稳定的工作,也得他经常周济。

决定跟他恋爱之前也没考虑那么多呀。但既已互相爱上了,也就只有同时爱清贫喽。

张家贵"张哥"回神仙顶了——他与神仙顶的联系比较密切。他走前说,村里要他赞助一笔钱搞什么致富项目,他必须回去考察考察,否则赞助款也许就不明不白地打了水漂了。

"在深圳,我只不过就是一个小老板,可在神仙顶的人看来,我成了企业家了,是先富起来的人了。家乡有求于我,不出点儿血还行？那以后还回不回神仙顶了？婉之你可记住哈,你和李娟经营这超市的事,最好别让神仙顶的人知道。一旦知道了,他们哪天要求你也出点儿血你怎么办？少了拿不出手,多了拿不出来。一点儿血不出,他们怎么看你？所以,对神仙顶的人,你要说自己一直在深圳打工。这么说千万别觉得没面子,死要面子活受罪。对于咱们这种在外闯荡的普通人,面子最不重要了……"

他的话说得苦口婆心而又苦涩无奈。别说他不在深圳了,即使在,我也不愿向他开口。

万不得已时,只有一个人可以求助了——我的"市长爸爸"。

感谢上苍使我这个本该是神仙顶的人,居然有一位"市长爸爸"。往最多了说,估计这种比例也超不过百万分之一吧？那几十亿人中不是也会有一千几百个吗？怎么可能啊！如果没有"校长妈妈"和"市长爸爸",我可能已经嫁给一个神仙顶的男人,生下一个小神仙顶人了。我所嫁的男人,也许不少方面都像我大姐夫,甚至像我二姐夫。而我,也许不少方面像我二姐。如果我不想像她,那么则可能像我大姐一样疯掉……

我开着灯,怀着莫大的幸运感,搂着"小朋友"又入睡了。

第二天一早我做的第一件事就是与养父通话。自从有了手机,我与养父通话方便多了,因为他按照工作要求必须随时开机。

养父正在刷牙,说几分钟后给我打过来。

"你说的那个李娟,你一直与她住在一起吗？爸爸应该怎样理解你俩的亲密关系呢？别哭嘛,好朋友住院了也不至于……别急别急,慢慢解释……"

养父问得特细。他问得越细,我回答得越烦,解释得越含糊,也使他听得越起疑。

"好女儿,原谅老爸哈,我现在得去开会了,车到了。中午我给你打过去吧……"

他放下电话后我才意识到,他将我和娟的关系臆想成同性恋了。我真是哭笑不得。

上午我老老实实地守店,接待了十几位顾客,收款三四百元。我将每一元钱都看得更宝贵了,我想我收钱时的样子,大约可以用"见钱眼开"来形容——难怪有的顾客表情诧异。

中午养父如诺打来了电话。

他说:"女儿,爸爸中午的时间都属于你……"

于是我像一个口述历史的人,将我与娟的关系原原本本从头讲了起来。

"还有补充吗?"

"没有了。"

"女儿,你做得对,爸支持。我当然是有笔存款的,从现在起,为了你的好朋友,可供你随时支取……"

他的话使我吃了颗定心丸。

下午我去看李娟时,她最忧虑的也是抢救费、住院费。

我说:"你只管安心住院,一切对我都不是个事儿。"

她苦笑着说:"朋友有时也会是麻烦制造者啊,你摊上了,可不只能认了呗。"

那桩街头血案成了新闻,都上了报纸和电视了。

每次我去探视娟,某些医护人员和患者,也以看女同性恋者那种好奇的目光看我,我只有不理不睬,我行我素。我喂娟喝汤时,别的病房的患者甚至会推开道门缝,探进头窥视。

几天后高翔从西藏回来了,李主任早已告诉他原委。

他一见面就拥抱住了我,问我为什么不告诉他。

我说:"你不是离得太远吗,我自己应付得来。"

那时我已从方寸大乱之境摆脱,并且有了"预定方针"。不过高翔一回来,使我更加有信心了。

他问："李娟上了医保没有？"

我说："没上。连我也是事发之后，才有了自己也必须上医保的意识。"

他说："以后解决不了眼前的问题，没上医保是个大麻烦。但你别担心，一切有我呢。"

他说得像自己是大能人似的。

高翔这个上海男人绝非吃货，也可以说他对吃简直没要求；只要不挨饿，基本上吃什么都行。然而他在厨艺方面却很有一手——他那小照相馆是三居室单元房改造的，不但有卧室，厨房也不小。他又有机会大显身手了，隔一天做一次好吃又营养丰富的饭菜，由他或由我亲自给娟送去。

一个人住在超市我晚上害怕，他就陪我住了过来——白天他更多的时候还是待在照相馆，毕竟只有在那边才便于处理许多业务上的事。

我俩在同居的第一个晚上就发生了那种关系——当时我在吊铺上已躺下了，初次与一个男人共寝使我十分害羞，太不习惯了。那是一种忐忑与渴望互相交织的奇妙之感，男人们往往说那时的女人是在"装"，其实根本不是，是本能反应。我和娟的铺盖一开始离得很近，为了说话近便。高翔上来之前，我将另一边的铺盖挪远了。我那么做时，连自己都觉得分明就是装。但装似乎是完全必要的，我一边那么做一边嘲笑自己的虚伪。

高翔洗罢脚上了吊铺后，将娟的铺盖又拽到我旁边了。他那么做时倒是一点儿都不"装"，仿佛那样才是我俩正确的睡法。他三下两下就脱光了衣服，只剩短裤了。我偷眼看他，见他毫无窘态，如同我是男的。他忽然想起什么事儿，扯过了上衣。我闭上了眼睛。

他轻轻推我。

我不得不睁开眼睛。

他给我一张卡，说卡内有两万多块钱，在取款机上就可取，供我应急用。

我不接受,他非给。

给给推推的,我坐了起来。

我上身只有乳罩;他呆看了我几秒钟,猛地搂住我将我压下去。

那正是我所渴望的,于是所谓忐忑荡然无存,连害羞也跑得一干二净,全身心只有渴望了。

起初我确实连连说"不"来着,只是我自己都听出了"要""要"的强烈意味,同时我的手臂也紧紧搂抱住了他……

我的第一次就那样在小超市的吊铺上,在好友李娟被刺住院期间,在我半推半就的情况下发生了。先是发生在我的褥子上,后来由于翻滚持续发生在娟的褥子上——还好我的初血只染红了我的褥单,没连娟的褥单也给染了。

我俩的喘息平复以后,汗涔涔的他搂着汗涔涔的我说:"没关系,明天我洗。"

我却说:"糟糕。"

他问:"怎么了?"

我说:"也没采取什么措施,会怀孕的。如果真的,那太不是时候了。"

他说:"的确不太是时候。如果真那样了,我们也只有当成好事来……"

"不会的!"

我打断他的话,挣脱搂抱,光着身子下了吊铺。

"别感冒!"

他扔下来一件衣服。

我想起我们的小店也有避孕药,还不止一种,有一种事后七十二小时内服了也有效。李娟就是李娟,她使我们的小小超市几乎包罗万物,几种避孕药和避孕套摆在最显眼的地方——小收款桌的旁边。

看着我服下时高翔说:"那我不内疚了。"

我喝了半瓶水后说:"可我有点儿内疚了。这种时候,我是不是挺对不起李娟呀？可怜她还躺在医院里……"

"什么话！你怎么会有这种想法？两码事儿！完全是两码事儿,彻底打消这种伪道德的想法啊！……"

上衣从我身上滑落,他替我披上。很神奇,我在他面前赤身裸体也毫不害羞了——我也被性改变了；我真是一个女人了。

高翔从道德上"解放"了我,"家"有足够的药和套,以后连日,我俩夜夜不休,连"小朋友"都不堪影响,另找地方睡觉去了。

我脸上原本是有几颗"小豆豆"的,常令我苦恼。一日我洗过脸后照镜子,惊喜地发现全没了,脸上光洁极了。

我不禁拥抱高翔,给了他一阵深吻,吻得他莫明其妙。

李娟也看出我的变化了,小声问我："你俩那样了？"

我诚实相告："多次了。"

她笑道："好好享受。以后少往我这儿跑,多和他在一起。"

万没想到,一天下午养父忽然出现在我面前。

他对我说的第一句话是："我女儿状态还不错嘛。"

我讶问他怎么会到深圳来？

他说是来"取经"——像他那样的人,难免要说些言不由衷的话,说时,眉头必会紧皱一下,接着勉强笑笑。

"要是不会说假话那就别说,干吗非难为自己呢？不情愿的样子都挂相了,自己一点儿不知道吗？"——"校长妈妈"不止一次这么嘲讽他。

他却说："怎么会一点儿不知道呢？当然知道。但是那也不改了,最没必要提高的就是说违心话的水平,我在这方面不求上进。成心挂相也是一种有所保留的态度啊,并且可以多少获得点儿同情嘛。"

确实,他在家里接待访客时,脸上一出现那种表情,对方就不再坚持什么了,往往也都赔笑一下,同情式的理解溢于言表。

他说他到深圳来"取经"时,脸上就出现了那么一种表情。

于是我猜到,他是专为我的"问题"而来的。

他说玉县应该向我颁发宣传奖,因为我们的小超市等于为神仙顶在深圳做了广告。

他在超市内"视察"了一番,询问了一些收入情况,点头赞道:"不错,不错,我女儿有自己的事业了。"

我说:"这算什么事业啊,谋生而已。"

他教导地说:"对许多打工青年来说,谋生之事颇不易;成了个体经营者以后,其事虽小,在别人看来不足论道,自己却一定要当成事业来做。非有此等努力,什么事都做不好。事业事业,诸业由事而始。"

我已很久没当面聆听他的教导了,心悦悦然。

他望着吊铺问:"你和你那位老友李娟,你俩晚上就睡在上边?"

我说:"对。"

我看出,对是否属于"同性恋",他仍心存疑点。然而我并未心生不满,只不过觉得他这位"市长爸爸"可笑得十分可爱。

"我可以上去看看吗?"

他望着吊铺的表情像一位礼貌的探长。

我说:"当然可以,老爸请。"

他是高个子男人,若不匍匐前进,分明就达不到目的。他倒也适可而止,仅站在小梯上看了看,没往上爬。

我已经与高翔每晚睡在上边,吊铺上显然是同眠共枕的情形。

他的脚落在地上时,满腹忧愁又挂相了,他同样也不想掩饰。

我正要解释,高翔来了。

我向他介绍:"这是我男朋友,您也可以认为是我未婚夫。"

他郑重地反问:"实际上呢?"

高翔多次听我讲过他,已猜到了站在自己面前的是谁,笑着说:"实际上我俩的关系就差领结婚证了。"

高翔的话彻底打消了养父心中关于"同性恋"的疑虑,那疑虑肯定令他如鲠在喉情绪糟透了——高翔的出现省了我的事,无须再作任何解释了;而他的表情也豁然开朗,满脸阴云一扫光。

于是两个男人互通姓名,不但握手,还互相拥抱了一下。

听我说高翔是摄影家,养父来了兴趣,要求参观高翔的照相馆。

在照相馆内,高翔翻出自己出版的摄影集和专著,以及获奖证书给准岳父看,看得我养父心花怒放,喜不自胜。

吃晚饭时,他俩从摄影谈到了各地风光、水土民情、古迹保护、旅游经济、扶贫重点等等等等,谈兴勃勃,欲罢不能,几乎都轮不到我说话的份儿。

当晚养父与高翔同住照相馆。这进一步证明,所谓"取经"完全是他的借口——若以公事来到深圳,他那种身份的人,岂可随便住在私人居所?

第二天上午,养父一见到我就高兴地说:"女儿,老爸祝贺你找到了理想而优秀的另一半!"

不知高翔与他晚上又聊了些什么,竟使他有种遇到了知音,相见恨晚似的愉快。

下午,他又非要去探视李娟。这一要求,已与"同性恋"的疑点无关了。不让他去没有过硬的理由。

李娟那时已渐康复,可以坐起来说话了。

我养父去看她,自然使她分外高兴,聊得十分主动。娟是个说话敞亮又得体的女孩,越是在有身份的长辈面前,话说得越发敞亮和得体。而养父呢,越是在普通人面前越和蔼可亲。并且,他特喜欢说话敞亮的年轻人。二人聊得甚是欢洽。

养父临走时对她说:"娟,替我好好照顾婉之哈,拜托了。"

娟说:"哪里呀叔,您太抬爱我了,这些日子一直是她在照顾我啊。"

养父说:"她现在也应该报答报答你嘛,我指的是以后和将来,我希望你俩的友谊是一辈子的事。"

娟说:"婉之的性格有点儿像白素贞,我愿意做小青。"

"哎呀,哎呀……"

娟的话使一向善谈的养父不知说什么好了,忍不住俯身亲了她额头一下。

离开病房,养父在走廊上对我说:"凭李娟为倩倩挡了一刀这一点,她不但值得你深交,而且值得你尊敬。现而今,有一位值得自己尊敬的朋友不容易了,可要珍惜你俩的友谊呀。"

因为我和娟的关系既非姐妹,又非老乡,还与街头流血案件有关,我一个人去看娟时,"同性恋"之猜测几被坐实。高翔也去探望娟时,那种猜疑又上升为"乱"了。养父一出现,他的气质,想不让人猜到他是一位在职的官员都不可能。猜疑自然而然地消除了。我再去探视娟时,护士竟说:"小青,白素贞看你来了!"——引得其他病人全笑了。

在以后的日子里,在医院的那个病区,友谊成了足以羡慕之事。

而当天晚上,在照相馆,当着高翔的面,养父与我谈了一些我一无所知的事。

他说,对于神仙顶那些与我有亲情关系的人,他是暗中照顾过的。他负责建临江大桥和临玉公路时,曾专门嘱咐人去神仙顶将我大姐夫和二姐夫招为临时工。他说我大姐夫那人还行,有钱挣了就比较安分。我二姐夫那人的确不怎么样,给他惹了不少乱子。后来出那种事,亦属必然。

他说我生父去世后,我大姐夫托人转给他一封信,希望他参加丧事。他没去参加,但给了一笔丧葬费。

"我与你生父从没见过,对他一点儿都不了解,我真去了能不让我讲几句话吗?我非不讲能依我吗?可我讲什么呢?就算我什么都没讲,只不过参加了一下,过后能不传开吗?众口难堵,谁能预料传来传去会传成什么样呢?不但对我不好,婉之对你也不好啊是不是?……"

我和高翔都认为他没参加是对的。

对于我的"还行"的大姐夫,我内心又多了一种不好的看法。

而我帮助杨辉和赵凯的事,养父却非常支持。

他说:"就当成是亲情扶贫吧。中国贫困人口多,主要在农村,单靠国家拨款肯定力有不逮。有能力的人从经济上帮一下处于贫困之境的亲戚,那还不是完全应该的?但是呢,你俩都不属于先富起来的人。你俩成家后,能力将更有限。量力而为吧,帮穷先帮人,帮人先帮下一代,帮下一代先帮他们受教育。别说你们俩了,我对我的穷亲戚们,也只能本着这么一个原则来帮啊!……"

他说到后来,竟然几度哽咽。

第二天上午他就走了。

在机场,养父拥抱着我说:"女儿,老爸不虚此行,因为我亲眼看到你有了自己的一番小事业,有了最适合你的另一半,有了情如同怀的好友,而且你还在上夜大,我放心了。你'校长妈妈'泉下有灵的话,也会非常高兴的。既已成为深圳人了,那就好好在深圳生活下去吧。不太忙的时候,回玉县看看老爸,老爸就喜出望外了……"

他的话把我说掉泪了。

回去的路上,我发觉兜里多了个信封,内中有卡。

高翔说:"给你老爸寄回去。"

我说:"万一真需要呢。"

他说:"有我呢。"

我说:"起码划一下,看看多少钱吧?"

他生气了,训道:"看什么看?有那必要吗?你没听他说,他也有穷亲戚吗?估计还不少呢!你别管了,我负责寄回去。"

他将卡夺过去了。

我说:"那也得等我先给我老爸写封信再寄吧?"

他说:"信你也别写了,你写不好,也我写吧。"

养父那时已不是市长了,到人大当副主任去了。我知道,他一直希望能当一届书记,一度呼声也特别高,但主要由于谏言免除农业税的事,他忽然成了有争议的人。他不无压力,也不开心。他说他再干两年就该退休了,可做闲云野鹤了,那时可以反过来经常到深圳看我了。而他这次与我在一起,自谓"爸爸"的时候少了,自谓"老爸"的时候多了。叫我"女儿"的时候也少了,叫我"婉之"

的时候多了。我想,他也许认为,我将越来越不仅仅是他的女儿,同时也是别人的亲爱者或什么人了。

我自忖写不好一封既退了卡又不使养父自尊心受伤的信。高翔既与养父谈得来,由他写那样一封信显然更好,于是就不再争论,他同意了。

以后几天,小超市如同上演《茶馆》的舞台,与街头血案有关或间接有关的各色人等陆续"上场"。

首先出现的是刘大爷,他一见到我就跪下了,慌得高翔掉了手中的东西,急忙将他扶起。

刘大爷老泪纵横,哀求我和李娟不要起诉,那么刘柱就不会被判刑。

"手术费、住院费全由我承担行不?小方,如果刘柱被判了刑,孩子咋办?几年内不是既没妈也没爸了吗?对孩子将来的影响不是明摆着吗?孩子他可是没错的啊!……"刘大爷说着又要跪,一把鼻涕一把泪的。

高翔安慰了他几句,将我扯到一边小声说:"老人家的话也有道理,从法律上讲,私了是可以的。"

我说:"那你替我和李娟答应了吧。"

高翔说:"我可没权力答应什么,你也没权力答应什么。受害人是李娟,非得李娟同意才可以。"

于是我向刘大爷保证,一定尽力说服李娟接受"私了"。

"唉,这个刘柱呀,怎么就会那样二乎呢。幸亏没出人命,如果出了人命,不管死的是我还是倩倩,他再后悔不是也晚了吗?刘大爷给你下跪不是也没用了吗?……"

李娟痛痛快快地给我写了一份"全权委托书"。

她问:"有倩倩的消息吗?"

我说:"又失踪了。"

她苦笑道:"放心,这次倩倩失踪不了多久,估计是由于害怕暂时躲躲。"

我怀疑地说:"你真以为她还会出现在咱俩面前吗?"

她想了想,肯定地说:"会的。迟早的事儿,我比你了解她。"

那几天内,又出一件让我上火的事——超市的业主由于缺钱急用,决定将门面卖了。也就是说,到年底他就不会再续签合同了,我和李娟必须将超市腾空。那么多货,可让我往哪儿转移呢?也会对我和娟造成多严重的经济损失啊!

我几次话到唇边都没说出口,怕娟也着急起来——她听了能不急吗?

接下来的几天,我和高翔顾不上处理"私了"之事,各自分头在全市到处转,想预先租到一处可以存放货物的地方,却都很失望。地方是有的,不过租金太高,超出了我们的经济承受力。

我就埋怨高翔不该将养父的卡寄走。

他倒没生气,这么安慰我:"你已经是成年人了,以后面临困难,不要总是依赖养父。如果你没那么一位养父又怎么办?何况还是养父,再花他的钱你惭愧不惭愧呀?我高翔的脸又往哪儿搁呀?车到山前必有路,再难迈过去的坎,咱俩一起迈,哪怕我背着你往前迈,那也是我应该的,却不是别人应该的。"

第二天上午,公安局打来了电话,要求我立刻去一次,有事相议。

高翔陪我去了。

公安局的人说,郝倩倩的委托律师来过公安局了,声明一切经济责任由她全额承担,所以他们出于对孩子的考虑,已将刘柱释放了。那父子俩被刘大爷领走了。

"刘柱是农民,而郝倩倩承担经济责任的能力强,李娟又是为了掩护她而被刺的,我们认为以这种方式私了反而对三方面都好……"

"完全同意!"高翔迫不及待地抢先表态。

公安的同志问他是谁?

我说:"他是我丈夫,也是我和李娟的律师。"于是我代李娟在几页纸上签了字,按了红手印。

离开公安局的路上,高翔如释重负地说:"这样好。甚好甚好。车到山前必有路,你不信也该信了吧?"

高翔说:"公安局会让她该出现的时候出现的。"

竟无须公安局那么做,倩倩主动出现了。我和高翔回到超市时,见倩倩在门前徘徊。

她说怕引起人注意,不是开着那辆红色跑车来的。她要和我找个地方谈谈。

我对高翔说:"现在是我们姐们儿之间的事了,你别掺和,好好替我看店吧。"

高翔说:"遵命。"

我便将倩倩请上了吊铺。

高翔送上饮料时,倩倩说:"没带烟,来盒好烟。"

高翔就又送上了一盒店里最好的烟。

倩倩吸烟时,我正襟危坐地说:"开始吧。"

她白我一眼,嗔道:"急什么,让我定定神儿行不?"

我不好意思了,小声说:"行。"

"从没在这么一种地方跟人谈过正事儿。"

"我和娟晚上睡这儿。"

"不仅和娟吧?"

"现在和他,没他我夜里害怕。"

"你俩……正式的?"

"娟出院后,我俩就领结婚证。"

"搞艺术的?"

"摄影家。"

"家?"

"对。上海摄影家协会副主席。"

"挺有气质的,满意不?"

"适合我。"

"怎么没见着'小朋友'?"

"谁知猫哪儿去了。它挺好的,我和娟是不会遗弃它的……谈正事吧。"

"你像是娟的代理律师了,口气也像。"

"现在只得由我代理了呀。我也不习惯在这种地方跟人谈正事,快开始吧。"对倩倩的东拉西扯,我有些不耐烦了。

"三年前,咱们姐仨那是种什么关系?不承想现在将关系弄成了这样,唉……"倩倩按灭烟,叹了口气。

我怫然地说:"能怪我吗?能怪娟吗?……"

"你别来气,当然怪我,全都怪我。不过你得给我个机会,让我话说从头,要不我心里也憋屈。我说的时候,不许打断我哈……"

"说吧说吧,我洗耳恭听。"我快失去耐心了。

"我和刘柱,当初确实是你情我愿的事。但在我这方面,肯定不是认真的。我能和他对上象吗?那时活儿累,又寂寞,内心空虚了呗。我每次都要求他采取措施的,就一次我大意了,结果就怀上了。不跟他回老家把孩子生下来,我还有别的辙吗?而我和现在这位先生的关系,老实说,名不正言不顺的。我是第三者插足,是小三儿,是他在包养我。就我,能被包养已经谢天谢地了。在被包养和辛苦打工之间,我破釜沉舟地选择前一种人生,永不后悔。何况他也喜欢我,舍得在我身上花钱。他替我给了刘柱二十万,帮我结束关系。二十万少吗?不算少吧?再说还给他们刘家生了个大胖儿子呢,他还白睡了我一年多呢,吃亏的明明是我!我不能要那孩子,拖个酱油瓶连小三儿也当不好的,何况刘家也不会给呀。以后我认不认儿子,那是另话……"

"别跟我说这些!我不想听!……"我一时失控,捂着耳朵大叫起来。

随即传来了高翔的责备之声:"婉之,嚷嚷什么呀,有话好好说,你那么大喊大叫是你不对啊……"

倩倩饮了一小口茶,又吸起烟来。这次她从小包里取出了一个细长的小盒,我以为她连签字的专用笔也带来了,不料她从那小盒里取出的是玉烟嘴。

高翔的话使我一下子冷静了。

我小声说:"对不起。"

那时我忽然想到了姚芸。

我问自己——倩倩和姚芸,究竟有什么区别?为什么我同情姚芸,对倩倩却是截然相反的态度?为什么我认为姚芸本质上是好女子而认为倩倩无耻?难道倩倩本质上真的很坏?明明的,倩倩讲时,态度和姚芸一样坦诚啊!如果倩倩不是开着小车来找我和娟的,而是抱着孩子身无分文来投宿的,我肯定会心疼她。为什么我能关爱一个命运不如自己的倩倩却难以容忍一个主动来承担责任的倩倩呢?

我搞不清楚自己了,一时也分不清对错了。

"对不起……倩倩对不起,我……你是我和娟的姐们儿啊……你……我……"我语无伦次起来,眼泪也流出来了。

想想吧,曾经同甘共苦过的一个姐们儿,被我请到了我最私密的空间,也就是除了娟和高翔绝不许第三个人出现的吊铺上,却一心只想与对方唇枪舌剑地谈赔偿金,这是多么令人尴尬且光火的事啊!

是的,我内心里也十分光火。倩倩此时才露面,而且东拉西扯了半天还不谈正事,自然是我光火的原因,却似乎并非主要原因——我俩注定要面对的嘛,否则她何必自己冒出来呢?真谈起来,为了娟,我不可能不撕破脸皮与她争长论短;似乎还有另外的原因,某种发生于我自身的原因——究竟为什么?我因急于明白而又无法明白甚为光火。

倩倩却没生气,她一手擎着细长的玉石烟嘴,一手端起小茶盅,浅饮一口之后平静地说:"没关系,我理解。总之是我的错,全是我的错。不论你怎么对待我,你都是有理的,我都是没理的,我活该就是了。你看这样行不?刘柱那边儿呢,我又给了他十万元,他保证了,绝不再因为找我而骚扰你和娟。你俩这边儿呢,娟的抢救费、住院费我全包……"

她看着我期待我的表态。

我问:"就那样?"

她说:"还该怎么样?你告诉我。你要知道,我头一次摊上这种事,但愿自己能处理好,可又不会处理……"

我问:"娟为你没了一个肾,你可知道?"

她说:"知道了。"她的眼睛一下泪汪汪的了,却还没满到溢出的程度。她也不转脸,仍注视我。

我硬着心肠又问:"她才二十多岁,你知道那对她的身体会造成多大危害吗?"

她摇了一下头,嘴上却说:"也算知道。"

我紧接着问:"你知道一个肾值多少钱吗?"

"多少钱?"她的眼睛睁大了,眼中的泪也没了。她也没擦眼睛啊,泪哪儿去了呢? 真怪。

"我了解过了,谁要移植一个肾,起码得花三十几万……"

她的眼睛睁得更大了。

这时,我就告诉了她小超市的业主决定卖房的事。由于急需钱,谁出三十来万就能买下。我说我认为,她郝倩倩最对得起娟的事,就是替娟将小超市的房产买下。不论于情于理,她都应该那么做。

听完我的话,倩倩垂下目光,连吸了两口烟,沉吟片刻,抬起头慢声细气地说:"婉之,你也得明白,如果那个男人为我出钱出烦了,哪天一脚把我踹了,我的人生将会很糟。咱们打工时过的那种日子,我是一天也不想再过了……"

我将脸一转,低声说:"谈正事儿。"

"那好,我就按你的方案争取,我……"

我打断道:"不是争取不争取的问题,我要的是保证。"

"行,我保证。"

我没再看她,不知她脸上是怎样的表情。

倩倩临出门时对我说:"抱抱我吧。"

那时她又眼泪汪汪的了。

我拥抱住了倩倩。

她将我搂得很紧。

她说:"婉之,你和娟,你俩是我最好的朋友。到现在为止,除了你俩,我郝倩倩再没别的朋友,我爱你俩,一心只想让你俩也沾沾我的光,怎么也没料到,事情会成了这样……"她在我耳边娓娓地说着,说到最后,哭出声来。

我说:"高翔,替我送一下倩倩。"

高翔陪倩倩走出去后,我爬上吊铺,自己也抱着枕头哭了一鼻子。

而高翔回来后,又批评我:"问题当然要解决,但是感情也要珍惜,有些事不是你那么种谈法的!"

我怼他:"从没人教过我,你也没教过我!"

他说:"自己没经历过,为什么不让我帮你谈?逞的什么强?被别人伤了心后要学会原谅,伤了别人的心后要懂得反省,明白?"

我低着头:"用不着你教诲我。"

晚上,我却忍不住央求他帮我分析一下,为什么我对姚芸和倩倩的态度会是那么的不同。

他问:"确实想听?"

我说:"非常想。"

他说:"忠言逆耳,且听——人比别人自我感觉好,即使仅好一点点,主要由于三点:一曰道德;二曰现状;三曰技能。你和姚芸,都属于无技能者。你面对姚芸时,虽然正是你人生的低谷,却还是在道德和现状两方面占有优势。在道德上你占绝对优势,在现状上你占一点点优势。正是那绝对加上一点点,使你对姚芸同情多,鄙视少……"

"不是少,是完全没有!"

"别打断我!完全没有就完全没有。倩倩也是没技能的人。你再面对倩倩时,她的生存现状居然远远高过你和李娟了,而且可能你俩再怎么努力,那也无法赶上,更无法超越。这一点使你难以接受。常识是,一般人难以接受原来和自己一样,哪一点都不比自己强,而且是自己很熟悉的人,某一天忽然远远超越了自己。尤其不能容忍的是,在生存现状上远远超越了自己。于是,心理难以平衡,有时还会严重不平衡,这也是你面对倩倩时的心理。你刚开始不平衡时,我的几句话使你冷静了一阵,没达到严重不平衡的程度。于是你试图站在道德至高点上,找回心理的平衡。却又感觉到,当道德高下面对生存现状的高下时,后者造成的差距压迫感是那么的实在,而前者的高下显得那么的空洞。因为后者是物质与物质的比较,实对实的比较。而前者是虚对虚的比较,甚至可以说是很形而上的比较。在你看来,倩倩的人生策略是可鄙的,但你却怎么也找不到面对姚芸时那么一种优上的感觉了。你不明白是怎么回事,所以光火。我能替你分析明白,这叫旁观者清,当局者迷……"

他长篇大论时,我再没打断。因为他句句言中我当时的心境,不愿听,又想听。直至他不再说下去我才问:"分析完了?"

他说:"完毕。友情服务,分文不收。"

我又问:"你研究过心理学?"

他说:"贴近科学的心理学是心理疾病学。一般所谓心理分析是人性常识,算卦高手都是这方面的行家。我嘛,只不过是一个对人性常识比较了解的人罢了。"

我说:"好恐怖。"

他问:"什么?"

我说:"人性常识。"

他说:"我与你恰恰相反,正因为对人性常识了解得多了些,反而宁愿以包容的态度看待诸种人性现象了。当然,前提是排除那类邪恶的、疯狂的,极其自私愚昧的现象,比如那类哪怕为了及时过上烟瘾,以别人的命换一支烟也没有罪过感的人;比如相信血馒头能治肺痨的人;比如强奸发生于光天化日之下而围观者众的现象……"

"别说了!我再问你,你分析过我多少次了?!"我有点恼羞成怒起来。

"你看你,真言逆耳,我声明在先了啊。我干吗没事儿总分析你呀？心心相印的两个人互相就不分析了，爱迷情人眼呀……"

他似乎意识到了自己具有洞见性的分析失当了，想哄我开心起来。

"别碰我！"我卷着被子一滚，远离开他。

"唉，你呀，自尊心何必这么强呢？一个人的心理被自己的爱人分析分析，有什么可羞耻的呢？即使别人不屑于分析你，自己也要经常分析分析自己嘛。我第一次分析自己的心理，是在刚当上海摄影家协会副主席不久。一日我面对这样一件事犹豫不决起来——市领导要与文艺界代表共度元宵节，摄影家协会只一个名额，而且还在二号桌，与领导们很近的，却不是我这位作品多多的年轻副主席，也不是老摄影家，而是以前默默无闻的，刚入会的，比我还年轻的人。他凭什么啊？不就是某几幅拍摄上海夜景的作品受到了几位领导的表扬吗？结果我心里不平衡起来。我有多条理由可以反对，而且每条都能摆在桌面上。本协会的会员受到重视，按说我这位副主席理应高兴呀。可我为什么非但没高兴，反而心里不痛快呢？我吸着一支烟，坐着不动想这个问题，一支烟没吸完我就想明白了——不复杂嘛，无非就是民间常说的'红眼病'。我们一般人对付出了艰辛努力的人的获得，往往还是比较能正确看待的，而那些以不光彩的手段获得超常利益的人，最使我们心理失衡。我们不必因此蒙羞，这不是我们的问题，是社会的问题。人人没心没肺地熟视无睹，那倒更是问题了。不好的现象偏偏发生在与我们关系亲密的人身上了，当然会使我们的心理反应特别矛盾。亲爱的，我们由自我分析而互相分析，有什么不好呢？为什么生气呢？……"

他说到后来，握住了我一只手，我没挣脱；说完，拥我入怀，我没反抗；他吻我，我也不禁回吻。

我想，我今后必会面对更多使我心理不平衡的事，那么我还真挺需要一位善于分析我心理的丈夫。他不但分析我，也分析他自己，不是那种老鸹落在猪身上，只见别人黑，不见自己黑的男人。而且，某些道理由他讲起来，其实我挺爱听的。

那么,这个男人更值得我爱了,也爱定了。

我将倩倩忽然出现的事告诉了李娟后,她第一反应竟是愉快地笑了。
"怎么样?我说什么来着?还是我更了解她吧?"
她仿佛忘记自己为什么会在医院里了。
我又告诉她倩倩保证承担一切医疗费用后,她更开心了。
"你不说我也猜到了,否则她也不会主动找你。唉,这个倩倩呀,干吗不把关系一步到位地解决好呢!费用由她承担我就不愁了,你也别觉得有什么过意不去的。"娟的表情那时刻完全舒朗了。
我说:"我才不会过意不去呐!"
娟对倩倩的人生抉择一句也不议论,似乎没什么可议论的。
她不说,我也不说。
我没告诉她超市产权的事,怕她有异议,使我无法将事办成。
自那日后,娟的情绪大好,恢复得也快了。
六七天后,一名穿一身公司白领的西装制服,看上去办事精干的小伙子出现在我和高翔面前。他将一个公文袋交给我,说替倩倩送来的。
我问是什么?
小伙子说他也不清楚,他只负责交给我本人。
我与高翔将他送出门外,他坐入了一辆大"奔驰"里。
我俩回到店里后,我看着公文袋问:"你觉得是好事还是坏事?"
高翔说:"不太可能是坏事吧?我想不到会有什么坏事。"
"那你先看。"
他接过文件袋,从里边取出了一个红本,翻看着说:"太快了,真是深圳速度。"
我不安地问:"什么?"
他将红本递给了我。

那是超市的房产本,已经过户到娟的名下了。

我捧着它,激动得双手都发抖了。我心一时五味杂陈。

高翔说:"还有这个。"

我又从翔手中接过了一个小信封,里边有一页 A4 纸和一张储蓄卡。

白纸上倩倩写下的几行小学生笔体的字是:亲爱的娟和婉之,对不起啦!一切都是我的罪过,我已尽力赎罪了,也只能做到这份儿上了。希望你俩念在咱们以前是姐们儿的分儿上,多多原谅我。卡里有十万元钱,算对你俩共同的精神补偿吧。我没加密码,应及时转出去,祝你俩人生顺遂!……

晚上我失眠了。

翔问我有什么心事?

我说现在什么心事也没有了。不愁钱了,也就没什么心事了。

翔说如果钱能解决一切问题,人世间就变得简单了,遗憾的是并非如此。

我问他对倩倩怎么看?

他想了想,委婉地说:"我一向反对在道德上全面否定别人。"

十六

年底前几天,李娟出院了。
"一个时期内别让她累着,以后会慢慢适应的,但是千万注意别得肾炎,只剩一个肾了,得加倍爱护……"
医生嘱咐我像嘱咐娟的家属。
娟在小超市门前伸展双臂,动情地说:"真想将它搂在怀里。"
高翔有所准备,不失时机地为娟拍了一张照。
当我将房本交给她时,她吃惊地问:"怎么会这样?"我就将房主要卖房和倩倩要给予精神赔偿的事大略说了一下。
"这卡又是怎么回事呢?"
"也是精神赔偿……"
我没给娟看纸条,因为纸条上有"你俩"两个字。
娟向我要过去手机,立刻与倩倩通话——手机传出一个不是倩倩的女人的声音,甜而礼貌地说:"对不起,您拨的号码已经注销了……"
她看着我问:"错了?"
我说:"没错。"
她愣了一下,又问:"你与她争了?"
我也愣了一下,平静地说:"绝对没有,我只不过替你主张了一下你的权益。"

高翔说:"我作证,是那样。"

娟将手机还给我,垂下头忧伤地说:"咱俩又将失去倩倩了。"

"你说过的,咱俩迟早会失去她的。"我这么说时,内心也不禁戚然。

"可……不该是这么一种失去法……这……这也太使人心里别扭了……"她抬头注视着我,眼圈红了。

我说:"是啊。"我轻轻拥抱住了她。

翔说:"有的事,只能顺其自然。"

五十几天的日子里,超市的收入减少了一多半——因为我隔一天就去探视一次娟,等于半天营业;而半天营业的超市,收入大抵少于半天。

娟回来后,又开始十五小时营业了。我怕娟累着,与翔约定,下午六点以后,由他来替我俩看店,我俩去他的照相馆休息,并睡在那里。第二天吃过早饭,八点开门前再来换他。

收入逐渐上升了,但再没达到原先的情况——同一条街上又有另一家超市开张了,而且比我们的面积大。娟忧心忡忡,嘴上却只字不言,反而劝我:"别急,你那口子不是说,有的事只能顺其自然吗?得感激倩倩,毕竟使咱俩没了交房租的压力。那么,除了咱俩吃饭、零用和水电费,稍有剩余我也满足了。每月剩余两千多,年底还两万多呢,那么也等于咱俩每人每年净挣了一万多……"

"我也是这么想的。"

其实我更想说的是,我并不欠倩倩什么,论感激,我应该感激的是娟——小店的房本是她用左肾换来的。否则,每月还得交租金的话,那我俩差不多月月等于白忙活了。

翔明显地瘦了。

他的小照相馆也不能总关门,那他也等于白交租金;而白交租金对于他也是不小的压力。白天在照相馆那边营业,晚上六点再到超市来接替我和娟,真正每天上班十五小时的其实是他。好在他喜欢看书,没顾客的时候,在哪儿看书对他都是精神享受。

娟曾歉意地对他说:"对不起哈高翔,拖累你了。下辈子找对象千万别找婉之这样的了,太自讨苦吃了,是吧?"

翔呵呵笑道:"已经爱上了,咋办呢?这辈子认了,下辈子再说下辈子的吧。"他的笑声像我养父,样子也像。

一次偶然的机会,他才说他暗中托李主任给娟介绍对象了。

我问:"你怎么不自己介绍?"

他说:"我是外地人,李主任认识的深圳人比我多。"

"你怎么知道娟想找什么样的?"

他说:"比她自己还清楚。"

"说说看。"

"李娟是一门心思要靠诚实的劳动多挣些钱的人。但是你要知道,普通劳动者每个月多挣一百元都不是容易的事,所以她需要一位同时是创业高参和左膀右臂的丈夫。亲爱的,恕我直言,你与她虽然是精诚合作,却绝非最佳搭档。"

"为什么?"

"因为她是要往前闯的,是果敢型的女性,性格上说干就干,对挫败的承受力较强。而你是随遇而安的,优柔寡断的,你对挫败的承受力远不如她。归根到底,你对钱的需求,没她那么迫切,那么强烈……"

我一边听一边思忖翔的点评,暗自承认,他说得挺对——如果不是神仙顶我那一坨子"事实上"的亲人需我周济,并且"事实上"周济成了我的责任,我对钱所持的态度往往类似"君子之交淡如水"——更直白了说,我不愿意为了多挣钱而使自己陷于忙碌与辛苦。

翔又说:"既然聊到这儿了,那我干脆更坦率地谈谈我的看法。亲爱的,我认为哈,在适当的时候,你应该终止与李娟的合资,找一个不至于使她猜疑的借口抽出你的股份,让李娟能够按照自己的意愿单独往前闯。否则,只怕你会成为她的绊脚石。我用词不太中听,你可别生气哈……"

我说:"怎么会!忠言逆耳利于行嘛。"

嘴上虽这么说,心里却有点儿不以为然。因为我觉得,正是合股的关系,使我和娟的友情具有了风雨同舟的意味。由我来破坏这种关系,究竟对我俩的友谊是好事还是坏事,我心里没底。

第二天,医院通知娟去领取退款——倩倩将一切费用都结清了,我先前交的钱自然得退给我们。

我陪娟去的,带上了倩倩给我的卡。办理员问我俩要现金还是打到卡里?

我主张打到卡里。娟坚持要现金。

那是不少的钱,十三四万呢。好在有了百元大钞,也就是一大捆又几小捆。

办理员开玩笑地说:"瞧,快把我们保险柜取空了。带着这么多现金路上不安全吧?真不明白你们。"

娟拉着我进入了女厕所,脱下外衣,将装钱的布袋斜背身上,再将外衣穿上。

我问:"娟,抽的什么疯?干吗非要现金不可?"

她笑嘻嘻地说:"我这双手,从没摸过那么多现金,体会体会嘛。"

我嗔道:"那你该去银行工作。"

她说:"第一是去不了,那是事业编制的单位;第二是整天点的是别人的钱,我怕自己经受不住诱惑,哪天起了贪污心。"

"别胡说!"我打了她一下。

在出租车上,我与翔通了几次短信,叫他去超市。

翔说:"怎么,我又开始为你俩上白班了?"

我说:"就今天上午,我俩得临时征用一下你的地方,娟要与我商量点儿事。"合上手机盖,我问娟究竟要与我商量什么事?

娟说:"我有大动作的念头了。"又附我耳悄语:"钱是有热度的,我胸前暖乎乎的。"

进了照相馆,娟插上门,将我扯入卧室,拉上窗帘,脱了外衣和鞋,东北老太太似的往床上盘腿一坐,倒出布袋里的钱,拆了大捆,一小捆一小捆地摆了两溜儿;拿起一捆亲了一下,让我坐她对面。问:"咱俩另外还有多少钱?"

我想了想,困惑地说:"两万多点儿吧。"

她又问:"连卡里的十万也算上,加一起,二十五六万啊。"

我说:"卡里的十万是倩倩赔偿你的钱,不是咱俩共有的。"

她说:"先别分那么清,先说说对咱们这些钱,你有什么打算?"

我说:"暂时也没什么打算啊,按既定方针办呗。先把咱俩的本金各自抽出来,其余存上,好生利息。"

她问:"你眼下有用钱的地方吗?"

我说:"那倒没有,一旦有的话我折上的两万多元也够用。"

她又问:"你想过没?由于有了另一家比咱们的超市大的同行,咱们以后的收入很可能越来越低。"

"你有什么想法直说好了。"

娟看出的不妙我自然也预见到了,但我确实无计可施。在经商方面,我的脑子不够用,或者也可以说——脑子不愿往那方面转。在这一点上,高翔一点儿都没说错我。

于是娟谈起她的"大动作"来——她说应该用现有的钱再租一处地方,开一家新的超市。二十五六万肯定够了,可能还会租到较大的门面……

"先预交一年的房租,比如十万吧。再用十万大致装修一下。超市不是饭店,不必在装修方面花太多钱,剩下五六万进货,先开起来再说,有了收入再逐渐将货配齐……"娟的话说得很慢。说一句停一下,观察我脸上的反应,见我没有明显反对的意思,才谨慎地说出下一句。

我静静地听她说完,保持着不变的表情问:"你估计咱们多久会收回成本呢?"

她说:"往乐观了估计,得两年吧。保守一点儿估计,得做好三年的心理准备。咱们现在的超市,按我的想法就别开下去了,明明竞争不过别人,何必硬撑着开呢?开药店或书店怎么样?咱们前后两条街上,既没药店也没书店。开药店利润高,但审批过程复杂点儿,有一定资质要求。开书店的利润也高,但这由买书人的多少来决定。如果书店开在读书人少而又少的街区,那差不多就等于白开。咱们这街区到底有多少喜欢读书的人,就由你去了解吧。总之不论开药店还是开书店,都更干净了,咱俩照样可以睡吊铺。没了房租的压力,你就在这边守着。挣多挣少,咱们都心平气和地来接受。我呢,负责新开的超市。婉之,咱俩之间,你说了算。我提供的只不过是个想法,行与不行,你拍板。"

我对娟不禁刮目相看。她说得头头是道,我不得不暗自承认在经商方面她的能力就是高我一筹。她说由我拍板,还不仅仅因为开那小超市时,我出的钱比她出的钱多些嘛!

我说:"娟,听你的,干了。"

我这么表态,一方面是出于对经营药店或书店的中意;另一方面是出于对翔的"报复",我想让事实"打"他的脸。

我俩回到超市后,娟兴奋地对高翔重述她的想法。翔慢条斯理地说:"好主张!但跟我说白说啊,可敬的婉之同志什么态度啊?"

娟说:"还能什么态度?她百分之百地支持呗!"

翔也刮目相看地问我:"是吗?"

我一脸庄重地说:"是的,使你这位可敬的业余的心理学者意外了吗?"

娟诧异地问:"你俩怎么阴阳怪气的?"她的话将我和翔都逗乐了。

接下来的几天,翔经常骑着自行车带着娟满市转,像我和娟当初那样,到处寻找可租的门面。而我宁愿在家看店,我对那事不但外行,其实也提不起兴趣。

我与赵凯经常通信。鼓励他好好学习,成了我这个"事实上"的小姨责无旁贷的使命。自然而然的,我也负担起了他的学费和生活费。那对我倒不构成什么经济压力,只不过要克服心理上不情愿的那种别扭。赵凯向我汇报的学习成绩越来越好,我心理上的别扭渐渐也就不复存在了。

我二姐给我写来了一封信——她说她"惊喜"地见到了张家

贵,并且抓住机会托人向张家贵为她自己说了媒,但张家贵没明确答复,离开神仙顶之前只留下了"考虑考虑"四个字。

二姐求我替她"争取争取"张家贵。

"他比咱大姐大十五岁,比我大十七岁,从年龄上讲,他占了我的便宜。我不嫌他大我十七岁,而且态度主动,这是他多大的福分嘛!婉之,你若替二姐说成了这事儿,二姐不但这辈子感激你,下辈子也感激你。你想啊,那二姐的后半生,还有赵俊和赵凯两个子女以后的生活,不是再也不必你操心了吗?你自己不也永无负担了吗?他当年要娶咱大姐没娶成,如今要是与我结合了,不也算张何两姓续上了缘分吗?好小妹,求你了,二姐这里给你鞠躬了!盼望你回复二姐一个佳音……"

我二姐那封信使我很添堵。每一行都看得我心里又别扭起来。特别是"争取争取"四个字,使我又好气又好笑。我将信撕了,既没给高翔看,也没跟娟说起。

不久张家贵回深圳了。

他与我通了一次话,说:"又可以为你俩的小超市服点儿务了。"

娟认为我俩应该做一次东,让张家贵与翔和李主任认识一下,也应郑重地对张家贵的帮助表示感谢。

她说:"但是呢,以后咱们不能再白用人家的车和司机了。虽然那是他愿意的事,可咱们不能心安理得,何况人家每次还为帮咱们的忙白费了汽油呢!一码归一码,你说是吧?想想吧,人家办起那么个小运输公司也不容易,又要养车又要养司机的,每次我都不落忍。咱们现在的情况好了,你看这样行不,咱们与他说定,以后每次都用他的车进货,费用照付。他要是打点折,那咱们倒可以接受。这样不也反过来支持了他一下吗?那点儿收入对于他当然不算什么,但会使人心双方面都挺暖和呀!"

娟的话深合我意,当即表示赞成;并且不由得暗想,如果我二姐在通情达理、将心比心方面及娟的一半,也不枉我认她这个"事实上"的姐,大约张家贵对她抛出的绣球,也就不会不接而仅说

"考虑考虑"了。

张家贵对我二姐究竟有意还是无意,其实我无法断定。"考虑考虑"或许是句认真的话,而不仅仅是搪塞之词,这一种可能也不应排除。

我决定,如果见了面后,他主动谈起那事,哪怕稍微表达了一点儿有望结合的意思,我也还是要替我二姐说说好话。但如果他只字不提,则证明落花有意,流水无情。那么,我也只能装出完全不知道的样子。

转眼到了春节。

三十儿晚上我们三人聚在翔那儿——翔提前将电视搬过去了,我和娟嗑着瓜子看电视,翔为我俩抓拍了一些照片。之后他扎围裙,戴套袖,大显身手,开始施展烹调水平。我和娟还看电视。联欢晚会开始时,我们已在享用美食了。"春晚"结束,翔在鞭炮声中离去,我在门口吻了他。新的一年,有了他,我心里无比踏实幸福。

翔说:"别忘了给你父亲打电话。"

我说:"你与他通话吧,代我问好就行。"

翔坚持说:"还是你吧。"

我说:"谁不一样呢?"

翔严肃地说:"听明白了,不一样。我自然是要与他通话的,但他肯定更想听到你的声音!"

我说:"好好好,听你的就是。大过年的,别又教训我啦。"

我将他推出了门——他得替我和娟去看店。

娟过意不去地说:"要不我回店里,你俩在这儿吧。今天晚上还让你俩分开,我真不好意思。"

我说:"你犯不着内疚,正中他下怀,没见他夹着本厚书吗?"

翔是个书虫,比我还爱看书。兴趣广泛得没边儿,什么书都爱看,还喜欢收集旧书,有时不惜花高价买。

我与养父通电话时,他那边挺热闹。他照例又回老家过春节,肯定也喝得尽兴,高声大嗓让他身边的这位亲人那位亲人跟我"说几句"——我自然也得亲亲热热地与些从没见过的农村的亲人说些拜年话,说到后来,话都重样不走心了;对方说些什么,我也左耳听右耳冒根本记不住了。

然而我并非在虚与委蛇;我真的很高兴与养父的每一位亲人通话,他的亲人就是我的亲人啊!但我喝了两杯酒,头有点儿晕乎。而且,养父那边的亲人太多了,他分明希望我听听他们每一个人的声音。

"女儿,别挂,接着要与你聊几句的是老爸的三叔,从小背过我的哈!三叔三叔,过来听我女儿问你声好!哎女儿,我三叔你得叫三爷爷啊!……"于是我又得向三爷爷说几句重复了多次的拜年话。

"女儿,最后一位!你的同代人,也是八零后,老爸表妹的儿子,清华建筑系的研究生,你叫他……哎,表妹,我女儿该叫你儿子什么?对对对,叫表哥……"我就还不能挂断,继续与表哥拉近乎,虽然是同代人,但我的拜年话已山穷水尽,委实不知再说什么好了。

终于结束了隔空进行的拜年,刚饮了一小口茶润润嗓子,娟却以谏言似的口吻说:"人家高翔给你爸拜年,你这准儿媳不给他妈拜年?"

我推说:"太晚了吧?"

娟说:"不晚,一点以前都可以打拜年电话。"

我推说:"只怕她已经睡下了。"

娟:"那你也是打过了,一份心尽到了。真睡下了的人,会把电话关了的。"

我一想,翔的父亲已过世,他完全是为了帮我、陪我才没回上海陪他妈过春节。他家有座机,我已与他妈通过几次话了,未来的婆婆每次都嘘寒问暖地对我表示关心,这电话我确实应该及时打过去。虽然初一打也可以,但万一明天早上人家先打过来了呢?那我这个儿媳不是被动了吗?

我不再犹豫,又翻开手机盖拨起号码来。

翔他妈居然还没睡。

我说过了拜年话、送上了祝福词之后,她高兴得笑出了声。翔的姨多,她说她在与自己的老姐妹们打麻将。

我说:"翔为了陪我没回家过春节,希望您多原谅他呀。"

她吴侬软语地说:"没什么没什么,是我让他留在深圳陪你的。我这边一点儿不孤单,翔的几个姨总来。我们老姐们儿都退休了,愿意聚一起叙叙亲情。别挂啊,我让他三个姨都过来跟你说几句……"于是我又打起精神与翔的三个姨聊。

那一通电话终于也结束后,我倦怠极了,头枕着娟的腿蜷在了沙发上。

娟说:"听我的听对了吧?"

我说:"谢了。"

娟说:"听你和两伙亲人聊得热乎劲儿的,我也想与家人通话了。"

我说:"你不觉得太晚了你就拨过去,我可要眯会儿了。"

我将手机给了她,却没听到她按响。我闭着眼睛问:"想法变了?"

娟说:"喝了点酒,都忘了我家没装电话了。"

她还我手机时,我轻轻握住她的手,闭着眼睛小声说:"抽空我陪你回去,为老爸老妈把电话装上。"

娟说:"是得装上。要不,想他们了,除了写信,没别的法子自我安慰。"

我俩躺在床上时,鞭炮声终于响过去了。静夜之中,我俩都说困了,却又都闭着眼睛继续新的话题——娟首先说起了倩倩,结果我俩的话匣子就都关不上了。回忆起倩的某些事来,连些可笑的可气的印象,仿佛也都具有了可爱的色彩。所有的印象合在一起,似乎形成了一个天使般的倩倩。

我明白那绝不是真实的倩倩,却不明白我和娟的回忆为什么会变得那样。

初一我俩被高翔的敲门声惊醒时,都上午十点多了。

翔在门口拥抱了我一下,悄悄对我说:"我三个姨都夸你了。"

我问:"夸我什么啊?"

他说:"千言万语汇成一句话,就是你将来准是一位好妻子呗。"他的话使我顿觉幸福。

吃过午饭,我和娟回到了店里;她接着睡,我则躺着看翔留下的《屠格涅夫散文集》。

从初一到初三,我俩和翔轮流看店,再没一块儿吃过饭,然而都把觉补足了。

初四那天,张家贵和李主任应邀在傍晚来到了照相馆。李主任还带了一位叫郑宜然的朋友,三十多岁,是个体的英语教师,租了个地方,办学前辅导班。翔朝我使眼色,我立刻明白郑宜然是为了娟才来的。娟还蒙在鼓里,正因为蒙在鼓里,反而对有些拘束的郑宜然格外热情。她越热情,郑宜然越腼腆;他越腼腆,娟越将他当成重点相陪的对象,主动找话与他聊。聊来聊去的,郑宜然不怎么拘束了。

以我的眼光看来,郑宜然除了个子比娟矮点儿,不论相貌还是职业,都是配得上娟的。我替娟暗喜。

我希望娟有一位知识分子型的、性格沉稳的丈夫,那可以帮她改改她的急性子。郑宜然是大学英文系毕业的,当过多年的中学英语教师。我觉得挺适合娟的。

娟要下厨为大家做两道东北菜,翔和李主任坚决反对。李主任说东北菜无非就是炖和拌;炖太慢了,你拌一道凉菜倒可以。翔仍反对。

他说:"李娟你的任务就是和婉之陪好客人。你主要陪郑宜然,婉之陪老张。"

但娟还是技痒难捺,在郑宜然的主动配合下,抢先拌了一大盘凉菜,有宽粉条的那种。

张家贵只字未提我二姐主动向他提亲的事,我便一句不问。他说自己一分钱也不会往神仙顶投,因为根本没那能力,是神仙顶的人偏要将他高抬成企业家。但是乡亲们谁家有困难了,他绝对愿意帮一把。他还嘱咐我要及早将店名改了,别再用"神仙顶"三个字。

我问他为什么?这么山高水远,难不成他们还会找来吗?

"'神仙顶'这名字倒是好名字,没什么不吉利的。"在我的追问之下他才说出实情——他无意中向乡亲们说起了我在深圳开店的事,结果传开了,有些人认为我的店既然打的是神仙顶的招牌,那就应该为家乡的发展"尽份力"。如若不然,他们将代表全村人起诉我盗用了家乡的"地名权"……

他们的看法与我养父的看法截然不同,这令我大大意外。

我说:"我很愿意尽份力的,可我更没那能力呀。"

张家贵说:"我也是这么替你解释的。几个男人喝醉了之后的话,不必太当真,却也不能不防。不怕一万,就怕万一,还是改了好,免得惹闲气。"

他认为,神仙顶最终的脱贫之法应该是移民下山,否则不论政府还是个人投入多少,都可能打水漂……

他后来的话我没太认真听,因为我的心情郁闷了,而且怪生气的。

倒是娟和郑宜然,聊得越来越投机,不断咯咯地笑——自从她回到深圳,还是第一次那么开心。

翔和李主任都是厨中快手,一个小时后我们就吃上喝上了。

人人高兴,我也又逐渐高兴起来。

我想到了民间所言的"缘"字——这"缘"字使我有了挚友李娟;使我有了一位是摄影艺术家的爱人,那时我已知道,他在业内很著名;还使我认识了张家贵和李主任两位大哥;也使娟不久后会有自己的另一半。屈指算来,我只身闯到深圳才三年多,我也不过二十三岁刚出头,却已经与娟开起了超市,而且即将开第二家;我已经有了深圳户口,考上了电大……

那时我对"缘"字充满感恩,对生活充满自信,被一种明确无误的幸福所陶醉。

我在心里说:"对不起了二姐,我实在帮不上你的忙了……"

除了这一谈不上"遗憾"的"遗憾",我心欢喜。

送走客人后,我将张家贵嘱咐我的话如实告诉了娟和翔。

娟说:"那明天就将招牌拆了,反正以后不开超市了,'神仙顶'三个字咱也不用了,咱不做使自己老乡不高兴的事。"

翔说:"对,我支持。刚才我问过李主任了,申请开药店也不是太难。如果图快,可以先开成哪家大药店的分店,到时候他会出面做介绍人和担保人。你校长妈妈和护校的影响力,估计也会起作用。"

娟说:"我和高翔议过了,觉得买药的人还是比买书的人多……"

我说:"听你俩的,你俩怎么决定我都服从。"

第二天我们就将招牌拆下来了,毁了——有点儿像毁灭证据似的。我们三个都是怕惹麻烦的人,在此点上态度空前一致。尽管,也许不会真的有什么麻烦。

既受到另一家超市的挤压,又没了招牌,销售额每况愈下,但我们都认了,因为有了"大动作",对未来依然是充满信心。

不久娟和翔租成了一家门面,有一百三十几平米,地点也好,只是租金贵些。

娟说:"婉之,我真的喜欢上那儿了。租金是贵了点儿,但几乎不用改造,稍微装修一下就成,不是还省了笔钱吗?"

翔也用东北话说:"我认为,干得过。"

我则照例是那句话:"你俩决定,我服从。"

那时刚过十五,打工者大潮还没向深圳回流。

翔说:"别拖了,是人都能干的话,自己动手吧。"

他无形中成了我和娟的主心骨。按照他的决定,由娟看店,我配合他抹墙,粉刷。我第一次干那种活儿,他却干得挺在行。我问他怎么学会的,他说有一个时期他外婆生活在上海农村,他每年都为外婆刷一次房子,自己免不了抹抹砌砌的。

就在我们热火朝天准备新店开张时,娟收到了她家来的电报。

我便也第一次见到了电报——"父病速归",电报上这四个字,使娟立刻慌了。

我安慰她:"是父病,不是病重,更不是病危,别往最坏处想。"

娟说:"让我速归,那肯定就不是一般情况。"

翔说:"不是密电码,不需要破译,无论如何李娟你必须立刻准备回去。"

娟说:"是啊是啊,我得回去。"

我说:"我陪你回去,要不我不放心。"

翔说:"对。要不我也不放心。"

娟说:"可,把小店和没干完的活儿都留给你,我太……婉之别陪我了吧?……"

翔说:"不争论,你俩都听我的。剩下这点儿活,我慢慢干就是。"

他为我和娟买了从深圳飞到北京的机票。

按娟的想法,是要一路坐列车回东北的。翔说:"那得多少天?省钱也不该省在这件事上!"

我和娟出了机场,直奔车站。往东北去的票挺好买,娟又想省钱,而我坚决反对。

她说:"又坐飞机又坐卧铺的……"

我打断她道:"你别忘了你的身体是什么情况。"

当晚我们已在北京去东北的列车上了。

第二天上午,我俩又坐上了长途汽车。

冷——尽管我已穿上了长羽绒服,却没穿棉裤和棉鞋。临行匆匆,在深圳一时也买不到。那种凛冽之寒不一会儿就将我的毛裤和单靴冻透了。我瑟瑟发抖,想忍住不抖都不行。

好在车上人不多,娟给了一位坐在车头那儿的乘客五十元钱,对方同意与我换了座位;又给了司机五十元钱,司机同意我脱了靴子将双脚放发动机盖上,那罩了棉罩的地方挺热乎。因为有那一点儿热乎气儿,车的前窗没上霜,可以望到外边的冰天雪地。北方的大地真叫"大地",相比之下,贵州显然只有少许的"坝子"而无"大地",自然也就没有地平线。

我第一次看到了地平线,它直得使我感到不可思议。红日那时刚刚升起在地平线上方,我觉得如果我站在地平线那儿,再手举竹竿,似乎可以拨动那红日。路两旁的"银树"也给我一种不真实的感觉,恍如梦中。在冬季与娟一块儿回她的家乡欣赏雪景一直是我的一大愿望,但眼前的"银雕玉砌"却没使我感到丝毫诗意。可见人们常说的,审美需要心无挂碍是对的。此时的我心里总是在替娟祈祷她的父亲能转危为安,欣赏美景的能力相应地也蜕化了。在飞机上我的确是照顾她来着,因为她第一次坐飞机而且有恐高症,飞机一起飞就有了紧张的精神反应,每一次颠簸都使她惊恐不已。但一下了飞机就是她开始照顾我了——北京风很大,从那时我就感到冷了。列车上也不是多么暖和——实际上我是感冒了,在发低烧。

长途客车的司机说外边不是太冷,"才零下二十四度"。

三个多小时后,汽车到了一个小镇后就到终点了。我的双脚一着地,顿时领略了什么叫"才零下二十四度"。娟说再有十一二里就到她家那个村子了——她去联系能够拉上我俩的小面包,却像我为了给赵凯开家长会时的情形一样,喊着问了半天却无顺路的车,而那时我已快冻僵了。终于有一位马车老板主动问她愿不愿坐马车?我已冻得说不出话,只是一个劲儿点头而已。

一坐上马车,娟立刻脱下我的单靴,将我双脚抱在她怀里。车上有几条麻袋,她也扯过来盖在我俩腿上。

她问老板子:"叔,能不能让马快点儿啊?"

老板子说:"能,怎么不能呢?我一动鞭子,它们不就跑起来了?可它们一跑起来不是就累吗?它们累,我心疼啊……"

娟打断道:"给你加二十元钱!"

老板子说:"五十吧,一块豆饼还四十元呢!"

娟连连说:"行,行!……"

于是两匹马跑了起来。冷敲骨吸髓,我都听不出马铃声悦耳了。

老板子问娟:"这是你妹妹?"

娟说:"对。"

老板子问:"姐俩从外地回来?"

娟"嗯"了一声。

老板子又问:"是接到家里电报了吧?"

娟敏感地反问:"你怎么知道?"

车老板长叹一口气,无限同情地说:"唉,你们那个村啊,惨喽!我也不是头一次捎你们两个丫头的脚了,连往年在外地过春节的,近些日子都一拨一拨地回来了……"

"我们村出什么事了?!"娟那张冻得通红的脸,霎时苍白。

我说:"娟,别听他胡说,他成心吓你!"又大声问车老板:"你在开玩笑是吧?"

车老板也不答,一挥长鞭,甩出一声脆响,紧接着发出一声吆喝:"驾!"于是两匹马飞奔起来……

我和娟一进村,立刻被不祥所包围——某些人家的篱笆上,院内的树上,挂着白幡和黑布条。有人家的篱笆几乎用整匹的黑布罩住了;有人家院内的枯树枝上开满了大朵的玉兰——细看却不是,而是纸花。

村子一片死寂。

一户人家院门口有只大黄狗,呆瞪着我俩,不动,也不叫,像被什么事件吓傻了。

李娟家门上同样有白幡。她看着家门说:"婉之,我腿软了……"

门一开,她跛足的弟弟走出来——他大概从窗口发现我俩了,帮我一左一右将他姐扶入屋里。

娟的母亲原本盖着被子卧在炕上,此时欠起身,也没让娟介绍一下我是谁,只两眼直勾勾地望着女儿,声音抖抖地说:"女儿,你可回来了……"就说了那么两句话,再就只流泪说不出话来。

我扶娟坐在炕边,她弟神情木然地告诉她——因为煤价上涨了,某镇长家承包的小煤矿急需矿工,初八就到各村招人,二十几人就这么被招走了。年轻人更愿意到城里去挣钱,还愿下矿井的极少,招走的都是父辈男人。娟她父亲那样干不了重活的人也被招走了,说矿上缺一个往井下送饭的人。煤涨价了,而且涨得挺猛,煤老板自然高兴,给的工钱也就高了点儿。那些个已过了最佳打工年龄的农民,为了能就近挣那笔钱,去得也都高兴。不料头一天就出了事故,而井下偏偏是本村的十三个男人在加班,全被砸下边了,娟的父亲和伯父也在十三人中。煤老板闻讯就跑了,县里组织了紧急抢救,但十三人全都死了……

娟她弟讲得很快,背书似的,却又讲得一清二楚,并不混乱。

我听得屏息敛气,目瞪口呆。

娟一头栽倒在地。

娟她妈下地了;娟躺在炕上了。她妈为她冲了一碗红糖姜水,我扶着她让她喝下去。

她紧紧握住我一只手,流着泪说:"婉之,你看我这命……你还是别交我这个朋友了,将来会拖累你的……"

我也不禁流下泪来。

忽然外边起了骚乱之声——有怒吼,有咒骂,有哭声,有哨声,有警告声……

娟她弟出去了一会儿,回来向娟汇报——县里的干部又来了,还来了一车"公安"。县里的干部说,一定会将煤老板抓回来,生命赔偿之事须等那时再定。县里财政吃紧,还欠着银行大笔的钱,眼下只能先向每家垫发一笔丧葬费。死者家属和亲人们当然不同意,双方差点发生肢体冲突。

娟她弟说死者还摆在镇政府院里呢,家属们统一了态度,不得到赔偿费绝不办后事。

晚上我就发起烧来。娟她弟请来了镇里的医生,我挂起了输液瓶。

我真恨自己身体不争气:"娟,对不起,我什么忙都帮不上,反而添了麻烦……"

娟说："连我自己都不知道究竟该做什么。有你在我身边，我就坚强得起来，不会被压垮。"

我让她去陪她母亲睡，对她母亲那也是种慰藉。

她让她弟和我睡一间屋，以便随时照顾我。

那少年坐在炕另一头，眼睛盯着药瓶不躺下。

我说："你睡吧，滴完了我自己会处理。"

他摇头。

点滴完毕，我再次催他睡，他才和衣而卧。

我刚关灯，就听到那少年哭了——强忍着不哭出声但还是忍不住的那种哭。

我说："小弟，你姐回来了，一切你姐都能处理好……"

他说："我不想活了……"

我心愀然，只有缄默。赵凯信中的话和眼前少年的绝望，如出一辙，让人揪心。

火炕使我一夜大汗淋漓，翌晨烧退。

吃罢一顿简单而又心理压抑的早饭，娟说她已想好了该做什么，怎么做。她母亲也同意——她要先到县里去一次，不许我陪她去，怕我再感冒了。

我便留在家中陪她母亲。

实际上我不知说什么好，那种情况下一切安慰性的话语都没了意义。我只不过听娟的母亲絮絮叨叨地说个不停，听到最后也只不过记住了两点——娟作为姐姐，从小没过上几天省心又快乐的日子；她父亲脾气不好，还爱喝酒，一醉就耍酒疯，使娟和她弟多次受到惊吓。老人家说如果自己哪天也要去找娟她爸了，在"阴间"最放心不下的就是娟她弟李楠……

近中午时娟回来了，她说已与县政府负责处理矿难的干部谈过了，双方都谈得很坦诚。她在一系列协议书上签了字，接下来就是尽快将父亲的遗体火化。

"协议书上写明了由县政府担保，还盖了公章，有县长书记的亲笔签名,我也只能相信呀。我没精力和时间留下来耗着,为了尽快拿到补偿款而让自己父亲的遗体冻在露天地,我觉得也不对……"

我拍拍她手背,表示支持她的决定。

第二天我陪她去火葬场——我第一次穿上了娟为我找出的棉裤和"大头鞋";第二次去了火葬场那种地方——第一次是"送"我的"校长妈妈"。

当遗体被推入焚尸炉,娟扯了她弟弟一下,姐弟俩双双跪在炉前,而我转身离开了。她姐弟俩就那么一直跪着,直至有人端给她姐弟俩一个木盘,其上是白骨。娟让弟弟捧着骨灰盒,自己将白骨一片片放入骨灰盒中。她那么做时,像考古工作者在工作,表情也极像。

那是我以前从没见过的情形,连在书本和电影、电视剧中也没见过。

我又看得目瞪口呆。同时,又一次联想到了人、人生和宿命这三个二十岁以前从不曾想过的概念——是的,仅仅是概念而已。当时我无法深思三者之间的关系,在那种场合,仅仅概念的联想已使我觉得自己似乎一下子老了。

娟很坚强。

我没见她流过泪。也许,她仅仅不在我面前流泪。

娟在中间,捧着骨灰盒;我和她弟在她左右,我们三个默默无言地缓缓地走在村路上。厚雪的表面冻了一层硬壳,很滑,一不小心就会滑倒。

一个戴长毛兽皮帽子的男人拦住了我们。他身材高大,个子在一米八以上。长兽毛护着他的脸,我看不出他的年龄。

他对娟说:"你上前来,我跟你说几句话。"

娟将骨灰盒递给她弟,走上前去。

他问:"你到底把你爸的尸体火化了?"

娟说:"对。"

他问:"几个人跟你打招呼,嘱咐你别带那个头,你都不听?"

娟说:"我情况不同。我深圳那边还有许多事,我得赶快回去。"

他说:"已然火化了,我再说什么也没用了,但是不许你走!"

娟反问:"为什么?"

他说:"还用问吗?你走南闯北的,见多识广,你得留下来,跟我一道为咱们李家人争取利益!"

娟说:"我不能,我……"

他吼起来:"放屁!我爸是谁?是你大爷!你把你爸火化了,可我不愿学你!你、你,我扇你个六亲不认的东西!……"

他吼声一落,巴掌已扇在娟脸上。娟被扇得身子栽歪了一下,却没倒。

李楠大叫:"不许欺负我姐!"

他又吼:"没你小孩崽子说话的份儿!今天我就是要教训你姐!"

娟的身子刚一站直,他又举起了巴掌。

娟的鼻孔出血了。我又产生了怒从心头起,恶向胆边生的感觉。

我退后一步,铆足了劲儿,弯下腰,一头向那高大的汉子撞去,如同愤怒的公牛顶人那般——虽然我明知对方不是娟的堂兄就是娟的堂弟,但我那时已不管他是谁了——谁当着我的面欺负娟我就要跟谁拼命!

他被撞得向后趔趄了五六步,极力想站稳却还是仰面朝天滑倒了。说时迟那时快,我一个箭步冲过去,骑在他身上,扯下他的帽子,双手握拳,左右开弓往他脸上光头上猛砸……

他毕竟力气大,我被他从身上推下去了。我坐在雪地上,他站了起来,要踢我。

"你敢!"

娟不知从谁家院子上踹下了一根木方子,双手握着挡在了我前边。

这时,又跑过来几个男人,其中一人夺过娟手中的木棍,将光头男子打跑了。

那男子扔了棍子,对娟说:"你别跟你三哥一般见识,他喝醉了。他那人,一醉安上尾巴就是头驴。你做得对,二哥支持你。"

"二哥……"

娟扑在对方身上号啕大哭。

敢情娟还不止一个堂兄弟;她一哭,我反而放心了……

两天后,娟的小姨将她母亲接走了。我和娟带着她弟弟一起离开了村子。

娟将她家的门销上后,在门前低下头站立良久,像默哀。

在车站,李楠说:"姐,我不能捧着咱爸骨灰盒上车,万一有人好奇,我咋回答?如果直说,引起别人反感那多不好?"

我认为那少年想得细,说得对。

于是娟去买了一个袋子,将骨灰盒装入袋子里,由自己挎着。

"你怎么可以连日关机?想不到我有多牵挂吗?"

刚一见到翔,他就板脸训了我两句。他要是假装训我,声调会很高;而真训我时,语气听来反而是平静的,表情也格外严肃。

我自知理亏,只得认错,并且解释,由于压力过大,完全忘了带着手机那回事。

"错了就是错了,辩解等于找借口。你的压力会比娟还大?"翔对我的解释不以为然。

娟从旁说:"她像一张白纸,经历的坎坷太少,也许真就比我的压力还大。"

我朝翔使眼色,他这才注意到娟的袖子上有黑纱,不再说什么,默默拥抱了娟一下。听说他已将新超市装修好了,娟急着去看。

新超市的牌子已挂上了,翔给起的名是"和合超市"。我觉得太俗常了,娟却喜欢。翔说便民超市嘛,店名没必要起得多么奥妙。之所以不与街名联系起来,是为了以后再有分店招牌统一。

我说:"哪还会有分店!说得轻巧,吃根灯草。"

翔说:"我敢断定李娟还会往前闯。"

娟说:"我当然会。"

娟对翔的劳动成果十分满意,问我:"我可以抱他一下吗?"

我说:"请吧。"

她踮起脚跟,郑重而又庄严地抱了抱翔。

翔笑道:"一切辛苦都值了。"

娟与她弟每晚睡吊铺。按我的主张是——她弟腿不好,上下吊铺太不便,每晚可以睡在照相馆;而我和高翔每晚睡吊铺也已习惯。娟说那不妥,非长久之计,给我和翔添的麻烦已经够多了。而且她认为,她弟不该总在心理上将自己当成残疾人,上下吊铺也是种能力锻炼。

于是我和娟曾经的"家"成了她和她弟的"家",她父亲的骨灰盒也放在上边。

我说:"娟,那也不是常事吧?"

娟说:"是啊。眼下顾不上考虑了,以后再做决定吧。"

逝者已逝,活着的人,总还要为生活继续忙碌。

接下来数日,我和李楠蹬着租来的平板车往返于两个店之间,将剩余的货物转移到新店去。李楠虽然跛足,蹬起平板车来却一点儿不受影响。而娟,则开始为新店进货。

翔那边的事已耽误得太多,我要求他尽快使照相馆的业务恢复正常,别再操心我和娟的事了。

一天晚上,躺在床上时,我将我在娟老家的所见所闻从头到尾说了一遍,问翔是否经历过那种事。

他问:"受到震撼了?"

我点点头:"我以为现实中不会有那种事,只有小说或戏剧中才会有。"

他说:"有的时代文学以反映现实为主潮,有的时代却相反,现实会大量地复制小说的、戏剧的情节或故事,包括细节,也往往会如出一辙。以后,中国小说家、戏剧家或电影编剧的黄金时代或许即将过去了。"

我问："何以见得？"

他说："当现实中产生的原汁原味的人物、事件、情节和细节具有极高的戏剧性，比普遍的虚构类作品的想象更胜一筹，现实岂不是就有理由讥笑小说家了？既然说到最善于讲故事的小说家了，那我就单以小说为例向你证明哈……"

于是他扳着指头如数家珍般地讲起来——杜十娘的故事，现实已多次复制了；胭脂的故事，现实中也层出不穷；现实版的《贵妇还乡》《败坏了赫德登堡的人》《白痴》《卡拉马佐夫兄弟》《推销员之死》《酒店》《死魂灵》《娜娜》《包法利夫人》，现实故事与原著几乎如出一辙……

想不到他这位搞摄影的比我读的"闲书"还多，我又一次对他刮目相看。

他说他曾有过一个忘年交，是国企干部，他父亲生前的老友，对他以世侄相待，已退休了。去年某日，他照例去探望，谈笑甚欢。他离开对方家才几分钟，刚走到楼下，对方忽然从六楼窗口跳下，当场摔死在他眼前。再巧一点儿，就砸他身上了。为什么呢？只不过接了一次电话，单位领导要到他家探望他。其实只不过是例行公事，礼节性拜访。与往次不同的是，从外单位调去的纪委书记出于对他的敬意，也将光临。他的自杀当然引起了种种猜疑，上级部门的一位领导却把事压下了，说人都死了，死者为大，不要乱猜疑、乱议论了。可是不久，那位领导的夫人向纪委揭发他有"小三"，由"小三"问题调查出了腐败案。联想到他包庇过死者，旧事重提，结果死者也原形毕露，涉贪金额数目还比较大……

翔说由于与对方的关系，那一时期自己也受到了组织调查，搞得灰头土脸的。

他说他家那小区曾住过一位老会计，人缘甚好，但一着急就会口吃，所以平时沉默寡言。不料呢，一日死于非命，被车撞死了。不久，人们听说，肇事司机被抓到了，招供了，竟是受雇为之，唆使者是一家公司的总经理。法院开庭公审那天，不少与死者有感情的人都去旁听,他也去了。使人们大为意外的是——唆使者居然说自己心生恶念是由于多次受到讹诈。怎么回事呢?原来公司长期有小金库,而且只有总经理和老会计二人知道。老会计即将退休,总经理给了他十万元,明摆着是封口费。老会计一急,结巴了,除了"我不能要"四个字,再说不成一句完整的话。总经理以为他嫌少,又加了十万。老会计更急了,干脆转身就走。总经理纠结了——一千来万呢,平分吧,舍不得;不平分吧,他张扬出去怎么办?过了几天,又将一小套旧房子的钥匙给了他。老会计根本不接,背着双手,脸红脖子粗地直说:"侮辱我,侮辱我……"

控辩双方的律师当庭据理力争。辩方律师强调——事出有因,当事人受到讹诈的过程符合逻辑,显然成立!控方律师则指出——老会计口吃人人皆知,虽然并没明确说出不是嫌少的话语,但其行为足以证明他是位"拒腐蚀,永不沾"的正人君子。

法官当庭没宣判。

二审开庭时,老会计的女儿提供了父亲的遗书,是在整理遗物时发现的。遗书的内容证明,老会计一而再,再而三地拒绝,不是因为少,而是在乎清名。

辩方律师却不买账,认为不能排除伪造遗书的可能……

我忍不住问:"后来呢?"

翔说:"经科学鉴定,遗书无疑。可是你想啊,一位好人,即将退休了,该享受享受清闲的晚年了,却不但死于非命,而且死后还名誉受辱,这是多么值得同情又多么可憎的现象!大千世界,茫茫人海,还有些事,叫人同情也不是,憎恨也不是,却又明明是悲剧……"

他说一次他在外地,住朋友家,早上散步时,见一个男子从垃圾桶旁拎走了一个丢弃的瓷洗脸盆,不知谁家改造卫生间淘汰的。他走了一圈,见那人将瓷盆砸碎,取下了铜的水漏。就在那时,环卫人员来了,斥责那人不该为了贪那点儿小便宜给清扫垃圾制造麻烦。那人口出不逊,二人言来语去,骂了起来,终至于打了起来,环卫工吃了亏。一小时后,环卫工半大不小的儿子来了,堵住了那人,要求赔礼道歉,那人仍极蛮横,结果被一刀捅死了……

"我虽然没在事发现场,但事后看到了地上的血迹。那点儿铜才值多少钱?……"

"别说了!"我大叫起来。

"镇定。听我说完。为什么对你讲这些?是要使你明白,在十几亿人中,什么现象都几乎是世界级现象。二百多年前,清朝初期,全世界不过才十六亿多人口。中国又处在改革开放的转型期,公私混杂,权钱交织,令人愤懑之事肯定层出不穷,且抓且现,且治且泛,若以太理想主义的眼光看时代,看社会,看人世间,那善良的人只有整天唉声叹气、愁眉不展、徒唤奈何纠结不已了。但我却是乐观的,我同时看到了时代在进步、社会在发展、民生状况在改变。"中国号"列车,在滚滚红尘和欲望横流中拖泥带水,更是摧枯拉朽地向前向前!所以亲爱的,忘掉你在李娟的家乡看到的听到的事吧,在朋友肩负人生重担之时,我们只能尽力帮助;如果以自己的坏情绪影响朋友,似乎是悲朋友之所悲,其实往重了说是不帮忙反添乱的……"

翔最后几句话,对我起到了棒喝的作用。

然而李娟有时是拒绝我们的好意的。

李主任来了一次,向娟转告,郑宜然对她特有好感,希望将二人的关系进行下去。

娟却说:"做朋友可以,别的关系就免了吧。"

李主任不解,打破砂锅地问为什么。

娟只得交代自己的顾虑——她说初四那天通过交谈,她了解到郑宜然是"老疙瘩",有二姐一兄,职业都不错,分担起了赡养父母的义务。所以,他已经习惯了不操心,进而认为凡是给他的生活找麻烦的人,都是"讨厌之人"。

"我和他太不一样了,我背后一堆必将不断给我找麻烦的人,而且我还没法做到六亲不认,不能视他们为讨厌之人,必须在力所能及的情况下经常帮助他们。总不能把这类事都看成国家的责任,与自己毫不相干吧?我俩要是做了夫妻,还不整天为这些吵架呀?"

听了娟的郑重表白,我们面面相觑,默然无语。

两天后李主任又来了,说郑宜然再三表示,婚后一定会做好丈夫,事事顺从妻子。

娟说:"李主任,你忘告诉他我是只有一个肾的人了吧?"

李主任愣了愣,讪笑道:"告诉他那些干什么呢!"

娟说:"要告诉,一定要告诉。"

李主任又愣了愣,岔开话题说:"人家还表示,你弟可以到他那儿去,他给你弟开一份工资。多好的事啊。"

娟说:"先告诉他我是只有一个肾的女人,其他事儿再议。"

李主任失望而去。

翔说:"他那人,做什么事都希望成功,肯定太有失败感了。不过呢,我认为娟是对的。"

我怼了他一句:"怎么对?"

娟看出我并不理解她,苦笑着对我说:"婉之,我知道你对我的个人问题特别上心,但我那事儿如果不预先告诉人家,婚后再告诉不等于欺骗了吗?"

我说:"我当然不是主张欺骗他,但我相信感情的作用,成了夫妻,感情深了,什么事儿也就都不是个事儿了。"

娟说:"一个男人,婚前保证婚后事事顺从妻子,这样的男人,我觉得也不太靠谱啊。我要的并不是那种丈夫嘛。"

翔拍了我的肩一下,给我找台阶地说:"我认为娟有自知之明,也有知人之智,她的事由她自己决定。咱俩都省省心吧。"

那事以后也就再没了下文。

张家贵也为娟的事与我通了次话,表示他那儿也可以为娟的弟弟解决工作。

我如实转告了娟,认为这是可以考虑的。

娟说:"替我谢谢他,但不考虑了。我弟毕竟腿脚有毛病,就别给朋友添麻烦了吧。"她决定将弟弟留在身边。

十七

所谓人生,对普通人而言,无非是既活着,就得讨生活;而所谓生活,无非就是,如果想活得好点儿,那就得努力多挣点儿钱。

对普通人而言,挣钱是毫无诗意的事,能习惯那过程就算不普通了。

谢天谢地,我和娟对我俩挣钱的过程早已习惯,所以我俩都觉得自己是十分幸运的人。

转眼到了四月,深圳又成了一座生机勃勃的不夜城,年轻人成批成批来到深圳,大学生更多了。深圳如同一座向年轻人吹起了集结号的兴旺之城,日新月异,越发美了——那是一种由少女变为女郎的渐趋成熟的美。

我们的新店顺利开张,营业额逐月增长,效益符合预期。

药店也挂牌了——李主任做了担保人,玉县护校的百年历史也起到了促成的作用。那时人们已能从电脑中搜索到许多信息,玉县护校的历史也因此被审批部门钩沉了出来,或者也可以说,我的"校长妈妈"保佑了我。

我还是在药店辟了一角卖书——主要是医药类、养生类书籍和童书,也有少量畅销书,效益还不错。书架是高翔设计的三角立体式的,没占多大地方。

每天,我从照相馆走到药店,像打卡上班一样准时。娟和她弟也准时去往超市上班,各有各的钥匙。那是很奇怪的日常,因为我和娟见面的次数少了。如果互相想念了,要么我提前上班,要么她提前下班。

好在手头宽裕了,娟也买了一部手机,我俩通话方便了。

娟说她弟也爱看书了,药店似乎也成了她弟的图书阅览室,每晚看书成了习惯。

翔因为我,已经很久没回上海了。

"五一"前我主动说:"你回上海看看你妈吧,要不她该对我有意见了。"

他说:"是啊,她肯定想我了,只不过希望我先有所表示罢了。"

翔走后,我收到了养父的信,他要求我七月份必须回玉县一次,因为玉县护校要举办百年校庆,届时将有来自世界多国的方氏家族的后人齐聚玉县寻根访祖,省里市里都很重视此次活动。我作为方氏家族在中国的唯一后人,不出席显然是不对的。

两天后我收到了玉县政府的正式邀请函。

我决定回去。

娟说:"不许犹豫,必须回去。你不回去,我都不答应。"

我说:"那药店这边怎么办,刚营业又关门,成什么事了?"

她说:"我负责药店的营业。卖药品可不敢大意,我负责你不是放心嘛。"

我说:"超市那边交给你弟一个人,你能放心吗?"

她说:"雇个人帮他。"

她招聘了个四川姑娘。

我见过后,不是太中意,问她为什么不招个漂亮点儿的?

她说:"我希望将来帮我弟在深圳安家落户,漂亮的他也配不上啊。肯和他成心成意过日子的最适合他。"

玉县的变化也很大。

临江大桥的建成和临玉公路的开通,不但缩短了两地的距离,也促进了两地的商贸,到玉县甚至到周边山村观光旅游的人多了。玉县的店铺多了,家庭宾馆多了,新盖起了两座酒店,一座三星,一座四星。农家乐使周边山村热闹了,临江人的车辆和身影络绎不绝。

我站在久违了的家门前,脑子里蹦出来的是当时的流行语:"孵化基地"四个字。当年的中国,"开发区"如雨后春笋。有的地方却不叫"开发区",叫什么什么"孵化基地",比开发区更形象的一种叫法。

虽然是星期日,养父却不在家,在农村调研还没回来。我在家门口与他通手机,他告诉我钥匙在老地方。

老地方就是信报箱,有锁眼,却是给外人看的,一个小小的机关才能使它打开。养父总丢钥匙,所以在信报箱里放了一把,以防万一。

家门维修过了,左右多了两尊石雕:一尊是仙鹤,一尊是葫芦。我问养父那是怎么回事?

他说一言难尽,等他到家再告诉我。

我开了家门,迈进院子,见院子和房屋也维修过了。不是面貌全新的那种维修,而是文物保护那种修旧如旧的维修,一切方面比我居住过的时期理想多了。

我再次与养父通话,问他什么时候到家,我要不要把饭预先做好?

他说一个小时后准到家,他已有所准备,他到家他做饭,要我什么都别管,安心等他就是。

家里重新改造出了一间大客厅,壁上悬挂多幅老照片,不是一般的"老",是多位清代和民国人物的肖像照,有两位举人;还有一位县令和一位着西装的留洋的医学博士,是英国皇家医学学会会员——居然还有一位中年的传教士!

他们自然都姓方,都是方氏家族的重要历史人物,都是"校长妈妈"的先人——与我一点儿关系没有。

但我还是看得很认真,记住了多数人物的名字。我无肃然起敬之心，却有自愧弗如之感——因为我毕竟出生不久就改姓方了呀！

洗罢澡，我平躺床上休息时，又一次联想到了"孵化基地"四个字。

是的，客厅里的照片告诉我，这处有一百多年的方氏老宅，未尝不可以也用"孵化基地"来比喻，当年从这里走向全国、走向世界的方氏儿女，不少人成了家族的自豪——他们即将回来了，这处方氏家族留在国内的唯一老宅，对他们具有根的意义。

我也是在这处老宅呱呱坠地的，在这里度过了快乐的童年和五彩梦频频的少女时期。那么，这里也可以说是我的"孵化基地"——与安徒生的童话相反，我是从"鸭蛋"壳里诞生出来的；一个由于机缘巧合而错生在群鸿故里的麻鸭蛋。我有自知之明，以我现在的情况看，我是个注定了将一生平凡的人。我不是一个甘于平凡的人，谁年纪轻轻的就会甘于平凡呢？但我确实已看清了我的一生，除了买彩票意外中几千万大奖，我的平凡毫无悬念。孔子说"五十而知天命"，那是指古人，而且主要指官场之人。四年来的打工生活使我明白，芸芸众生之中寻常如我者，在现代社会，最迟三十就该知天命了，否则岂非活得甚不清醒么？何况，果然中了几千万大奖就不平凡了？我不还是我吗？我不怕平凡，简直也可以说，既然平凡注定是我的宿命，我愿与我的宿命和平共处，平平凡凡度过我的一生。我之一切努力和劳碌，不是一心想要超越平凡，只不过是要使那平凡趋于稳定，争取在稳定中过出几许平凡人生的微淡的小滋味来。我不赞成"明知不可为"而"为"，我认为这句被某些人赋予诗性色彩的话，其实是很忽悠人的，明明不可为还乱为个什么劲儿呢？那不是瞎折腾吗？我深知我除了沾光于玉县方氏家族这一点，自己的人生再无任何可以任性折腾一番的资本。连我是方氏家族后人这一点，也不是事实，而只不过是"既成事实"。我之折腾，很可能将"既成事实"也折腾成了难堪的事实。

是的，我委实折腾不起。

让平凡来得更平凡一些吧！不就是平凡吗？又不是生不如

死！有何惧哉？

我要在平凡中活出些自尊来……

我怀着这样的想法睡着了。

等我醒来,养父已在厨房里了。

片刻后我们父女开始吃饭,养父开了瓶红酒,问我喝不喝?

我说:"喝,当然喝。"

养父高兴地为我斟酒。

他情绪极佳。

二〇〇六年两会期间的《政府工作报告》宣布从此取消农业税了,先前指责他的一些人有的向他道歉了,有的不能再拿那事说三道四旁敲侧击了,某时期内笼罩着他的官场雾霭消散了——不必问我也知道,这是他情绪极佳的主要原因,尽管他因而没当上市委书记。另一原因,当然是方氏家族的海外成员归国寻根这一活动。他与我通话时曾说,自己是当成一件大喜事而参与的。

他说门两侧从前就有石雕,是玉县民众集资在我"校长妈妈"的祖父七十寿辰时献给方宅的,以感激老先生常年在民间进行义诊的善举——后来被砸毁了,不久前按照片原样重雕:鹤寓意长寿,葫芦代表医道之玉壶。他说如果他是书记或市长,那么以自己是方静好丈夫的双重身份,理应是欢迎活动组委会主任。但他既没当上书记,也不是市长了,只不过是人大常委会副主任了,所以就只能当"秘书长"。

他将"只不过"三个字说出格外强调的意味。

他说有一个时期,这里被几家公司合占了。半年前,市委市政府下达联合红头文件,勒令速速搬出,以便维修。说以后,这里就是永久性的"方氏故居"了,但他和我,却可以在任何时候都像主人一样居住其中,生活在其中,拥有不可剥夺的居住权,但产权归公。

我们父女边吃边聊时,来了一个小伙子,是组委会的工作人员。他请养父过目几页名单,即将印刷成册。养父离开饭桌坐到一边认真看。工作第一,他总是那样。即使刚刚端起饭碗,也会立刻放下。

看着看着,他不高兴了,抬头冷冷地问:"个体户什么意思?"

小伙子嗫嚅地说:"个体户……您明白啊。"

"我不明白!方氏家族在国内的唯一后人,而且是最直系的后人,怎么就成了个体户?海外归来的方氏家族的客人们会怎么想?"养父板起了脸。

"这……那您给个明确的指示,该怎么改?"小伙子的样子显得有点儿蒙圈。

我说:"爸,事实如此,别改了。"

养父说:"非改不可。这不是小问题。"

小伙子说:"您别生气,我是临时抽调来的,没经验,情况了解得不太准。"

养父说:"我没批评你的意思,记住,要这么改——以'自由职业者'取替'个体户'三个字;学历不要写'夜大在读生',啰唆。写'大学'两个字就行……"

他转脸问我:"女儿,让你带回几张个人满意的照片,没忘吧?"

我说:"带回来了,现在要?"

他说:"那有劳女儿了。"

我取回装照片的信封,在饭厅门外听到养父在对小伙子说:"我女儿不是一般人的女儿,我强调这一点,不是指她是我前任市长、现任人大常委会副主任的女儿;而是强调她是方静好同志的女儿。方静好不仅仅是已故的玉县护校的校长,正如我刚才说的,是方氏家族在国内族脉的传承人。那么,方静好唯一的女儿是怎样的人,直接影响方氏家族那些后人们寻根的心情……明白我刚才为什么有点儿犯急了?……"

我听到小伙子说:"明白,我保证按照您的指示改好。"

我怕直接进入会使养父尴尬,成心在门外弄出了响声,等屋里安静了才推开门。

养父说:"女儿,介意我替你选一张吗?"

我笑着说:"那最好。"

其实,我心里也很不自在,因为自己"事实上"是个体户;"事实上"还在读夜大;"事实上"未免太平凡,对于方氏家族而言,简直平凡得近乎平庸。

养父又问:"女儿,这张如何?"

我笑着说:"好。"

小伙子走后,我们父女继续吃饭的气氛不如刚才那么愉快了。也不是不愉快,只不过多少有点儿凝重了。

养父对我说,我在活动中的任务主要是陪好女性嘉宾,照顾好老年嘉宾,比如搀搀扶扶的,如果他们之中谁的听力不好,我要充当一下"助听器"。

我笑着点头。

"但尽量少谈自己。谁问了,不回答不礼貌,回答以简单含糊为好,理解爸的意思吗?"他也笑着嘱咐我。

我照例笑着点头。

"放心,你的角色是轻松角色,到时候,老爸会专门向他们介绍你的。老爸的介绍,会比你自己谈自己效果好。你瘦了,接下来的几天,要多吃点儿。"他为我夹了一个鸡腿。

而我为了向他证明回家的愉快,吃得津津有味。

怕他再将话题扯到我身上(那会使我受不了的),我主动引起话题——问他没能当上市委书记,是否觉得是人生的最大遗憾?

他坦率地说:"是啊。当然是那样。当干部的人,离休之前,谁不希望自己当过一把手呢?"

我又问:"那很重要吗?"

他说:"想开了就不重要了,现在你老爸想开了。当时是有点儿想不开。并不是喜欢更大的权力,而是希望自己能为一方百姓做更多的实事。女儿你要知道,有些实事,二把手再想做也做不成,一当上一把手,似乎就一切条件都水到渠成了。有的人把当官作为理想,有的人为了理想才当官,老爸属于后一种人。都过去了,不谈它了。再吃点菜,老爸炒猪肝尖椒很有水平的,没见你夹这盘菜,我给我女儿夹点儿……"他的好心情又恢复了。

饭后,时间还早,我们父女俩又移步到客厅去聊。养父说他喜欢那大客厅。在那儿,他觉得更利于以历史的眼光看现在。

养父的话使我好生奇怪。

我问:"为什么只说以历史的眼光看现在,而不是以当代人的眼光看历史?"

他感慨良多地回答:"全中国的人,全世界的人,以当代之眼光看历史,看历史人物的世纪太久太久了,这使人们很容易形成事后诸葛亮的思维定式,而且很容易陶醉于自己分析水平的高级,于是以思想家自诩。若也能尝试以历史的眼光看现在,则更会领略到时代的发展,社会的进步。所谓一新一好,当思来之不易;逐岁之变,应记步履维艰。"

显然,对于我的问题,养父已数度思考,心得良多。

"爸,在临江市和玉县地面上的干部、商企人物,各行各业的优秀者、精英啦中坚啦什么什么的,差不多你都认识了。与他们在一起,你肯定是愉快的。可你一回到老家,一下子被仍在贫困之中左冲右突却难以成功摆脱的亲人和群众所包围,你会产生心理分裂的感觉吗?"

我不再犹豫,排除顾虑,不失时机地问出了我早就想问他的一个问题——那种感觉困扰我许久了。

他没立刻回答,掏出了烟盒。

我替他按着了打火机。

他吸了两口烟后,仰脸望着屋顶说:"唉,女儿呀,你问到老爸的痛点了。我当然会有你说的那种感觉,我会告诉他们,各级政府,会将逐步消除民间贫困和疾苦当成己任的……"

"像做报告那样?"

"绝对不是。聚在一起喝酒的时候,串门拜年的时候,围着火塘聊家常的时候……"

"他们信?"

"我认为他们是信的。因为我不但是当过市长的人,还是他们的亲人、发小,关系不一样嘛。而且我有数字,有事实……"

"你那些数字、事实,和他们有什么关系?"

"他们的生活也在发生变化嘛,姑娘们戴上了金项链、金戒指;小伙子买得起摩托了;吸烟的不吸叶子烟改吸卷烟了;回村探家的青年中,有大学生了;外出打工的人,有的学到了熟练的技术,成了好工匠了……"

"爸,不谈那些了。最后一个问题……"

"女儿,你这不成了记者嘛!"

"不是采访,是关于我的问题——爸,你和我校长妈妈,你俩当年,对我抱有过什么希望吗?"

"你指的当年,是什么时候?"

"我小时候。"

"多小的时候?"

"才几岁的时候。"

"这么回答你吧女儿——在你小学三年级以前,我和你校长妈妈除了教导你一些做人的起码道理,并且尽量使你成长得健康、愉快,其实对你的人生并没什么不寻常的希望。到你小学五六年级时,才开始有了一些希望……"养父又从烟盒里弹出了一支烟。

"爸,你刚吸了一支。"我将那支烟掠了过去。

他说:"再让我吸一支嘛。"

我说:"先回答问题。"

他说:"行。那我回答完了,不论你满意不满意,都要奖励我那支烟哈。"

我说:"一言为定。"

他说:"那时,我们也只不过是希望你能考上一所较好的大学。不是指清华北大,而是指复旦啦、北师大、人大、中山那类大学,我们希望你将来能成为大学教授。我们对你抱有这种希望,并不证明我们要从这种希望中获得多大满足。而是觉得,那样的努力方向,可能更符合你的人生理想。你考上了贵师大,我们也没失望,理想可以由三级跳来实现嘛。比如接着考'贵大'的研究生,再考别的大学的博士……"

"对不起爸爸,我太让你们失望了……"我流下泪来。

"不要哭嘛。当时那种情况之下,你的做法爸爸是可以理解的。你没那么做,倒不符合你的性格了……"他向我伸出一只手。

我将烟给了他,再次按着打火机。

他吸了口烟,站了起来。

我小声又问:"那么现在,你们对我已不抱任何希望了吧?"

他来回走着说:"我和你,咱俩都无法听到你校长妈妈的想法了。但我对你,还是寄托着希望的;并且我认为,如果你校长妈妈在世,她是会同意的……"

我声音更小地问:"哪种希望?"

养父在我面前站住,弯下腰,看着我的眼睛说:"女儿,要做好人。要一生做平凡的、普通的好人。"

"就是这样?"

"对,就是这样。"

"肯定不是……彻底失望的另一种说法?"

"肯定不是。"

在墙上挂着些进士、举人、县令和博士以及其他成功人物的大照片的空间,我听我养父强调"平凡"和"普通",这使我有一种相当不真实的感觉——我想我脸上也许呈现出了不信的表情。

养父直起身,吸了口烟,不再看我,边踱步边说:"女儿,你没必要怀疑我的话。我问你,中国有多少临江这样的城市?"

我说:"二百多个吧。"

他又问:"上海有几位摄影家协会副主席?"

我说:"高翔告诉过我,一共六位。"

他站住,不看我,看着墙上的一幅照片语调缓慢地说:"虽然我现在不是市长了,但毕竟当过,那么你是全中国只有二百多位的一位市长的女儿;你还是全上海只有六位的摄影家协会副主席的未婚妻。你还有方氏家族的特殊背景,我听高翔说,他父母的家族也都不一般。那么,尽管你本人现在很平凡,很普通……"

"我觉得,我将一生平凡和普通……"

"那你也还是首先要做一个好人!"——他向我转过身,又弯下腰看着我了,表情和口吻都特严肃地说,"在全中国十几亿平凡的、普通的人中,你还是属于极少数极少数的幸运者。一个社会,固然要教育每一个人都做好人,但首先要使极少数极少数幸运者成为好人。中国的人格教育,在我看来,相当长的历史时期内走的是弯路,对绝大多数人整天重复着陈词滥调,对极少数所谓成功人士,几乎全社会又都表现出献媚唯恐不及的巴结心态,仿佛一个人只要成为有钱的大佬了,似乎连人格也都完美了。但一个国家的进步,归根结底,是要看百分之九十多的人是怎样的人,明白?"

我说:"爸,你把我绕糊涂了……"

他说:"我虽然过去是市长,现在是人大常委会副主任,但我不能对极少数极少数的人说刚才那番话,说了也白说,只会引起反感。但我的好女儿,我希望你这个平凡的普通的人中的幸运者,一生都要做一个好人。你要使我和你的校长妈妈相信,中国的芸芸众生之中,有一个好人是我们的女儿。因为在芸芸众生之中,你是很应该成为好人的那一个。一生做好人,也是成功人士。做好人不需要投资,不需要天赋……还不明白?"

"明白了。"其实我心里想的是,他将对我的希望降低到了底线水平。

这使我内心忧伤又起。

"真明白了,那就亲一下老爸。"

他向我偏过脸颊,而我煞有介事地"奖励"了他说真话的态度。养父的话使我又一次感到——平凡和普通,也许真是我此生的宿命。

为什么养父既说平凡又说普通呢?我睡下时,不由得继续思考,终于想明白了——两者确乎各有所指。平凡意味着能力方面一无专长,或虽有专业而业不骄人;而普通意味着人与财富的关系。我的人生注定了将与财富沾不上边。我居无定所,除了已投入到两处小店的一点儿存款,再什么都没有。我与李娟在人生的同一起跑线上。娟是普通的,与我相比,她似乎还有一种刚被证明的经商的专长,那么,我的人生是不是比李娟还平凡呢?不同的是,娟的亲人都指望她逐渐不平凡起来,包括我这个朋友也总是给她打气,但愿她早日不平凡起来。她自己也铆足了劲儿,朝着争取不平凡的方向努力拼搏,往往不将自己少了一个肾当成回事儿。娟是好人,所以没人对她念什么《好人经》,她只消一如既往地做自己就是了。

而我,不但平凡,不但普通,还要由养父当面教诲,以使我永远明白——我既平凡也不平凡,既普通也不普通,因为我有一位当过市长的养父;因为我已故的养母在一座小县城的史册上必将占有一席之地;因为我与该县曾经的名门望族发生了一种说有便有,说无亦无的间接关系。分明的,按养父的逻辑,我同时是芸芸众生中的极少数幸运者,所以我必须既平凡着普通着还应该自觉做一个好人。我理解养父说的那些话,归根结底是他代社会向我提出的要求。也分明的,他这位不平凡不普通的父亲,认为自己对社会有那么一种义务,对我有那么一种责任。

我平凡,我普通,我幸运;我在芸芸众生之中,我又属于极少数极少数的幸运者——幸运者理应自觉做好人,所以我如果缺乏那自觉性,显然首先对不起我的幸运。

但平凡的、普通的好人怎么个好法?老实说我从没认真想过,也根本懒得去想。

李娟从不想这类自寻烦恼的问题,我为什么不可以?

娟一向自自然然地做她自己,我认为我也有此不可度让的权利。

想到这儿,我对养父的教诲逆反起来——如果我现在已是某重点大学的研究生,他还会对我那么谆谆教诲吗?还不是因为我事实上已经平凡了,普通了,做个好人才成了他对我唯一的希望?

我不禁想到了孔子那句名言:"五十而知天命。"

可我才二十四岁,我已知天命了。这真有点残酷。既然如此,那就如此吧,我将在平凡中努力,我将在普通中无怨无悔,我将与我的宿命和平共处,正如一个人与自己的影子的关系。

……

我梦到有一只彩蝶在我头顶翻飞。它快速变大,先是变成了小天使,但翅膀却没变成白羽翎的,还是蝶翅,像五彩玻璃那么透明,在阳光下熠熠生辉。小天使快速变得像真人一样大了,细看竟是"校长妈妈"。

我说:"妈妈,我平凡了,我普通了,可我拿自己没办法,你千万别生我的气……"

"校长妈妈"捧着我的脸吻我的额,满面喜悦。

她说:"我知道,妈妈什么都知道。平凡不是错,普通不是罪过,谁的人生都不过是生命现象,只要你中意自己的生命现象妈妈就替你高兴。"

我说:"可爸爸还要求我做好人,我很困惑,不知怎么样才是好人。"

她说:"我女儿已经是好人了。"

……

第二天早上,养父一见到我就说:"看来我女儿解过乏了,神采奕奕嘛!"

迎宾活动的开幕式隆重而又顺利。是由养父主持的,他为自己的角色理了发,固定了发型,西装笔挺,领带醒目,看上去年轻了许多岁。市委书记亲致欢迎词,少先队员向宾客代表献了鲜花。

会后自由活动时,我的特殊身份使我成了宾客们关注的中心,许多人轮番与我合影。百十来人,一半是姓方的,另一半是他们的配偶或子女,除了小孩子,大抵是成了别国人的不平凡不普通的人士,其中还有哈佛和剑桥的在读生。

血统真是厉害,只要善于继承某种不平凡不普通的血统,似乎想要平凡和普通都不怎么容易。

我与他们合影时不断在心里对我自己说"校长妈妈"在我梦中说过的话,否则我会觉得被无形的压力重重包围,脸上的笑容会变得勉强。

一位七十余岁但精神矍铄身体硬朗留白髯的老先生与我合影后,问我养父:"我可以拥抱她吗?"

养父微笑着轻轻将我推向他,我主动拥抱了老先生一下。

老先生说:"婉之,我们看到你精精神神的,气质好,教养好,都很高兴啊。我们方家在大陆唯一的后人并没有……我的意思是,有我们方家的基因,我不虚此行啊!……"

他问其他方家人士:"你们也是吧?"

那些不平凡、不普通的人皆点头。

他又问我:"听你父亲说,你在搞投资?"

我被问得一愣。

养父立刻说:"是的,她喜欢那一行。"

我也只得点头。

老者接着问:"做得还顺吗?"

我顺水推舟地回答:"还行。我资金有限,都是小额投资。"

老者用手势招过来一位中年男子,让我一旦遇到了困难就找他。男子给了我一张名片,愉快地说:"论起来我是你表叔。"

养父告诉我,老者是"校长妈妈"的堂兄。

我问养父,那老者有句话为什么只说了一半?

养父说:"他们在国外听的负面情况多了,以为会见到一个差不多是文盲的你。"

我说:"就是一个想象中的傻大姐呗!"

养父笑道:"你干吗非那么说呢!"

第二天晚上,养父郑重其事地与我谈了一次话。他问我想不想出国?"校长妈妈"的堂兄,也就是我的舅父,希望将我带出国。

这太意外了。

我问:"那高翔怎么办?"

养父说:"你舅父保证也可以让高翔出国,而且说……"

"说什么?"

"他身后的遗产,将来可以由你俩继承。"

"要是高翔不愿意呢?"

"所以你得问问他,最好现在就问,明天我好给你舅父一个答复。他做这个决定很认真呢。"

在养父坚持下,我当面与高翔通了次手机。

高翔说:"我肯定不会去美国的,我妈都六十多了,我将她撇在上海不对吧?你应该知道,上海人非常恋上海的,越上了年纪越离不开。但你是自由的,你怎么决定都行,我不拖你后腿……"

结束通话,我对养父说:"爸你听到了,明天你只得替我谢谢舅父的好意了。"

养父说:"你也不想知道,你舅父将来的遗产是什么吗?"

我说:"爸,还有必要知道吗?"

养父什么都没再说,默默起身往外走,走到门口他站住,也不转身,却举臂竖了一下拇指。

这使我颇不安,因为谁对别人不满往往也会那么表示。

但我已管不了那么多了。我是高翔的未婚妻,我做重大抉择的前提,不可能不是两个人的一致态度。

第二天第三天我们父女没再单独在一起过,大事小情都得由他拍板,他很忙。

第四天下午开联欢会时,我也没和他坐在一起;他陪年长的宾客坐。

身在此处,心却四处游荡,思绪也乱飞,我忽然想到了马克思的一句话——"人的本质是一切社会关系的总和"。

我没读过马克思的书,是养父多次对我说到过,高翔也说过。以前我对那句话没任何体会,当时却一下子有了——虽然,济济一堂之中,只有不到一半的人姓方,却由于与他们的配偶关系,另外一多半别姓的人们也成了我和养父的亲戚,正如姓孟的养父和本不姓方的我,由于与我的"校长妈妈"方静好的关系,也成了包括三代的他们的亲戚。若将来某日养父不在人世了,毫无疑问,他的大照片将挂在"校长妈妈"的旁边,一并出现在故居那客厅的白墙上——不仅因为他是配偶,还主要因为他曾是一位市长。

但是，养父那些贵州山区里的穷亲戚，是否也属于亲戚们的亲戚呢？逻辑上也应该属于的吧。而一个不争的事实将是，养父的两类亲戚，永远不会有欢聚一堂的机会。我的事实上的神仙顶的亲戚们，也不可能有那样的机会。

于是我理解了，人既是"社会关系的总和"，也是会对社会关系予以筛选的动物。人之所以高等，此点显然也是证明。所以，"和"的大小和成分，对于不同的人是非常不同的。

而我，除了受惠于"校长妈妈"的姓氏以外，一切一切方面，都只不过是一个平凡的普通的人。只不过我不平庸，爱思想，因为爱思想才平凡却并不平庸。"我思故我在"五个字，是我体会存在感的真谛。高翔曾对我说，这一点使他对我情有独钟。

那时刻，我又产生了一种生命不能承受之"和"，生活难以推进之复杂的感觉。我在心里对自己说——方婉之，你注定了只应付得来简单的人生，不断的加法只能使你的人生变得复杂。你是那么不善于也不愿意利用你的"和"，所以复杂对你来说太复杂，那就莫如以平常心爱你平凡、普通又简单的人生吧……

忽然响起了热烈的掌声，养父在掌声中站起来，转身看着我走到我跟前，拉着我的手送我走向演出台。

原来亲人们要求我出节目。

他在台前小声对我说："也要说几句话。"

我问："必须吗？"

他说："你不是明天要走了吗？走前不说几句，那多不好。别忘了你也是主人。"

我唱了一首歌。

感谢李娟与倩倩，和她俩一起在深圳"挣外快"那些日子里，我的嗓子唱开了。

我唱得不错，博得了又一阵掌声。

"敬爱的每一位亲人……"

亲人之所以谓亲人，不仅仅是由血缘，更是由相处来决定的。我与宾客们既无半点儿血缘，也没真正相处过，所以我口中不易说出"亲爱的"三个字,非说,便不由衷。但我确实敬爱他们,并不因自己的平凡和普通,而对他们的不平凡和不普通产生隔阂。事实上,我对任何凭自己的天分加努力而不平凡不普通的人,都心怀虔诚的敬意。"敬爱的"三个字,更符合我的真情。

台下肃静了。

我从容而又淡定地说:"我是平凡的,普通的。像我这样的人,是中国的绝大多数,也是世界的绝大多数。我是十几亿同胞之一。爸爸妈妈从我小时候就教育我,一个人的天分有高低,能力有大小,但做一个好人,却与天分与能力无关……"

我看到养父呆住了——半瓶矿泉水放在小桌上,他却叼着吸管呆呆地望着我;我看到我的老"舅父"推了他的手一下,他才将吸管插入瓶中。

我说:"作为我们这一脉方氏家族的一分子,我并不以平凡和普通而自卑,因为我从没因平凡而懒散,从没因普通而对自己没了心向阳光的要求。在此我郑重向亲人们保证,正因为有你们这样的亲人,我将无怨无悔地做一个好人,将在平凡中自尊地生活;将在普通中恪守做好人的原则;将为十几亿人口这一庞大的分母,加上平凡、普通而又善良的那个'1',孵化自方氏家族的那个'1'……"

我还说了什么自己也记不清了。

我走下台时,肃静延续,养父仍呆坐着望我。

我往我的座位走时,舅父站了起来,老人家转身面对人们大鼓其掌。

养父也随之鼓掌。

于是响起了齐刷刷的掌声。

我没归座,我跑了出去。

那日天高气爽,对面山顶上火烧云亦紫亦红,变幻莫测,美得奇妙。在那山的后面是神仙顶——听养父讲,由广电部集资,在神仙顶架起了天线塔,人们可以看到信号清晰的电视了。

我走过马路,买了一支雪糕,一边吮着,一边欣赏火烧云——

我之所以能在台上将话说得那么顺畅，全是因为几天中我想过了我和我的宿命的关系。

"人是自我给出的意义的践行者。"

我记不清这句话是从哪本书中读到的了。

我只不过将我这一个平凡的、普通的"自我"给出的人生感悟说了出来。居然有机会当众说出，我心舒畅，觉得每一口雪糕，都是享受，滋味格外好。

我回到联欢会场时，养父也在台上了。

他手持话筒说："想不到，亲人们会在联欢会上让我回答问题，我不敢不从命。先回答第一个问题——解放初期的中国，十分之九是农村人口。中国有六亿五千万人口时，五亿左右是农村人口。八十年代的中国，农村人口五分之三。九十年代的时候，还是一多半。现在的中国，农村人口仍比城市人口多。马克思说，'人是社会关系的总和'——那么，绝大多数已经是城市人的中国人，其实都或多或少地有些生活在农村的亲人，亲戚。贫困虽然也体现在城市，但农村的贫困更令许多中国人揪心！所以，中国着重对农村实行的脱贫计划，也是为了使许多许多生活在城市里的中国人工作和生活两安心。大多数人，不可能明知亲人和亲戚仍未脱贫，而无动于衷、心安理得，仿佛事不关己嘛！亲情扶贫只能尽到个人的亲情责任；国家扶贫再加大力度也无法完全代替亲情责任，所以，我这位曾经的市长在位时，一向强调国家扶贫与亲情扶贫相结合。并且……"

他犹豫了片刻，低声说："我的社会关系之和，也有一半姓'农'，共同的名字叫'贫穷'。我不能将我的'和'一切两半，扔掉令我揪心的另一半。所以，我一向也是亲情扶贫的力行者。进一步说，我爱那另一半……"

养父那么说时，目光一直望着我。

翌晨，养父在送我的车旁拥抱了我一下，虽然四下无人，却仍小声说："女儿，昨天你令老爸着实暗吃一惊。不过，你那么说也没大毛病。"

我有点不好意思:"我心里怎么想的,嘴上就怎么说了。"

他说:"你当然可以那样,但老爸往往不能。真话固然可敬,但那也要看由什么人来说,看在什么场合对什么人说。"

我说:"你的意思,还是认为我那些话成问题呗。"

他说:"恰恰相反,我女儿能最大程度地做真实的自己,老爸为你高兴。"

我说:"那你给我这四天的表现打个分。"

他说:"满分。"

我心欢喜,在他腮上吻了一下,不料被县委肖秘书长看到。

肖秘书长笑道:"哈哈,父女情深啊!我已经用'傻瓜'拍下了!"

养父孩子般地难为情了。

我没回深圳,而是去了上海。

我要在上海与高翔完婚。

十八

我觉得某些城市是有性别的,正如某些小说是有性别的。非指作者是男是女,而是指小说内容。小说内容仿佛使小说具有了某种气质,而气质又似乎使小说本身有了性别。《红楼梦》《茶花女》都是很女性的书,《汤姆叔叔的小木屋》也是。《呼啸山庄》很男性,《三国》《水浒传》更不消说。《简·爱》《战争与和平》给我以"中性"的感觉;《聊斋志异》具有典型的男性气质,《静静的顿河》绝对也是男性的;而在我看来,《悲惨世界》是母性的,《大卫·科波菲尔》是父性的,《老人与海》同样父性气质浓浓。

在我看来,深圳起初像是英俊少年,它正一岁岁成长为帅气的小伙儿。在深圳,每每能从电视里看到回放的港台老片。有一个时期我和翔特别喜欢看狄龙的电影,我觉得深圳具有狄龙在武侠片中那种迷人的阳刚之气。

在我看来,上海像是风姿绰约的沉静女郎——经历了妖冶时期、摩登时期、社交花式的迷乱时期,终于洗尽铅华,进入了气质优雅的沉静时期,于是似乎修成了中西气质兼具的女性"正果"。

在我看来,广州是一座宛如"奶娘"的城市。尽管它的历史曾是那么的惊天地泣鬼神,却似乎也正是由于经历了的缘故,后来显得异常包容。游子最适合在广州停留。它虽不是游子们的理想城,但任何人的乡愁都会在它的"怀抱"中得到抚慰。我和娟去广州玩过多次,娟也挺喜欢广州的。

然而上海的"洋味儿",既是广州没有的,更是深圳没有的。翔说:"那是渗入到一座城市肌理里的遗风。"翔对上海的心态常是自相矛盾的——作为老上海人家的子弟,上海对于他如同"祖宗",谁若当他面说上海和上海人一句不好的话,他往往会跟人家翻脸。但他自己,却又每对上海和上海人大发批评议论,特别是对于上海的"洋味儿",用词更是尖刻。一方面他骨子里是惜护的;另一方面,一想到中国著名的大城市之一曾与"十里洋场"相提并论,又使他有"恨史"之痛。

然而我和他的婚礼却又不乏"洋味儿"。

起初他对他妈说:"我俩的婚礼,我负责办,您就别操心了行不?"

他妈说:"那不行。妈就你这么一个儿子,你的婚礼必须由妈来办。妈想过替独生子操办婚礼的瘾,你没理由剥夺你妈这种特权!"

当时我在旁边。

他妈说:"咱俩别争,你当儿子的自己操办还是我当妈的替你操办,由婉之来决定吧。"

我毫不犹豫,立场坚定地说:"由妈办。"

还没举行婚礼,我已开始叫她"妈"了,这使她特别高兴,夸我"懂事体"。

过后翔却埋怨我:"是你把我否定了,不满意你可别怪我啊。"

我说:"你告诉妈,我只有一条要求——简、快、省。"

翔没有多少存款,他妈是手表厂的退休工人,退休金不高,而我那点儿钱全押在深圳的两处店里,抽不出来,无法投入到婚礼费用中——我当然要反对铺张啰。

实际上婚礼还是由翔和妈共同拟定的方案——在文史馆的小礼堂举行。翔爸曾是上海的老报人,也曾是市文史馆的资深馆员,文史馆很乐于配合。人也不多,六十几人,摆了八桌。翔的父亲也是独生子,他在上海没有父辈方面的亲人,参加的只是几位他父亲生前的好友,他叫"世伯"的老人。他母亲方面参加的亲戚也有限,无非就是他的三个姨和姨父,再加上三家的儿女。最多的是朋友。翔虽是摄影家,却与上海文艺界有着广泛的交往,作家、诗人、唱歌的、唱戏的、变魔术的,总之来了不少文艺家,老中青三代都有代表人物。

翔他妈对婚礼的"洋味儿"坚持不让步。

我听到她以"正告"的口吻对儿子说:"在上海举行的婚礼,没点儿上海味儿那对吗?上海什么味儿?不就是从前那点儿洋味儿比较特殊吗?在洋味儿上,必须给人家姑娘留下深刻印象!这一点你如果都做不到,以后别见你妈和你三个姨了!"

为了满足老人的心愿,翔从"上戏"租了一批道具,请"上戏"的舞台美术教师将婚礼现场布置出了西洋风格;也从画家朋友那儿借了多幅油画,悬挂四处。

头天晚上翔请我和他妈去"审察"场地,果然"洋味儿"十足。

我惊讶地说:"这是要办婚礼呢,还是要拍戏呀?"

他妈笑了,连声说好,并问我:"婉之,侬开心啦是吧?"

我只得又笑着说:"开心,开心。"

翔自恃劳苦功高:"明天服务员都会穿上俄罗斯民间服装,歌舞剧《胡桃夹子》那种,人人不重样。"

我顿时出了一身汗,急问:"那得花多少钱呀?"

翔说:"不费钱,仅租半天,友情价,人情后补。不是为了少花钱,办成事儿,还要办出特点嘛!"

一听也没花多少钱,他妈更高兴了,大大地表扬了他一番。

婚礼开始前,翔又给了我和老人一个惊喜——翔请来了著名作家叶辛,于是一片欢呼,人人争相与之合影。

翔他妈激动得快哭了——她和一姐一妹都是插队知青,叶辛以反映上海知青命运的小说闻名全国,是上海知青心目中的"男神"。他本是与"世伯"们坐一桌的,在翔妈的强烈要求下,翔换了名牌,将叶辛调到妈和三个姨那桌去了。叶辛老师刚一落座,四个与他同龄的妇女同志立刻对他进行轮番"采访",这个问他又在写什么?那个问他什么时候再去贵州?那时刻,我觉得四位妇女同志超幸福。

我也油然而生幸福之感——因为叶辛老师将做我和翔的证婚人。他那人看去挺好说话。就是再好说话,终究不是职业证婚人,我估计他这辈子也就做过八次十次证婚人而已;其中一次是为我这个平凡又普通的人证婚,我岂能不喜出望外?我的幸福感还因为,叶辛当年是在贵州插队,这使我对于证婚人倍觉亲近。倘无这一层关系,再大的人物为我和翔证婚,我也只会觉得荣幸罢了,绝无什么亲近感可言。我忽觉翔将叶辛请来这一招很"狡猾"——因为他妈和他二姨也都在贵州插过队,她俩肯定也认为翔是为她俩才将叶辛请来的。

婚礼一结束,紧接着就是文艺演出了。都是专业演员,可以代表上海的较高水平。翔拉着我走到家长那桌,对叶辛说他如果有事可以先走。

叶辛说:"没事没事,节目很好,我要看完。"——又对我说:"你使我想起了当年贵州老乡家的小阿妹。"

他的话使我心里暖乎乎的,一时不知说什么好,只有笑。

他也看着我笑。他笑起来像位慈祥的老婆婆,给我留下很深印象。

妈就举杯替我敬叶辛老师酒。

二姨说:"咱们是插兄插妹的关系,你俩当年还在同一个乡,干脆再亲点儿,喝次交杯酒嘛!"

叶辛笑道:"好啊,怎么高兴怎么喝。"

……

晚上,我俩入了洞房后,翔对我说:"如果有什么不满意之处,多包涵啊。"

我说:"没有啊,我做梦也想不到自己的婚礼会是这样的,挺好的。"

翔说他也没想到会搞得这么有特点。他交代朋友们稍微布置出点儿"洋味儿"来,结果朋友们就都认真起来。专业的戏剧舞台设计师,一认真,效果可不就像拍戏了。

"我妈当年是中学文艺委员,能歌善舞,插队不久就爱上了我爸。我爸曾是复旦戏剧社的留校生,演过巴金《家》里的大表哥,因为说了几句不该说的话,被发配到贵州去劳改。我妈由于爱上了我爸,连当宣传队员的资格也丧失了。她和我爸,当年没条件举办婚礼,这是她内心的痛点。咱俩的婚礼,未尝不是圆她的一个青春梦。只要她高兴,咱俩就应该高兴,对不对?"翔的话很中肯。

我说:"对。"

他还想说什么,我用吻封严了他的嘴。

而他,将我横抱起来,轻轻放在床上。他动作很绅士,像按剧情要求在做。

我指指门。

门关上后,他不再斯文,我也毫无羞意。虽然那早已不是我们的第一次,但或许因为真正成了新郎和新娘,互动才更加刺激而狂野。山洪海啸过去之后,我又一次想到了"人是社会关系的总和"这句话,想到我居然成了一位上海母亲的儿媳,想到我于是也得叫另外三个女人大姨二姨小姨,顿觉世间到处是缘,不禁感慨人生之不可预设。

婆婆叫孙丽华。

她的父母希望二胎是男孩儿,结果又是女孩儿,翔的大姨就被取名叫"丽婷"——取谐声"立停"之意。希望一执着,翔就有了二姨,取名"丽婕"。"立截"并没"截"住,执着变成了执拗,于是翔又有了小姨"丽娟"。执拗随之变成了执行,小姨才几个月就被"捐"给了翔的大舅爷家。好在大舅爷夫妇视同己出,小姨的成长非但不缺爱,反而特别受宠。并且,因为年龄小,后来躲过了"上山下乡",属于"漏网之鱼"。小姨之被"捐",非但没使姐妹之间关系疏远,反而成了日后双方都津津乐道的笑谈,常谈常新;也使两家亲戚之亲"更上层楼",与我之被弃大相径庭。翔的母亲有三个舅,似乎是将翔的指标给"透支"了,翔一个舅也没有。

我想,若以中国民间的理解,"人是社会关系的总和"这句话,未尝不可以翻译成"人是自身缘的体现者"。"有缘千里来相会,无缘对面不相识"——不由人不信。

翔问我在想什么?

我回了一句特深沉的话:"思考人生。"

他欠身看着我说:"具体道来。"

我就将我之被弃与他小姨之被"捐"的不同讲给他听。

他说:"人从一出生就是被动的。自从人有姓名以来,任何人的性别、体力、智能、相貌、姓名,都是被'给予'的,谁都没半点选择的自主权。"

我问:"那你相信宿命喽?"

他说:"为什么要否认宿命?宿命无非就是天定的好运气或坏运气或不好不坏的运气。但人又是自为能力很强的动物……"

我打断他的话,不无忧郁地说:"明白你的意思,但运气很差的人,如果还缺乏自立能力,那就天生该一辈子受苦受难吗?"

他说:"所以世界怎样很重要。目前而言,在我这儿,国家即'天',说是'上帝'也不夸张,对于'天命'很差的人尤其如此。好的国家,当有能力帮助'天命'很差的人改变命运,为他们的人生兜底。你当年的被弃,说到底是农村和城市生活水平的巨大差异造成的。想想看,如果我大舅爷家不是老上海人家,家底殷实,而是农村人家,那我小姨的命运当会怎样?我妈她们四姐妹的关系又会如何?……"

我哑然失笑。

翔问:"我的话可笑?"

我说:"那倒不是。你估计一下,全世界今天结婚的新郎和新娘,有几对会像咱俩似的,刚做完爱就讨论这样的话题?"

他想了想,郑重地说:"估计也就咱俩这一对。中国特色产生中国式的新娘和新郎嘛!"

我们收了一万多元彩礼。

翔坚决禁止他的朋友们出"份子",但三个姨的红包是必须接的,"世伯"们的心意也只有笑纳——却之不恭。娟汇给我五千元钱,令我吃惊。

我和她通话时责备她"疯了"。

她说:"财大气粗嘛!咱们的两处店效益都不错,让你也高兴高兴。"

翔不许我动用那五千元,亲自存上了,说:"李娟家那么多穷亲戚,用钱的地方也多,适当时要变相还给她。"

那也正是我的想法。

我终于有了名副其实的家了,而且在中国的第二大城市上海。我前所未有地幸福。

我们的家在一条老弄堂里,是一幢洋式旧楼的亭子间,二十四平米。翔说,就亭子间而言,面积不小了。虽是亭子间,却阳光充足。婆婆没对我们的家究竟该怎样多作指示,翔的布置大体合我的意。不方便之处是与楼下邻居共用小小的厨房和卫生间。也没洗澡的地方。好在弄堂口有便民浴室,每次五角钱。

婆婆一人住在有电梯的小三居公寓房里,公公生前分到的。

婆婆有次不无歉意地对我说:"婉之,等我死了以后,那房子就归你俩。但现在呢,先让我享受享受。委屈你俩了,千万别计较好不好?"

我恭敬地回答:"妈,怎么会呢!我很喜欢我俩的家,但愿您健康长寿,成为百岁老人!您长寿是我和翔的福气。"

我的"校长妈妈"去世以后,我已经多年无"妈"可叫了,叫"妈"也使我幸福。在婆婆面前,我无师自通地变得嘴甜和会来事了。而在我的"和"中,婆婆与丈夫和娟占的位置是同等重要的。她曾是贵州插队知青,和我是贵州人这一点,确实为我俩的和睦相处奠定了良好基础。

我的蜜月才享受了几天,李娟与我的一次通话就如急急令,迫使我立即启程赶回了深圳。

遇事不慌的娟方寸大乱——一天早上她推开药店的门,但见窗下一溜儿蹲着三男二女五个半大孩子,口口声声要见"小姨方婉之"。一问,皆神仙顶的,听说"小姨"在深圳发达了,是"成功人物"了,都来投奔"小姨",要在深圳找工作,成为深圳人。听他们口气,有的似乎与家里打了招呼,有的分明是偷跑出来的。其中一个男孩虽不是神仙顶的,却也是乡一中的,仍属我的"小老乡"。

我回到深圳,见到了他们,的确都是孩子,一逼问才知道,只有乡一中那男孩快满十八岁了,另外四个孩子十六七岁不等。

我生气了,训他们:"你们还没成年,我绝对不替你们找工作,休想!"他们都眼泪汪汪的。

娟将我扯开去,小声说:"你那话太容易使他们误解,像是你有能力替他们找工作却偏不帮他们似的。"

我说:"我哪儿有一次替五个人找到工作的能力?气糊涂了。"我看着他们也没招儿,只得将张家贵请来,请他帮我出主意。

张大哥连连叹气说:"唉,唉,你婉之怎么就是'成功人物'了呢!咱们神仙顶那些人的嘴呀,真不知怎么传的,把孩子们都给忽悠了!"

他认为绝对不可久留,万一哪个孩子出了点儿差错,多大责任啊!也绝对不可以替他们找工作,雇用未成年人是违法的。包括那个快满十八岁的,全都得送回去。那男孩高三还没毕业,快拿到高中文凭却没拿到,以后肯定有后悔的时候。他说也不能立刻替他们买票将他们打发走,那样他们会不高兴。他们一不高兴,谁知道会怎么说我和他两位"成功人物"呢?他们在大人眼中是孩子,大人相信孩子不至于说瞎话。那结果可不就是——不论他们将我俩说得多么不好,反正我俩跳进黄河也洗不清了。

张大哥认为妥善的办法只有一个——让孩子们在深圳住几天,陪他们到处玩玩,逛逛,保证他们吃好,喝好,住好;之后由他从公司派人将孩子们送回去。

我觉得张大哥考虑得周到,完全同意。

娟又说:"也别让他们住得太舒服,和花钱多少没关系。主要怕那样的话,你明明不是成功人物,感觉也有点儿像成功人物了。"

张大哥说:"对,对。"

于是他从公司调来一辆面包,由我将五个孩子送往我和娟住过的旅馆,为他们开了两个房间。

我回到药店时,娟刚将吊铺归整好。前几天五个孩子全挤吊铺上睡,她和她弟睡药架子之间的地上。

她说吊铺上一股臭脚丫子味儿,边说边喷花露水。

我没带多少钱,与翔通了次话,让他将娟寄给我的五千元再寄给我。他没那么做,怕我办事欠考虑,亲自带着钱也回来了。

以后的几天,药店终于恢复平静,娟和他弟又可以睡吊铺了,而我和翔则充当五个神仙顶孩子的导游。

几天后,翔陪孩子们回神仙顶去了。他说孩子们是冲着我才到深圳的,由张大哥的公司出人陪送不合适;而由我陪送回去,他又怕我太辛苦。

翔和孩子们走后,我白天负责药店,晚上与娟睡在照相馆。分开既久,互相间有聊不完的话。

娟告诉我,李主任出事了,不再是电大副校长了——由于受贿被人揭发,受了降级处分,没脸再上班,提前退休了。

我说:"我来之前高翔还与他通过话,高翔好像不知道。"

娟说:"那你别告诉他,就当你也不知道吧。"

我问:"问题严重吗?"

娟说:"估计不太严重,严重还不关进去了?"

我又问:"那我这次要不要见他一面呢?我与高翔成了夫妻,也得感谢他。"

娟说:"随你。我和张大哥倒是常与他聚,我俩都装不知道,而他每次挺高兴的。"

我说:"那我也还是见他一次好,应该代表高翔给他份喜糖。"

娟说:"我安排。再让你知道一件事——郑宜然有对象了,身材不如我好,但容貌比我好。他俩有天出现在咱们超市里,却只买了一瓶矿泉水,我想他是成心气气我。"

我问:"你生气了?"

她说:"那生啥气?是我觉得我俩不合适,人家又没什么对不起我的地方。当时樱桃刚下来,我代表你送了他两箱樱桃。"

由我做东,李娟和张大哥作陪,请李主任在郊区的渔家乐吃了一顿海鲜。还是张大哥想得周到,怕在市内请李主任有顾虑。一到郊区,李主任的情绪果然大为开朗。在音乐包厢唱歌时,简直可以说是兴致勃勃。虽然他曾是副校长,我仍按习惯叫他李主任,他的反应依然愉快,如同自己一直是主任。冲这一点,我觉得他这人毕竟还是可交的。

张大哥开车将李主任送到家,接着送我和娟,路上他说:"听人讲,他是中了官场上的局。"

我不懂,问什么是"局"?

娟说:"就是几个人串通一气,为谁下套,或者挖一个坑。"

我又问:"那对串通一气的人有什么好处?"

娟说:"官场上的位置是有限的,你下来,我上去呗。"

我还是不懂,继续问:"不是几个人串通一气吗?整下来一个,也只能上去一个呀,另外几个图什么呢?"

娟说:"倒也是。你这问题太深,我回答不了啦。大哥,你讲给她听。"

张大哥说:"不明白就不明白,没必要非明白。官场有官场的规矩,民间有民间的法度。成了朋友是缘分,不轻易失去一个朋友,这是咱民间的法度。民间人按民间法度待人处世,也是讲原则。"

那天晚上,我对娟说:"娟,以后咱俩见面的机会肯定少了,凡事你要三思而行,好自为之,千万提防别落入别人设下的'局'里去!"

娟顿时落泪了,戚然地说:"你啥意思嘛,当面告诉我,我将失去你了?"

我也忧伤起来,握住她一只手,强笑着说:"你想哪儿去了?我现在不是成了上海人的妻子和儿媳妇了嘛。虽然我已经是深圳人了,却毕竟嫁到了上海,以后要在上海工作、生孩子、做母亲、相夫教子,总之……但咱俩不是都有手机嘛,往后交通会越来越方便,咱俩也会坐得起飞机了,谁想谁,半天后不就见面了……"

我没忍住哭了,娟反过来劝我,说我俩还是经济合伙人的关系呢,一条绳拴俩蚂蚱,无非就是绳长绳短的改变……

我回到上海时,翔已先于我到家了。

他说送孩子们的幸亏是他不是我——他一回去就被我二姐缠住了,魔怔似的只说自己和张家贵那事儿,埋怨我不重视她的托付,一直不给她回复……

他谆谆教诲我说:"这事儿你可一定要处理好,否则你二姐会大为不满。"

我问:"她明明是剃头挑子一头热,人家张大哥根本没那种想法,她却非指望我能促成,叫我咋办?"

他怼了我一句:"是你二姐不是我二姐,别问我。"

我看出那次贵州之行使他一肚子不高兴,内疚地说:"对不起,因为我,给你添麻烦了……"

他愣了愣,抱住我,叹道:"'人是社会关系的总和'这句话,对我也是真理。既然做夫妻了,我也不能成为一个反真理主义者。"

我笑着怼了他一句:"谁叫你只以为我是名门之后,市长的女儿来着?"

他苦笑道:"你当时也没详细说明你的社会关系有多复杂呀。"

晚上我俩躺在床上时,他又说:"以前,作为一名热心于扶贫活动的艺术家,那是一回事。如今眼见生活在山区的某户贫困农家成了自己的亲戚,那就成了另外一回事。你二姐我不是也得叫二姐吗?我叫她二姐时,心里觉得怪怪的……"

我似乎听出点儿"我招谁惹谁了"的弦外之音,没接茬儿。

他又说:"娟寄给咱们那五千元,快花完了。"

我说:"明天我就开始找工作,不用你帮忙。"说完一翻身,不再理他。

他欲搂我,我拨开了他的手。

我流下泪来,因为自己的"社会关系的总和",也因为人是选择性地编织社会关系的动物。对李主任的事,翔其实是知道的——张大哥的话,就是'成了朋友是缘分,不轻易失去一个朋友……'那句话,翔也说过,可见他对于自己与李主任的关系,尚能以民间之法度来对待。但对于自己忽然多出了一个我二姐那样的"妻姐",却难以当成"缘"了。

但一想到我也一样,我既理解他也原谅他了。

说到底,谁在本质上都只不过首先是人,那就得多原谅别人,对自己也没必要苛求——尽管我一心想做好人。

我四处投寄了多份简历,又满上海转了四五天,竭力推销自己。是的,为了将人生进行下去,我也无师自通地学会了推销自己,而且推销得像是一个根本不需要自我推销的人那么游刃有余。

原来世上有些事是可以无师自通的——这一感悟使我不再因自己的学历而自卑。我想我那种能力肯定与基因无关,我的父母绝不会遗传给我那种所谓优良的基因;它分明是后天形成的,可不论养父养母还是丈夫、李娟和张大哥,都不是善于推销自己的人啊——我究竟怎么会的呢?我很奇怪,却也颇为欣然——会总比不会好。

我终于找到了相当满意的工作——在明德投资有限公司人力资源部任职员。这是一家台湾独资公司,据说老板七十多岁了,经常台湾、上海两边跑,仍亲自担当麾下多家子公司的董事长。上海这家子公司的名字,显然来自"大明明德"四个字。

几位面试者对我的表现很满意,其中一位甚至小声对我说:"今晚睡个好觉。"

可是我带着录用通知书去上班时,情况却变了——一个陌生男子对我说,我只能在大堂当接待员了,原本属于我的职员工作被

"更优秀"的人取替了。那么我只有两个选择:或者"另谋高就",或者当大堂接待员。

我心顿凉。

他却又说:"工资不变。"

于是我决定留下——那儿离家近,散步似的,半小时就能走到。而且那份儿工资我也比较知足。

公司是一幢独栋的老式洋楼,大堂并不很大——但我的工作很单调,也很乏味,须端正地坐在接待台后,不许看书和报刊,更不许打盹。有人进入,我要请对方出示工作证。若对方是商客,要笑脸相对,询问事由,预约与否,彬彬有礼地请对方登记。

我的背后,悬挂着巨幅的摄影作品——雪地上,一位光着头的藏教老僧拄杖而行,两边跟随六七条狗,看去都是野狗。其中两条,一左一右抬头看他。而他显然走很久了,雪地上的足迹跨距甚小,也不直,证明他已步履蹒跚。他那只拄杖的手,骨节突出,青筋隆起,瘦得无肉,老皮龟裂。风挺大——因为他的土红色袈裟的下摆向后飘起。从雪中戳出的蒿草的枯枝,也一律朝同一方向倒去。看不见他的脸,便也难知他的表情。

那是放大了的翔的摄影作品,我在翔的摄影集中见过。

我坐在自己丈夫的摄影作品前当某公司的大堂接待员,使我心里每觉"怪怪的",正如翔叫我二姐为"二姐"时的心理。

我眼前只存在两种动态现象——一个透雕为多层的大石球和一个中年女人。石球在石柱上,柱下有水涌冒不停,石球便不停旋转。我终日被那球搞得头晕目眩。人真是太奇怪了,心里越不想看什么,目光越不由自主地望向什么。

那女人姓吴,我叫她吴姐,江苏淮北人。她是清洁工,负责三层楼的走廊、厕所和大厅的卫生。每天上午十点以后,我才能在大厅见到她,那时她已够累的了。只有她出现以后,我的目光才会转移到她身上。上午忙完了清洁工作,她下午还要去帮厨。

负责后勤的人还给了我一项秘密工作——要我每天在一页纸上对吴姐的工作表现予以评价:好、一般、不好,我的"√"画在哪儿,将影响她的月终奖金。

我对这一"任务"很反感,起初拒不执行。可那负责后勤的小头头说:"你不配合可不行,这也是对你的信任。因为她在大堂的工作表现,只有你一个人天天看在眼里。"

于是我每次都在"好"字后边画"√"。

吴姐拖地拖到接待台旁,每次会拄着拖把歇会儿。那时我就主动与她聊几句。那对于我像充电,使我不至于犯困,能保持工作所要求的精神状态。

吴姐也喜欢与我聊。

她对上海人颇多负面看法,因为老上海人从前特瞧不起淮北人。

她说最不愿意擦电梯旁那几个大玻璃柜——里边的青花瓷瓶是老板从香港的拍卖会上买的,价格都在二三百万港元以上,属于古董。每次擦提心吊胆的,生怕发生什么闪失。

我问既然是贵重之物,为什么不妥善收藏而摆在明面呢?

她说:"资本家嘛,显摆呗!"

我从不与翔聊公司里的事,因为我的工作决定了我所知甚少。三个多月里,我一次也没见过老板,也无话可聊。

但有天晚上我忍不住问他,究竟想通过那幅摄影作品表达什么?

他反问:"你指的是中学语文老师们强调的主题思想?"

我说:"可以那么理解。"

他说:"摄影作品啦,绘画雕塑啦,一首轻音乐啦,可以有主题,也可以没有。"

我问:"你拍摄时肯定有主观想法吧?"

他说:"当时还真没有,站在高处抓拍的。过后曾打算以《路伴》定名,最后还是自我否定了。但作为作品总得有个名,所以在杂志上发表之前又定了《无题》。"

我认为《无题》比《路伴》好——明明是几条狗,看去还是野狗,以路伴言之,未免牵强。

他认为恰恰相反,非但不牵强,反而很贴切。只不过太实了,会影响另外可能引起的多种遐想,对仁者见仁智者见智形成了限制。

那晚他与朋友们聚餐时喝了点酒,情绪挺亢奋,借题发挥,口若悬河,侃侃而谈。

他说所谓人生,不过就是一次岁月之旅,或长或短而已。没有谁宁愿自己的一生是孤独之旅,所以每一个人内心里都是需要路伴的。无人可以为伴,狗也行,野狗也行。他说在人世间,天使是绝对没有的,但好人是绝对存在的。一个人不可能只与好人形成"社会关系的总和",那是根本不现实的。某些人比野狗还不如,他们也会自成社会关系之和。他们那"和",还可能成为"硬核"。并且,他们往往戴着好人的面具,形成与好人的社会关系。所以人的一生,是与形形色色的路伴同行的一生……

我不以为然地问:"那么在你眼里,我也是路伴啦?"

他说:"当然啰。我们互为路伴,是同甘共苦,不弃不离的路伴。像有首歌唱的,'你拥有我,我拥有你'。因为彼此拥有,人生之旅才不至于乏味。"

"以野狗为伴,下场不是注定了悲惨吗? 一旦累倒,还不被野狗吃了?"

"没有谁的一生始终与野狗为伴,这种情况完全可以排除。但人的某一小段旅程,却有可能与野狗为伴。那当然是危险的事,不过你认真看我的作品会发现,那些野狗显得多么温良,它们看老僧人的样子多么特别,难道不像是在为他鼓劲儿吗? 难道它们不像是他的护卫? 一位形销骨立,随时可能被大风刮倒的老僧人,他和那些野狗的关系是怎么做到的? 这一点当时既使我震惊也使我感动……"

聊人生路伴自然就会聊到孩子的问题。

他说就他个人而言,有没有儿女无所谓。不是超级富豪,亦非当代王储,谈不上有什么生儿育女的"使命",一辈子不做父亲也不会觉得遗憾。但他父亲是独子,他自己也是独子,这就使他母亲对于第三代很是巴望。生儿生女都高兴,不生却万万不可。

他说:"我不仅是丈夫,还是独生子,这事你看如何是好?"

我说:"理解,愿意倾情配合。不过,以咱俩的能力,能培养出一个什么样的儿子呢?"

他听出了我与他的想法其实一致,抱我吻我,含情脉脉地说:"替我妈感谢你。顺其自然吧。但我有自信,会使中国多一个好人,你呢?"

我温柔地说:"也有。"

第二天我再看《无题》,于孤独与危机之中,确乎看出了几许和谐。

不料,当日却发生了一件不甚"和谐"的事——快下班时,吴姐又在拖地。阵雨刚过,电梯前水迹犹在。正那时,电梯门忽然开了,率先迈出一个人,为里边的什么贵客"开路"。电梯外除了吴姐并无第二人,那人的举动实属多余。吴姐侧身拖地,没来得及有所反应。而那人横着胳膊一搪,其臂如棒,搪在吴姐的后背。吴姐向前趔趄,撞倒了一个玻璃柜,柜与瓶同时破碎一地……

然而贵宾与随员并未停步,从我面前匆匆而过,转身消失在旋转门外。

"你没长眼睛啊?这么珍贵的东西让你给毁了,你拿命赔啊?!……"某部门的头头直指吓傻了的吴姐大加训斥,仿佛比我看得还分明;显然要由吴姐来承担后果。

其他人也指斥不休。凌言厉语众口如一——价值二三百万的古董,你怎么赔得起啊?估计把老家的房子卖了也只不过能赔个零头!……

斯时我仿佛觉得,背后摄影作品上的野狗都跃了起来,一起扑向那些男女,转眼间人狗合体,人形皆在,野狗化魂。

吴姐猛转身从我面前跑了出去。

那些人宛若未见——有的打电话报警;有的指挥保安围起现场;有的已取来相机不停拍照;还有的只知在那儿摇头顿足,扼腕叹息……

我有不祥之感,追吴姐而去。

不远处有立交桥。吴姐的身影已在桥上,我连呼速近,跑到她身旁,双手抓住她胳膊不敢放开。

她问:"人死了,是不是就可以不追究责任,一了百了?"

我说:"那也不能全怪你!"

她说:"可谁替我作证?"

我说:"我!"

她木呆呆地看了我一会儿,绝望地说:"可我打不起官司。我老家的新房才盖起,如果卖了,我一家以后住哪儿?小方,你就让我以命相赔吧!"

我说:"你的命比那个瓶宝贵多了,我不能眼看着你死!"

她企图挣脱,我只得将她紧紧抱住。在我的苦劝之下,她终于同我离开立交桥,随我回到我家。

翔正在家里做相框,看着坐在椅子上唰唰落泪的吴姐,听我讲完经过,沉思片刻,对吴姐说:"我认识你们老板,也许我能替你求个情。"

我问:"关系如何?"

他说:"还行。"

我突然发飙:"你怎么从没对我说过?!"

他说:"你在人家那儿上班,我告诉你那些有意思吗?"

他带上手机走到外边去了,十几分钟后回到屋里,庄肃地对吴姐说:"我向你保证,没事了。明天照常上班,任何人都不会向你问责。"

翔考虑得很周到,执意留吴姐吃饭,住下。

为那顿饭吃得丰富些,他亲自去饭店点了几道菜,并带回了一瓶红酒。给吴姐压惊,我俩反复劝酒,三个人喝光了一瓶。

第二天我和吴姐来到公司,见大堂已摆满椅子,有人说老板要亲自在大堂主持会议。每个人看我和吴姐的眼神,皆躲躲闪闪深不可测。

老板姓耿名识恒,是位瘦小的秃顶老者。那日我总算见到了他的尊容,其貌不扬,其声温润。

他首先做了自我批评——说自己不该一向从后门出入,入则直奔办公室,神龙见首不见尾,既严重脱离员工,对前门这边的情况也知之甚少。他说自己不能做到从今以后次次都从前门出入,毕竟车只能停在后院,但也会经常出入于前门的,遇见哪位员工了,互相问个好,说几句话,也算是种感情交流嘛。即使军队,上下级之间还需要起码的感情基础呢,况公司乎?

人们报以掌声和笑声。

我没鼓掌,也没笑。坐在我身边的吴姐在发抖,我握住她一只手。

耿老先生指着玻璃柜又说——它们之所以摆在那儿,乃因当时他采纳了环境设计师的建议。对方认为,有那两排瓶在,等电梯的人不会心急。想法有道理,但如今看来,动机与效果相反。不能将责任推给人家,毕竟当初我同意了……

"说重点!"我忍不住大声打断一句。话刚出口,连自己也对自己的无礼暗吃一惊。一时间肃静异常,坐在我前边的人都转身看我,目光如针,视我为捣乱分子。

耿识恒老先生接着说:"好。该说重点了。重点就是——那些都是廉价瓶,二三百元一个买的处理品。是我有一天闲来无事,亲自去瓷器店挑选的……"

又是一阵肃静。

肃静之中,吴姐小声哭了。

耿老先生继续说:"我要替自己澄清一下,我从没对任何人说过那些瓶多么值钱的话;何以出了贵重一说,也不必在此分析了。我承认我是个要面子的人,但我的面子一向用不着别人替我维护,也从不体现在这些方面。希望如此现象,以后在本公司杜绝。因为碎了一个廉价的瓶,使吴女士受到了不小的惊恐,耿某在此赔罪……"他深躹一躬。

他又说:"在此,我对一个人满怀感激。是谁我就不说了。没有她,昨天本公司也许摊上大事了。那么,我还有脸出现在上海商界吗?本公司还配叫明德公司吗?……"

会后,我被人请到了他的办公室。

"这是台湾著名的高山茶。"他亲自为我沏了一杯茶,陪我坐在沙发上,与我聊了起来。

他说他出生在上海,对上海有特殊感情;说他与我丈夫是朋友。

我说:"高翔昨天才告诉我。"

"是这样啊……我们不但是朋友,你丈夫对我和我夫人还有恩呢。先留个悬念,你回家问他……"

他亲近地笑,而我一头雾水。

"我看了你的简历。你是学企业管理的,我觉得投资部更适合你,你明天开始新的工作吧……"他起身为我的杯里加水。

我说:"企业管理与投资是两回事……"

他说:"凡我们公司投资的项目,也会派人参与管理……"

他没再往沙发上坐,坐到办公桌后去了,开始写什么。

我说:"我不愿意您因为与我丈夫……"我忽觉受辱,话就没说完。

他抬头望我,微笑着说:"你想多了。有的事,不必想那么多。我是商人,我想问题的出发点,一向以本公司需要为前提。也先留下悬念,以后你自会明白。你看我都在投资部的推荐表上签字了,就这么定了吧。"

"谁推荐的我?我不认识投资部的人,他们对我毫无了解……"由于自尊心作怪,我犯起倔来。

他却说:"不是请你别想那么多嘛,为什么非往多了想呢?世事本寻常,一往多了想,似乎就俗了……我签完字了,那么定下来了?……"

十九

二〇二〇年十月二十四日,星期六——我已过了三十八岁生日,我的生命第三十八次与"国庆"和"中秋"愉快相逢,这种愉快(包括过生日的愉快)我从三四岁起就有了记忆。

我想一概的节日,也在人的"社会关系的总和"里,区别仅仅是——不同国家或民族的人,所过是不同的节日。

然而我要死了。

我的意思是说——我也许最长再活上几年,而短则几个月。甚至,很可能活不过二〇二〇年。

尽管如此,不论我的第三十八个生日,还是"国庆"和"中秋",我都过得格外愉快,完全可以用"开心"来形容。亲人和朋友为此"周密策划",我则尽量以最好的心情和最佳的精神状态予以配合。"最好"和"最佳",是指我事实上所能做到的程度。亲人和朋友忧伤地"愉快"着;我忘乎所以地"开心"着。"开心"着他们的"愉快","开心"着自己所做到的"最好"和"最佳"。我因自己的配合能力而颇有成就感。

我小时候曾在养父养母的带领下看过一次京剧——剧名和内容早已忘了,只记得一名走路颤颤巍巍的老苍头的几句唱词:

老汉今年七十八,
好比路旁草一棵,

> 过了重阳秋八月,
> 不知来年活不活……

老苍头唱得特悲哀——那种悲哀我内心里也是有的,挥之再挥,无法挥去。

中国的长寿之人越来越多了。可我才三十八岁就将不久于世了……

我是多么的热爱生活啊!

热爱我平凡的、普通的人生之每一年每一月每一天,包括我三十八岁人生中的心碎时刻和无助的感受。

婚后我的人生发生了必然的改变。

第二年我和翔有了儿子。

儿子半岁后我的产假结束,重回明德公司上班,儿子主要由婆婆照看。有了孙子使婆婆喜出望外,她做奶奶做得特幸福,但那份责任也是她始料不及的。

翔的小姨曾对我说:"阿拉上海女子做婆婆做到吾老姐那样,是侬福气,婉之侬知足吧。"

我不但知足,而且感恩。

翔在摄影家协会改选时,主动辞去了副主席一职。他的说法是:"挺长时期没好作品了,惭愧了,应该让贤。"

而我明白,他不愿说的考虑是——他那副主席是专职副主席,要坐班的。他在深圳的两年,是深圳市委宣传部出面向上海文联借调的。借调期已过,如果他不主动请辞,继续将专职副主席当下去,那么作为丈夫、父亲和儿子,他在尽家庭责任方面就分身乏术了。他是孝子,不忍心看着老母亲带孙子带得那么辛苦而心安理得。

他也是好丈夫——我的老板是他的朋友,他希望我少受家事拖累,工作表现出色,所以宁愿自己有时间多分担一些家事。

当然,也有经济方面的考虑。有了儿子,开销大了。儿子要入托、上学,不预先存下笔钱,以后用到时会犯愁的。他与一位摄影家朋友合开了一处专照婚礼照和孕期照的艺术摄影馆,收入多了不少。

以前的他,是艺术追求第一,作品获奖第一,兼顾收入;有了儿子以后,反过来了,变成收入第一,兼顾艺术追求了。而且,持一种能兼顾则兼顾,兼顾不成也无所谓的态度。

由于他的变,坊间对他的负面议论不少。有人还在报上发表了文章,不点名地批评他。文中有两句话很使他受伤——"艺术家一旦为金钱俘虏,其第二生命就终结了。"

他尽量对我"封锁"那些关于他的负面舆论,而我作为他的妻子又岂能一无所知?并且,那些负面舆论,一度也影响过我的情绪。

有次他酒后问我:"是艺术家的艺术生命重要,还是艺术家的儿子成长中的生命重要?"

我不知该如何回答,只有默默吻他。

每个人都只能在现实面前低下自己高傲的头颅——我认为在现实面前明智地妥协与勇于向现实挑战都是人应必备的能力。彻底否定了前一种能力而一味鼓吹后一种,是有毒的文化现象。因为人生不该类似角斗士。

我和李娟的关系也发生了改变——我成为嫁到上海的深圳人以后,事实上已不能与娟在深圳"同舟共济"了。娟又开了一家超市,两处超市加一处药店,够她操心够她忙碌够她辛劳的。仅仅因为我当年出了几万元"创业费",我便成了理所当然的"持股人",然后不劳而获地"分红",这使我每思每愧,却不知该怎么办好。

儿子一周岁时,我收到了娟按东北习俗寄来的"贺岁"钱;我明白那就是"分红",只不过她太了解我,换了种说法。

"五万元也太多了,五百元就不少了……你认为呢?"翔也显然大为不安。我看出了他已有想法,在试探我的意思。

"和你的感受相同啊。"我遂将自己的惭愧倾吐而出。

他说:"你好朋友可是只有一个肾的人,咱们不能忘了这一点。她太不容易了,三个店的效益不错,那全是她和她弟起早贪黑没假没节地努力的结果。咱们和她的情况也大不一样。你我有工资,上海和全国比还是工资高的城市,我除了工资,另外还有收入。我妈也有退休金,她花不完,每月还能存点儿。可娟不同,她和她弟至今在深圳仍没有属于自己的住房,当然往前看肯定不是回事儿。她在农村又有那么多穷亲戚,这一点咱们也不能忘了……"

"你是怎么想的直说,别绕弯子。"我犯急了。

"你退股吧。"翔的话把我给说愣了。

"有句话我以前说过,现在再说一遍——娟是有经商头脑的,也有一股子人生的闯劲儿,这两点都是你不具备的,老实说连我也不具备。你俩别再一条绳拴俩蚂蚱了。再那么下去,对人家娟太不公平了。每次听你俩靠手机讨论经营上的事儿,我都替她累心。剪断那条绳,她反而会飞得更高更远。蚂蚱不是只会蹦,也会飞……"

翔那天是抹下脸了,一点儿不给我留面子,把话说得特直接。"可……我如果坚持那么做,她会受不了的……"

"这事儿你处理不好。你跟她那么说,她当然会跟你犯急。如果你同意,我来办吧。"翔的想法我也有过,我便授权由他来"解决"了。

当时,深圳有家印刷公司,叫"雅昌"。水平很高,常在国际上拿印刷评比大奖。上海摄影家协会要在"雅昌"印优秀作品集,翔与"雅昌"的老板万杰也是朋友,于是主动请缨前往深圳洽谈——由他出面,价格上会打折扣,这正中领导下怀,他的领导很高兴地批准了。

翔从深圳回来后,公私两项任务都完成了。

听他说与娟谈得很好,我没追问他究竟怎么谈的;但我内心里是挺怀疑的。我太了解娟了——一想到娟的内心感受会怎样,我宁可不问。

果然,晚上娟向我"问罪"了:"婉之,你什么意思啊?你让高翔来逼我对那事儿表态,我能不……"她在深圳那头哭起来了,哭得那叫伤心,连她弟从旁劝她别哭的话我都听到了。

"我没逼她!我冤枉!……"在我旁边的翔委屈又尴尬。

我将他推开,对着手机大声说:"娟,那事儿就那么定了,以后不再提了。现在认真听我的话——第一,趁目前房价还没涨,赶紧把房子买下,贷款也要买,最好一次到位。第二,个人问题还是要考虑,别不当回事。第三,翔对你在经商方面的能力评价可高了,你完全可以自作主张……你明白我想说什么,我对你充满希望啊娟!……"我也不禁流下泪来。

那一次我俩聊了很久。

娟所以伤心,是因为翔坚持只撤股,不分利。二人争得面红耳赤,翔最后才不得不多收下了一万元。

都说上海人在事关钱的问题上斤斤计较,我的丈夫可不那样,他做人做得特"大器"。

我有翔那样的丈夫,也感恩生活。

我儿子两岁时,娟在深圳又开了一家服装店。以后她一年至少来上海一两次,为店里亲选服装。她每次来到我家,我家的气氛都像过节一样。她也认识了我婆婆和翔的三个姨,以及翔的朋友们,大家都很喜欢她。

因为与我的关系,娟的那个"和"也不是从前的"和"了,"绝对值"扩大了。

名言果然是名言!

娟告诉我——她听从了我的建议,贷款为自己和弟弟各买了一套六十几平米的住房。

"放心,还贷没问题。我把药店交给我弟负责了,他自己招聘了一名中医学院毕业的姑娘帮他,那么手续上也符合规定了。我那套我还贷,他那套他还贷。得给他压力,小百姓的人生,没点压力还行?女孩是湖南的,他俩关系处得挺好,但愿以后能成夫妻,那我当姐的就省心了。"

娟的话自信而又满怀憧憬。

我心大悦,也十分感动——为娟对她残疾弟弟的那份爱。

那日娟走后,翔问我为什么高兴异常?我将娟的话告诉了他,他也十分高兴,连说:"祝福她们姐弟俩,祝福她们姐弟俩!你退股退对了吧?否则,娟下不了买房的决心啊!……"

我第一次听到一个人那么发自内心地为非亲非故的人生而祝

福,并且该人是我丈夫,这使我倍觉幸运——幸运于自己嫁对了人。现实中,发自内心地为别人的人生祝福的人是不多的,何况还非亲非故。尽管我涉世未深,但对此点已心知肚明。

我和娟虽然不再是"拴在一条绳上的两只蚂蚱"了,关系却更亲了。

儿子三岁那年,养父到上海来看我。他已完全赋闲了,这种日子使他找不到北,处在极不情愿的磨合期,似乎一下子从心态上老了。婆婆对我养父的到来持热情洋溢的欢迎态度,一有空就主动带我养父逛街,四处参观,还看了两场电影。

一天,翔对我说:"咱俩的生活要出新状况了。"

我一愣,问是好的那种还是不好的那种。

他拐弯抹角地说:"很难下结论。同一种状况,不同的人有不同的感觉。"

我急了,催他开门见山地说。我对那时的生活颇满意,唯恐出现不好的状况。

翔便直截了当地说:"我妈对你爸,产生黄昏恋了……"

我张口结舌,说不出话来。

"你爸毕竟是当过市长的人,还是当年的老大学生,如果你爸眼眶高,我妈遭遇了'落花有意流水无情'的下场,而且自尊受打击还是你爸造成的,那我这个儿子太心疼我妈了……"翔说得特忧伤,仿佛事实已然了。

"可……可……就算我爸也有意,那样……好吗?……"

我张了几次嘴才说出话来。虽然非属不好的状况,却太使我惊诧了。

"如果落花有意流水也有情,那就只剩下咱俩什么态度了,你什么态度呢?"

当时我俩正吃晚饭。翔不吃了,也将菜盘子从我面前移开了,仿佛我与他的态度一旦相佐,就不许我吃那顿晚饭了。

"你先说。"

我只得放下了碗。

翔坚持道:"不,你先说。"

我说:"别人会怎么看?"

"先别管别人怎么看。"

我婉转地说:"那就顺其自然吧。"

"这叫什么态度?等于没有态度。"

我只得又单刀直入地说:"能那样也挺好。我爸多了个儿子,我呢,既是媳妇,也成了女儿……"我忍不住笑了。

翔说:"严肃点儿,你说的是心里话?"

我说:"真人面前不说假话……"

翔打断我道:"就要你这句话!"

他起身去取来啤酒,倒出两杯,要我与他干杯。

我问:"这就庆祝呀?"

他说:"祝福你爸和我妈。"

我说:"流水到底有没有意,咱俩还不清楚呀。"

他说:"也先别管。咱俩态度一致了,可以起助推作用嘛!干!等等,重新来过,为了你爸和我妈的晚年幸福,咱俩得喝交杯酒!"

上床后,那个话题成了我俩的核心话题。翔讲他妈的往事,我讲我爸的往事;间或也会讲到他的"馆员爸爸"和我的"校长妈妈"。非但没有对各自的爸妈有负疚感,反而有告慰之感。仿佛大功一旦告成,也替各自的亡父亡母了却了遗愿似的——不,不是仿佛,事实如此。

思想认识一旦统一,我俩情到浓时的一番"云雨",都做得激情燃烧。

而实际上,我俩起的作用只不过是微小的,轻推了一把而已。养父决定回去的前几天,一起在婆婆那儿闲聊时,我按"既定方针"不失时机地说:"老爸,我婆婆替我和翔带孩子劳苦功高,你陪她回咱们玉县老家住几天,到处玩玩,使我婆婆放松放松行不?"

养父看着我婆婆说:"好啊,只要她愿意,我保证完成任务。"

我婆婆小女孩似的红了脸,低下头细声说:"我愿意,怎么会不愿意呢？就是……"

翔赶紧说："不是有我嘛,我负责接送孩子！"

婆婆看着我养父,含情脉脉地问："那,能定下来不？"

养父一脸庄严地承诺："就这么定了。"

结果养父和婆婆提前两天双双离开了上海——那显然是他俩迫不及待之事。我和翔的看法是,他俩早就心心相印了,只欠有谁往一块儿轻轻推一下。都没想到推的是儿女,于是水到渠成。

婆婆从玉县回到上海后,仿佛年轻了十岁,幸福常挂脸上。

几个月后,养父和婆婆领了结婚证。没办婚礼,只请少数亲人朋友吃了顿喜宴。

我的担心是多余的。知道的人都用上海话说是"老好老好的事体",一句闲言碎语没听到。

我养父又变得开朗了,找回了幽默感。也又开始重视自己的仪表了。

上海老妈一旦再婚,比年轻女子还善于做娇妻,我更是自愧弗如；而我经常看出,我养父特享受那一点。

翔有次说："亲爱的,你要向我妈学习。榜样就在身边,为什么不虚心学习呢？"

我就学婆婆的样子和语调说："阿拉学也要有个过程嘛！"

那一年,娟那边也发生了令我无比惊诧的状况——先是,她与我通话时告诉我,张家贵大哥被查出患了小脑萎缩症。那次通话主要是说别的事,娟只不过附带着提到了一句,听来她当时也没太放在心上。我也和娟一样,视张大哥为贵人。娟没太放在心上,但却引起了我的重视。通话结束后,我问翔要紧不要紧,翔说以张大哥那种岁数,确认为小脑萎缩也不必多么慌张。许多人年过五十以后,小脑都会不同程度地发生萎缩。翔各方面的知识都挺丰富,听他那么说,我遂放下心来。

三个多月以后,娟又一次与我通话,劈头就说："婉之,我结婚了。"

太突然了！

我愣了几秒钟才回过神儿来,不满地责问:"你可真能保密呀,跟什么人啊?"

娟说:"张大哥。"

我又愣了几秒钟。

"就是张家贵。"

我接着可就不只愣了几秒钟了。

张大哥可比娟大二十六岁,快六十了!

手机那头,娟又说张大哥的病症发展得极快,走路已经不稳了,连医生都没料到。并且,也基本上束手无策。

娟说:"照那样的速度发展下去,一两年后他可就是废人了。"

我不知怎么说才好。

娟说:"他是好人。"

我仍呆着。

娟说:"我要趁他还没成废人,让他过上一两年是丈夫的生活。"

"……"

"你和翔都很忙,又有了孩子,千万别过来了。几天后我要为我俩办场婚礼,新娘子穿婚纱那样式儿的。你代表高翔给我发条祝贺短信行不?我要让人在婚礼上念。"

"行。"我口中终于吐出了一个字。

合上手机后,我将娟的话复述给翔听。

翔说:"唉,张大哥太不幸了,娟那么做太符合她性格了!发什么祝贺短信啊,咱俩之中必须有一个人去!"

我犹豫地说:"咱俩都去呢?"

翔不加思索地说:"好,都去!"

正巧我养父又来上海了,他知道后,主动说:"李娟是个好姑娘,我也去。"

于是我成了伴娘,翔成了证婚人,养父代表我们的五口之家表达了由衷的祝福。他的话本是没什么问题的——从一座新城可喜的日新月异的发展,谈到年轻人在深圳的创业精神之可贵,再谈到人生的可把握性,特符合他的身份。令我暗吃一惊的是,他居然也谈到了他与我婆婆的晚年结合!估计是因为长久没登台讲过话了,一说开去,收不住闸了。然而他获得了热烈的掌声,娟情不自禁地拥抱了他,张大哥落泪了,向他深鞠一躬。

过后我对翔埋怨道:"咱爸不该说咱们家的事,没必要。"

翔却说:"我觉得没什么不好。通过现身说法,表达理解,意在为娟和张大哥堵住别人们可能的闲言碎语,咱爸用心良苦。"

不久,我收到了二姐的信。

我与二姐并无书信往来,也没通过话。但我依然履行着承诺,定期给她的儿子赵凯寄钱——他已考上了一所省内的大学,花销大了,我寄给他的钱也多了。

二姐肯定是从他那儿知道我家在上海的地址的。

二姐的信毒汁四溅。除了没骂脏话,种种诅咒无所不用其极。

原来二姐对自己与张大哥那事儿,从未彻底死心,并且仍巴望着某一天忽然由我向她传达了她梦寐以求的福音。一个人对一件完全是一厢情愿之事的执迷不悟,令我匪夷所思。现在可好,我非但没助她实现梦想,反而将自己最好的女友和张家贵"撮合"成了夫妻,我和丈夫和养父还都前往深圳参加了婚礼,这对她的刺激非同小可。换位来想,是可忍孰不可忍?我不"撮合",已有三处店面的李娟岂会嫁给大自己二十六岁的张家贵?图的还不是能靠住张家贵这位老板吗?——从字里行间不难看出,以上想法是多么的使我二姐绝望又愤怒。

那封信同样使我愤怒异常。

我能换位思考,却无法做到不生气。

翔见我气得发抖,将信要过去也看了一遍。

他奇怪地问:"你二姐怎么知道得这么快?"

我告诉他玉县人在深圳有同乡会。

"世上竟有你二姐这样的人!难道她忘了我们还在供她儿子上大学吗?"翔将那封信撕了。

我说:"看来我以后不能再回神仙顶了。"

"那就不回去！永不回去又怎样？我们的生活无法继续了?!"翔气得拍起了桌子。

我暗下决心，不再给赵凯寄钱了。然而到了该寄钱的日子，身不由己地还是去了次邮局。

有时，责任也具有强迫症的特征。

儿子四岁时，我在明德公司也整整工作了四个年头了。四年间涨了三百元工资，钱虽不多，但毕竟对我的工作状态是种鞭策和肯定。四年间我也积累了不少工作经验，具有独当一面的能力了。

我丈夫与我老板的特殊关系基于这样一件事——耿老先生是自驾游爱好者，我丈夫也是。只不过耿老先生开的是豪车，我丈夫经常租摩托。

豪车也免不了会出故障，在西藏，耿老先生的豪车过浅河时侧翻了，他的脚踝扭伤了。翔恰巧骑摩托经过那里，分两次将耿老先生和他老伴载到了附近的藏民家。但自从我在明德公司上班后，他俩并没见过面，因为耿老先生是满世界"飞行"的人，每年也就到上海一两次。来也匆匆，去也匆匆。不过每年春节，家中都会收到耿老先生的贺年卡和一份礼物；翔也同样回赠。他俩并不通手机。或者，通话我也不知道。

一日，办公室告诉我，耿老先生下午要见我。

"我此次来上海，与你谈次话也是重要的事之一。"我刚一坐定，耿老先生就这么说。

他问我是否还记得，当年将我调到投资部时，他曾说过我日后自会明白原因？

我不记得了，却说记得。

"那么，先看看这个。"

他给了我一份企划书——没想到他对贵州那么了解，居然知道贵州有处山区叫神仙顶！而神仙顶与台湾高山地区海拔接近，气候相似，虽然并不靠海，却是大陆山区气候湿度最适于生长台湾高山茶的选地。他要将高山茶移植到神仙顶，培育出一种新茶。他说他夫人是贵州人，向贵州投资助贫，是他夫人的夙愿，也是他此生必了之要事。

"以前我和我夫人认为我们首先是台湾人,同时是中国人。现在的我们,认为自己首先是中国人,同时是台湾人。中国的发展成就举世瞩目,我们为大陆感到高兴。新茶的名字我都想好了——以后的商标上将有这样的字句:中国新茶,'高贵红''高贵绿',听起来多喜人啊,是不是?其实呢,我一直在关心你的工作情况。我认为你现在已经完全有能力担当项目主管了,这个项目的实现非你莫属。你有别人没有的优势——你是玉县人;你们方家在玉县口碑良好;你父亲当过临江市市长,你的人脉资源大可利用!所以,我要当面将这个项目交给你来做,希望你别以任何理由推诿。我们现在就将此事确定下来,行不?"

我首先想到了我那可怕的二姐。是的,我已觉得我的二姐有些可怕了。

但耿老先生的一番话深深感动了我。

我肯定地说:"行。"

我是明知山有虎,偏向虎山行了。

丈夫、婆婆和养父一致支持我。娟也鼓励我。亲人朋友都为我终于有机会担当重任而为我高兴。

不料,我又出现在神仙顶的第一天就遭遇了我二姐。当时几名乡干部正陪我在山区考察;我二姐预先获知了消息,双手叉腰堵住了我们的去路:"方婉之!你个不亲骨肉亲外人的贱货,你还有什么脸回到神仙顶?你为什么要坏我的好事?要不是因为你,如今成了老板夫人的是我!我儿子也不必再花你寄给他的臭钱了!……"

那日我领教了泼妇的真正样子。

我又气得浑身发抖,却没到说不出话的程度。我义正词严地驳斥:"何小菊!我寄给赵凯的钱每一元都是我从工资里省出来的,都是干净的!如果你认为他不需要了,我以后不寄就是……"

"不寄?你敢!以前不寄可以,现在想不寄?晚了!谁叫你坏了我的好事,断了我的财路?你若不寄了,我到上海去臭你!让全上海人都知道,你跟张家贵早有一腿!你为了讨好他,才撮合……"她越发信口雌黄了。

乡干部看不过去也听不下去,纷纷上前批评她。谁批评,她骂谁。我们只得一起转身,另择一路。她却不肯罢休,紧跑几步,继续阻骂不止。

忽然天降救星。不是别人,是我大姐何小芹。

何小芹一言不发,抡圆胳膊扇了何小菊一记大耳光。

何小菊被扇呆了。

不待她撒野,何小芹又给了她一耳光。紧接着,猫下腰一头朝她撞去,撞得她连连后退,一屁股坐在地上。

说来也怪,那何小菊站起后,不敢正眼看我大姐,而是拍拍后身土,自己跌了一跤似的,转身快快地走了。

我大姐对我说:"婉之,咱们何家太难为你了……"

我抱住我大姐哭了。

在我大姐家,大姐夫唉声叹气地说:"婉之啊婉之,你怎么这么个命呀!你看你大姐,生活好了,儿子出息了,家乡面貌变了,她的病也好了。可你二姐,我看她是受了你二姐夫那事儿的刺激,也疯了。一个疯过的姐好了,一个一向正常的姐疯了,你们何家冒犯过哪路神仙啊,让你受这份儿牵连?别回来了,听我的,以后再也别回来了,断了与神仙顶的一切关系吧!"

我大姐也平静地说:"听你大姐夫的吧,他说得对,永远别回来了。我如果想你了,我以后会去看你。"

乡干部们却急了,都反对我大姐和我大姐夫的话,认为我对神仙顶有份责任,必须经常回来。否则,好端端的一个大项目跑了咋办?

陪我考察、开会、调研的,不仅有乡干部,也有县农业局、扶贫办的干部,怕再遇到我二姐,大家都难堪,于是提前派人把守住我二姐家大门,不许她离开院子。那是不得已而为之的事,不那样可怎么办呢?结果,县纪委、公安局、法院、报社电台,就会经常收到我二姐的控诉信,控诉我勾结各级干部迫害她。

有人说我二姐是真的精神失常了,也有人说她是装的,为了骗取低保。不管真的还是装的,反正我因为她而出名了。

将好事做成功的过程,往往也是伴随着低俗丑恶的过程。有时陪同我的只不过是必要的几人,可一到吃饭的时候,呼啦啦就来了一二十人,两桌还坐不下,而且带我去的是一次比一次高档的饭店,顿顿上酒。

不少中国人太将白吃白喝之事当成人生一大快事了!

我也开始领教索贿和变相索贿的勾当了。钱如果没打点到,似乎某个章就绝对盖不成。我当然有一笔可自行支配的项目启动资金,但那笔钱如果那么花,会大大影响我的工作热忱。

各级纪委便也收到了我的实名举报信。于是有的干部受处分了,有的干部被免职了。而我,也就有了仇人。

那时的中国,微信虽然还未发达,网站信息却已铺天盖地了,"自媒体"现象已成气候。攻击我的谣言中最无耻且恶毒的一条是——我与我养父已长期存在"暧昧关系",那实际上等于是"乱伦"的暗示。当年我亲我养父的一张照片在网上疯传,后边的跟帖尽是污言秽语。

养父是那种恪守"持身当如玉无瑕"的人,在官场上虽已经历了种种磨砺,却从没面临过那么卑鄙的羞辱。

他的变化使我相信了"一夜白头"不是妄说。幸亏他具有强大的心理承受力。

婆婆也是特别理智的女人,居然能十分淡然地对待那事。翔是愤怒过的,在家里摔过东西骂过脏话,过后又极心疼我,劝慰我,自恨无法变成一块足以保护我的盾。

那场攻击,委实可令一个关系并不良好的家庭陷于互相猜疑的危机,进而导致解体。

感谢命运——我有一个关系良好的家庭,亲人们之间反而更贴心了。

为了摆脱聚蚊成雷的厌烦心情,翔在那年冬季去了一次内蒙古。十五年来,他一直追踪拍摄一对蒙古族双胞胎少女的成长,那是他的一组大作品,他的内蒙古之行也是不泯的艺术之心使然。

但他在一场突如其来的暴风雪中失踪了整整一天。

那一天我远在神仙顶。

那一天我精神崩溃了。

那一天婆婆突发心脏病住进了医院;一头白发的养父充当她的"护工"。

那一天另外三个家庭进入了应急状态——翔的小姨将我的儿子及时接到她家去了;大姨和二姨带着临时凑足的钱也赶往医院,协助护理和完成住院手续;大姨父和二姨父则买了机票辗转飞往内蒙古。

何谓亲人,现实再次给出了诠释。

翔所具有的自救能力使他保住了性命——他寻找到了一处坡地,用双手快速地扒出了雪窝,与他的马一起卧在雪窝里。而真正使他和那匹马幸免于难的是耿老先生。他与翔当日通过话,内蒙古那场暴风雪引起了他的关注,与翔失联使他意识到了情况严重,遂以公司名义租了一架内蒙古的直升机;第二天上午,翔的大姨父和二姨父从直升机上发现了翔。

翔被严重冻伤,担心自己的脸以后不成样子了;担心自己的双手以后举不动照相机了。再乐观的男人也有陷入空前悲观的时候。

作为他的妻子,我不能不反过来扮演他的心理医生——赶鸭子上架也得上,不上可怎么办呢?那一时期我读了不少心理学方面的书,自认为将跨界角色扮演得挺到位,也领悟了"休戚与共"四个字在夫妻间意味着什么。

公司的人们有种说法,认为老板的作为是对我工作精神的回报——我即使陷入了灾难性的困局也未言放弃,这一点使他心生敬意。而我清楚,老板的义举,也是在回报我的丈夫。

我不能放弃。

一件有益于扶贫一方的事,再难我也要坚持做下去。

一旦放弃,岂不成了一场笑话?

我面对的是一块巨幅的玻璃,擦得那么的干净。两侧有雪白的窗帘——这边是我和两名护工;那边是脸上尚未褪疤的丈夫、一头白发的养父和化了淡妆的婆婆。婆婆和养父之间是一名英俊少年,是我和翔的儿子。

癌细胞在我体内又扩散了,我必须接受第三次手术。

亲人们都隔着玻璃望我,做必胜的手势,为我"加油"。

我也望着他们,感受着亲情的珍贵和他们给我的力量。

娟从深圳赶来了,将她三岁的女儿举给我看。

我笑了。

张大哥已不在了——那孩子是他和娟的。

娟接管了运输公司。她已是深圳某区的政协委员了,而且是那个区的商会副会长。确如翔所预见的,她具有无限的经商潜力,将她的事——不,应该说那已是事业了——做得有条不紊,风生水起。

外甥小赵凯也出现了。

他的到来我没想到。

我这个外甥由于他妈对我的怨恨,一度与我的关系也挺别扭。

我做过第二次手术又去到神仙顶的时候,一天,在乡招待所我住的房间里,我俩见过一面,我养父也在。

他当时已参加工作,回家陪他母亲过春节。

我问他在从事什么工作?

他说在一家网站任"主笔",并将他颇为得意的几篇文章给我看。

我看后甚不以为然,指出那不是任何意义上的文章,只不过是一篇抓住一点不及其余,甚至断章取义的人身攻击。我这么说,是因为我对人身攻击有切肤之痛。

他问:"你把我看成喷子?"

我说:"你可以那么理解。"

他又问:"喷子和批评家有什么区别?"

我说:"我无法用几句话讲清楚,两者肯定是不同的人。"

他说:"凡讲不清楚的都是没区别的。我要做'名喷',称得上是讽刺家的那种,专业水平极高的那种。"

我更不爱听了,皱眉道:"世界上从前没有一种专门的职业叫讽刺家,以后也不会有什么专业的喷子,那算什么鸟职业。"

他也不爱听地低下了头。

我苦口婆心地说:"赵凯,换一种正经工作吧!"

他猛抬头悻悻地反驳:"我的工作怎么就不正经了?我写一篇千字文两千元,一字两元,我现在的工作是我收入最高的工作,我已经找到了好感觉,我已经有了成就感!"

我被怼得一时语塞。

养父那时也看完了他的得意文,插言道:"孩子,你小姨说得对,受雇于人,今天捧捧这个,明天黑黑那个,长期下去会没了自我,的确不能当成正经工作……"

他猛地向我养父转过脸,冷言冷语地说:"你知道找到挣钱多点儿的工作有多难吗?我是'211'毕业的吗?我是'985'毕业的吗?挣钱多点儿就没了自我?挣得少反而有自我了?什么工作又不是受雇于人?存在的即合理的……"

满头白发的养父被怼得红了脸——还从没有人当着我的面怼过他。

我不禁呵斥:"放肆!"

赵凯就又低下了头,那样子内心很不服。

我说:"我累了,你走吧。"

养父也说:"是啊,你小姨两个月前又做了第二次手术,这你也知道……"

他却说:"我也不只是来看她的,我还有正事没谈。"

我不得不问他什么正事?

他吞吞吐吐地说要向我借十万元钱,说那家网站正重新合股,如果他有十万元参股,那他以后就是小股东了。

"十万元对你算什么呀?小姨你就再成全我一次吧!……"他的双手抓住了我的一只手。

我抽出手,正色道:"十万元快是我一年的工资了。我和我丈夫都是工薪族,我家不是大款人家,我没钱借给你参股。"

"小姨,你跟我哭穷我能信吗?"他冷笑起来。

我对养父说:"爸,你替我说那个字。"

养父说:"女儿,我不能。"

我只得自己说了那个字:"滚。"

他愣了愣,起身便走。在门口站住,背对着我说:"方婉之,我会把你寄给我的钱还你的,加上利息。"

他出门后,我问养父:"爸,'坏人变老了'这话,是否也意味着有人从年轻时就很坏?"

养父沉吟良久,拍拍我肩,也走出去了——我望向窗外,见他在大口吸烟。

后来他说他代我给赵凯写了封信。

"爸,有些事是没必要的。"我只说了这么一句,懒得问他怎么写的,也懒得说别的。

……

赵凯的出现使我心情复杂,看他不自然,不看他也不自然。

他却目不转睛地看我——抻着一张 A4 纸,上面写了两行粗笔字:"小姨,我换工作了!"

我笑了,朝他竖起了大拇指。

一名护士指着一扇门柔声细语地说:"方婉之,咱们该进去了。"

另一名护士随即去拉窗帘。

我急忙说:"两位好妹妹,求求你们,再等几分钟。"

就在那时,外边匆匆来了两名军人,一男一女——男的是杨辉,他已是一名二副了;女的是他妻子,一名军医。他俩也有儿子了,论辈该叫我"姨姥",我曾见过,又聪明又礼貌,将来肯定是个有良好教养的青年。

他俩一出现,别的亲人闪开了;他俩因为来晚了,反而占据了中心位置。他俩一齐向我敬军礼。

我第三次笑了。也流泪了。

电动窗帘徐徐合拢——玻璃壁如同宽银幕,我仿佛躺在轮床上看电影。

我被推进了手术室。

我爱生活,我爱生命。

我平凡,我普通,我做得最成功的事就一件——我使台湾高山茶在贵州神仙顶漫山遍岭地生长着——"高贵红"和"高贵绿"已打开了国际市场,颇受欢迎。

我不想否认我是一个不幸者,还不到四十岁就已做三次癌切除手术了,这当然是不幸啰。但我却一直否认我患癌症是被气的——也许这符合病理学,并且符合一部分事实。然而我更愿承认是我的宿命如此。

发生在自己身上的事,还是从自身找原因对头。这么想更能使自己心平气和地面对现实,也有益于我再一次战胜癌症。

我不至于死在手术台上这一点可以肯定。

术后我又能活多久?这个问题我已不再去想。当我不再去想,一不小心又成了"抗癌明星";这是我年近四十唯一获得的"荣誉"。我对这顶"桂冠"并不真的感到光荣,对人能否"抗癌"心存怀疑;无非就是别陷入自哀自怜的坏情绪的泥沼而已。我的体会是——当人真的能心平气和地面对"坏命运",连命运之神也会刮目相看。果有命运之神的话,她或他的工作不过就是电脑般的工作,是某种神秘程序的自动锁定。即使那程序是他们参与编制的,估计也无法操控每一次的"抽签结果"。所以,对于命运之神的"工作",我也采取"理解万岁"的态度。可我既已是"明星",我便也做了些"明星"该做的事——我在沪深两地组建了癌症病友网站,还主编了一份民间的刊物《与癌共舞》,颇受癌病友喜欢。

紫外灯还没开亮,医生和护士在为手术做最后的准备。他们的动作轻得近乎无声。谁偶尔看我一眼,眼睛便会眯起。如果没有口罩遮住,我会看到友爱的笑脸。我在他们心目中不太一般,他们尊敬我。

趁那短暂的时刻,我又开始思考。被全身麻醉的人其实就是"死去",倘没醒来,那种死法不啻是一种幸运。在大手术台上思考,如同在生死交界处与自己对话——我思故我在嘛。不是谁都有多次这样的机会,我珍惜。

我认为我也是幸运的。

我的养父母和我的丈夫都是享受思考的人,受他们影响我也以思考为乐。我爱思考甚于其他女人爱时装和化妆。

我愿以后之中国,多数孩子都有我养母那样的母亲——不是指有她那种家族背景,那怎么可能?亦非指像她那样是地方名流,这也等于是天方夜谭;而是指像她那么心地善良。这做起来易如呼吸,但是真正做到就不容易了。

"坏人变老了"当然也意味着有人在年轻时就变坏了。

那么——孩子呢?鲁迅的话"救救孩子",抑或可改为先救父母?

我愿以后之中国,年轻人不必像我一样,没有当过市长的父亲和是名流的母亲,人生也照样可以有安全感保驾护航。

我愿以后之中国,李娟多起来,再多起来。

中国仍有一小半人口在农村,他们正是月收入千元左右的那些同胞。已经成为城镇人口的人中,不少昨天或前天还生活在农村——这使绝大多数中国人之社会关系之和复杂而不单纯。

我发自内心地拥护对农村的全面扶贫。

我见证了许许多多同胞的社会关系之和在向好的方面发生量变和质变。

我见证了"青山绿水也是金山银山"正逐步成为事实;神仙顶是那事实的一部分。

我不信世上会有君子国,这使我活得不矫情;我不信"他人皆地狱",这使我活得不狡猾。

我平凡,我普通,我认真做人,我足够坚忍。我有幸福的爱情、温暖的亲情、真挚的友情——人生主要的三福气我占全了,夫复何求?我复何求?

麻醉师开始在我手臂上涂碘酒。
我开始默背我所喜欢的一首诗：

> 我是裸着脉络来的，
> 唱着最后一首秋歌的，
> 捧着一掌血的落叶啊，
> 我将归向
> 我最初萌芽的土地，
> ……

针头刺入静脉，我的血管里感到一丝凉意。
我闭上了眼睛。
"方婉之，咱们开始数数哈。"
听来，像天使的声音。
我没数数，我继续背诗：

> 小溪的水呵，
> 缓缓地流呵，
> 我呵，像一艘
> 载满爱的小船，
> 一路低吟着，
> 来在世人面前
> ……
> 我包容……
> 我宽恕……
> 我成为我……

2020.10.13
北京